TILLIE COLE

REDENÇÃO SOMBRIA

Série Hades Hangmen

Traduzido por Mariel Westphal

1ª Edição

2020

Direção Editorial:	**Preparação de texto e revisão:**
Anastácia Cabo	Marta Fagundes
Gerente Editorial:	**Arte de Capa:**
Solange Arten	Damonza Book Cover Design
Tradução:	**Adaptação da Capa:**
Mariel Westphal	Bianca Santana
Diagramação:	Carol Dias

Copyright © Tillie Cole, 2015
Copyright © The Gift Box, 2020
Todos os direitos reservados.
Nenhuma parte do conteúdo desse livro poderá ser reproduzida em qualquer meio ou forma – impresso, digital, áudio ou visual – sem a expressa autorização da editora sob penas criminais e ações civis.
Esta é uma obra de ficção. Nomes, personagens, lugares e acontecimentos descritos são produtos da imaginação da autora. Qualquer semelhança com nomes, datas ou acontecimentos reais é mera coincidência.

Este livro segue as regras da Nova Ortografia da Língua Portuguesa.

CIP-BRASIL. CATALOGAÇÃO NA PUBLICAÇÃO
SINDICATO NACIONAL DOS EDITORES DE LIVROS, RJ
Camila Donis Hartmann - Bibliotecária - CRB-7/6472

C655r

   Cole, Tillie
     Redenção sombria / Tillie Cole ; tradução Mariel Westphal. - 1. ed. - Rio de Janeiro : The Gift Box, 2020.
     300 p.

   Tradução de : Deep redemption
   ISBN 978-65-5636-022-5

   1. Ficção inglesa. I. Westphal, Mariel. II. Título.

20-65380   CDD: 823
                 CDU: 82-3(410.1)

Dedicatória
Para aqueles que merecem ser livres.

TILLIE COLE

NOTA DA AUTORA

Como todos os livros da série Hades Hangmen, **Redenção Sombria** (Hades Hangmen #4) contém práticas religiosas e experiências que, embora possam não ser familiares ou conhecidas por muitos, são inspiradas por crenças e tradições do passado, de seitas existentes e de Novos Movimentos Religiosos.

Por favor, tenha em mente que este livro também contém cenas gráficas de práticas perturbadoras e tabus, abuso sexual e violência excessiva.

Peço também que nas suas resenhas e tudo o mais seja **SEM SPOILERS** para que todos os leitores possam tem a melhor experiência possível.

Muito obrigada e boa leitura!

VIDA LONGA AO PROFETA!!!

GLOSSÁRIO

(Não segue a ordem alfabética)
Para sermos fiéis ao mundo criado pela autora, achamos melhor manter alguns termos referentes ao Moto Clube no seu idioma original. Recomendamos a leitura do Glossário.

Terminologia A Ordem

A Ordem: *Novo Movimento Religioso Apocalíptico. Suas crenças são baseadas em determinados ensinamentos cristãos, acreditando piamente que o Apocalipse é iminente. Liderada pelo Profeta David (que se autodeclara como um Profeta de Deus e descendente do Rei David), pelos anciões e discípulos. Sucedido pelo Profeta Cain (sobrinho do Profeta David).*
Os membros vivem juntos em uma comuna isolada; baseada em um estilo de vida tradicional e modesto, onde a poligamia e os métodos religiosos não ortodoxos são praticados. A crença é de que o 'mundo de fora' é pecador e mau. Sem contato com os não-membros.

Comuna: *Propriedade da Ordem e controlada pelo Profeta David. Comunidade segregada. Policiada pelos discípulos e anciões e que estoca armas no caso de um ataque do mundo exterior. Homens e mulheres são mantidos em áreas separadas na comuna. As Amaldiçoadas são mantidas longe de todos os homens (à exceção dos anciões) nos seus próprios quartos privados. Terra protegida por uma cerca em um grande perímetro.*

Nova Sião: *Nova Comuna da Ordem. Criada depois que a antiga comuna foi destruída na batalha contra os Hades Hangmen.*

Anciões: *Formado por quatro homens; Gabriel (morto), Moses (morto), Noah (morto) e Jacob (morto). Encarregados do dia a dia da comuna. Segundos no Comando do Profeta David (morto). Responsáveis por educar a respeito das Amaldiçoadas.*

Conselho dos Anciões da Nova Sião: *Homens de posição elevada na Nova Sião, escolhidos pelo Profeta Cain.*

A Mão do Profeta: *Posição ocupada por Judah, irmão gêmeo de Cain. Segundo no comando do Profeta Cain. Divide a administração da Nova Sião e de qualquer decisão religiosa, política ou militar, referente a Ordem.*

Guardas Disciplinares: *Membros masculinos da Ordem. Encarregados de proteger a propriedade da comuna e os membros da Ordem.*

A Partilha do Senhor: *Ritual sexual entre homens e mulheres membros da Ordem. Crença de que ajuda o homem a se aproximar do Senhor. Executado em cerimônias em massa. Drogas geralmente são usadas para uma experiência transcendental. Mulheres são proibidas de sentir prazer, como punição por carregarem o pecado original de Eva, e devem participar do ato quando solicitado como parte de seus deveres religiosos.*

O Despertar: *Ritual de passagem na Ordem. No aniversário de oito anos de uma garota, ela deve ser sexualmente "despertada" por um membro da comuna ou, em ocasiões especiais, por um Ancião.*

Círculo Sagrado: *Ato religioso que explora a noção do 'amor livre'. Ato sexual com diversos parceiros em áreas públicas.*

Irmã Sagrada: *Uma mulher escolhida da Ordem, com a tarefa de deixar a comuna para espalhar a mensagem do Senhor através do ato sexual.*

As Amaldiçoadas: *Mulheres/Garotas na Ordem que são naturalmente bonitas e que herdaram o pecado em si. Vivem separadas do restante da comuna, por representarem a tentação para os homens. Acredita-se que as Amaldiçoadas farão com que os homens desviem do caminho virtuoso.*

Pecado Original: *Doutrina cristã agostiniana que diz que a humanidade é nascida do pecado e tem um desejo inato de desobedecer a Deus. O Pecado Original é o resultado da desobediência de Adão e Eva perante Deus, quando ambos comeram* o fruto proibido no Jardim do Éden. Nas doutrinas da Ordem (criadas pelo Profeta David), Eva é a culpada por tentar Adão ao pecado, por isso as irmãs da Ordem são vistas como sedutoras e tentadoras e devem obedecer aos homens.

Sheol: *Palavra do Velho Testamento para indicar 'cova' ou 'sepultura' ou então 'Submundo'. Lugar dos mortos.*

Glossolalia: *Discurso incompreensível feito por crentes religiosos durante um momento de êxtase religioso. Abraçando o Espírito Santo.*

Diáspora: *A fuga de pessoas das suas terras natais.*

Colina da Perdição: *Colina afastada da comuna, usada para retiro dos habitantes da Nova Sião e para punições.*

Homens do Diabo: *Usado para fazer referência ao Hades Hangmen MC.*

Consorte do Profeta: *Mulher escolhida pelo Profeta Cain para ajudá-lo sexualmente. Posição elevada na Nova Sião.*

Principal Consorte do Profeta: *Escolhida pelo Profeta Cain. Posição elevada na Nova Sião. A principal consorte do profeta e a mais próxima a ele. Parceira sexual escolhida.*

Meditação Celestial: *Ato sexual espiritual. Acreditado e praticado pelos membros da Ordem. Para alcançar uma maior conexão com Deus através da liberação sexual.*

Repatriação: *Trazer de volta uma pessoa para a sua terra natal. A Repatriação da Ordem envolve reunir todos os membros da fé, de comunas distantes, para a Nova Sião.*

Terminologia Hades Hangmen

Hades Hangmen: *um porcento de MC Fora da Lei. Fundado em Austin, Texas, em 1969.*

Hades: *Senhor do Submundo na mitologia grega.*

Sede do Clube: *Primeiro ramo do clube. Local da fundação.*

Um Porcento: *Houve o rumor de que a Associação Americana de Motociclismo (AMA) teria afirmado que noventa e nove por cento dos motociclistas civis eram obedientes às leis. Os que não seguiam às regras da AMA se nomeavam 'um porcento' (um porcento que não seguia as leis). A maioria dos 'um porcento' pertencia a MCs Foras da Lei.*

Cut: *Colete de couro usado pelos motociclistas foras da lei. Decorado com emblemas e outras imagens com as cores do clube.*

Oficialização: *Quando um novo membro é aprovado para se tornar um membro efetivo.*

Church: *Reuniões do clube compostas por membros efetivos Lideradas pelo Presidente do clube.*

Old Lady: *Mulher com status de esposa. Protegida pelo seu parceiro. Status considerado sagrado pelos membros do clube.*

Puta do Clube: *Mulher que vai aos clubes para fazer sexo com os membros dos ditos clubes.*

Cadela: *Mulher na cultura motociclista. Termo carinhoso.*

Foi/Indo para o Hades: *Gíria. Refere-se aos que estão morrendo ou mortos.*

Encontrando/Foi/Indo para o Barqueiro: *Gíria. Os que estão morrendo/mortos. Faz referência a Caronte na mitologia grega. Caronte era o barqueiro dos mortos, um daimon (espírito). Segundo a mitologia, ele transportava as almas para Hades. A taxa para cruzar os rios Styx (Estige) e Acheron (Aqueronte) para Hades era uma moeda disposta na boca ou nos olhos do morto no enterro. Aqueles que não pagavam a taxa eram deixados vagando pela margem do rio Styx por cem anos.*

Snow: *Cocaína.*

Ice: *Metanfetamina.*

A Estrutura Organizacional do Hades Hangmen

Presidente (Prez): *Líder do clube. Detentor do Martelo, que era o poder simbólico e absoluto que representava o Presidente. O Martelo é usado para manter a ordem na Church. A palavra do Presidente é lei no clube. Ele aceita conselhos dos membros sêniores. Ninguém desafia as decisões do Presidente.*

Vice-Presidente (VP): *Segundo no comando. Executa as ordens do Presidente. Comunicador principal com as filiais do clube. Assume todas as responsabilidades e deveres do Presidente quando este não está presente.*

Capitão da Estrada: *Responsável por todos os encargos do clube. Pesquisa, planejamento e organização das corridas e saídas. Oficial de classificação do clube, responde apenas ao Presidente e ao VP.*

Sargento de Armas: *Responsável pela segurança do clube, polícia e mantém a ordem nos eventos do mesmo. Reporta comportamentos indecorosos ao Presidente e ao VP. Responsável por manter a segurança e proteção do clube, dos membros e dos Recrutas.*

Tesoureiro: *Mantém as contas de toda a renda e gastos. Além de registrar todos os emblemas e cores do clube que são feitos e distribuídos.*

Secretário: *Responsável por criar e manter todos os registros do clube. Deve notificar os membros em caso de reuniões emergenciais.*

Recruta: *Membro probatório do MC. Participa das corridas, mas não da Church.*

PRÓLOGO

CAIN

    Cinco anos atrás...
    Os olhos negros e desalmados de Hades me encararam. Com as mãos nos bolsos da calça jeans, observei o mural à frente — uma enorme pintura de Satanás na parede do clube dos Hangmen. O sorriso vil em seu rosto estava direcionado a mim enquanto esperava que um dos irmãos viesse me buscar. O nome dele era Smiler. Era mais velho do que eu, mas não muito. Eu o conheci em um bar de motociclistas frequentado por ex-forças armadas nos arredores de Austin.
    O plano do meu tio havia funcionado como previsto. Smiler e eu começamos a conversar, e quando comentei alguma coisa sobre ter servido como fuzileiro naval, ganhei sua simpatia. Agora ele estava me apresentando ao precioso clube de motociclistas que amava mais do que qualquer coisa.
    No entanto, era tudo mentira. Nunca fui um fuzileiro naval, e nem sequer fazia ideia do que se tratava isso até o ano passado. Porém, era um disfarce excelente e uma maneira perfeita de me misturar.
    Enquanto esperava por Smiler, olhei em volta do pátio. Meus olhos arderam com a visão que contemplava. As mulheres, vestidas unicamente com a intenção de seduzir, perambulavam pelo complexo em pequenos grupos. Algumas esfregavam seus corpos pecaminosos contra os homens intoxicados com álcool e sabe-se lá com mais o quê. Os homens eram ruidosos e selvagens, e a maioria ingeria bebidas enquanto apalpava as mulheres em lugares íntimos e proibidos.

Meu estômago revirou quando vi um deles puxar uma mulher para si e depois a fazer se ajoelhar para ficar de frente à sua virilha. Meu rosto queimou de embaraço e raiva quando o vi abrir o zíper e puxar sua dureza diante do olhar de todos ali. Agarrando um punhado do cabelo da garota, ele se enfiou por entre os lábios abertos.

A mulher não resistiu... na verdade, gemeu quando sua amiga também se ajoelhou para se juntar a ela. Fiquei paralisado enquanto observava o ato depravado e doentio. Pude sentir minhas mãos trêmulas ante a vida de imoralidade que todos ali levavam.

Este lugar era como um poço do pecado. Um lugar digno do diabo que ostentavam com tanto orgulho em seus emblemas.

— Está gostando do que vê?

Virei a cabeça em direção à entrada do clube e vi Smiler parado na porta, me encarando com um ar divertido.

Obriguei-me a desempenhar o papel para o qual havia me preparado durante todo o ano anterior.

— Com certeza é algo diferente.

— Você ainda não viu nada — Smiler disse secamente e me acenou para que o seguisse.

Entrei em uma espécie de bar, mal conseguindo absorver tudo. O rock alto encheu cada centímetro do ar enfumaçado. Homens de todas as idades – claramente membros do Hangmen – se espalhavam pelo ambiente. Alguns realizavam atos obscenos com as mulheres, semelhantes aos que presenciei do lado de fora; outros se encontravam sentados ao redor das mesas, bebendo ou jogando sinuca.

Não percebi que havia parado para contemplar a cena vil e impura diante dos meus olhos, até Smiler acenar com a mão. Pisquei, concentrando-me outra vez e esfreguei o rosto.

— O quê? — perguntei, sem saber se havia escutado qualquer uma de suas palavras.

Smiler balançou a cabeça.

— Não se preocupe, cara. Com o tempo você se acostuma com isso.

Assenti e lhe dei um sorriso. Quando me levou em direção a uma porta no fundo daquele ambiente, mantive o semblante estoico e me concentrei no que devia ser feito. Um assobio alto soou atrás de mim, atraindo minha atenção. Uma mulher dançava nua no bar, rebolando os quadris. Uma sedutora. O canto do meu lábio superior se curvou com o asco ante a cena. Um homem gigante e ruivo se postou logo atrás dela e a agarrou pelas coxas.

— Abaixa aí, peitões! Eu quero provar essa boceta molhadinha!

Fiquei enraizado no lugar enquanto a via fazer o que lhe fora ordenado. O homem se inclinou para frente e enterrou a cabeça entre as coxas da mulher. Os que estavam ao redor gritaram e aplaudiram.

Tudo o que senti foi nojo.

Eu queria me virar, ir embora desse verdadeiro inferno na terra e voltar ao rancho.

Eu queria voltar aos meus estudos, às nossas escrituras e livros sagrados. Queria voltar para o meu irmão. Ele nunca acreditaria no nível de depravação testemunhado por mim naquele instante.

Smiler bateu à porta e o barulho interrompeu meus pensamentos. Assim que alguém autorizou sua entrada, segui logo atrás, sabendo que era chegado o momento. Naquela sala estava o homem que decidiria se eu seria contratado como o mais novo recruta dos Hangmen. O homem que dirigia este clube pecador... e a quem eu precisava impressionar e ganhar a confiança.

O infame presidente do clube de motociclistas Hangmen.

Shade Nash.

Meu coração batia como um tambor.

— Rider! — Smiler chamou. — Entre aqui!

Cerrei as mãos em punhos para impedi-las de tremer. Respirei fundo e fiz uma prece ao Senhor. *Por favor, me dê a força necessária para cumprir esta missão. Por favor, me dê a coragem para enfrentar tudo isso.*

Entrei na sala e avistei Smiler perto de uma grande mesa de madeira, com mais outros quatro homens sentados ao redor. Na verdade, dois homens mais velhos, já que os outros dois não pareciam ser tão mais velhos do que eu.

Os Hangmen mais jovens me encararam à medida que eu me aproximava até parar ao lado de Smiler. Um deles tinha cabelo escuro e profundos olhos castanhos. O outro tinha um longo cabelo loiro e um olhar azul brilhante.

— Então este é ele? — A voz rouca veio do homem enorme sentado à cabeceira. Com o cabelo e olhos escuros, a semelhança era imensa com o rapaz à sua direita.

— Shade, este é Rider, o cara de quem falei.

Shade me encarou com seriedade.

— Você pilota? — perguntou em um tom de voz profundo e rouco, quase entediado e que combinava com sua aparência: obscura e ameaçadora.

— Sim, senhor — respondi. — Uma chopper.

— Senhor? Que porra é essa? De onde diabos você é? — o rapaz loiro debochou, sorrindo.

— Ele é ex-fuzileiro — Smiler alegou em minha defesa.

— Um pouco jovem para ser um fuzileiro naval, não acha? — Shade sondou.

Dei de ombros.

— Meus pais me alistaram aos dezessete anos.

— E por que saiu?

— É meio pessoal. Muita merda aconteceu por lá. — Fiz questão de me certificar para que a voz soasse embargada, triste.

Shade acenou com a cabeça.

— Não precisa dizer mais nada, garoto. Muitos caras que passaram por essas portas também enfrentaram a mesma coisa naquela porra de Paquistão do caralho. Uma coisa boa nesse clube: ninguém vai te encher pelas coisas que você fez ou viu.

REDENÇÃO SOMBRIA

O homem loiro e mais velho ao lado de Shade cutucou o mais jovem com o pé.

— Então cala a boca e pare com essas baboseiras, Ky, antes que eu arranque essa sua língua sabichona. Esse garoto já serviu o país. Tudo o que você fez foi beber cerveja e comer bocetas.

O rapaz — Ky — sentou-se no banco, fazendo uma careta.

O outro, de cabelo escuro, se virou para o amigo e gesticulou com as mãos. Ky assentiu com a cabeça como se estivesse respondendo a uma pergunta...

Percebi então que a comunicação se deu pela linguagem de sinais.

— Não se importe com esses dois idiotas — Shade comentou. — Um está tão obcecado por bocetas e se masturbando tanto que não tem mais neurônios na cabeça. E aquele ali é mudo e não fala com ninguém além de seu amiguinho idiota aqui.

Shade apontou para o homem ao seu lado.

— Esse é o Arch, meu VP e pai do Ky. Aquele — apontou para o jovem silencioso — é o meu garoto, Styx. O futuro desse maldito clube... que Hades nos ajude.

Acenei com a cabeça para todos e depois encarei o Prez mais uma vez, vendo seu olhar se estreitar.

— Você tem família?

Fiz uma negativa.

— Não mais.

— Quantos anos você tem?

— Dezenove.

— Sabe mexer com motos? Pode consertar tudo e essas merdas?

— Conserto melhor as pessoas.

— Você é médico ou alguma merda do tipo? — Arch perguntou.

— Eu era médico. Meu pai também. Ele me ensinou algumas coisas antes de morrer. Os fuzileiros me ensinaram todo o resto — respondi, sentindo a mentira deslizar pela língua como manteiga.

Shade arqueou uma sobrancelha.

— Você bota o seu na reta por ele? — perguntou a Smiler, que deu de ombros.

— Não o conheço muito além do bar do Smitty, mas já o vi pilotando. Ele é bom. Realmente bom. E eu não sou tão bom assim em costurar os irmãos como tenho feito ultimamente. Com a situação com os mexicanos se tornando cada vez mais complicada, achei que ele poderia ser útil.

Shade respirou fundo e depois bateu a mão na mesa. Encontrando meu olhar, disse:

— Vamos dar uma chance pra você, garoto. Se passar algumas semanas e não estiver muito fodido, votaremos em você como um possível recruta.

Alívio e prazer como nunca senti antes correram através do meu corpo. Eu havia passado no primeiro teste.

— Obrigado, senhor — respondi.

Shade riu na minha cara.

— E chega dessa merda de "senhor". Ninguém nunca me chamou assim e com *toda a certeza da porra, não chamarão tão cedo. Smiler, coloque o garoto atrás do bar. Se o filho da puta for capaz de sobreviver à merda do Vike e do Bull a noite toda, então dê um quarto para ele. É sua função cuidar para que ele não irrite ninguém. Não estou com disposição para aturar merda esta noite.*

— *Certo, Prez* — *Smiler disse e me levou da sala para o bar.*

Ele me entregou uma garrafa de bebida e alguns copos de shot e apontou para o grupo que observava a dançarina nua. Os homens agora bebiam a tequila diretamente da boca da mulher e, em seguida, lambiam o sal de suas coxas e seios.

— *Você os mantém abastecidos com Patrón e faz o que mandarem. Entendeu?*

Assenti com a cabeça, recebendo um tapinha nas costas quando Smiler saiu para se juntar a outros caras do outro lado do bar.

Enquanto eu servia a bebida para os homens já embriagados, senti-me inundado de um senso de propósito. Eu estava aqui e havia conseguido entrar no covil dos homens maus e indignos. Deus me trouxe a este lugar para fazer a Sua vontade. Eu ganharia a confiança daqueles que estavam no comando e me tornaria o mais valioso possível para eles...

... E então eu os separaria. Destruiria tudo o que consideravam importante. E quando chegasse a hora, eu desceria a ira do Profeta David sobre todos eles... até que não restasse nada desse clube.

A não ser os pecadores mortos.

Esquecidos.

E queimando no fogo do inferno.

CAPÍTULO UM

CAIN

Dias atuais...

Com os olhos inchados, observei quando mais uma gota caiu no chão à frente. O ar rançoso e úmido do Texas estava se tornando insuportável. A cela onde estava se tornou um breu quando outra tempestade caiu. O trovão ressoou ao longe, aproximando-se cada vez mais de Nova Sião.

Vários minutos se passaram até que os relâmpagos começaram a iluminar esporadicamente o ambiente escuro. A chuva se transformou de uma garoa leve a uma chuva torrencial enquanto martelava o telhado da minha prisão. As goteiras suaves que se infiltravam pelas pequenas rachaduras no teto de pedra agora haviam se tornado um riacho raivoso que escorria pelo chão.

Movi a perna e estremeci quando os músculos protestaram. Tentei fazer o mesmo com o braço e acabei bufando de frustração quando meu corpo inteiro queimou de dor.

Olhei para a parede atrás de mim, sentindo as têmporas latejando. Minha visão nublou, me deixando à beira da inconsciência.

Com muito esforço, consegui focar o olhar novamente e contei os riscos feitos com a ponta afiada de uma pedra na parede. Trinta e cinco. *Trinta e cinco...* Estava nesta cela há trinta e cinco dias, sofrendo exorcismos e espancamentos diários pelos novos guardas disciplinares...

— *Arrependa-se! Arrependa-se e ajoelhe-se diante o profeta!* — *Irmão James gritou enquanto meu corpo pendia pelas correntes no teto.*

— *Não* — *murmurei. A agonia abrasadora lacerou minhas costas quando o cinto de couro riscou mais uma faixa na pele já ferida.*

— *Arrependa-se! Arrependa-se e declare sua lealdade ao seu profeta!*

Meus olhos se fecharam quando filetes de sangue fresco escorreram pelas costas e pernas, pingando no chão aos meus pés.

Minha mandíbula cerrou. Fechei os olhos, rezando por absolvição. Orando para ser tirado desse sofrimento... da maldita e constante dor...

— *Você se arrepende?* — *Irmão Michael insistiu.*

Meu coração bateu uma, duas, três vezes quando a pergunta finalmente se infiltrou no meu cérebro.

— *Arrependa-se de uma vez e tudo isso acabará. Arrependa-se e toda a dor cessará. Arrependa-se e una-se ao seu irmão com o intuito de guiar o povo ao paraíso. Arrependa-se e nunca mais olhe para esta cela.*

Minha respiração ficou presa na garganta quando a tentação de me submeter às demandas de Judah tentou abrir caminho até os meus lábios. As palavras "eu me arrependo" estavam na ponta da língua. Meu corpo machucado queria proferi-las, sedento pelo alívio... Mas então minha alma se enrijeceu ao pensar na Partilha do Senhor que havia testemunhado... a dor... o medo... os atos de pecado pedofílico sendo praticados em meu nome...

Expirei o ar que prendia e senti o alívio imediato em meu peito.

— *Não... Não me arrependerei... Nunca me arrependerei...*

Mantive os olhos fechados. Eu os mantive bem fechados quando um punho duro acertou minhas costelas, arrancando-me um arquejo estrangulado da garganta machucada. Mas não me importei. Eu não me curvaria ao meu irmão.

Eu não podia... eu só... não podia...

REDENÇÃO SOMBRIA

Meus olhos nublaram novamente e tentei balançar a cabeça latejante para permanecer consciente. Estava cansado de acordar desorientado e sozinho na escuridão. Cansado do corpo dolorido, da pele ferida e dos vômitos. Estava cansado de ouvir meu irmão pregar seus sermões histéricos a respeito do juízo final através dos alto-falantes espalhados pela comuna.

Quando tentei me levantar, as unhas rasparam contra o chão duro. Desejei que as pernas funcionassem, mas elas não cooperaram. Tentei novamente, conseguindo rastejar de joelhos, porém os músculos enfraquecidos cederam, incapazes de suportar meu peso, e acabei caindo de costas com um baque. Perdi totalmente o fôlego quando minha coluna se chocou contra as pedras. Puxei o ar pelo nariz ao sentir a frustração crescer dentro de mim. Uma lágrima traidora caiu do canto do meu olho direito quando a desolação tomou conta. A criatura sombria que sempre se mantinha escondida no meu estômago começou a cavar com as suas garras.

O barulho de um alto-falante sendo ligado soou do lado de fora.

— *Povo de Nova Sião!*

Fechei os olhos cansados quando a voz de Judah adentrou minha silenciosa cela.

— *A forte tempestade e a escuridão cessaram, mas não se enganem, o Armagedom está chegando! As inundações vindo em direção aos nossos lares, os conflitos diários que todos sofremos ao seguir o caminho de Deus... Tudo isso nos levam ao caminho para a nossa salvação. Trabalhem com mais afinco nas tarefas que lhes foram dadas. Orem com ainda mais devoção. Nós prevaleceremos!*

Minha mente enevoada apagou o restante de suas palavras. Mas isso não importava. Elas eram as mesmas todos os dias. Meu irmão estava colocando nosso povo sob um frenesi aterrorizado, instigando o medo a cada minuto de cada dia.

Era o que Judah fazia de melhor.

Manchas cintilaram à frente dos meus olhos e a pele dos meus lábios se rachou por conta da desidratação. Eu não conseguia mais sentir os braços ao lado do corpo e sabia que logo seria arrastado outra vez. Eu podia sentir, aquela sensação espreitando para vir me derrubar, mas eu resisti. Todos os dias eu resistia às consequências dos castigos.

A força de vontade em mim para lutar contra aquilo era a única coisa que me restava.

— *Os homens do diabo estão chegando! Nossos dias estão contados! Nós devemos nos salvar!* — A palavra final de Judah conseguiu filtrar através do zumbido agudo em meus ouvidos. Cerrei os punhos e os senti tremer por causa da raiva.

Anos atrás, o Profeta David pregara que um dia os agentes de Satanás invadiriam nossa comuna, tentando livrar a terra do povo escolhido de

Deus. Somente através do profeta, o céu seria alcançado. Somente através da obediência a todas as suas palavras, uma alma poderia ser salva. Quando os Hangmen invadiram e mataram meu tio, muitas pessoas pensaram que era o fim. Mas não havia sido. Agora Judah pregava que eles voltariam.

Um trovão retumbou logo acima. Estremeci quando o som afastou a única coisa que eu cultivava nos dias de hoje: os pensamentos sombrios. Dúvida, a maior ferramenta do diabo, sufocava meu coração e alma como um câncer. O gosto de sal estourou na minha língua. Meu longo cabelo castanho grudava nas bochechas por causa do calor sufocante que banhava minha pele em suor.

Umedeci os lábios rachados, desejando água. Era possível que trouxessem comida e bebida em breve, já que era alimentado duas vezes por dia, pontualmente. Mulheres às quais não conhecia entravam na minha cela e colocavam uma bandeja aos meus pés. Elas me davam um tempo suficiente apenas para consumir a refeição, antes de voltarem, silenciosamente, para buscar os utensílios. Em dias bons, elas me limpavam, com um olhar vago e indiferente. Então era deixado sozinho até que os discípulos voltassem para me punir. O ciclo recomeçava.

Eu ainda não tinha visto Judah.

Seu foco parecia estar em levar a comuna ao caos histérico, criando uma teia rancorosa para incentivar o que eu havia me recusado a seguir. Ele queria uma guerra santa. Queria os Hangmen mortos.

Minha mente estava em conflito. Por um lado, não me importava se todos queimassem no fogo eterno. Por outro, quando pensava nas Amaldiçoadas, nas três irmãs que Judah forçaria a voltar à submissão ou simplesmente as mataria, sentia dificuldade para respirar.

A bile subiu à garganta quando imaginei a vida que elas levariam sob o jugo do meu irmão gêmeo. A náusea seguiu quando imaginei o rosto marcado de Delilah, seu cabelo cortado. Quando pensei no que Judah havia feito com ela na Colina da Perdição. Eu, o profeta, não tomei ciência de seus planos. Depois disso, percebi que não fazia ideia do que ele era realmente capaz. Se alguém tivesse me contado o que aconteceu com Lilah, eu nunca teria acreditado. No entanto, vi seu rosto. Contemplei o medo em seu olhar quando esteve presa no antigo moinho. Aquilo havia acontecido, sem sombra de dúvida.

E não fiz nada à epoca para impedir.

Meus pensamentos se voltaram para Mae e a última coisa que me disse quando deixei que ela e suas irmãs fossem embora.

"Sempre acreditei em você, Rider... Sempre acreditei que, lá no fundo, você era um homem bom."

Aquelas palavras ficaram impressas no meu cérebro. E sempre que pensava em Mae, era atingido por uma onda de dor. O modo como as Irmãs Amaldiçoadas olharam para mim, ficaria para sempre gravado em minha mente. Elas me temiam e me odiavam. E o pior de tudo, Mae ficara *decepcionada* comigo, já que achava que eu era melhor do que aquilo.

Ela estava errada.

Fui dois homens nessa vida. Estava começando a entender que nenhum deles era real. E no final, ambos não passavam de mentiras. Rider fingiu ser um Hangmen, mas sempre ficava do lado de fora, olhando para dentro. Cain pensou ser um profeta, por fora fingindo uma força que não tinha, mas por dentro, se afogando em medo. Mas se esses dois homens eram um ardil, quem diabos eu era? Quem eu era de *verdade*?

Eu não fazia ideia.

Passos soaram do lado de fora da cela. A luz apareceu por sob a fresta da porta pesada e o cheiro de comida atingiu meus sentidos. Meu estômago roncou ante a necessidade de nutrição; minha boca salivou com uma sede absurda.

A fechadura girou e uma mulher adentrou a escuridão. Sua cabeça estava inclinada e o rosto virado para o outro lado. Ela usava um longo vestido cinza que cobria seu corpo do pescoço aos pés, e uma touca branca cobria a cabeça. Quando depositou a bandeja no chão, seu rosto ficou à vista. Meus olhos se arregalaram em surpresa quando vi um fio rebelde de cabelo escapulindo da touca. Vermelho. Vermelho vibrante. As bochechas e o nariz estavam salpicados de sardas e os olhos eram de um azul brilhante.

Eu a conheço...

Phebe.

Enquanto colocava a bandeja de comida no chão, evitou contato visual comigo. Por dias e dias, tive as mesmas duas mulheres entregando a refeição e limpando minhas feridas. Nunca antes Phebe viera.

Seu rosto era inexpressivo, e sem trocar sequer uma palavra comigo, ergueu-se e saiu da cela.

Meu coração bateu acelerado. Alguém com quem já tive contato antes, havia acabado de entrar e sair dali... Meu coração diminuiu a velocidade e depois voltou a se apertar. Ela nunca acreditaria que eu era o verdadeiro Cain.

Ela fora programada a acreditar em tudo que seu profeta lhe dizia.

Era inútil.

Eu estava sozinho.

Obriguei-me a me colocar sentado, rangendo os dentes enquanto meus membros tensionados tremiam. Meus olhos inchados examinaram o conteúdo da bandeja: caldo de legumes, um pedaço de pão e um copo de água. Peguei a água primeiro, bebendo o líquido morno em tempo recorde.

Ofeguei em alívio. Ignorando a mão trêmula, mergulhei a colher no caldo e a levei aos lábios. A pele ardeu quando o líquido quente e salgado se infiltrou pelas feridas e rachaduras, mas fechei os olhos quando a comida atingiu meu estômago faminto.

Phebe voltou com uma bacia e um pano. Ajoelhando-se ao meu lado, começou a limpar o sangue da minha pele. Ela era metódica e silenciosa enquanto esfregava. O tempo todo em que se manteve naquela tarefa, a observei. Ela manteve a cabeça baixa e inclinada, evitando minha atenção. No entanto, achei que estava diferente da última vez em que a vi. O vestido que usava era ainda mais modesto. A pele estava muito pálida. Avistei o que se parecia a um hematoma clareando, mesmo que incapaz de ver em detalhes por conta da visão turva.

A mão suave tocou meu cabelo. Algumas mechas ainda se grudavam às minhas bochechas, o resto dos longos fios emaranhados e colados no meu peito, escondendo meu rosto. Minha barba castanha havia crescido muito e também se encontrava engrenhada. Evitei encarar meu reflexo por cinco semanas, mas sabia que dificilmente seria reconhecível.

Ela voltou a concentrar a atenção em meus braços; vi quando enrijeceu ao limpar a sujeira e o sangue da minha pele. A reação foi sutil, mas percebi mesmo assim. Minhas tatuagens — os resquícios do meu tempo de Hangmen — estavam lentamente aparecendo. Meu coração acelerou enquanto a esperava dizer alguma coisa. Como profeta, sempre usei uma túnica; eu deveria cobrir meu corpo. Meu povo ignorava que minha pele era coberta por tatuagens. Mas Phebe conhecia cada centímetro do corpo de Judah, da pele livre de tinta...

Suas sobrancelhas arquearam, embora tenha continuado a fazer a limpeza. Quando terminou, se levantou e, pegando a bacia e o pano, saiu rapidamente da cela.

Meu corpo tombou em derrota.

Um trovão ecoou, outra onda da poderosa tempestade se aproximando. Inclinando-me no chão, fechei os olhos e tentei dormir. Eu sabia que só tinha algumas horas até que os discípulos voltassem para me punir.

Pressionei a bochecha no chão duro de pedra e deixei a escuridão me levar. Se tivesse sorte, talvez não acordasse novamente.

CAPÍTULO DOIS

HARMONY

Agarrei a beirada do assento quando o avião sacudiu para cima e para baixo. O Irmão Stephen me disse que era algo chamado turbulência. Meu estômago revirou com a estranha sensação de voar e foi preciso fechar os olhos com força.

— Você está bem, Harmony? — A voz suave da Irmã Ruth flutuou em meus ouvidos quando sua mão quente cobriu a minha.

— Isto... parece estranho — respondi, abrindo os olhos.

Ela me observava com o olhar cheio de preocupação.

— Concordo. Não importa quantas vezes já tenha voado, nunca fica mais fácil. — Sorriu tentando me passar segurança.

Eu me virei para encarar o Irmão Stephen e o vi olhando para o nada, mas quando me flagrou o observando, deu um sorriso nervoso antes de dizer:

— É porque este é um avião pequeno. Estive em maiores em minha juventude, quando morava no mundo exterior. Lembro que era muito mais fácil controlar os nervos.

Um sorriso curvou meus lábios, mas desapareceu quando o avião desceu novamente. Os nódulos de meus dedos estavam brancos à medida que eu apertava o apoio de braços com força. Fechei os olhos novamente, tentando respirar através do pânico que aumentava a cada solavanco.

Enchi minha mente de boas memórias. Imaginei a casa que havia deixado para trás. Eu amava aquele lugar. Amava o clima quente, mas mais do que isso, amava a sensação de família. Meu estômago apertou quando pensei para onde estávamos indo – Nova Sião.

A comuna na qual morava em Porto Rico era excepcionalmente pequena em comparação com muitas outras ao redor do mundo. A maioria das pessoas levava a vida de um jeito mais privado. Como a minha família. Éramos reservados e cuidávamos uns dos outros; sem sofrimento, sem expectativas.

Éramos felizes.

E então o Profeta David morreu.

Seu herdeiro, o profeta Cain, tomou o seu lugar e, sem perda de tempo, começou a reunir o povo. Uma a uma, as comunas foram fechadas e os fiéis retornaram a Nova Sião, para se juntarem ao nosso líder.

Fomos a última comuna a se juntar à Repatriação.

Olhei em volta do pequeno avião. Havia menos de trinta pessoas a bordo, sendo que eu nem mesmo conhecia a maioria dos que ali estavam. Meu olhar deparou com os de vários homens e mulheres desconhecidos. Suas expressões variavam. Alguns pareciam felizes por estar saindo de Porto Rico. Outros pareciam aterrorizados.

Desde o momento em que nos reunimos hoje de manhã, muitos me olhavam com desconfiança. Exatamente como alguns faziam naquele exato momento.

Rapidamente virei a cabeça, sentindo o pânico e o medo se infiltrando em minha pele. Eu era mantida escondida dessas pessoas por um motivo. Só tinha sido exposta àqueles que cuidavam de mim... aqueles que não queriam me machucar.

Recostei-me ao assento e Irmã Ruth apertou a minha mão. Enquanto olhava para a mulher que se tornara uma das minhas guardiãs mais fiéis, uma fagulha de pavor penetrou meu coração. Eu podia ver a apreensão em seu rosto e no seu olhar, era o mesmo medo que sabia estar refletido no meu.

Nas últimas semanas, o Irmão Stephen, seu amigo mais próximo, também estava estranho. Nova Sião. Nosso medo daquele lugar era palpável. Quando nos aproximamos da nossa nova casa, minhas mãos começaram a tremer.

Seja forte, pensei comigo mesma. *Você deve ser forte.*

Eu me concentrei em respirar profundamente. O avião parecia ter passado do que quer que fosse aquele vento turbulento, e tudo se acalmou. Liberando minha mão do aperto firme e confortador, ergui os dedos para levantar lentamente o véu.

Assim que o fino material azul claro se afastou da minha boca, respirei profundamente. Mesmo não sendo uma peça que dificultava minha respiração, pois a Irmã Ruth o projetara para ser leve, ainda assim, eu me sentia sufocada sempre que o usava.

Ela fez com que eu abaixasse a mão e balançou a cabeça devagar.

— Harmony, você precisa se acostumar. — A irmã Ruth recolocou o tecido azul claro no lugar e alisou a touca da mesma cor sobre meu cabelo loiro.

— Eu odeio isso — confessei o mais baixinho que pude, cerrando os dentes em frustração.

A simpatia inundou seus olhos escuros.

— Eu sei, anjo. — Sorri tocada com sua ternura, mas meu sorriso desapareceu quando ela acrescentou: — Mas o profeta ordenou que você o usasse.

Estendi as mãos sobre o vestido longo com o mesmo tom azul pálido do véu. E pensei no novo profeta. Ouvi dizer que era cruel e forte, e eu não duvidava disso, já que me encontrou. Eu tinha conseguido viver em paz até algumas semanas atrás, quando um dos guardas disciplinares do Profeta Cain foi ajudar a fechar a nossa comuna. Fui descoberta quando ele chamou cada membro para se reportar aos seus aposentos.

Descoberta e marcada como... *uma Irmã Amaldiçoada de Eva.*

— *Eu devo sair?* — *perguntei ao Irmão Stephen quando ele abriu a porta do meu quarto. Eu podia ver o arrependimento e a tristeza estampados em seus olhos castanhos, mas ele assentiu com a cabeça.*

— *Eles virão buscar você se não o fizer. Estão avaliando cada membro da comuna* — *informou.*

Um buraco se formou em meu estômago. Precisei pressionar uma perna à outra para conter o tremor.

— *Venha* — *ele disse gentilmente e estendeu a mão. Aceitei o gesto, tocando sua palma com meus dedos trêmulos e abaixei a cabeça para evitar contemplar o olhar de compaixão.*

Irmão Stephen me levou para fora. Entrecerrei os olhos quando o sol radiante lançou sua luz sobre mim, ofuscando minha visão. A comuna estava mortalmente silenciosa, meus passos ecoando como trovões.

— Harmony, este é o Irmão Ezrah — o Irmão Stephen disse.

Respirei fundo. Meus dedos ainda tremiam, bem como os joelhos, e comecei a respirar mais rápido... mas permaneci de pé. Mantive a força de vontade.

Um par de botas pesadas surgiu em meu campo de visão. Meu coração bateu acelerado e além do normal, fazendo meu sangue zunir em meus ouvidos. Então um dedo tocou meu queixo e obrigou-me a erguer a cabeça. Ouvi o suspiro assombrado do guarda diante de mim.

Uma brisa suave e quente tocou meu rosto, enviando o perfume do Irmão Ezrah até o meu nariz. Almíscar. Ele cheirava a algo almiscarado. Sutil... familiar.

— Levante os olhos — Irmão Ezrah ordenou. Seu tom não me deixava escolha. Contei silenciosamente até três e então levantei a cabeça.

No minuto em que nossos olhares se encontraram, vi o fogo arder em suas íris. Ele tirou a mão do meu queixo e passou-a pelo meu longo cabelo loiro. Seus dedos roçaram delicadamente meu rosto, os olhos azuis estudando os meus castanhos. Um lento sorriso apareceu em seus lábios.

O Irmão Ezrah se voltou para o Irmão Stephen.

— O que é isso? Por que ela não foi declarada antes? O novo profeta enviou uma mensagem a todas as comunas pedindo que suas meninas fossem avaliadas semanas atrás. Ela deveria ter sido declarada para nossa inspeção.

O Irmão Stephen fingiu que não sabia sobre isso. Meu estômago apertou quando o Irmão Ezrah se virou para um guarda subalterno.

— Contate o profeta. Diga a ele que encontramos uma provável Amaldiçoada.

Meus olhos se fecharam. Uma Amaldiçoada. Meu corpo foi tomado por tremores de puro pavor, porém eu sabia que era inútil discutir. Ele não mudaria de ideia. Seus olhos apenas confirmaram o que acreditava ser verdade.

Eu era uma prostituta do diabo.

— Não. Ela não é — Irmão Stephen argumentou, mas o Irmão Ezrah se afastou a passos largos e marcados por um novo tipo de determinação.

Olhei para meus guardiões e trocamos um olhar significativo. Respirei fundo, sabendo que chegara a hora. No entanto, o medo ainda corria em minhas veias como um veneno espesso. A vida pacífica da minha família aqui em Porto Rico havia acabado. Sempre soubemos que este momento chegaria, mas nem a ciência disso tornava as coisas mais fáceis.

Minha vida estava prestes a mudar para sempre...

— Odeio ter que usar esse véu — aleguei, sentindo cada grama desse ódio em meus ossos.

— Se for declarada como uma verdadeira Amaldiçoada pelo profeta, ele planeja que você seja mantida longe da congregação. Ele quer apresentá-la às pessoas só na hora certa. Eles não têm ideia da sua existência, Harmony. O profeta revelou que esse tempo será o fim dos dias. O casamento profetizado entre nosso líder e uma Amaldiçoada ainda não aconteceu. As pessoas temem que sem ela todos estejamos condenados ao inferno. O profeta Cain quer se casar com você para mostrar que somos o povo escolhido de Deus. Que Ele não nos abandonou.

A náusea subiu pela garganta ante o pensamento de me casar com o profeta a quem nunca havia conhecido. Eu não fazia a menor ideia de como ele era. Nosso povo em Porto Rico sempre era o último a saber das notícias de Nova Sião.

Dei uma risada desprovida de humor. Logo me casaria com um homem a quem não conhecia. Embora fosse meu dever – o que alguns considerariam um privilégio –, tudo o que eu sentia era total e absoluto nojo. Minha experiência passada com homens como ele ainda estava marcada em meu coração... na minha pele.

Na minha alma.

Com o toque repentino de Irmã Ruth em meu braço, pisquei com força para focar as vistas, me virando para vê-la apontar pela pequena janela ao seu lado.

Inclinei-me sobre o corpo dela e olhei para baixo. Tudo que eu podia ver eram nuvens brancas, até que ela levantou a mão.

— Espere, elas abrirão novamente em breve.

Esperei pacientemente, e então, como dissera, as nuvens se dissiparam. Meu coração disparou ao ver a colcha de retalhos verde mais abaixo. Contruções cobriam quilômetros. Meus olhos se arregalaram com a enormidade do que eu via.

— Nova Sião — anunciou, sem emoção em sua voz.

Engoli em seco enquanto meu olhar percorria o máximo possível de terras sagradas. O avião começou a fazer a volta, oferecendo-me uma visão completa da grande comuna.

— É tão grande — sussurrei com os olhos arregalados.

— Maior do que eu poderia imaginar — Irmã Ruth comentou.

Minhas mãos começaram a tremer sobre o meu colo. Nova Sião era enorme. Nosso lar em Porto Rico não tinha mais do que dez acres. Nova Sião era vasta... e completamente isolada, fora da vista dos olhos curiosos.

O lugar perfeito para o nosso povo existir bem longe do mundo exterior.

— Irmão Stephen, você quer ver? — Irmã Ruth perguntou. Ele

manteve os olhos à frente e balançou a cabeça.

Seus lábios estavam contraídos e os olhos entrecerrados. Voltei a olhar pela janela, vendo o chão se aproximar com rapidez. O que indicava que devíamos estar bem perto de pousar.

Recostei-me ao assento e apertei as mãos firmemente no meu colo.

Você consegue fazer isso. Você tem que conseguir.

As rodas do avião subitamente tocaram o solo. Os motores gritaram quando começamos a desacelerar.

Havíamos chegado.

A estrada de cascalho rangeu sob os pneus pesados da pequena aeronave, o som enchendo a cabine. Eu me concentrei em manter o medo sob controle, mas parecia impossível.

— Estou apavorada — sussurrei. Balancei a cabeça, odiando não poder afastar essa fraqueza.

Senti Irmão Stephen tenso – sabia que ele se sentia culpado por eu estar aqui, nessa posição. Irmã Ruth colocou a mão no meu ombro e começou a endireitar meu véu e meu cabelo.

Eu a observei enquanto ela se certificava de que minha aparência estivesse impecável e perfeita... exatamente como o profeta queria. Ela se recostou e disse:

— Você é realmente linda, Harmony. Ele não contestará a alegação do Irmão Ezrah, tenho certeza disso.

Assenti, mas tudo o que senti foi repulsa.

Em Porto Rico, meus guardiões e nossos amigos nunca me fizeram sentir mal ou tocada pelo diabo. E eu sabia que não seria assim com todos. As escrituras às quais seguíamos reforçavam o medo das pessoas para com aquelas marcadas como Amaldiçoadas. Inúmeras passagens foram escritas sobre as Irmãs Amaldiçoadas de Eva e o seu fascínio demoníaco. Como elas tentam as almas inocentes com suas armadilhas. Pior ainda eram os capítulos das escrituras do Profeta David sobre como livrá-las desse pecado.

As torturas físicas... As junções celestiais a partir dos oito anos de idade...

Calafrios correram pelo meu corpo.

Eu sabia que aqui em Nova Sião seria temida tanto quanto se o diabo andasse entre nossas terras. Seria detestada. Somente quando me casasse com o profeta é que receberia qualquer sinal de respeito. Se ele achava que esse véu me protegeria do julgamento do povo, estava muito enganado.

Eu apenas me destacaria mais.

O piloto entrou na cabine e abriu as portas do avião fazendo com que o ar úmido do lado de fora se infiltrasse. Ouvi o som de veículos se aproximando em direção ao avião. Tínhamos alguns carros em Porto Rico, mas não tão grandes quanto estes.

Meu pulso bateu acelerado no pescoço quando o piloto desceu as escadas. Ouvi o murmúrio baixo de vozes, depois passos vindo em direção à cabine. Um homem apareceu no topo, todo vestido de preto, segurando uma arma em frente ao corpo. Seus olhos avaliadores percorreram a pequena cabine até aterrissarem em mim. Senti Irmã Ruth e Irmão Stephen tensos na mesma hora.

O homem – que julguei ser um guarda disciplinar – sorriu para mim. Aquele sorriso fez com que sentisse vontade de tomar banho naquele momento. Seus olhos brilharam de excitação.

O guarda rapidamente desfez o sorriso e se dirigiu às pessoas atrás de nós.

— Eu sou o Irmão James. A primeira fileira sairá por último. Todos os outros devem sair agora. Vocês serão levados para seus novos aposentos e designados para suas tarefas.

Não foi preciso falar duas vezes. Todos recolheram seus pertences e desembarcaram rapidamente. Os guardas da nossa comuna – Solomon e Samson – conversaram com o Irmão James, recebendo ordens específicas. Eles se encaixavam perfeitamente ao lado dos guardas da Nova Sião. Pareciam ameaçadores e letais – exatamente como o velho profeta gostava que seus guardas disciplinares fossem. Ao olhar para Irmão James, também me convenci de que o Profeta Cain não seria diferente.

Fiquei completamente quieta, até o avião estar vazio. O guarda acenou com a cabeça.

— Sigam-me.

Ajeitei o vestido, sentindo as pernas trêmulas. Irmão Stephen foi à frente, vestido com a sua melhor túnica, o cabelo preto cortado e elegante. Eu saí em seguida. A Irmã Ruth, usando seu longo vestido cinza e touca branca, veio atrás de mim.

O ar se tornava cada vez mais úmido e quente à medida que nos aproximávamos da porta. Quando cheguei ao topo da escada, vi um grande veículo preto em frente ao avião. Quatro guardas esperavam à frente... Todos com os olhos fixos em mim.

Abaixei a cabeça e desci lentamente os degraus.

Quando cheguei ao asfalto quente da pista, olhei para os guardas.

— É verdade, há outra Amaldiçoada — um deles comentou, a emoção iluminando seu rosto. — A profecia será realizada.

Eu podia sentir a crescente excitação pulsando dos homens como ondas. O Irmão James fez um gesto para que os outros se afastassem.

— Entrem — ordenou assim que abriu a porta do carro.

Nós três embarcamos no veículo, com Irmão James ao volante. Concentrei-me do lado de fora da janela, para escapar do escrutínio do guarda que me encarava pelo espelho.

Fomos conduzidos por uma estrada de cascalho, mas árvores verdes e exuberantes passavam como um borrão. Todos no veículo se mantinham em silêncio. Parecia que estávamos ali há uma eternidade antes de pararmos diante de algumas contruções de tijolos.

Fomos levados a um pequeno edifício situado à esquerda de um prédio cinza mais comprido. Quando entramos, dois homens, vestidos de preto, se levantaram de suas cadeiras atrás de uma mesa. Imediatamente, os olhares se focaram em mim.

Meu estômago revirou quando percebi que eles estavam no comando e eram os homens mais próximos do profeta. O mais moreno dos dois deu um passo à frente e falou com o Irmão Stephen:

— Você é o irmão que morou com ela?

— Sim, senhor — respondeu o irmão Stephen. — E a Irmã Ruth também.

O guarda ergueu as sobrancelhas.

— Mas nenhum de vocês declarou que havia uma Amaldiçoada em sua comuna? Vocês mantiveram isso escondido do profeta? Ignoraram uma ordem direta de entregar qualquer prostituta do diabo em potencial a Nova Sião para inspeção?

— Não suspeitávamos que a Irmã Harmony fosse uma Amaldiçoada — Irmão Stephen explicou.

O guarda passou pelo Irmão Stephen e retirou o véu do meu rosto. O ar úmido tocou minhas bochechas, e senti-me empalidecer ante os olhares do guarda. Ele puxou minha touca e os fios loiros se derramaram pelas minhas costas até a cintura. O guarda se afastou com a cabeça inclinada para o lado.

Mantenha a calma, eu me lembrei. *Não se desespere.*

Uma expressão de raiva surgiu em seu rosto.

— Você nunca pensou que essa mulher fosse uma Amaldiçoada? Estou na presença dela há menos de dois minutos, mas posso ver sua beleza incomparável e sentir a atração maldita. O mal de sua alma praticamente polui a pureza nesta sala.

Irmão Stephen e a Irmã Ruth ficaram em silêncio. O guarda se aproximou de mim.

— Quantos anos você tem?

Engoli o nó que se formou na garganta e sussurrei:

— Vinte e três.

Os olhos dele cintilaram.

— A idade perfeita. A idade profetizada. — O discípulo encarou meus guardiões. — A Irmã Amaldiçoada será mantida em reclusão até que sua presença seja necessária. Não podemos arriscar que ela tente os homens da comuna antes do casamento com o profeta. — O olhar do guarda se voltou para mim, deslizando pelo meu corpo. — Ela é muito mais atraente do que o Irmão Ezrah informou. O profeta verá isso e a marcará com o status oficial de Amaldiçoada, tenho certeza disso. — Depois se virou para meus amigos. — Vocês dois também serão isolados, como punição. O Armagedom se aproxima, mas estiveram escondendo a nossa única chance de redenção ao alcance. — Furioso, balançou a cabeça.

Voltando-se para um dos guardas, ordenou:

— Leve-os para as celas. Uma foi preparada para a potencial Amaldiçoada. Coloque o Irmão Stephen e a Irmã Ruth em outra.

Um homem mais magro empurrou Irmão Stephen em direção à porta. A Irmã Ruth rapidamente recolocou meu véu e touca antes de sairmos. Senti os olhares às minhas costas durante todo o percurso até o edifício mais distante. Quando entramos, quase engasguei com o ar abafado que enchia cada centímetro.

O guarda abriu uma porta.

— Vocês ficam aqui — informou aos meus guardiões.

A Irmã Ruth apertou minha mão gentilmente quando passou por mim, e com medo, retribuí o gesto. O discípulo fechou a porta atrás deles e disse:

— Vocês receberão suas ordens em breve.

Ele caminhou até a porta ao lado que já se encontrava aberta. Dentro havia um colchão no chão, um vaso sanitário e lavatório com cortinas e uma janela alta com barras. Meu coração apertou ante a constatação de que ficaria presa ali.

— Acomodações adequadas para uma prostituta Amaldiçoada — o homem debochou em um tom desdenhoso. Balançou a cabeça em direção à cela, silenciosamente ordenando que eu entrasse.

Dei um passo à frente e a porta se fechou atrás de mim. Eu podia ouvir a água gotejando por trás de uma parede à direita e que me separava do que deduzi ser outra cela. Fiquei imóvel no centro da minha prisão por vários minutos até caminhar em direção à cama improvisada. Sentei-me no colchão duro e manchado e recostei-me à parede áspera.

Fechei os olhos tentando afastar a angústia que ameaçava tomar conta de mim. Lembrei-me do porquê estava ali. Eu precisava ser forte. Pessoas dependiam da minha força de vontade. Minha família dependia de mim.

Você não falhará. Não falhará com sua família... não de novo.

Então mantive os olhos fechados, afastando da minha mente as garras do medo.

Eu estava aqui.

Para me casar com o profeta.

E isso era tudo.

CAPÍTULO TRÊS

CAIN

Uma grande porta de madeira se abriu e os guardas me lançaram para frente. Caí no chão quando as pernas cederam com o empurrão inesperado. Uma raiva ardente percorreu minhas veias. Cerrei as mãos em punhos e me obriguei a erguer o torso do piso áspero. Notei o gosto de sangue na boca e percebi que havia partido o lábio na queda. No entanto, mal senti a ferida. Cada maldita parte do meu corpo parecia entorpecida. Era como se o tempo não tivesse passado quando os guardas voltaram para me buscar.

Desmaiei. Quando acordei, estava sendo arrastado de volta para este local.

Lutei para conseguir enxergar à frente; meu cabelo e barba emaranhados cobriam a maior parte do meu rosto. Um lampejo branco chamou minha atenção assim que a porta atrás de mim se fechou. Eu sabia que os guardas haviam me deixado, mas não estava sozinho. Podia sentir que alguém estava ali comigo.

Afastei o cabelo para o lado. Estremeci com a luz brilhante acima de mim, mas tentei me concentrar naquele lampejo branco. Depois de piscar quatro vezes, a silhueta de uma pessoa apareceu... uma pessoa que eu conhecia tão bem quanto a mim mesmo.

Ou pelo menos era isso o que costumava acreditar.

Judah se sentou nos degraus mais altos no fundo da cela, com um sorriso no rosto. Seus braços estavam casualmente apoiados sobre os joelhos dobrados. O longo cabelo castanho estava arrumado e a barba agora era tão comprida quanto a que costumava usar a minha própria. Meu estômago se retorceu em um nó. Eu tinha a vã esperança de que o nosso povo seria capaz de enxergar através do seu disfarce, mas ele se parecia exatamente comigo. Sentado diante de mim agora, o brilho sutil de orgulho em seu olhar indicava que ele sabia que era isso o que eu via.

O plano de Judah havia funcionado.

Judah era o profeta Cain.

Impulsionado com aquilo e não querendo perder a vontade de lutar, fiz com que meus braços fracos me ajudassem a ao menos me sentar. Respirei fundo, quase sem energia alguma, mas não desviei o olhar do de meu irmão.

Seus olhos, duros e inflexíveis, nunca se afastaram dos meus.

Um estranho misto de emoções brotou dentro do meu peito. Judah era meu irmão, nascido nesta vida assim como eu. Fomos criados para sermos os líderes da Ordem. Fomos tirados de nossos pais quando jovens, jovens demais para sequer manter uma lembrança deles. Tudo o que tínhamos era um ao outro. Ele era meu sangue, meu melhor amigo... era meu gêmeo. Mas agora, enquanto olhava para ele, era como se estivesse a mundos de distância do irmão que tanto amava. O gêmeo a quem sempre fui tão unido estava se afastando de mim. Eu sabia como poderia impedir isso, mas apenas... não podia.

— Judah — ele disse, a voz ecoando pelas grossas paredes de pedra. Apesar do cansaço, levantei a cabeça.

Judah.

Ele *me* chamou pelo seu nome. Seu delírio era pior do que eu temia.

Meu corpo vibrou de raiva ao ouvir o *nome dele* saindo de sua boca. Umedeci os lábios ressecados e rachados. Engoli em seco, apenas para permitir um pouco de líquido na garganta, e murmurei:

— *Cain.* — Os olhos escuros de Judah brilharam com fúria. Isso só me incentivou ainda mais. — *Cain* — repeti. — Meu nome é... *Cain.*

O sorriso sumiu de seu rosto e seu corpo inteiro tensionou. Lentamente coloquei a mão sobre meu peito.

— Eu sou o profeta... não você... não... você...

As bochechas de Judah ficaram vermelhas. Baixei a mão, incapaz de mantê-la erguida, sendo observado o tempo todo por ele. Seu rubor desapareceu e ele se inclinou para frente. A tensão aumentou à medida que me encarava, o ar abafadiço demais para respirar.

Ele não disse nada por alguns segundos, simplesmente mantendo nossos olhares fixos um ao outro. Finalmente, um imenso sorriso cruel surgiu em seus lábios.

— Sabe, irmão, quando éramos crianças, estava convencido de que você era a melhor pessoa do mundo. Melhor até mesmo do que Tio David.

Arfei rapidamente, ouvindo o sibilos roucos a cada inspiração e evidência do preço que os espancamentos cobravam do meu corpo. Minha garganta estava áspera e dolorida, mas o que mais doía era a dor no meu coração quando ouvi a nostalgia na voz de Judah. Porque lembrei-me de tudo. Lembrei-me de que, quando crianças, ele olhava para mim quando estávamos deitados no gramado perfeitamente cuidado do rancho sob o sol do verão. Conversávamos sobre como eu um dia assumiria a liderança, com meu irmão ao meu lado. Sempre ao meu lado, como Deus havia arquitetado.

Fechei os olhos com força. Éramos crianças inocentes naquela época, olhando o mundo através de óculos com lentes cor-de-rosa. Não tínhamos ideia do caminho que se apresentaria diante de nós, das estradas traiçoeiras que percorreríamos.

Era estranho. Eu ainda podia sentir a emoção que sentíamos naquela época surgindo dentro de mim. Lembrei-me do meu medo pelo caminho que eu teria que trilhar: me tornar profeta.

Mas sempre soube que poderia fazer isso, porque podia contar com meu irmão ao meu lado.

Nosso vínculo inquebrável havia sido desfeito apenas alguns meses após minha ascensão. Destruído pela sua ganância, seu orgulho... destruído pela sua necessidade de vingança.

Cerrando a mandíbula, com os músculos rígidos pelo ódio, Judah continuou:

— Mas à medida que envelhecemos, tudo o que você fez foi me frustrar. Nós dois estudamos as escrituras, mas aprendi as lições com muito mais facilidade do que você. Fomos criados da mesma maneira, mas apenas você era punido. Você cometia erro após erro, tropeçando em sermões e atrapalhando nossas passagens sagradas como um tolo cego.

Judah inclinou a cabeça para o lado, e seus olhos estreitaram-se sobre a pele tatuada de meus braços. Minha tatuagem de Hangmen. Eu sabia que ele odiava aquilo. Sabia que odiava que eu tivesse sido o escolhido para realizar a tarefa que nosso tio considerara tão importante.

Ele odiava não ser *eu*.

Uma expressão estranha surgiu em seu rosto. Pela primeira vez fui incapaz de adivinhar o que ele estava pensando.

— Então o tio o enviou para se infiltrar por entre os homens do diabo. — Judah suspirou e passou a mão pelo rosto, do jeito que eu fazia. Balançou a cabeça... assim como eu fazia. Ele deve ter estudado meus hábitos e maneirismos.

Uma pergunta surgiu na minha cabeça: há quanto tempo ele planejou tudo isso? Tempo suficiente para ter estudado todos os meus movimentos. Muito antes de eu lhe dar um motivo. Meu sangue gelou. Meu irmão, meu gêmeo... aparentemente duvidara de mim todo esse tempo.

— Sabe, quando você foi levado do rancho para se infiltrar entre aqueles homens, fiquei aliviado — afirmou. — Passei todos os meus dias em isolamento. Eu estudei e estudei e, todos os dias, minha fé se tornou mais forte, acrescendo minha sabedoria e conhecimento a respeito de nossa causa. Fortaleci minha capacidade de liderar nosso povo. — Ficou de pé.

Tive que inclinar a cabeça para trás para olhar para ele quando se elevou sobre mim. Eu estava de joelhos, olhando para Judah logo acima. Em seus olhos, vi a onda de poder que ele sentia. O verdadeiro profeta ajoelhado aos pés do irmão que fora deixado de lado.

Ele sorriu e uma expressão presunçosa surgiu em seu rosto. Ele se agachou para me encarar bem dentro dos meus olhos.

— Nunca consegui entender por que o tio havia enviado você, seu "herdeiro escolhido", para o covil do Satanás. — Sua mão desceu para traçar a tatuagem de Hades no meu antebraço. — Mas agora sei. — Assentiu, como se estivesse se convencendo de que a teoria em sua cabeça era verdadeira. — Ele estava testando você. Estava vendo se você poderia resistir à atração do mal. — Soltou a minha mão e deu de ombros com indiferença. — Acontece que você não conseguiu.

— Eu consegui — retruquei. — Vivi entre eles por cinco anos. Reuni informações que nos fortaleceram. Sem essas informações, teríamos falhado em nossa missão! — Estremeci quando minha garganta latejou de dor. Continuando, acrescentei: — Você teria morrido em questão de semanas se estivesse no meio daqueles homens. Você é fraco. Eu me mantive forte. Fiz o que precisava pela nossa causa. — Cerrei os dentes. — Matei por eles. Tirei vidas, vidas inocentes. Você teria desmoronado!

A expressão de meu irmão não se alterou, mas percebi, através de seu olhar, que as minhas palavras atingiram o alvo.

— Você não se manteve forte, irmão — ele disse com uma voz debochada, disfarçando a raiva. — Você caiu. Você esteve com uma Amaldiçoada nas mãos e a deixou ir porque acreditava que a amava. — Ele inclinou a cabeça para um lado. — Na verdade, você estava sob o feitiço dela, como todo mundo. Como todos os homens fracos que caíram antes de você. Sua fraqueza levou aqueles homens à nossa comuna e matou nosso salvador.

Meu ódio aumentou dentro de mim. Ele não fazia ideia do que diabos estava dizendo!

Judah se inclinou para frente.

— Daí, mesmo quando trouxe todas as três para você, um presente em uma bandeja de prata, ainda assim, não conseguiu prendê-las. Em vez disso, as libertou. *Novamente* você foi tomado de cegueira ante a beleza delas, governado pela sua luxúria e pecado. Isso, *irmão*, não é a marca de um profeta.

Abri a boca para contestar, mas ele me interrompeu:

— Ficou claro para mim quando voltávamos para casa por que você foi enviado para os Hangmen. — Ele estava me provocando, me fazendo esperar de joelhos pela sua conclusão. — Porque nosso tio sabia que você cairia em tentação. Ele sabia que você seria influenciado pelo mal. — Os olhos de Judah brilhavam com piedade quando assentiu com a cabeça. — Ele levou você para que eu pudesse permanecer em reclusão. Ele sabia que você era uma distração para mim. — Um sorriso lento curvou seus lábios; minhas veias viraram gelo. — No fim, *eu* era o profeta destinado. Tudo isso era para ser *meu*. Posso ver isso agora.

Cerrei as mãos em punhos. Perdendo a compostura já tão desgastada, eu disse:

— Você prega nada além de ódio! Posso ouvi-lo daqui, da minha cela. Você anunciou o Arrebatamento ao povo. Sinalizou o fim dos dias. Você os colocou em histeria!

— Porque *é*, irmão. Chegou a hora — respondeu calmamente.

Frustrado, balancei a cabeça.

— Isso teria sido *revelado* por Deus. Você teria recebido uma mensagem direta do nosso Senhor. Você não pode simplesmente anunciar isso por conta própria! Não pode colocar vidas inocentes em perigo por causa de sua necessidade de sangue dos Hangmen!

Judah sorriu ainda mais e meu coração pesou.

— Eu recebi — alegou com orgulho. — No momento em que você abandonou a sua fé ao libertar as Irmãs Amaldiçoadas daquele moinho, senti a transformação em mim. Senti o peso da liderança cair sobre meus ombros, vindo dos seus. E desde então tenho recebido revelação após revelação do Senhor, assim como aconteceu com nosso tio por tantos anos. — Assentiu lentamente com a cabeça. — E recebi o direcionamento para preparar nosso povo para o Arrebatamento. Está na hora, irmão. O tempo para o qual nos preparamos por toda vida... chegou.

Meus olhos se arregalaram em choque enquanto analisava o rosto de Judah. Procurei por algo que me dissesse que ele estava mentindo.

Mas tudo o que vi foi verdade e convicção em seu semblante. Balancei a cabeça, incapaz de acreditar. Ele não podia estar... não, não era possível...

A mão de Judah pousou com força no meu ombro.

— Irmão — ele disse, suavemente. Em um instante, seu olhar se transformou de inflexível a gentil, de rancoroso a amoroso... de profeta para meu irmão.

REDENÇÃO SOMBRIA

Eu queria falar, afastar sua mão e dizer que sabia que ele estava mentindo. Mas não fiz nada disso. Porque o *conhecia*. Sabia quando meu irmão gêmeo mentia... Eu não sabia... Não conseguia me concentrar... ele parecia estar dizendo a verdade... minha cabeça doía muito, meus instintos não estavam funcionando direito...

— Irmão — Judah tentou novamente. Desta vez, meu olhar fatigado encontrou o dele. — Hoje é o quadragésimo dia do seu castigo. Você expiou sua fraqueza e julgamentos errôneos.

Balancei a cabeça.

— Não, foram trinta e cinco. — Não sabia por que estava discutindo o assunto... não importava quantos dias haviam se passado. Mas eu só precisava de algo que fosse *real*. Nada mais era real para mim. *Nada*.

Eu tinha trinta e cinco riscos na minha parede.

Não quarenta.

Trinta e cinco.

— Você nem sempre esteve consciente, irmão. Algumas de suas punições o deixaram fora de combate por um longo tempo. Mais no início, quando sua deserção ainda era recente e as punições, mais severas. Foram quarenta dias e quarenta noites, conforme exigido pelos nossos livros sagrados. Fiquei longe de você enquanto enfrentava seu castigo. Seus pecados precisavam ser expiados, como quando éramos crianças. Isolado daqueles que você ama. Estou aqui hoje para vê-lo se arrepender e levá-lo de volta ao caminho virtuoso. — Seu semblante suavizou. — Para os meus braços e de volta para a minha confiança.

— Arrepender-me? — perguntei confuso. Cada pedaço meu parecia entorpecido: pele, carne e ossos. Mas minha cabeça começou a latejar novamente com tudo o que ele estava me dizendo.

— Sim — Judah disse, gentilmente. — Pelos seus pecados. Por perder a fé na Ordem... e em mim.

Meu estômago retorceu quando ele me encarou com tamanha compaixão. Quando sua expressão se suavizou, quando olhou para mim como um irmão.

Judah estendeu a mão e segurou a minha. Observei nossas mãos unidas – as minhas sujas e machucadas, as dele imaculadas. Sufoquei um grito quando seus dedos apertaram suavemente os meus. Deixei meu olhar subir para o seu rosto, vendo seus olhos castanhos brilhando.

— Judah — murmurei, sentindo a resistência desaparecer do meu coração.

— Arrependa-se, irmão, por favor. Por favor... Eu... — ele pigarreou. — Eu preciso de você ao meu lado. — Deu uma risada suave. — Como sempre fomos... como sempre devemos ser. Irmãos ligados por Deus, sangue e fé.

Eu estava cansado. Estava tão cansado. Sua mão se mantinha segurando a minha, o calor de seu afeto penetrando minha pele. Eu não queria mais ficar sozinho. Estava cansado de ficar sozinho.

— Não quero mais ficar sozinho — sussurrei.

A testa de Judah pressionou contra a minha.

— Então não fique, irmão. Volte para nós. Liberte-se das garras de Satanás e volte para nós. Você tem um lar aqui comigo. Um lar que está esperando pelo seu retorno. Arrependa-se, irmão... simplesmente diga essas palavras libertadoras.

Meus lábios se contraíram quando senti meu ânimo se esvair. Eu queria uma família novamente. Eu queria ser amado. Queria estar inteiro outra vez.

Judah prendeu a respiração quando minha boca se abriu... mas nada saiu. Em vez disso, minha mente se encheu de imagens. Lampejos das coisas que presenciei aqui em Nova Sião. Vídeos de crianças dançando sedutoramente. Judah me convidando para escolher uma para tomar como minha consorte. Os despertares em que soube que ele havia participado. O rapto de meninas. O sexo, os atos de depravação em massa. Pude ver o rosto cheio de cicatrizes e o olhar aterrorizado de Delilah, a Amaldiçoada, como se ela estivesse na minha frente.

— Irmão, me escute — Judah continuou, sua mão apertando a minha cada vez mais forte. — Havíamos entendido tudo errado. *Eu* sou o profeta e *você* é a Mão do Profeta. Foi por isso que você lutou para sobreviver. Porque fomos feitos para diferentes papéis.

Judah se sentou diante de mim, nivelando nosso olhar, parecendo, de alguma forma, meu igual. Mas eu sabia que não era possível. Muita coisa havia acontecido, muitas coisas mancharam a minha fé para que tudo voltasse a ser como era antes.

Nada poderia ser o mesmo. O que eu sabia agora fazia com que tivesse certeza disso.

— Não — sussurrei, desanimado, antes mesmo de perceber que havia falado. Ergui os olhos e deparei com Judah me observando atentamente.

— Não — repeti, desta vez mais forte, sentindo a adrenalina percorrer meu corpo, levando vida aos meus ossos e clareza à minha mente.

— Não, o quê...? — ele perguntou, franzindo a testa.

— Não para tudo. Não vou me arrepender. — Judah tentou soltar minha mão, mas segurei com firmeza. — E me arrepender do quê, por nos salvar? Manter as Amaldiçoadas faria com que os Hangmen invadissem a nossa comuna novamente. As Irmãs estão todas noivas, casadas ou grávidas. Elas não são mais espiritualmente puras o bastante para serem a noiva do profeta, mesmo que as trouxéssemos de volta. — Parei para ins-

REDENÇÃO SOMBRIA 39

pirar profundamente e continuei: — E não vou ficar parado e permitir que crianças sejam violadas por homens adultos, Judah. Eu ainda acredito em tudo isso, em nossa causa. Mas vou interromper a prática dos despertares. É... bárbaro. É simplesmente errado!

— Não — respondeu com os dentes entrecerrados. — É a elevação do profeta, revelado a ele pelo Senhor! — Ele se levantou, soltando nossas mãos com brusquidão.

Relutei um pouco antes de dizer as próximas palavras, pois eu sabia o impacto que isso teria... Decidi dizer de qualquer maneira:

— Não acredito que a prática tenha sido revelada por Deus. Como qualquer Deus aceitaria isso?

Os olhos de Judah se arregalaram.

— Agora você faz isso? — murmurou e cambaleou de volta para se sentar nos degraus de pedra. Seus olhos se estreitaram enquanto me observava, como se estivesse olhando para um estranho. Seu semblante se tornou sombrio. — Agora você escolhe questionar as escrituras, no momento mais crucial e significativo? Quando mais preciso de você ao meu lado?

Fiquei em silêncio e retribuí seu olhar, vendo seus lábios contraídos.

— Diga-me — ele falou e fez uma pausa, tentando entender tudo. — Se você tivesse conseguido que Salome, a Amaldiçoada, permanecesse na comuna, estaria sentindo essas coisas?

Era como se meu gêmeo tivesse me dado um soco no estômago. Ele sabia como eu me sentia a respeito de Mae. Agora estava usando isso contra mim. Judah se inclinou para a frente, apoiando os cotovelos nos joelhos.

— E então? Você estaria sentindo isso?

Refleti sobre a sua pergunta, realmente pensei sobre aquilo. Imaginei o lindo sorriso de Mae, seu longo cabelo escuro e os olhos cristalinos; os meus preferidos. Mas então fechei os meus e a vi nos braços de Styx. Vi o jeito com que olhava para ele. E vi a maneira que agora olhava para mim. Piedade, talvez até ódio.

Nunca amor ou respeito.

Que diabos eu estava fazendo?

Minha mente era uma tremenda massa confusa. Tentei me imaginar casado com ela, aqui em Nova Sião. Eu nunca teria tomado outra. Mas Mae nunca teria amado essa vida. Ela odiava esse lugar, e eu já a havia amado o suficiente para não lhe desejar isso.

Inferno, eu não tinha ideia do que sentia. Quanto mais ficava naquela cela, sofrendo e sendo torturado, mais meus sentimentos por ela diminuíam. Quem poderia querer alguém que lhe desprezasse? Quem queria uma mulher que sentisse repulsa por tudo o que você é?

Mae me queria como amigo, e tudo o que fiz foi esfaqueá-la pelas costas. Uma dor aguda e insuportável se instalou no meu estômago. Além do meu irmão, ela havia sido minha única amiga.

Eu precisava de um amigo agora.

Respirando profunda e lentamente, encarei meu irmão.

— Eu nunca a teria mantido para mim.

Ele vacilou, chocado. E, assim como não senti nenhum engano em suas revelações, sabia que ele sentiu o mesmo nas minhas.

— Ela não foi feita para o nosso mundo.

Judah parecia irriadiar raiva. Começou como uma brasa suave, crescendo até um fogo infernal.

— Por quê? — gritou, se levantando dos degraus como um demônio do inferno. — Por que você está agindo desse jeito? Nós fomos feitos para esta vida, mas você está dando as costas para o nosso propósito, para o seu povo. Seu irmão! Para quê?

Não respondi. Judah veio até mim e agarrou meu braço, fazendo a dor ricochetear em direção aos meus dedos, mas seus olhos estavam focados novamente em minhas tatuagens.

— Nunca me permiti acreditar nisso, porém você estava realmente corrompido. Se ainda fosse puro em suas crenças, não estaria relutando com tanto ardor. — Ele se abaixou e perguntou friamente: — Você quer voltar para a cela? Quer que o castigo prossiga? Quer ficar sozinho pelo resto de sua vida pecaminosa?

Uma fração do velho Judah brilhou nos olhos do meu irmão. Enterrado sob todo o poder que possuía, abaixo da fé que o protegia como um escudo, ele estava sinceramente implorando para que eu me arrependesse. Naquele momento, vi que sentia tanto medo em falhar em sua liderança quanto eu senti.

A mão de Judah deslizou pelo meu braço e pousou novamente na minha palma. Engoli de volta a emoção que veio à tona. Por um longo tempo, depositei minha fé nos outros. Sua mão era uma tábua de salvação. Eu estava me afogando, e ele estava desesperadamente tentando me salvar.

Nós estávamos apenas tentando salvar um ao outro.

— Arrependa-se, irmão — implorou, a voz suave e aflita. — Juntos podemos tornar nosso povo melhor. Podemos preparar os fiéis para o Arrebatamento. O céu será nosso. — Seus dedos apertaram os meus e ele deu um beijo na minha cabeça.

— Se o fim dos dias chegou, pereceremos independente de tudo. Não temos uma Irmã Amaldiçoada pura para nos salvar através do casamento. Estamos condenados de qualquer maneira, Judah. Tudo está perdido. Acabou.

Segundos se passaram em silêncio total.

— Não, não está — alegou. Congelei no lugar. Judah suspirou emocionado. — Eu encontrei outra.

Levantei a cabeça e observei seu rosto animado.

— O quê? — Choque se expressou em minha voz rouca.

Ele pousou as mãos em meus ombros.

— Arrependa-se, irmão. Nem tudo está perdido. Tudo tem se encaminhado exatamente para o planejado. Nosso povo está treinando. Estão aprendendo a lutar. Os seguidores do diabo não nos destruirão antes de nos elevarmos. — Com os olhos grudados aos meus, repetiu: — Arrependa-se. Arrependa-se e volte a ficar ao meu lado. Sempre foi para ser assim, você e eu. Vamos terminar isso como começamos. *Juntos*.

O choque me deixou sem palavras. Eu queria dizer que sim, concordar com tudo aquilo. Ansiava tomar banho, dormir, comer na mansão. Queria tudo o que meu irmão fazia... mas não da forma como ele queria.

Eu não podia.

Afastei-me do seu toque.

— Não vou me arrepender pelo que fiz. Eu estava certo. Nossas práticas devem mudar. As Amaldiçoadas não pertencem a este lugar aqui, conosco.

Num piscar de olhos, o irmão amoroso que eu conhecia se fora e em seu lugar, mais uma vez, estava o falso profeta.

De pé, ele se virou de costas para mim, a postura demonstrando apenas frieza.

— Irmão Michael! Irmão James! — Judah chamou. A porta atrás de mim se abriu. Meu coração estava partido, mas fiquei quieto quando ele se dirigiu aos homens às minhas costas: — Ele se recusa a se arrepender. É um pecador e seu castigo deve prosseguir.

— Sim, Profeta — Irmão Michael respondeu.

Encarei meu irmão, desejando que ele olhasse novamente para mim. Mas ele não o fez. Ele saiu dali, sem olhar para trás.

Mãos grandes envolveram meus braços e me colocaram de pé. Mordi a língua para reprimir um grito de dor. Os guardas disciplinares me arrastaram para a sala de punição, tendo dificuldade para carregar meu corpo flácido. Eu era mais alto e mais musculoso que os dois homens, mas estava fraco e não pude revidar.

Como todos os dias, fui obrigado a resistir aos socos que vieram. Punhos fechados em minhas costelas, rins e peito... mas não senti nada.

Forcei-me a permanecer em pé. Não atingiram meu rosto hoje, mas com cada golpe e soco no meu corpo, eles sorriam, e era nítido o desdém em seus semblantes. No entanto, eu era incapaz de odiá-los. Eu já havia sido como eles uma vez. Eles acreditavam completamente em nossa causa. Aos seus olhos, eu era um pecador que havia sido influenciado pelo diabo.

E talvez eu fosse.

Eu sabia que o diabo era real. O pânico tomou conta de mim. Talvez eu tivesse *caído* vítima do maligno. Talvez minha alma estivesse destinada a queimar no inferno.

Eu simplesmente não sabia. Enquanto as perguntas circulavam na minha cabeça, percebi que, naquele momento, já nem me importava.

Irmão Michael deu um último soco rápido nas minhas costas e eu caí no chão, meus joelhos cedendo perante a dor. Minhas mãos pressionaram o chão de pedra enquanto arfava com dificuldade.

Ambos me obrigaram a levantar outra vez e me arrastaram para fora da sala de punição. Eu tremia a cada passo dado, sentindo a raiva crescer. Eu podia senti-la tomando conta de todas as partes do meu corpo, a amargura correndo pelas minhas veias como em um acesso intravenoso.

A porta da cela se abriu. Sentindo que alguém estava perto, levantei a cabeça e vi dois novos guardas na entrada. Ambos eram musculosos e tinham olhos escuros, cabelo curto e barbas escuras. Eram bem parecidos um ao outro. Vestidos com roupas pretas e coturnos, vestimentas típicas dos guardas disciplinares, cada um deles tinha uma AK-47 em punho. Acenaram com a cabeça para os guardas que me continham, e quando olharam para mim, torceram os lábios com nojo.

Ao ser arrastado de volta para a minha cela, notei um homem de idade e uma mulher mais velha preparando comida no final do longo corredor. Ambos olharam para mim, mas rapidamente se afastaram quando os guardas da entrada ordenaram:

— Voltem ao trabalho!

Os guardas me jogaram no chão da cela. Na queda, meu rosto se chocou ao piso áspero, e fui incapaz de conter a raiva que vinha reprimindo. Usando a adrenalina que me restara e ainda pulsava em mim, me levantei e liberei cinco semanas de gritos. Andei pela cela com passos desnorteados, as pernas ardendo e latejando enquanto o sangue corria para os meus músculos.

Meu olhar se fixou à parede com os riscos que tracei, contabilizando cada um deles.

— Trinta e cinco — rosnei, a voz agora rouca pelo uso excessivo. Peguei a pedra afiada do chão e a arrastei contra a superfície, sentindo a ponta afiada cortar minha palma, soltando-a na mesma hora.

Eu estava de volta a esta cela, largado para apodrecer, enjaulado como um animal. Recuando, peguei a pedra ensanguentada e, com as mãos trêmulas, a levei de volta à parede. Começando uma nova contagem, raspei cinco novos traços.

— *Quarenta...*

Eu não aguentava mais. Desmoronei, encostando-me à parede. A pele de todo o meu tronco ardia por conta do espancamento.

O silêncio era ensurdecedor enquanto me sentava no chão duro, o ar abafado se grudando à minha pele como se fosse cola. O crepitar dos alto-falantes da comuna anunciou o que estava por vir e a voz de Judah ecoou pela janela da cela.

— *Povo de Nova Sião. A Partilha do Senhor de hoje começará em quinze minutos.* Congelei. Um frio gelado desceu pela minha coluna quando pensei no que aconteceria naquela sala. Fiquei enjoado ao me lembrar da única Partilha do Senhor que já havia presenciado. Homens adultos estuprando garotinhas; Judah orgulhoso; Sarai, sua consorte escolhida, se contorcendo ao seu lado.

Fechei os olhos e lutei contra outro grito. A cela escureceu quando as nuvens de outra tempestade se aproximaram, sufocando o céu azul. Uma metáfora apropriada para o que estava acontecendo comigo por dentro. A luz estava sendo apagada, como uma vela em um furacão. Eu podia sentir as garras da amargura se cravando em minha alma. A única outra vez em que me senti assim foi quando me obrigaram a me infiltrar nos Hangmen. Naquela época fiquei com nojo da vida pecaminosa que eles levavam, sabendo que minha fé era o único caminho para a salvação.

Agora estava começando a pensar que, por mais impuros que esses homens fossem, pelo menos possuíam honra e orgulho. E eu tinha certeza de que não estuprariam crianças em nome de Hades ou do clube.

Minhas mãos tremiam. Meu peito estava tão apertado que temia que meus músculos pudessem se rasgar. Surpreendeu-me a rapidez com que submergia cada vez mais na escuridão. Eu quase podia sentir meu coração despedaçado se tornando preto.

Fechei os olhos e encostei a cabeça na parede. Tentei dormir, apenas para me afastar dessa realidade horrível, mesmo que apenas por um tempo. Mas meus ouvidos se arrepiaram quando ouvi um som vindo da cela ao lado da minha. Franzi o cenho. Eu estava sozinho nessa prisão, não estava? Ninguém, além dos guardas, esteve aqui desde que fui preso. Os guardas, e, aparentemente, as novas pessoas que agora preparavam a comida.

Tentei escutar mais alguma coisa, embora não tenha ouvido nada. Provavelmente confundi com os ruídos que os guardas faziam. Até que ouvi novamente.

Pressionei o ouvido à pedra. Um som baixinho como se alguém estivesse fungando flutuou através da parede espessa. Ouvi mais atentamente, para me certificar de que não era a dor que me fazia imaginar coisas. Mas escutei de novo, dessa vez acompanhado de uma tosse suave.

Meu pulso acelerou com a percepção de que havia alguém ali. Eu me arrastei para frente, observando a parede. No fundo da cela havia uma pequena fresta onde o cimento se desgastara. Recostei meu peito no piso, tentando ver por entre a brecha. O espaço era pequeno demais para ver qualquer coisa, mas quando pressionei o ouvido, pude ouvir os sons mais claramente.

Alguém estava chorando.

A música soou do lado de fora, sinalizando o início da Partilha do Senhor. Fechei os olhos, tentando afastar as imagens do que estaria acontecendo lá. O choro do outro lado da parede pareceu se intensificar.

— Olá? — falei, estremecendo quando minha garganta ferida doeu ao pronunciar a palavra. Engoli em seco, tentando umedecer as cordas vocais.

O choro cessou. Concentrado em minha audição, ouvi o arquejo suave.

— Olá? — insisti. — Tem alguém aí? — Fiquei frustrado quando minha voz saiu fraca e baixa. Eu me aproximei da parede, meu peito pressionado contra o piso. Respirei fundo.

— Sim... Tem alguém aqui.

Meu peito se encheu de animação. A voz era apenas um sussurro, mas quem estava lá havia respondido. Afastei a cabeça, tentando ver através da abertura acima do tijolo, ainda incapaz de enxergar qualquer coisa. No entanto, eu podia sentir a presença da pessoa do outro lado.

— Quem é você? — perguntei.

Vários segundos se passaram em silêncio.

— Meu... Meu nome é... Harmony.

Meus músculos congelaram. A voz pertencia a uma mulher. *Harmony*.

— Harmony — sussurrei. Meu coração começou a bater mais rápido.

— Qual.. Qual é o seu nome? — ela perguntou.

Fechei os olhos ao som de sua voz suave e da pergunta feita.

Respirei fundo uma vez, duas, três vezes. Eu não sabia como responder. Não sabia quem ela era ou o porquê estava ali naquela cela. Eu não poderia revelar meu nome a ela. O profeta se chamava Cain e eu não queria ser esse homem. Nada dentro de mim queria ser associado a esse nome novamente. E, com toda certeza, também não queria ser chamado de Judah.

— Seu nome? — perguntou novamente.

Não pensei na resposta e mal registrei que tinha uma até me ouvir dizendo:

— Rider... — Respirei fundo. — Meu nome é Rider.

CAPÍTULO QUATRO

HARMONY

Engoli em seco e dei um olhar preocupado de volta para a porta da cela. O nervosismo atormentava meu corpo. Eu queria manter a voz baixa para não chamar a atenção das pessoas do lado de fora. Os guardas de Nova Sião tinham vindo à minha cela algumas vezes, sempre com um olhar lascivo.

— Rider — a voz profunda respondeu. — Meu nome é Rider.

— Rider — repeti e franzi o cenho. — Esse... — falei com seriedade — não é um nome que reconheço.

Ele se manteve em silêncio por um tempo, depois disse:

— Então é isso... não sou um homem digno e que valha a pena conhecer. Não sou mais um bom homem. — Meu estômago revirou com o sofrimento óbvio em sua voz. Eu o ouvi respirar fundo, cansado. — Acho que fui uma vez, talvez, não sei... mas não tenho mais certeza de quem sou... tudo está totalmente fodido.

Afastei um pouco a cabeça da pedra, confusa com as palavras estranhas e enigmáticas e a linguagem grosseira.

Mas então um lampejo de entendimento me atingiu.

— Eles lhe proclamaram como pecador?

Ouvi o som de sua respiração aguda.

— Eu fiz... Eu fiz coisas ruins.

— É por isso que você está nessa cela?

— Sim — respondeu com tristeza, mas havia algo mais em sua voz; confusão, mágoa... raiva?

O som da porta da minha cela se abrindo encheu o ambiente. Corri para me sentar como antes, enxugando as lágrimas que ainda escorriam pelo meu rosto. Não deixaria que vissem as evidências do meu momento de fraqueza. Estava com medo de que fosse um dos guardas, mas quando a porta se abriu, vi um rosto familiar.

Irmão Stephen.

Relaxei, rezando para que o homem da cela ao lado não falasse nada. Não sabia por que não queria que o Irmão Stephen o ouvisse. Eu sabia que ele não se importaria que estivesse conversando com o estranho. Mas ele também não gostaria que eu me colocasse em qualquer tipo de risco. Falar com um pecador certamente seria algo do tipo.

— Olá, Irmão Stephen — cumprimentei calmamente.

Ele entrou na cela com uma bandeja de comida nas mãos. Abaixou-se, colocando-a aos meus pés. Dei um sorriso agradecido, vendo-o olhar para a porta às suas costas. Quando viu que não havia guardas, ele disse:

— Dois guardas disciplinares de Porto Rico foram encarregados de nos vigiar aqui. O guarda principal do profeta, Ezrah, decidiu que seria melhor, pois eles estão familiarizados conosco.

Respirei fundo e lentamente soltei o fôlego. O alívio tomou conta de mim.

O som de Rider se movendo na cela seguinte soou através dos pequenos espaços entre os tijolos desgastados na parede. Rider soltou um gemido baixo e sofrido. Irmão Stephen franziu a testa e seus olhos escuros focaram em mim.

— Há um homem naquela cela — sussurrou, quase inaudível. — Não sei quem ele é. Tudo o que sabemos é que é um desertor da fé e está sendo punido. Duramente.

Irmão Stephen me deu um olhar significativo. Meu coração bateu mais rápido no peito. Assenti com a cabeça para mostrar que havia entendido. Verificando novamente para ver se não havia mais ninguém à porta, acrescentou:

— Ele não é nossa responsabilidade; minha e da Irmã Ruth. As mulheres da comuna vêm alimentá-lo e banhá-lo diariamente. Ele também é levado todos os dias pelos principais discípulos do profeta. — Balançou a cabeça, um rubor zangado cruzando seu rosto. — Vi como o trouxeram de volta. Eles realmente o estão fazendo pagar por suas transgressões, sejam elas quais forem. Ele está muito mal.

Engoli em seco, sentindo o medo pela minha própria segurança aumentar. Mas o mantive sob controle, pois não deixaria aquilo me consumir.

REDENÇÃO SOMBRIA 47

Irmão Stephen me deu um olhar de simpatia.

— Ainda não sabemos o que o Profeta Cain pretende fazer com você. Ele ainda pode considerá-la uma Não Amaldiçoada e tudo acabará.

Meu coração retumbava no peito e meu sangue corria acelerado em minhas veias.

— Eu sei — sussurrei de volta. — Mas tenho certeza de que serei marcada.

Erguendo a mão, ele estava prestes a colocá-la na minha cabeça, quando o som dos passos de um guarda ecoou pelo corredor. Coloquei a bandeja de volta nas mãos do Irmão Stephen assim que a porta se abriu. O guarda Solomon pairou na entrada. Eu relaxei.

— Estava entregando a refeição dela — Irmão Stephen informou.

Irmão Solomon assentiu e deu um passo para trás, esperando que meu guardião colocasse a bandeja no chão. Antes de sair da cela, Irmão Stephen gesticulou com a cabeça e me olhou com atenção.

Respirei fundo e assenti, deixando-o saber que eu estava bem.

Quando Irmão Stephen saiu, Solomon também me cumprimentou com um aceno. Um sorriso tenso curvou seus lábios antes que fechasse a porta. Encarei minha bandeja, avistando legumes e pão. Eu sabia que deveria comer para manter as forças, mas não conseguiria. O medo de estar aqui ainda era muito intenso.

— Harmony? — Sobressaltei-me quando ouvi o som baixo e rouco.

Movendo a bandeja para fora do caminho, voltei para o lugar onde havia a fresta na parede e apoiei a cabeça nas mãos.

— Estou aqui.

De perto, eu podia novamente ouvir o som da respiração sibilante de Rider. Estremeci, agora entendendo por que ele parecia tão tenso. Ele estava sendo punido diariamente. Severamente.

— Quem era? — Rider perguntou. — Quem... estava aí com você?

— O nome dele é Irmão Stephen — respondi. — Ele é um amigo.

Rider ficou em silêncio por alguns segundos. Aproximei o ouvido na fresta, com medo de que ele tivesse perdido a consciência, até que perguntou:

— É ele quem cuida de você aqui?

Aliviada por ele estar bem, respondi:

— Sim. Ele e a Irmã Ruth cuidam de mim. Eles me protegeram de algo que não deveriam ter interferido para minha segurança. — Fiz uma pausa, debatendo se deveria revelar mais alguma coisa. E me vi dizendo: — Estão sendo punidos por isso. Eles compartilham a cela ao lado da minha, mas foram designados para limpar e cuidar desta ala como penitência. Eles me trazem as refeições e roupas. Você os ouvirá entrando e saindo da minha cela várias vezes ao dia.

— Eles estão sendo punidos por proteger você?

— Sim. — Um som sufocado do outro lado. — Você está sentindo dor.

A inspiração aguda de Rider foi a resposta que eu precisava. A raiva que mantive escondida por tanto tempo começou a crescer, borbulhando no meu sangue. Rider ficou calado.

— Sim — ele finalmente respondeu. — Estou com dor.

Minhas mãos se fecharam em punhos. Outra pessoa estava machucada.

— O que estão fazendo com você? Por quê?

Contei quatro respirações profundas de Rider, antes que ele dissesse:

— Eles me espancaram. — Meus olhos se fecharam e balancei a cabeça. — Estão me alimentando com o mínimo de comida e me limpam apenas para começar de novo no dia seguinte. Estão tentando me fazer desmoronar.

— Rider... — sussurrei, sem saber o que dizer.

Ouvi o som da chuva batendo no telhado da prisão. Levantei a cabeça para olhar pela minúscula janela no topo da parede oposta. O céu escureceu e gotas de chuva começaram a cair das nuvens cinzentas. Enquanto olhava pela janela, minha mente se desviou para o que o profeta havia anunciado há pouco tempo. A Partilha do Senhor. Nojo surgiu dentro de mim quando imaginei a depravação que estaria acontecendo naquele corredor... a dor e o sofrimento das mulheres que seriam causados pelos guardas e pelos discípulos.

Amaldiçoei o dia em que o Profeta David escreveu as escrituras que endossavam esses eventos. Amaldiçoei o dia em que ele revelou ao povo por meio de suas cartas que as Irmãs Amaldiçoadas de Eva deveriam ser tomadas celestialmente pelo mais puro de seus homens escolhidos... ritualmente purificada a partir dos oito anos de idade. Toda vez que lia nossos livros sagrados, quase explodia em fúria.

— Eles querem que eu me arrependa. — A voz de Rider me fez olhar outra vez a parede.

Apoiando a cabeça nas mãos, perguntei:

— É por isso que estão espancando você? Para fazê-lo se arrepender?

— Sim.

— Mas você não vai se arrepender?

Os estrondos baixos do trovão distante ecoaram acima de nós, mas os bloqueei, esforçando-me para ouvir a resposta de Rider.

— Não — ele finalmente confessou. — Não importa o que façam, não vou me arrepender. — Respirou fundo. — Não posso... Não posso concordar com o que querem que eu concorde, as ações que querem que eu ignore.

Meu coração afundou com a aflição e repulsa em sua voz profunda. Levantei minha mão e, mesmo sabendo que ele não podia me ver, pressionei a palma contra a parede. Eu sabia como era esse nível de sofrimento. Reconheci a tristeza em suas palavras e na forma como as proferiu.

— O que você fez? — Eu me forcei a perguntar.

Meus dedos pressionaram com mais força contra a parede de pedra enquanto o esperava falar:

— Coisas demais — respondeu vagamente. — Muitas delas imperdoáveis. — Suspirou. — Mereço esses espancamentos e muito mais, Harmony. As coisas que fiz... — Eu podia sentir sua tristeza atravessando a parede espessa. — Era para eu *estar* aqui. Eu *deveria* receber esse tratamento. — Ele respirou fundo e sussurrou: — Estou começando a pensar que deveria ser pior.

Fiquei calada. Ouvi a convicção em sua voz. Ele quis dizer cada uma daquelas palavras, e realmente achava que deveria ser espancado, punido... *morto*. Eu me perguntava o que ele havia feito de tão ruim. Abri a boca, prestes a perguntar, mas assim que o fiz, uma música começou a tocar do lado de fora.

Sobressaltei-me quando o som atravessou as pesadas paredes de pedra da cela. Meus olhos se voltaram para a janela. A chuva havia diminuído e o céu agora azul afungentava o tom acinzentando.

A música desapareceu e Rider disse com tristeza:

— A Partilha do Senhor terminou.

Fechei os olhos e respirei fundo. Apertei as coxas, imaginando o que as meninas que haviam sido escolhidas para participar estavam sentindo agora. Cada homem que havia participado teria seguido estritamente ao guia do Profeta David sobre como alcançar a pureza celestial através do sexo com as garotas. Meninas cujos corações ternos e confiantes seriam machucados pela maldade dos homens que acabavam de lhes roubar suas inocências. Náusea se formou na minha garganta. Eu não aguentava esses pensamentos sombrios e o aperto que ameaçava quebrar o meu peito.

Rider não disse mais nada. E nem eu. Não havia muito a dizer. Imaginei que ele sabia o que acontecia naquele salão maligno tão bem quanto eu.

Passos pesados ecoaram pelo corredor, e me endireitei para sentar contra a parede. No momento em que o fiz, a porta foi aberta e dois guardas entraram: Solomon e Samson. Eles olharam para mim, com as armas em punho. Encontrei seus olhares e senti o medo tomar conta de mim.

— Venha — disse Solomon.

Fiquei de pé.

Samson apontou para o meu véu e touca.

— Arrume-se, rápido. Você foi convocada para a mansão.

Meu coração gelou.

O profeta. O Profeta Cain havia me chamado.

Com mãos trêmulas, recoloquei o véu e alisei meu vestido. Cerrei a madíbula com ansiedade. Eu odiava que o encontro com o profeta tivesse causado uma reação tão forte e temerosa em mim. Eu precisava ser mais forte que isso.

Acalme-se, Harmony. Você consegue fazer isso.

— Temos que ir — Solomon disse atrás de mim.

Respirando fundo, virei e caminhei até os guardas. Olhei de relance para a pequena fresta na parte inferior da parede da cela. Pensei em Rider deitado no chão, machucado. Meu coração deu um pulo. Gostei bastante de conversar com o estranho. Senti-me próxima a ele, afinal, ele era como eu, um pária. Seus sentimentos e pensamentos eram como os meus. Estava desesperada para descobrir por que ele estava aqui, o que fizera de errado.

Eu não tinha certeza se algum dia saberia.

Os guardas me levaram pelo corredor. Passamos pela cela do Irmão Stephen e da Irmã Ruth, e através da porta aberta pude vê-la costurando o que pareciam ser novos véus e vestidos para mim. Irmão Stephen estava limpando o chão. Fiquei feliz por eles terem recebido a cortesia de manter a porta aberta. Isso significava que não estavam tão restritos ali como eu, já que poderiam deixar a cela para desempenhar suas funções no meio de todo esse caos.

Nossos olhares se encontraram quando passei. Ambos pararam o que faziam e me endereçaram sorrisos encorajadores e de apoio.

Quando saímos, o ar tempestuoso e abafadiço me envolveu. A brisa fez com que meu vestido se grudasse ao meu corpo, moldando-se às minhas curvas. Puxei o material, tentando torná-lo menos revelador, porém de nada adiantou.

Passamos por um grupo de guardas que seguiam para algum lugar e todos pararam para ver minha passagem. Tentei me manter cabisbaixa, mas relanceava o olhar de vez em quando. Suas camisas estavam soltas e o suor cobria seus rostos. Uma repentina onda de repulsa tomou conta de mim – eles haviam acabado de sair da Partilha do Senhor. Minha mente se voltou para as meninas com as quais teriam alcançado o prazer celestial.

Aquilo era doentio.

A mão de Samson empurrou-me às costas, forçando-me a continuar em movimento, então segui Solomon por um caminho de cascalho. Quando chegamos ao topo, observei a vista diante de mim. Terras a se perder de vista, com algumas construções aqui e ali. Era lindo, paradisíaco, com várias hortas e áreas para cultivo.

Andamos sobre a grama macia, o chão molhado da chuva. Meus dedos

dos pés se tornaram frios por causa das sandálias. Quando viramos uma esquina, avistei uma enorme casa branca a uma curta distância. Era uma construção bonita. Naquele instante, soube que apenas uma pessoa em Nova Sião poderia morar lá.

Profeta Cain.

Meu coração bateu cada vez mais acelerado. A grama se transformou em cascalho enquanto caminhávamos pela calçada central da mansão. Quando chegamos aos degraus da entrada, uma mulher ruiva passou pelas portas. Ao lado dela havia uma garotinha, com menos de sete ou oito anos, segurando sua mão. A menina possuía um longo cabelo loiro e olhos azuis cristalinos. Mesmo do lugar de onde estava, pude contemplar a beleza da criança. Elas desapareceram de vista nos fundos da mansão.

O interior da casa era vasto e bonito, um opulento palácio. Senti o cheiro pesado de incenso flutuando no ar.

Solomon me levou até uma porta alta de madeira. Ele bateu três vezes. Uma voz profunda gritou para entrarmos. Eu me forcei a ficar ereta, a manter a compostura. *Você consegue passar por isso, Harmony. Você deve.*

A porta se abriu e Samson me guiou. Havia dois guardas mais à frente. Eles seguravam armas, embora usassem túnicas brancas, em vez de seus uniformes pretos habituais, e também pareciam corados por algum esforço... sem dúvida exaustos por causa da Partilha do Senhor.

Paramos e já não fui capaz de ver o que havia à frente, pois o Irmão Solomom bloqueou minha visão. A sala estava silenciosa; o som da minha respiração lenta e controlada parecia preencher cada centímetro do espaço.

Solomon se afastou. Eu mantive a cabeça baixa, como a Irmã Ruth havia me orientado a fazer. Conhecer o profeta era a maior honra para o nosso povo, e as escrituras nos informavam que certa etiqueta era esperada.

Através de minha visão periférica, avistei um homem sentado em uma grande poltrona em uma parte elevada da sala, dois imensos degraus que o separava do restante de nós. Uma postura acima, como deveria estar o profeta da Ordem.

O silêncio se prolongou por um longo tempo até que o profeta se levantou de onde estava assentado. Cruzei as mãos às costas, satisfeita em mantê-las longe da vista alheia para disfarçar, já que tremiam muito.

Elas traíam meu medo.

O cheiro de jasmim se infiltrou em meu nariz quando o profeta se aproximou. Ele estava vestido de branco, a cor da pureza. Os pés do profeta pararam diante de mim. Perdi o fôlego quando senti seus olhos percorrendo meu corpo. Eu só conseguia ver seus pés, mas era nítido que ele era alto e grande.

— Levante a cabeça — ordenou o profeta.

Fiz o que pediu, meus olhos se erguendo lentamente e acompanhando a roupa que usava, aberta do umbigo ao pescoço, revelando a pele bronzeada sobre os músculos tensos. Sua pele estava brilhando, e foi possível sentir o cheiro de uma união recente exalando dele.

Isso me fez parar. O novo profeta foi feito para ser puro. Mantido inocente para sua esposa.

Mas o profeta Cain...

— Olhe para mim! — bradou, severo.

Fiz como ordenado, deparando com seu rosto. Barba castanha e curta, cabelo comprido e olhos da mesma cor.

Para o meu desprazer, notei que era bonito. *Muito* bonito. Um dos homens mais belos que já vira. Seus olhos se fixaram aos meus com um ar predatório. Incapaz de manter-me conectada ao olhar fixo e intenso, abaixei a cabeça a tempo de ver o sorriso presunçoso surgir nos lábios carnudos.

O profeta se aproximou, o peito nu quase tocando o meu. Quase perdi o fôlego. Minhas mãos, ainda firmemente cerradas às costas, tremiam de nervosismo.

— Harmony — ele disse.

Ergui o olhar novamente. Desta vez, avistei o brilho de excitação em suas profundezas. E algo mais. Algo que me deixou nervosa. Sempre acreditei que os olhos pudessem revelar muito sobre o espírito de uma pessoa. Sua alma e a natureza do seu coração. Ao avaliar os grandes olhos castanhos do Profeta Cain, tudo o que senti foi frio. Um espírito frio e perverso espreitava por baixo de toda a beleza.

Os lábios carnudos se separaram e ele inspirou fundo lentamente. Erguendo a mão, deslizou a ponta do dedo sobre minha testa. Estremeci com o toque, mas não por prazer.

— Harmony — ele disse com suavidade, apaixonadamente... cobiçosamente. — Só posso ver seus olhos, mas consigo ver que você é realmente a prostituta do diabo.

Engoli em seco quando seus dedos tocaram o fecho do meu véu. Com um movimento, ele caiu. Mas o profeta não parou por aí. Ele empurrou a touca que cobria a minha cabeça. Meu cabelo loiro caiu em ondas pelas costas; meu rosto foi revelado para que ele pudesse ver com clareza.

Profeta Cain deu um passo para trás e olhou para mim. Ele me observou e analisou, o peito subindo e descendo mais rapidamente a cada segundo que passava.

— Você é realmente uma Amaldiçoada — anunciou, as bochechas coradas. Então estendeu a mão e passou os dedos pelo meu cabelo. — Eu gosto mais de loiras — ele disse se aproximando de mim. Seu dedo tocou a pele sob os meus olhos. — E olhos escuros.

O profeta desceu o dedo pela minha bochecha, passando a ponta pelos meus lábios. A cada nova exploração das minhas feições, sua pele se tornava mais rubra... seus olhos mais escuros ainda.

Abafei um gemido de protesto quando os dedos tocaram meu pescoço e avançaram para os meus seios. A respiração do profeta se tornou arfante à medida que ele circulava meus mamilos. Fechei os olhos, tentando bloquear a sensação de seu toque.

— Abra os olhos, prostituta do diabo — ele retrucou.

Eu o obedeci, e o Profeta Cain recompensou minha submissão com um sorriso orgulhoso que enviou lampejos de repulsa ao meu estômago. De repente, ele se inclinou aos meus pés. Por um momento, me perguntei o que pretendia fazer. No entanto, não foi preciso pensar muito. Ele puxou a barra do meu vestido e deslizou a mão por baixo. Seus dedos tocaram o meu tornozelo nu e lentamente subiram pelas minhas pernas. Gemi em desespero ao senti-lo tocar minha pele desnuda, parecia que o ar havia sido drenado dos meus pulmões.

Mas o profeta não se importou. Seus dedos subiram pelas minhas coxas. Eu não aguentava mais. Sem pensar conscientemente, estendi a mão e segurei seu pulso, interrompendo o ataque lascivo. Na mesma hora, ouvi os suspiros das pessoas ao nosso redor.

Meus olhos se arregalaram quando percebi o que havia feito.

O som de passos apressados em minha direção indicaram que provavelmente os guardas estavam vindo para me punir, porém o profeta estendeu a mão livre e eles pararam.

Fiquei imóvel, minha mão ainda congelada na sua. Com a mão livre, ele agarrou meu pulso. Ao deparar com seu olhar, contemplei o desafio e a raiva estampados. Abri a boca para me desculpar, mas meu coração não me permitiu pronunciar as palavras.

Profeta Cain apertou meu pulso até que a dor se tornou insuportável com a pressão exercida em minha pele e ossos. Ele inclinou a cabeça para o lado quando lentamente se levantou do chão.

Seu tórax roçou contra os meus seios, e seu aperto firme fez com que eu liberasse sua mão ainda em minha coxa. Ele me puxou contra si, a bochecha tocando a minha, a boca agora a centímetros da minha orelha.

Eu congelei.

A mão do profeta em minha coxa começou a subir para o lugar mais privado do meu corpo. Fechei os olhos. Ele era forte demais para que pudesse lutar contra, e nem sequer tentei. Ele era o *profeta*. Ninguém ia contra o líder da nossa fé.

Eu tive que deixá-lo fazer o que queria.

Sua respiração pesada soprou no meu ouvido quando sussurrou:

— Uma prostituta que gosta de resistir antes de ser purificada celestialmente? — Eu o senti sorrir contra a minha orelha. — Meu tipo favorito de pecadora. Uma que precisa ser despedaçada e depois expurgada pelas minhas mãos. — Seu hálito quente provocou arrepios no meu pescoço. — É o mal que resiste ao meu toque exorcizante. Esse mal nunca me vencerá, prostituta. Você deveria aprender essa lição agora.

Fiel à sua palavra, Profeta Cain me segurou com força entre minhas pernas, arrancando-me um grito. Meu pulso, ainda sob seu aperto, estava preso entre nossos peitos, me impedindo de me mover. Os dedos entre as minhas coxas começaram a deslizar lentamente pelas minhas dobras. Minha pele se arrepiou em repulsa. Lágrimas de frustração surgiram em meus olhos, mas não deixei que caíssem. Eu não daria essa satisfação a ele. Não poderia dar a nenhum desses homens essa satisfação.

O profeta passou os dedos exploradores sobre meu centro, indo e voltando, indo e voltando. Fechei os olhos, esperando que terminasse.

— Depilada — ele murmurou, sua voz cheia de desejo. Senti sua dureza pressionando meu quadril e a bile subiu pela garganta. — Você foi bem preparada. Pronta para o seu profeta.

Não respondi. Ele não esperava que eu dissesse alguma coisa. Os homens da minha fé não se importavam com os sentimentos das mulheres.

Respirei fundo, inalando e expirando suavemente. O profeta Cain me soltou e me empurrou para trás. Gritei quando a dor irradiou pelo meu pulso, o sangue garroteado correndo para preencher as veias vazias. Imediatamente o aninhei contra o meu peito.

Quando ergui os olhos, deparei com seu olhar fixo. Havia desafio e excitação em suas íris escuras. Naquele momento, não me importava que o profeta fosse um belo homem, pois sua alma sombria o tornava totalmente horrível aos meus olhos.

O profeta voltou para o seu lugar, agindo como se nada tivesse acontecido entre nós. Meu vestido estava erguido de um lado, preso à touca ainda caída. Eu empurrei a barra para os meus pés e agarrei meu véu e touca contra o meu peito.

Olhei para cima quando uma jovem garota saiu do lado direito da sala para ficar ao lado de meu algoz. Ela era bonita, loira e de olhos azuis. Meu estômago retorceu, já que a garota não devia ter mais que catorze anos. Ela era apenas uma criança.

Meu estômago se apertou ainda mais quando ela colocou a mão no ombro do Profeta Cain e ele retribuiu o carinho. Ele a encarou, e pude ver em seu olhar o apreço que sentia por ela. Ela o estava admirando com a mesma paixão, se não, maior.

Ela era sua consorte.

Encontrei o olhar da jovem e fiquei assustada com o ciúme e a inveja que brilhavam neles. Ela me encarava com puro ódio. O profeta não pareceu notar ou se importar, e levou a mão dela aos lábios, observando-me em seguida.

— O Arrebatamento é iminente, Amaldiçoada. Tenho certeza de que você está ciente desse fato. Você também sabe que nossas escrituras profetizam que, para salvar nosso povo, o profeta deve se casar com uma Irmã Amaldiçoada de Eva. — Ele se inclinou para frente. — Durante muito tempo, tememos que toda a esperança tivesse sido perdida. Nenhuma Amaldiçoada residia em Nova Sião... Mas agora temos *você*. — Nossos olhos se encontraram. — Bem quando temi que nosso Senhor nos abandonara, Ele restaura minha fé, a fortificando dez vezes mais.

Não desviei meu olhar do seu. Endireitei as costas e mantive a cabeça erguida. Um longo tempo se passou, e então seus lábios se curvaram em um sorriso de escárnio.

Mantive o semblante inexpressivo. Eu parecia em uma atitude estoica por fora, mas por dentro tremia como uma folha durante uma tempestade.

O Profeta Cain se recostou, segurando a mão da garota. Era óbvio que ele amava a jovem, qualquer que fosse o seu tipo de amor. Ficou ainda mais claro que ela estava apaixonada por ele.

— Em breve nos casaremos, Amaldiçoada — declarou. — Nosso povo nem tem ciência de sua existência. A esperança deles de serem salvos antes da Segunda Vinda está diminuindo. — Apontou para mim. — Você renovará o espírito deles. Quando chegar a hora em que precisarão pegar suas armas contra os homens do diabo, você os ajudará a adquirir a coragem para lutar.

Encarei a garota outra vez. O profeta deve ter visto minha curiosidade, pois disse:

— Esta é Sarai, Amaldiçoada. Ela é minha consorte principal. — Beijou a mão dela. — Ela é minha única consorte no momento. Ela é meu coração.

Segurando o material da minha touca com mais força, sussurrei:

— Harmony. — Balancei a cabeça, incapaz de impedir a raiva borbulhando sob minha pele. Incapaz de conter minhas palavras.

— O quê? — ele perguntou, desviando a atenção de sua consorte. Ergui a cabeça. Meus lábios tremulando ao deparar com a fúria em seu rosto.

Engolindo em seco, lancei um olhar nervoso pela sala. Os guardas me encaravam em choque. Vi Solomon e Samson cerrando os maxilares em frustração. Eles ficaram desapontados com a minha incapacidade de ser submissa.

— Eu perguntei, *o quê?* — repetiu em um tom de voz mais áspero.

Levantei a cabeça para encará-lo e, afugentando meu nervosismo, respondi:

— Harmony.

O profeta inclinou a cabeça para o lado. Sarai olhou para mim.

— Você se atreve a dizer a ele o seu nome? — ela indagou, a voz suave misturada com o veneno mais potente.

De repente, vi o porquê o profeta gostava dessa garota. Ela era uma criança com o espírito selvagem de uma mulher duas vezes mais velha em idade. Bonita, porém cruel. O profeta Cain olhou para ela com orgulho, então se virou para mim e seu rosto se tornou uma máscara de desdém.

Ele se levantou e desceu lentamente os degraus para ficar novamente diante de mim. Continuei cabisbaixa, olhando para o piso de pedra. Seus dedos pousaram sob o meu queixo e inclinaram minha cabeça para cima. Meu olhar encontrou seus olhos castanhos. Não havia absolutamente nenhum traço de bondade, nada para me fazer acreditar que o nosso novo profeta era um homem bom.

— Diga-me, Amaldiçoada. Por que achas que eu gostaria de saber o seu nome?

Meu coração retumbou em meu peito. Não dei resposta alguma. O profeta Cain abaixou o rosto até ficar em frente ao meu. Ele sorriu, mas era um sorriso frio e de escárnio.

— Você é um produto do diabo e foi perfeitamente criada para um único e pecaminoso propósito: tentar homens puros e tementes a Deus. Seu nome não é nada, assim como você. Não serás nada até que esteja casada e eu a purifique de sua atração imoral inata. A maior batalha de um profeta é derrotar o próprio diabo. O mesmo demônio que a criou com o propósito de fazer com que bons homens caiam.

O profeta acariciou minha bochecha.

— Mesmo agora, à sua frente, posso sentir sua força. Eu quero você, prostituta do diabo. Você é, literalmente, a criatura mais bela que já vi.

Meus olhos se arregalaram quando os dele escureceram com desejo. Mas em um movimento súbito e rápido como uma cobra, sua mão recuou e desceu sobre a minha bochecha. Pega de surpresa, tropecei no chão de ladrilhos e caí, protegendo-me contra mais ataques. Ele se agachou ao meu lado. Eu me encolhi quando ergueu a mão novamente... mas tudo o que fez foi afastar seu longo cabelo castanho.

— Seu nome não é nada para mim, Amaldiçoada. E a partir de agora, até o próximo Armagedom, será de bom-tom que não use essa língua viperina ao meu redor. Não tolerarei insolências, especialmente daquelas nascidas e criadas para me levar ao pecado.

O profeta Cain sinalizou para Solomon e Samson. Eles atravessaram a sala e Samson me puxou para ficar de pé.

— Leve-a de volta à cela — ordenou. — O casamento será em breve. Diga aos guardiões dela para se certificarem de que estará pronta.

— Sim, meu senhor — Solomon respondeu.

Sem me dar tempo para cobrir a cabeça ou esconder meu rosto, eles me levaram dali e para fora da mansão. Fomos pelo caminho de cascalho e atravessamos a grama que nos levou de volta ao edifício que servia como prisão.

Corri para acompanhar seus passos rápidos, segurando meu pulso machucado contra o peito. Minha bochecha estava inchada pelo golpe recebido, mas ignorei a dor. Tudo isso foi deixado de lado ante a abrupta realidade que estava prestes a se abater em meu futuro. Aquilo iria acontecer. Eu sabia que sim, mas não impedia o medo pelo caminho árduo que me aguardava.

Eu teria que me casar com aquele homem. E não suportava pensar em como seria esse casamento... em como seria a minha vida... em que eu me tornaria, o que ele me faria – quebrada, sem valor... a mulher amaldiçoada que ele acreditava que eu fosse. Mas eu precisava lidar com isso. Não havia outra maneira.

Solomon e Samson me levaram de volta à minha cela. Eu podia ouvir as vozes do Irmão Stephen e da Irmã Ruth no corredor, perguntando o que havia acontecido comigo, se o profeta havia realmente me considerado uma Amaldiçoada.

Eu caí e me sentei no chão duro e frio. Fechei os olhos quando minha cabeça recostou à parede de pedra que separava a minha cela da de Rider. Estremeci quando tentei mover o pulso, a dor me forçando a respirar fundo.

Olhei para o véu e a touca na minha outra mão. Levantei o véu até bloquear a luz que entrava pela janela. Embora o material fosse leve, parecia uma máscara sufocante.

Minha bochecha latejava. Deixei o tecido diáfano cair no chão, observando o material flutuar. Rapidamente o peguei de volta, consciente de que deveria usá-lo o tempo todo.

— Harmony? — Uma voz baixa e rouca chamou meu nome.

Tentei conter as emoções, mas não consegui impedir com que o desespero me dominasse.

— Meu nome não significa nada. Assim como não sou nada. — Meu peito pareceu se transformar em um buraco oco enquanto eu revivia o encontro com o profeta em minha mente.

— Harmony? — Rider falou mais alto e com mais firmeza. — O que aconteceu? O que houve?

Inspirei o ar abafadiço por entre meus lábios ressecados e sucumbi ao medo que me ameaçava há dias.

— Meu nome não significa nada. Sou criada pelo diabo, perfeitamente criada para fazer os homens pecarem. Sou a personificação do pecado. O ímã para o mal que se esconde nas profundezas... — Parei, quase engasgando com as palavras que não queria proferir, mas disse assim mesmo. O profeta havia me visto. Não havia como confundir a verdade.

Inspirando mais uma vez, virei a cabeça na direção da fenda no cimento.

— Eu sou a maior ferramenta do diabo... Sou uma mulher Amaldiçoada de Eva. A pior criação da face da Terra.

CAPÍTULO CINCO

STYX

— ... e ali está o coraçãozinho.

Observei a tela ao lado de Mae e vi como um pequeno ponto começou a vibrar. O som de um batimento cardíaco acelerado encheu a sala.

Eu quase desmaiei.

Meu corpo mal se moveu quando me sentei, inclinado para frente, a mão de Mae firmemente na minha. Eu me concentrei no contorno minúsculo do corpo do nosso bebê.

Eu não conseguia me mexer.

— River — Mae sussurrou, levando nossas mãos unidas à boca. Eu pisquei, e pisquei novamente quando minha visão ficou turva. Tossindo, virei para Mae, apenas para ver seus olhos cristalinos inundados de lágrimas.

Verdadeiras lágrimas de felicidade.

— Amor. — Ela me puxou para que me aproximasse, e assim eu fiz; eu sempre fazia o que ela pedia.

De pé, me inclinei sobre o seu peito e colei nossos lábios. Tomei sua boca exatamente como eu queria: com força. Não dei a mínima para o que a técnica de ultrassom ao nosso lado pensava. Esta era a minha mulher e esse era a porra do nosso bebê. As outras pessoas que se fodessem.

Eu me afastei e Mae se deitou na maca, sem fôlego. Um enorme sorriso se espalhou pelo seu lindo rosto. E como sempre, roubou minha respiração.

A técnica pigarreou. Levantei a cabeça e a encarei, e sua pele empalideceu. Trêmula, ela me entregou uma pequena fotografia.

— Você pode se vestir agora — informou a Mae. — Vou sair para lhe dar um pouco de privacidade. — E saiu correndo da sala como se sua bunda estivesse pegando fogo, não olhando para trás nem uma única vez.

Mae riu baixinho. Quando colocou as pernas para o lado da maca e olhou por cima do ombro, por um segundo fiquei surpreso com o quão linda ela era. E era minha já há um bom tempo agora por um bom tempo agora, mas eu ainda não conseguia acreditar como diabos consegui alguém como ela. Eu era um mudo retardado do caralho. Ela era um maldito anjo feito no céu.

Mas talvez tenha sido feita apenas para mim.

Dei a volta na maca e abri suas coxas, me colocando entre elas.

— Do q-q-que você está ri-rindo?

Mae balançou a cabeça e colocou a mão no meu peito.

— De você, aterrorizando as enfermeiras. Desde o momento em que entramos neste hospital, cada pessoa abriu caminho para nós e olhou para você com um olhar arrelagado e cheio de pavor. — Seu dedo bateu no emblema *"Prez"* no meu *cut*. — Acho que esse título pode ter algo a ver com isso. Isso, e o diabo nas suas costas.

— V-você acha, *baby*? — caçoei com ironia e Mae riu de novo.

Precisando tomar seus lábios mais uma vez, eu a puxei para mim e agarrei um punhado de seu longo cabelo negro em minha mão. Mae gemeu contra a minha boca e sua língua quente encontrou a minha.

Meu pau palpitava dentro do jeans, e tive que me obrigar a me afastar ou a foderia naquela maca. Não que qualquer filho da puta desse hospital pudesse nos impedir – eles não ousariam –, mas Mae não gostaria de se ver nessa situação. Ela ainda era pura. De alguma forma, ainda não havia sido corrompida por essa vida fora da lei.

Afastando-me, recostei nossas testas e respirei fundo.

— Eu... Eu a-a-amo você pra caralho. — Ergui a fotografia. — Esse é a porra do nosso bebê.

Com os olhos brilhando, Mae pegou a foto e olhou para a imagem. Seu dedo deslizou pela curva da cabeça e do corpo do bebê.

— Ele ou ela é tão bonito — disse. Eu já podia ouvir o amor em sua voz. Mae suspirou. — Fico imaginando se é uma menina ou um menino...

A mesma dúvida estava na minha cabeça. Mae olhou para mim e dei de ombros. Ela colocou a mão na minha bochecha.

— Um garotinho que se parecerá com o pai. Olhos castanhos e cabelo escuro. Bonito e forte. Um líder nato.

Engoli em seco e dei um passo para trás. Eu sabia que não seria capaz de falar sem gaguejar cada maldita palavra, então sinalizei:

— *Ou uma garotinha como você. Cabelo preto e olhos de lobo. A garota mais bonita do mundo, além da mãe dela.* — Meu maldito coração sombrio pulou uma batida com esse pensamento. Outra pequena Mae. Ela me possuiu no segundo em que a conheci.

Duas mulheres com quem me preocupar.

O sorriso de Mae desapareceu. Ela olhou novamente para a foto e franziu levemente o cenho.

— O-o que foi? — perguntei. Mae respirou fundo. Ela não disse nada, então levantei sua cabeça com as mãos e exigi: — Fa-fale c-comigo.

Os belos olhos se fecharam por um momento.

— Eu só acho que é mais seguro no mundo quando se é homem. Se tivéssemos uma menina, se ela se parecesse comigo... — Meu peito apertou. Entendi onde ela queria chegar com esse monte de merda. — Eu olharia para ela e me preocuparia que alguém a machucasse. — Seu rosto empalideceu. — Eu não suportaria isso, Styx. Não poderia suportar que o nosso bebê se machucasse. Se ela fosse linda... os pensamentos pecaminosos que alguns homens teriam...

Minhas mãos tremiam quando as ergui para sinalizar.

— *Isso nunca aconteceria. Eu mataria qualquer filho da puta que tentasse tocar em um único fio de cabelo dela. Arrancaria seus paus doentios se olhassem para ela. Sou a porra do* prez *do clube mais fodido dos Estados Unidos. Ela teria um exército de protetores ao redor.*

Mae observou minhas mãos, e a cor voltou às suas bochechas.

— Eu sei que você faria isso — disse, calmamente. Mae puxou a blusa preta sobre a barriga levemente arredondada. — Eu continuo me preocupando que algo dará errado. — Soltou um gemido baixo e assustado. — Não tenho ideia do que estou fazendo. Todos os dias me pergunto se hoje será o dia em que de alguma forma falharei nisso. Eu não suportaria ser uma mãe ruim.

Estendendo a mão, a ajudei a se levantar e a puxei para o meu peito, sentindo seus braços delicados ao redor da minha cintura. Eu a senti começar a relaxar, e quase derreti quando ela disse:

— Eu amo você, River. Mais que a vida, você sabia disso? Você é a melhor coisa que já me aconteceu.

A técnica de ultrassom voltou para a sala. Eu queria gritar para que desse o fora dali de novo, mas Mae se afastou de mim e passei o braço em volta dos ombros dela.

— Se você estiver pronta, pode ir, senhora Nash — murmurou a técnica. — Está tudo bem.

Eu adorava ouvir meu sobrenome ligado ao dela. Ainda não era legítimo, mas esperava que um dia fosse, em breve. Mae assentiu e a levei para fora do consultório, mal notando o amplo espaço que todos nos deram quando passamos. A única razão pela qual percebi isso, foi porque Mae estava rindo suavemente contra meu peito.

Suspirei. Eu não poderia ter rezado para ter uma cadela melhor ao meu lado.

Aumentei o volume da música enquanto dirigia de volta para o clube, um pouco de *black metal* para embalar o nosso retorno à nossa casa. Mae passou o tempo todo olhando para a foto, um maldito sorriso no rosto e os olhos brilhantes e marejados. Um maldito sonho.

Uma menina. Eu queria que aquela criança na barriga dela fosse uma menina.

Uma hora depois, chegamos ao complexo e Smiler acenou para nós da nova torre de vigia. Desde o último ataque do grupo dos malucos da seita, transformamos esse lugar em um maldito forte.

Saímos da caminhonete e entramos. No minuto em que adentramos o clube, ouvi um grito alto e Beauty veio correndo atrás de Mae. A cadela praticamente socou os irmãos que estavam em seu caminho.

— Você trouxe? Deixa eu ver! Estava tudo bem?

Mae riu e soltou minha mão quando Beauty pegou a foto e começou a gritar de novo. A cadela estava me dando uma enxaqueca do caralho.

— Mae! — Beauty sussurrou: — Tão perfeito, querida.

Olhei através do salão e vi Viking nos observando da mesa de sinuca, AK ao lado dele, jogando.

— E aí? — Viking gritou sobre a voz estridente da cadela de Tank, chamando a atenção de todos. — Você acertou duas bolas na caçapa ou ficou só com uma? — O irmão ruivo balançou as sobrancelhas.

Sem pensar duas vezes, mostrei o dedo do meio.

Ele balançou a cabeça.

— Só uma então. — Encolheu os ombros. — Nem todo mundo pode ter supernadadores como eu.

— Como diabos você sabe disso? Você tem filhos por aí e não nos contou? — AK perguntou, apoiado em seu taco de sinuca.

— Não, não que eu saiba. — Pegou no próprio pau. — Só sei que tenho um grande poder dentro dessas nozes de gengibre. Vou fazer trigêmeos de cada vez. Vou precisar de um maldito harém para mantê-los satisfeitos.

— Porra, exatamente o que o mundo precisa. Mais malditos vikings — Cowboy falou lentamente do bar. Hush, seu companheiro Cajun e sua maldita sombra, sorriu em resposta.

Olhei para a direita e vi Maddie deixando o colo de Flame. Como sempre, estavam sentados sozinhos no fundo do salão. Ainda não tinha a menor ideia de como as coisas funcionavam entre os dois, como diabos era a vida deles em sua cabana, mas a irmã de Mae o impediu de enlouquecer de vez, então eu não me importava. Seu braço cheio de cicatrizes estava enrolado ao redor da cintura dela como uma âncora, mas relutantemente ele a soltou, batendo ritmicamente com o dedo na cadeira onze vezes no instante em que ela se levantou. Seus olhos negros a rastrearam enquanto ela caminhava até a irmã e a abraçava.

Maldito. Louco.

Uma mão bateu no meu ombro. Eu me virei e deparei com Ky. Levantando as mãos, sinalizei:

— *Estava me perguntando onde diabos você estava. Você foi praticamente um fantasma na semana passada.*

— Estive por aí — ele disse, vagamente, e olhou para a foto que Mae segurava.

Lilah chegou, pegando a fotografia e, imediatamente, lágrimas se formaram em seus olhos azuis.

— Mae — Lilah sussurrou e deitou a cabeça no ombro da minha mulher, que retribuiu o gesto amoroso ao fazer um carinho no cabelo loiro e curto.

Ky estava olhando para sua esposa, com um ar devastado no rosto. Eu fiz uma careta e aquilo foi o suficiente para ele perceber que estava sendo observado; ele se virou e forçou um sorriso no rosto.

Inclinei o queixo, perguntando silenciosamente o que havia de errado. Ele balançou a cabeça e deu um passo para trás, um sorriso de merda escondendo o que diabos estava acontecendo. Era um sorriso forçado. Eu o conhecia tão bem quanto a mim mesmo. Algo estava errado.

— Vamos começar a *church* ou o quê? Alguns de nós têm coisas para fazer! — Ky gritou para os homens no salão.

Meus irmãos começaram a entrar na *church*, dando olhares estranhos para o *VP*, que ignorou todos eles.

Em vez disso, ele concentrou-se novamente em sua esposa que ouvia a minha cadela contar tudo sobre o ultrassom. Havia uma tonelada de sofrimento nos olhos do meu irmão. Mas o porquê, eu não fazia ideia.

Sentei-me à cabeceira da mesa, determinado a descobrir o que diabos estava acontecendo depois da *church*. Vike chamou Lil' Ash, que apareceu instantaneamente na porta. O irmão mais novo de Flame, nosso mais novo recruta, tinha dezesseis anos. O garoto já parecia um Flame em miniatura; agora com algumas tatuagens – uma caveira no pescoço, uma arte iniciada nos dois braços e no peito –, um piercing no lábio inferior e argolas pretas nos lóbulos, ele parecia ainda mais.

— Precisamos de álcool — Viking disse. Lil' Ash acenou com a cabeça. Quando o garoto foi buscar as bebidas, Flame encarou o gigante ruivo.

— O que diabos você está olhando? — Vike perguntou.

Lentamente, ele arreganhou os dentes.

— Você não manda ele fazer nada. Quando você faz isso, me dá vontade de descer a minha lâmina no caralho do seu crânio. Ele não é a porra de um escravo.

— Ele é um *recruta*. Tem que ser oficializado com emblema e tudo, irmão. Quanto a querer me matar, isso não é diferente da merda de todos os outros dias — Vike debochou, sentando-se como se Flame não estivesse planejando sua morte no olhar.

— Vocês, calem a boca — Ky retrucou. Todos os irmãos olharam na sua direção quando perceberam que ele estava falando sério. Ele olhou para mim. — Podemos começar essa merda ou o quê?

Assenti lentamente com a cabeça. Lil' Ash voltou com três garrafas de uísque e uma bandeja de copos. Ele os entregou aos irmãos, sendo que Flame encarou Viking o tempo todo. Vike mostrou pela primeira vez um pouco de senso e manteve a boca fechada. Bati o martelo sobre a mesa e sinalizei:

— *Alguma coisa antes de distribuir as corridas?* — Ky traduziu, como sempre fazia. Sua voz estava tensa.

Tanner se inclinou para frente.

— Não tenho certeza se é alguma coisa, mas a Klan acabou de pegar um enorme carregamento de armas.

— Suspeito? — Bull perguntou.

Tanner encolheu os ombros.

— Às vezes conseguiríamos mais, se esperássemos novos contratos.

— Ou? — Hush perguntou, passando a mão sobre a cabeça raspada.

— Se estivéssemos nos preparando meio que para uma guerra — Tanner respondeu. — Não há sinal de que isso tenha algo a ver com a gente. Só queria que vocês estivessem cientes de que isso aconteceu.

— *Continue perguntando para quem quer seja sua fonte de informações. Se tiver mais coisas a caminho, queremos saber a tempo de nos preparar* — sinalizei e Ky traduziu.

Tanner assentiu.

— Algo mais? — o VP perguntou, falando antes que eu pudesse fazer qualquer outra coisa. Os irmãos balançaram a cabeça e Ky puxou uma folha de papel amassado do *cut* e bateu na mesa. — Temos corridas e entregas para esta semana. Sejam rápidos, filhos da puta.

Quando ficou de pé, pegou a garrafa de uísque das mãos de Viking.

— Que porra é essa? — Viking gritou, mas meu amigo já estava longe.

Eu estava puto com sua atitude de sair antes que o martelo fosse batido, mas abafei meu descontentamento. O irmão estava claramente sofrendo. Bati o martelo na mesa de madeira, levantei e fui procurá-lo.

Vi Lilah entrando pelas portas dos fundos do clube, o rosto pálido, os olhos vermelhos. Quando ela me viu, suspirou.

— Ele está lá fora.

Ela voltou para Mae e as outras cadelas sentadas nos sofás, babando no ultrassom. A cadela de Ky sorriu e assentiu, mas seu rosto era inexpressivo, os malditos olhos tão vazios quanto os de Ky.

Saí pela porta dos fundos e o encontrei sentado no banco mais distante. O irmão já havia bebido um quarto da garrafa. Estava quase cheia apenas alguns minutos atrás.

Sentei-me ao seu lado e percebi seu estado de tensão. Se fosse outra pessoa, eu sabia que ele diria para ir se foder. Mas era eu. E eu não iria a lugar algum e ele não podia fazer nada sobre isso.

— V-você vai me di-dizer o que diabos está a-acontecendo? — perguntei, gaguejando. Não me importei. Ele era meu amigo e minha gagueira não significava nada para ele.

Ky não me deu uma resposta, apenas continuou bebendo. Ele olhou para a floresta ao redor do complexo, sem dizer nada. Ky Willis não era de ficar quieto; era impossível calar aquela boca sabichona do caralho.

— Parece que você vai ter um bebê bonito, *Prez* — comentou, a voz ficando mais rouca e profunda enquanto falava. Ele não se mexeu por alguns segundos, depois virou a cabeça para mim e disse: — Estou realmente feliz por você, Styx. Realmente feliz. Você e sua cadela merecem isso.

Franzi o cenho quando vi seus olhos vermelhos, mas ele olhou para o outro lado.

— Me-me-me diz o que di-diabos está errado.

Ele inclinou a cabeça para trás e olhou para o céu, então respirou fundo algumas vezes, antes de ficar cabisbaixo.

— Li estava grávida.

Meus olhos se arregalaram, animado pelo meu irmão... só então percebi que ele disse *"estava"*. Uma corrente gelada percorreu minhas veias e meu estômago retorceu.

— Ky... — Eu não sabia mais o que dizer.

Ele tomou um gole de sua garrafa e depois desabou no banco, devastado.

— Nós nem sabíamos que ela estava grávida. Acordei na semana passada com ela sangrando e com muita dor.

— O qu-qu-qu... — As palavras ficaram presas na minha garganta. Eu sinalizei: — *O quê?*

Ky assentiu devagar.

— Levei ela para o hospital naquela noite. Não contei pra ninguém, Li não queria. Ela suspeitava, então não queria que Mae ou Maddie soubessem. Ela estava se sentindo doente por alguns dias, mas pensou que fosse apenas um resfriado. Acontece que estávamos perdendo o bebê que nem sabíamos que ela estava carregando.

Fechei os olhos quando me lembrei de entrar no clube, Mae segurando nossa foto do ultrassom com orgulho. Todos os sorrisos. Ela ficaria arrasada se soubesse sobre Lilah. E eu tinha certeza de que ela não sabia; Mae me contava tudo.

Incapaz de encontrar palavras, passei o braço ao redor de seu ombro e puxei meu irmão para perto de mim. Beijei sua cabeça e o ouvi suspirar profundamente. Quando ele levantou, pude ver as porras das lágrimas em seus olhos.

— Fomos no hospital alguns dias atrás para fazer exames. Os médicos não acham que Li será capaz de manter uma gravidez, muito trauma da...
— Ele deixou o final da frase pairando no ar.

— Da seita — concluí, pela primeira vez sem gaguejar.

Ky deu mais cinco goles de bebida e assentiu.

— Sim. Aqueles filhos da puta estupraram a minha cadela e agora esses malditos são a razão de eu não poder me tornar pai tão cedo. Pior ainda, Li não será mãe. — Deu uma risada desprovida de humor. — Ela teria sido uma boa mãe, Styx. Ela é tão gentil e pura, sabe? — Algo apertou meu estômago com o quão triste ele parecia. Ky se inclinou para frente, passando a mão pelo longo cabelo loiro. — Ela tem muito tecido cicatricial do estupro coletivo, entre muitas outras coisas. Precisa de cirurgia para corrigir, para ter alguma chance de ter filhos um dia. Mesmo assim, isso pode nunca acontecer. Na melhor das hipóteses, ela terá a porra de uma pequena chance de esperança. Ela vai operar na próxima semana, porque ainda quer se apegar a essa esperança, sabe? Ela ainda quer uma chance de sermos pais, mesmo que isso nunca aconteça. — Um som sufocado escapou de seu peito. — Ela me diz que quer fazer isso por mim, para que eu possa ser pai como eu mereço. Ter um filho para carregar meu nome... *Meu Deus...*

Ky bebeu novamente e balançou a cabeça.

— Todos esses médicos e enfermeiras olharam para mim e para o meu emblema como se eu fosse a razão de ela estar tão fodida por dentro. Eu juro, cara, eu estava a ponto de esfaquear as gargantas de todos eles. Lilah praticamente quebrou minha mão tentando me manter calmo.

Dei um tapa gentil em suas costas e meu irmão riu outra vez. Uma risada angustiada e devastada.

— Quando penso que finalmente deixamos para trás aqueles filhos da puta da seita, algo acontece para trazer os malditos de volta para as nossas vidas. Eles são como herpes, impossíveis de matar.

— *Eu sinto muito* — sinalizei. — *Você deveria ter me dito.*

— Você está feliz, Styx. Não tem razão para azedar o clima. Essa merda é apenas o que é. Ela é a porra da minha mulher; sou eu quem tem que lidar com a minha miséria.

Peguei a garrafa de uísque de sua mão e tomei um longo gole. Ky suspirou, mas ouvi a raiva borbulhando por dentro, vi a fúria assolando seu rosto.

— Eu juro, irmão — atestou em um tom grave e frio —, se eu pudesse entrar naquela porra de comuna, eu entraria. E mataria cada um daqueles putos pedófilos. Eu esfolaria o Rider vivo, jogaria seu corpo morto no fogo por ficar parado e deixá-los fazer aquilo com ela. Mas Judah, o gêmeo psicopata que encomendou toda essa porcaria para Li, eu realmente me divertiria com aquele pedaço de merda. — A voz de Ky falhou e meu coração se partiu por ele. — *Eu pequei.* Porra, todos sabem que eu pequei. *Eu* mereço ser punido. Mas a Li? Ela é a cadela mais meiga que existe, ainda assim isso acontece com ela? Não só ser estuprada repetidamente por aqueles doentes, como também queimada, açoitada. Ela tem uma cicatriz em seu lindo rosto porque pensa que foi criada pelo diabo... e agora ela pode não ser capaz de ter filhos... Como diabos isso tudo é justo?

Lágrimas deslizavam pelo rosto dele. Eu estava prestes a falar quando alguém passou por mim.

Lilah.

— Ky, amor — ela disse, baixinho.

Ele levantou a cabeça, mas desviou o olhar. No entanto, ela o fez encará-la e, inclinando-se, acomodou a cabeça do marido em seu peito para que ele pudesse chorar e ser consolado.

— Shhh... — ela o acalmou. Levantei-me para ir embora, mas a cadela segurou meu braço. — Vou contar para Mae e Maddie, prometo. Eu nunca poderia esconder isso delas por muito tempo. — Ela fez uma pausa e acrescentou: — Mas deixe minha irmã desfrutar este dia. Ela merece ser feliz sem se preocupar. Porque sei que vai se preocupar comigo, como sempre faz... isso vai partir o coração dela.

Balancei a cabeça e murmurei:

— *Sinto muito.*

Lilah sorriu e se voltou para o marido, meu melhor amigo, completamente perdido nos braços de sua esposa.

Voltei lentamente para a sede do clube, a raiva fervendo dentro de mim a cada passo. Ky estava certo. Esses filhos da puta não pagaram por fazer isso com sua mulher. Não o suficiente. Eles não pagaram pelo que fizeram com Mae – porra, e nem com a pequena Maddie.

O som de um riso me atingiu quando entrei. Fui direto para Mae, precisando dela na porra dos meus braços. Puxei minha cadela de onde estava sentada, apenas para tomar seu lugar e ajeitá-la no meu colo. Eu a abracei enquanto ela e Beauty conversavam. Minhas mãos encontraram o caminho para sua barriga. Mae me entregou o ultrassom e olhei para a pequena imagem granulada. Observei cada detalhe, o tempo todo me sentindo como um merda pelo meu irmão e a sua cadela estarem completamente despedaçados lá fora.

Quanto mais encarava a imagem, mais meu ódio aumentava. Ódio de todos aqueles malditos que torturaram nossas mulheres.

Os filhos da puta que se eu visse novamente, mataria lenta e dolorosamente. Eu daria a eles o que mereciam e os mandaria para o Hades sem moedas nos olhos.

Queimando no inferno, o lugar onde deveriam estar.

CAPÍTULO SEIS

RIDER

Cada parte do meu corpo tensionou quando Harmony falou essas palavras. *Eu sou uma mulher Amaldiçoada de Eva...*

Não, pensei, sua confissão dando voltas na minha cabeça. *Não, não, não!* Meu estômago se transformou em um buraco negro quando caímos em um pesado silêncio. Minha respiração profunda soou como um trovão quando ecoou no chão onde eu estava. Imagens de Mae, Delilah e Magdalene passaram pela minha mente.

Pensei em Judah e me lembrei de quando disse a ele que estávamos todos condenados... *Eu encontrei outra*, ele dissera. Eu não tinha pensado muito nisso na época, mas...

Ele tinha outra Irmã Amaldiçoada de Eva para cumprir a grande profecia.

Não, de novo, não. Pressionei as mãos no chão. Meus braços tremiam com o pequeno esforço de me levantar, mas me mantive firme e consegui me sentar.

Cheguei mais perto da fresta e repousei a cabeça contra a parede. Fechei os olhos, lutando contra a escuridão que tomava conta do meu coração. A raiva era tão potente que a senti incendiar minhas veias. Minhas costas estavam rígidas e meus músculos estavam contraídos pela tensão que envolvia meu corpo.

— Harmony — chamei com uma voz quase irreconhecível para meus próprios ouvidos.

TILLIE COLE

Houve uma longa pausa, até que ela respondeu:

— Ainda estou aqui... Tenho certeza de que ele não me deixará ir nunca mais a nenhum outro lugar.

Meu peito apertou com o quão triste ela soava, como se estivesse completamente derrotada. Eu não conhecia a mulher, mas não me importei com isso. Ela foi a primeira pessoa com quem conversei sem segundas intenções, sem a pesada nuvem da minha fé guiando minhas palavras e atitudes. Ela não me conhecia como o profeta destinado. Não me conhecia como o irmão Hangmen traidor. Ela me conhecia como o prisioneiro invisível – um pecador, assim como ela.

— Harmony, me escute — murmurei e coloquei a mão contra a parede. Senti uma maior proximidade com ela daquele jeito. Imaginei como ela devia ser, do outro lado. Ela devia ser linda, já que toda Amaldiçoada que já havia visto possuía uma beleza incomparável... inigualável, porém atormentada pela angústia e ódio para consigo mesmas. Eu sabia disso agora. Elas eram chamadas de Amaldiçoadas porque o Profeta David considerava a beleza delas irresistível demais para os homens da Ordem. Beleza demais para ser algo divino.

Estremeci ao imaginar o que Harmony deveria ter passado durante a sua vida... o que meu irmão faria com ela quando a tivesse ao seu lado. Eu não sabia o porquê, mas esse pensamento transformou meu sangue em lava escaldante.

Minha mão bateu em um punho na parede.

— Harmony, para onde você foi hoje mais cedo?

Prendi a respiração enquanto esperava sua resposta.

— Encontrar o profeta — ela finalmente disse.

Soltei a respiração bruscamente e, cerrando os dentes, perguntei:

— O que ele fez? — Porque eu conhecia meu irmão. Eu já tinha visto por mim mesmo como o poder o afetara, subindo à sua cabeça.

Não queria que a pergunta a incomodasse. Eu não queria ouvi-la chorar. Mas, para minha surpresa, sua voz estava mais firme quando retrucou:

— Ele queria ter certeza de que eu era uma Amaldiçoada. Ele nunca tinha me visto antes de hoje.

— E? — perguntei, meu coração na garganta.

— Sim — revelou, suavemente. — Ele declarou que era verdade. Sou uma Irmã Amaldiçoada de Eva, a escolhida com a qual ele se casará.

Detectei uma pitada de irritação em sua voz. Um lampejo de resistência. Isso me fez sentir uma onda de orgulho. Eu nunca a tinha visto, acabara de conhecê-la, mas podia perceber sua força em poucas palavras simples. Aqueceu algo dentro de mim que até então estava congelado.

Harmony era diferente. Ela tinha garra. As poucas mulheres com quem conversara na comuna pareciam submissas. Eu podia ouvir em seu tom de voz que Harmony não era assim. Ela tinha um fogo dentro do seu coração.

Ela era forte.

Uma sensação estranha tomou conta de mim. Eu não tinha certeza ainda do que era, mas o que quer que fosse acalmou um pouco o calor no meu sangue.

— Ele me examinou — ela continuou. Mas a firmeza em sua voz havia diminuído, dando lugar à aflição que subia à superfície. Ela parou de falar e arfou algumas vezes.

Abri a boca, querendo perguntar o que Judah havia feito, mas não tinha certeza se aguentaria ouvir. No entanto, isso não importava, porque alguns segundos depois, Harmony disse:

— Ele me tocou entre as pernas. Ele... — respirou fundo e meu coração se partiu — ele me machucou. Ele... ele me tocou onde eu não queria ser tocada. — Sua voz sumiu em um sussurro.

A raiva que havia diminuído voltou com força total quando a ouvi dizer o que Judah fizera. E eu podia imaginá-lo fazendo isso. Quando vimos aqueles vídeos doentios das crianças dançando sedutoramente para o seu profeta, Judah sentira prazer com aquilo. Ele despertara sexualmente crianças de oito anos, frequentemente fornicando com Sarai, uma garota de apenas quatorze anos. Ele não pensaria duas vezes em tocar uma Amaldiçoada. Ele as considerava como seres inferiores, seu toque era a purificação necessária para recuperar a salvação.

Eu estava contraindo a mandíbula com tanta força que chegava a doer. Sem pensar no que estava fazendo, afastei a mão e soquei a parede.

— PORRA! — gritei, a frustração que vinha sentindo há semanas, não, desde que cheguei a este lugar meses atrás, atingindo o auge.

Minha mão latejava pelo atrito, mas soquei a parede de novo, soltando minha fúria a cada golpe. O suor escorreu pela minha testa enquanto meu braço, já fraco, tremia de exaustão. A garganta estava inflamada por causa da minha explosão, mas abracei aquela dor. Pelo menos estava sentindo alguma coisa. Fiquei tanto tempo entorpecido que, mesmo sofrendo, meu corpo voltou à vida, meu sangue voltou a correr. Era raiva, pura e verdadeira, mas a emoção era bem-vinda.

Bem-vinda pra caralho.

Ofeguei, caindo contra a parede. Senti o cheiro de sangue que agora brotava dos meus nódulos em carne-viva.

E para adicionar combustível ao meu fogo, os alto-falantes da comuna lentamente estalaram. Esperei ouvir a voz tão parecida à minha. Quando ela soou, um arrepio percorreu minha coluna. Judah. Judah, minha única família, estava ferrando com tudo. Agora ele era irreconhecível para mim. Meu peito ardeu. Esfreguei o esterno para tentar aliviar o ardor, mas não deu certo.

— Povo de Nova Sião, peguem suas armas. Pratiquem até suas mãos sangrarem. Estaremos preparados para o Arrebatameto. Não devemos falhar quando os homens do diabo tentarem nos derrubar. Nós somos os santos guerreiros de Deus!

Respirei fundo quando os ruídos, agora familiares, da prática de tiro ao alvo ressoaram até as celas. Minha raiva foi substituída por um sentimento de total desesperança. Eu não tinha ideia do que Judah estava planejando. Entendi, recentemente, que o que se passava na mente do meu irmão nunca poderia ser previsto. Nem mesmo por mim. Mas sabia que, seja lá o que fosse, não poderia ser bom.

Judah queria sangue.

Ele era alimentado pelo ódio que sentia pelos Hangmen... por todos que ficaram no caminho do nosso povo. Meu estômago revirou. Eu sabia que era o único que poderia detê-lo, mas nenhuma das pessoas sabia que um impostor havia tomado o lugar de seu profeta. Eu não tinha ninguém para me ajudar. Nenhum aliado para me libertar dessa prisão. Os guardas de Judah eram leais e tão sanguinários quanto ele.

Não havia ninguém com quem contar para me ajudar a recuperar as rédeas da situação.

Em desespero, escutei tiro após tiro, os guardas exigindo mais precisão das pessoas. Mesmo preso nessa cela, era possível sentir cada milímetro do medo emanando do nosso povo – suas vozes nervosas; seus silêncios. Todos estavam aterrorizados. As palavras de ódio de Judah estavam levando todos ao limite. O que aconteceria quando eles passassem dessa linha, era uma incógnita.

— Rider? — A voz de Harmony atravessou a parede durante uma pausa nos tiros.

— Sim?

— Por que você está tão bravo? Escuto em sua voz... Posso até sentir através desta parede.

A confissão estava na ponta da língua, mas eu não podia dizer a verdade. Eu gostava que Harmony conversasse comigo. Não queria que ela parasse. Ela deve ter sentido uma segurança, uma ligação comigo por ter me confidenciado o que Judah havia feito, para expressar seu ódio sutil pela nossa fé. Se soubesse quem eu era, nunca mais falaria comigo. Ela deduziria que eu era como meu irmão.

REDENÇÃO SOMBRIA 73

Meu corpo retesou. Talvez eu fosse.

Afinal, também agi como ele. Havia pecado como ele... Eu havia matado, permitido que coisas monstruosas acontecessem em nome de um Deus que, com certeza, me negligenciara.

Nós somos exatamente iguais.

— Rider? — Harmony chamou.

Foquei o olhar no canto da sala.

— Porque não há esperança. Nenhum maldito raio de sol neste inferno escuro como a meia-noite.

— Sempre há esperança, Rider — ela sussurrou e meu coração bateu forte. Um nó surgiu na minha garganta e senti lágrimas nos meus olhos.

— Existe? — perguntei, minha voz falhando. — Pois não enxergo nenhuma.

— Sim — ela respondeu. — Eu também pensava que não havia, nos meus momentos mais sombrios. Mas então encontrei pessoas que tinham uma luz que nunca havia visto antes, pessoas que antes eu teria identificado como um inimigo. Pessoas que são boas em seus corações... isso me fez acreditar que, em algum lugar do mundo dos pecadores, existe esperança. Um mundo diferente do que conhecemos.

Sua linda voz caiu sobre mim como um bálsamo. Fechei os olhos para ouvir mais claramente. Quando ela falou, senti como se tivesse uma amiga. Quando conversávamos, era como se pela primeira vez na vida, eu estivesse podendo falar a verdade.

Eu era *eu*, quem quer que esse homem fosse.

— Essas pessoas... — perguntei e me deitei no chão, posicionando a boca próximo da fenda na pedra. Meu peito estava colado ao chão. Era desconfortável, mas não me importei. Eu só queria ouvir a sua voz suave. — Eles compartilham nossa fé? — Harmony não respondeu. — Pergunto porque eu... Eu acho que perdi a fé no que acreditamos aqui na Ordem. Acho que perdi a fé nas pessoas que moram aqui também. — Meus olhos se fecharam. Foi a primeira vez que me permiti falar esses pensamentos, sentir a verdade deles. Eu, o Profeta Cain, comecei a duvidar de tudo o que fui criado para ser.

Meses de solidão garantem que você não tenha nada para fazer além de pensar dia e noite. Pensar em tudo que você fez na sua vida, em todos os seus atos, todo pensamento – bom ou ruim.

Era um tormento que queimava por dentro. Pensar se você estava certo ou errado... imaginando se você estava do lado do bem – como acreditava –, ou se abraçara cegamente a escuridão.

Se havia um Deus, eu não o sentia comigo neste momento. Orei para que não fosse o diabo poluindo minha alma, como Judah declarara. Eu ainda acreditava que o mal era real. Eu só não tinha certeza se *eu* era esse mal.

— Sim — Harmony disse com cautela, trazendo-me de volta à pergunta anterior. — As pessoas que amo são daqui também. Embora elas não adotem os atos que machucam as pessoas... que machuque meninas inocentes... e meninos. — Congelei. Eles também machucavam garotos? — Elas são boas em suas almas — continuou. — E me deram esperança, sem querer nada em troca, quando perdi tudo o que amava, minha luz apagada pela crueldade dos homens.

Olhei para a pequena abertura na parede e desejei mais do que tudo que pudesse ver o rosto de Harmony. Quanto mais ela falava, mais queria conhecê-la. Sua voz, desde que chegara aqui, era a minha salvação. Eu queria olhar nos olhos dela e ver o fogo que ela possuía por dentro. Nos últimos meses, tudo o que eu sentia era frio em meu coração. Eu me perguntei se ela poderia derreter o gelo. Se poderia silenciar os altos gritos de dúvida que ecoavam na minha mente.

— O que você está pensando? — perguntou, suavizando um pouco a angústia que havia em meu peito.

Meu lábio tremeu. Ela leu meu silêncio exatamente como o que era: preocupação.

— Estava pensando que gostaria de vê-la. Eu... — Meu estômago revirou. — Gosto de falar com você, Harmony. Mais do que você jamais poderia imaginar. Gosto que esteja aqui ao meu lado. — Encarei a pedra cinza. — Você chegou quando eu mais precisava de um amigo. Alguém em quem confiar, logo quando acreditei que nunca mais conseguiria deixar outra pessoa se aproximar.

Harmony respirou fundo, mas respondeu:

— Rider... Estou aqui por você.

A contração no meu lábio se transformou em um pequeno sorriso. Rolei desajeitadamente de costas para aliviar a dor nas articulações, para encontrar um momento de alívio na posição desconfortável ao chão. Ao fazer isso, vi uns pontos brancos na minha parede. Meus olhos foram para a pedra afiada que usei para marcar a parede, e uma ideia veio à cabeça.

Estendi a mão e peguei a pedra, sentindo as bordas irregulares e ásperas contra a palma.

— Harmony, vou tentar uma coisa.

Levei a borda mais afiada da rocha para o cimento irregular que mantinha o tijolo abaixo da nossa fenda. Usando a mão não machucada, comecei a raspar a estrutura pontiaguda ao longo da rachadura que já começava a esfarelar. Meu coração disparou quando o cimento começou a cair. Faixas de luz além da pedra começaram a aparecer.

Luz da cela de Harmony.

— Minha bandeja de comida ainda está aqui — ela disse. — Tem uma faca. Não é afiada, mas pode funcionar. — Ouvi o som de seus passos ao se afastar para voltar em seguida, depois o som de raspagem do outro lado do tijolo.

Sorri e voltei a trabalhar com mais afinco. Quando o cimento acima do tijolo foi completamente retirado, tive um vislumbre de azul do outro lado da parede.

— Harmony — sussurrei, o calor da emoção crescendo no meu peito. Ela parou e vi um lampejo do que parecia ser cabelo loiro. — Trabalhe nas laterais — orientei e comecei a mover a ponta da rocha contra o cimento quebrado à direita. Harmony trabalhou à esquerda e, após alguns minutos, o ar quente e úmido passou livremente por entre as frestas.

— E agora? — ela perguntou suavemente, ansiosa.

— Espere aí — eu disse, levantando as mãos para tentar arrancar o tijolo de pedra. Era pequeno e estreito, mas se pudesse tirá-lo do lugar... Eu a veria um pouco. Mesmo que fosse só um pouco, eu a veria em carne e osso.

Estava prestes a mover o tijolo, quando um medo repentino me atingiu. Eu a veria, mas ela também veria um pouco do meu rosto.

Ela tinha visto Judah...

Afastei as mãos e fechei os olhos, sentindo a decepção correndo pelo meu sangue. Eu me levantei e cambaleei para a parte do banheiro da cela. Acima da pia velha havia um pequeno espelho rachado. Colocando as mãos na borda da bacia para me manter firme, olhei para o meu reflexo. Eu tinha evitado fazer isso por semanas; precisava olhar para o meu rosto. Na verdade, havia evitado propositadamente. Quando me olhava, sempre via meu irmão. Sempre veria Judah olhando de volta para mim.

Mas agora, observei meu reflexo...

Meus olhos castanhos se arregalaram de choque quando vi o estado em que me encontrava. Meu rosto estava manchado de sangue e coberto de sujeira. A barba comprida e emaranhada. Meu cabelo estava tão embaraçado que chegava a formar tufos grudados na cabeça. Até meus olhos estavam vermelhos, os globos brancos praticamente acinzentados – evidência dos intermináveis castigos sofridos.

Mal reconheci o homem que me olhava de volta.

No entanto, eu só podia sentir alívio. Havia pouca semelhança com o gêmeo que me trancara aqui, longe de todos. Judah se foi... Inferno, Rider se foi. Harmony não veria a imagem espelhada do falso profeta. Ela veria um homem sujo e espancado. Um prisioneiro, assim como ela.

— Rider? Onde você está?

A suave voz de Harmony flutuou através da cela. Voltei lentamente para a parede. Minhas pernas formigaram quando o sangue circulou pelos músculos mal-irrigados. Caindo no chão, enfiei os dedos nas fendas ao redor do tijolo e puxei a pedra. A poeira pairou no ar quando a pedra velha começou a se soltar, mas, de repente, ela estacou no lugar. Abri a boca para dizer a Harmony para empurrar do lado de lá, mas a pedra se moveu antes que pudesse fazer isso.

Meu coração inflou. Ela mesma havia feito aquilo sem que tivesse pedido – ela também queria me ver. Puxei o tijolo com o máximo de força que consegui reunir.

— Está funcionando — Harmony disse, enquanto o tijolo se movia, milímetro por milímetro, meticulosamente devagar. Finalmente, depois de minutos trabalhando no tijolo irregular, ele caiu em minhas mãos.

Suspirei, sem fôlego mediante o esforço. Mas meu cansaço foi logo esquecido quando joguei o tijolo para um lado, escondendo-o no canto mais escuro da cela. Então olhei para o buraco na parede. Meu coração bateu forte contra as costelas e meu pulso disparou mais rápido no meu pescoço.

— Rider — ela sussurrou sem fôlego. — Deu certo.

Fechei os olhos por um momento. Sua doce e suave voz soou mais clara aos meus ouvidos, não mais abafada pela parede grossa. O calor se espalhou pelos meus membros quando ela acrescentou:

— Deixe-me vê-lo. Eu quero ver você.

Certificando-me de que meu cabelo estava mais sobre o meu rosto do que o normal, lentamente abaixei meu corpo até que meu peito se recostasse ao chão, controlando minha respiração quando a dor tomou conta de mim. Quando fiquei imóvel, virei a cabeça para a abertura na parede e espiei pelo orifício.

Meu corpo inteiro congelou. Deparei com os mais lindos olhos castanho-escuros que já tinha visto. Longos cílios negros tremularam quando o olhar de Harmony colidiu com o meu.

— Harmony — ofeguei com admiração.

— Rider — ela respondeu, com a voz igualmente emocionada. Ela moveu o corpo ainda mais para perto para que o resto do rosto aparecesse. Eu fiz uma careta. Um véu a cobria do topo de suas maçãs do rosto até o pescoço.

Um rubor vermelho profundo floresceu na pele que não estava coberta. Harmony levantou a mão e correu ao longo do material azul-claro.

— O profeta ordenou que eu o usasse o tempo todo.

— Por quê? — perguntei franzindo o cenho.

— Porque sou a única chance que resta para que a profecia se cumpra. Ele quer que eu permaneça pura antes do dia do casamento. — Ela tocou o tecido novamente. — Este véu garante que não tentarei ninguém a tomar meu corpo antes da noite de núpcias. É por isso que estou sendo mantida

REDENÇÃO SOMBRIA

nesta cela. Eu devo ser revelada às pessoas quando for o momento certo. Nem um momento antes.

A tensão me encheu, a raiva ardeu dentro de mim com a mágoa registrada em sua voz. Judah. Isso, mais uma vez, era tudo culpa dele. Para me acalmar, concentrei-me nos olhos de Harmony. Meus lábios se curvaram em um sorriso inesperado quando peguei um lampejo de cabelo loiro escapando de sua touca.

— Você tem cabelo loiro.

— Sim — respondeu. Suas bochechas se moveram, indicando que ela estava sorrindo por baixo do véu. Embora não pudesse ver seus lábios, seus olhos também estavam sorridentes. — E você tem cabelo e olhos castanhos. — Entrei em pânico sob seu escrutínio, rezando para que ela não detectasse nenhuma semelhança com Judah. Mas me acalmei quando ela disse: — Mas não consigo ver muito de você por causa do sangue e da sujeira em sua pele. — Seus olhos brilhavam, e sua voz se transformou em um sussurro. — Rider... O que fizeram contigo?

Sua voz cheia de tristeza me deixou arrasado.

— O que mereço — respondi com rouquidão. Harmony balançou a cabeça, como se fosse discutir, mas a interrompi: — Você poderia... Você poderia tirar o véu para mim? Eu quero... Eu quero vê-la. Eu preciso ver seu rosto.

Ela congelou e seus olhos arregalados procuraram os meus.

— Harmony — sussurrei, falando do meu coração. — Eu não acredito que você seja amaldiçoada.

— Mas... mas fui declarada assim — rebateu com a voz trêmula.

— Não acredito que a beleza seja criada pelo diabo — assegurei, engolindo em seco. — Eu costumava acreditar nisso, Harmony. Por muito tempo acreditei que era verdade, não duvidei dos ensinamentos... Mas agora... — Fiquei calado. Harmony ficou em silêncio, esperando que eu terminasse. Suspirei. — Mas agora acho que talvez tenha sido apenas mais uma mentira. Outra crença que sinceramente respeitei, e que agora me pergunto se havia algo de verdade nisso.

Seus olhos se estreitaram por detrás do véu, como se tentassem enxergar a veracidade das minhas palavras. Eu a olhei de volta, aberto e honesto. Eu já havia mentido tanto na vida, fingido por tanto tempo, que não tinha mais forças para manter qualquer tipo de farsa. Não com Harmony. Eu queria que ela me visse. E apenas a mim. Não Cain... apenas *eu*.

Eu estava cansado. Tão cansado de tudo.

Os minutos se passaram e Harmony não se mexeu. Eu temia que ela tivesse decidido que eu não era uma pessoa em quem pudesse confiar. Estava quase perdendo totalmente a esperança de ver seu rosto quando ela ergueu a mão ao lado da cabeça. Eu podia ver seus dedos tremendo quando abriu o fecho e guiou o material azul-claro para longe de seu rosto.

Prendi a respiração quando o tecido delicado caiu. O calor encheu meu peito quando olhou para mim, livre da barreira.

Ela era simplesmente a mulher mais bonita que eu já havia visto na vida.

Ondas de calor percorreram minha coluna quando Harmony engoliu em seco. Suas bochechas foram tomadas por um rubor e seus olhos escuros brilhavam. Sua pele era sedosa e de uma cor pálida. Suas maçãs do rosto eram altas e definidas, os lábios rosados e carnudos.

— Harmony — sussurrei em um ofego. Eu queria lhe dizer que ela era linda, a mulher mais linda que já vi, mas me contive. Como uma Amaldiçoada, meu comentário sobre sua beleza seria a última coisa que ela queria ouvir. — Obrigado — agradeci, baixinho.

Seus olhos ficaram nublados com uma timidez repentina, um gesto simples, mas que derreteu meu coração. A cabeça dela virou levemente, então tudo parou. Havia uma grande marca vermelha de um lado de seu rosto, a pele com um hematoma e inchaço.

— O que aconteceu? — perguntei abruptamente, entredentes.

Quando me encarou outra vez, havia uma pitada de raiva em seu rosto.

— Profeta Cain — ela sussurrou e levantou a mão para cobrir a marca, estremecendo com o contato. Não consegui falar. Fiquei tão furioso, tão irritado, que minha voz entalou presa na garganta, meu coração batendo em um ritmo severo como o mais alto dos tambores. — Eu... Eu tentei impedi-lo de me tocar... — admitiu, um rubor vermelho profundo tomando seu rosto. Ela cerrou a mandíbula e lágrimas de irritação se formaram em seus olhos. — Segurei o pulso dele. — Fez uma pausa. — E segurei com toda a minha força. Em um momento de loucura, tentei impedir o líder da nossa fé de tomar o que ele queria de mim. Eu lutei contra ele. Resisti, tola e estupidamente. Não sei o que estava pensando.

Minhas mãos estavam cerradas em punhos tão apertados que me causaram dor. Mas, ao mesmo tempo, uma onda de calor se espalhou pelo meu peito – orgulho. Senti-me orgulhoso por Harmony ter feito aquilo, por ela ter tentado se proteger do toque indesejado de Judah.

— Bom — consegui responder.

Harmony congelou enquanto olhava para mim.

— Bom?

Assenti bruscamente com a cabeça, o máximo que pude nessa posição desconfortável no chão.

— Ele não deveria ter permissão para fazer isso — respondi. — Não é o direito dele.

Um pequeno lampejo de alívio me atingiu quando falei essas palavras. Fiquei aliviado porque sabia, com cem por cento de convicção, que nunca forçaria meu toque em uma mulher. Não importava quanto poder tivesse, nunca faria isso.

Pelo menos nisso, eu era o completo oposto do meu gêmeo.

Harmony levou a mão ao rosto. Só depois de um momento é que percebi que ela estava secando as lágrimas. No entanto, pude ver que não eram de tristeza. Eram lágrimas de raiva, de frustração. O fogo que eu queria ver em seu lindo rosto estava sendo descoberto perante meus olhos.

— Não deve ser aceitável — ela disse com firmeza. — Ele não deve ter permissão para tomar a quem quiser, quando quiser... não importa quão jovens ou despedaçadas elas possam ser. — Harmony fungou e seus olhos procuraram os meus. — Por quê? Por que isso pode acontecer? Todas aquelas crianças nas Partilhas do Senhor, que estão lá sem escolha. Os despertares que nos impuseram sem dizer uma palavra, as acusações de sermos Amaldiçoadas em tão tenra idade, mudando para sempre o caminho que nossas vidas tomam... — Ficou em silêncio. Eu a observei tentar conter a fúria. Foi uma batalha travada na qual falhou. — Eu sei que as escrituras ensinam isso — explodiu. — Sei que é uma prática realizada há anos. Mas por que apenas alguns de nós questionam isso? Por que ninguém nunca impediu esses atos?

Enquanto ela ofegava, eu disse:

— Harmony, o Profeta David estabeleceu o precedente anos atrás, quando disse que Deus revelou que deveria ser assim. As pessoas acreditam que é o que Deus quer do seu povo escolhido, que é o que Ele quer de nós.

— Eu não acredito nisso — afirmou, a voz cheia de convicção. — Se houver um poder maior, Ele não aceitaria que homens violassem crianças. Tirando qualquer forma de escolha das mulheres. — Harmony deu uma risada desprovida de humor. Ela olhou para o lado. — Eu o conheci... conheci o Profeta David, Rider. Muito tempo atrás. E o odiei assim que o vi, bem como todos os guardas disciplinares e a maioria dos homens que já encontrei. Mas hoje, com o Profeta Cain, foi algo completamente diferente. Ele tinha uma maldade assustadora no olhar. — Sua risada era rouca. — Ele é um homem bonito; a aparência dele é a mais agradável que já vi.

Soltei um suspiro que nem sabia estar contendo. Porque se ela o achou bonito... Então também acharia o mesmo de mim. Mas essa vã emoção foi anulada quando acrescentou:

— Mas quando olhei nos olhos dele, tudo o que vi foi uma alma feia. Não gostei do Profeta David pelo que ele permitiu que acontecesse com as meninas... comigo... — Ela não terminou essa frase, recompondo-se outra vez antes de prosseguir com raiva: — Mas quando olhei nos olhos do Profeta Cain, senti um medo real, Rider. Aquele homem... — Sua pele empalideceu. Quando olhou para mim, senti seu medo. — Ele conseguirá o que quer, não importa o custo. Ele machucará nosso povo, e eles o seguirão cegamente... Ele me machucará também. E desta vez, não tenho certeza se sobreviverei. Conheci homens como ele. Eles nunca param. Quando querem alguma coisa... *alguém*... eles nunca cessam até que tenham transformado a pessoa em nada, ou pior...

— Harmony. — Empurrei meu corpo para o lado, o mais próximo possível da parede. Eu queria segurá-la em meus braços. Queria fazê-la se sentir melhor. Algo dentro de mim queria tornar as coisas melhores para ela.

— Ele tem uma consorte. Ela se chama Sarai. — Suspirou profundamente. — Ela tem a mesma maldade em seu olhar como o profeta. — Uma única lágrima deslizou pelo rosto impecável. Ela a deixou cair no chão de pedra e depois me encarou. — Eu sei qual é o meu dever. Vim aqui sabendo que caminho estava diante de mim. Mas... depois de hoje, não posso deixar de questionar: como será minha vida como esposa dele? Sarai tem seu amor, é nítido para que todos possam ver. E pude notar o ódio por mim em seu olhar — revelou. — Não sei se consigo, Rider. Nesse momento, não sei se conseguirei viver com a crueldade que emana deles. Eu já vivi assim antes. Não posso... Não sei se sou forte o bastante para suportar isso de novo... — Sua voz se transformou em um sussurro.

O pânico atravessou todas as células do meu corpo ante o tom derrotado em sua voz.

— Ouça-me... — eu disse com firmeza. — Você é forte. Você tem que manter essa força.

Harmony me deu um sorriso fraco.

— Eu não sou tão forte quanto pareço. Por dentro estou tremendo. Estou morta de medo. — Senti meu coração partir. Mas antes que pudesse tentar confortá-la, ela emendou: — O Profeta Cain é diferente do Profeta David em todos os aspectos. Alguma coisa dentro de mim me diz que ele levará nosso povo à ruína, não à glória. Os sermões que ele prega, as armas... ele nos levará direto para os portões do inferno, sem ajuda dos homens do diabo a quem se refere com tanta frequência.

Eu não sabia o que dizer. E mais, não suportava ouvir a aflição em sua voz. Sem pensar, levantei a mão suja e a enfiei através da abertura. Quando cheguei o mais longe que pude, coloquei-a no chão. Meus olhos dispararam para Harmony. Ela tinha ficado completamente imóvel, o olhar focado em meus dedos.

Sentindo-me um idiota, comecei a afastar a mão, com os olhos fechados para disfarçar meu constrangimento. Assim que o fiz, senti uma pequena mão quente cobrir a minha. Meus olhos se abriram. Os delicados dedos de Harmony estavam sobre os meus. Não consegui desviar o olhar da cena.

Ela estava me tocando por vontade própria.

Estava me tocando sem medo ou relutância... e a sensação era... boa.

— Rider — Harmony disse em voz baixa. — Eu vejo tanta agonia nos seus olhos que sinto tudo até na minha alma.

Meu coração se despedaçou com a tristeza em sua voz. Minha garganta se fechou ante sua compaixão. *Então era isso*, pensei. Era isso que significa o afeto – sem restrições, sem obrigação... de forma natural. Sem coerção. Nada de pânico. Apenas dado livremente.

Os dedos delicados se contraíram. Ela engoliu em seco, depois começou a acariciar as costas da minha mão. Acalmou um fogo que nem havia percebido que queimava em meu coração. Ela ficou em silêncio enquanto passava as pontas dos dedos ao longo da minha pele ferida. Tentei respirar, mas o toque dela roubou todo o ar dos meus pulmões.

— Diga-me — Harmony sussurrou. Fechei os olhos ao som de sua voz gentil. — Diga-me o que há de errado. O que lhe atormenta?

O que queria confessar estava na ponta da minha língua. Mas quando abri a boca, minha alma falou por si só:

— Estou sozinho — admiti em derrota. — Estou tão sozinho que mal consigo respirar.

Abri os olhos para ver os dela brilhando com lágrimas.

— Rider — sussurrou, interrompendo a carícia. Em vez disso, sua mão deslizou sob a minha e seus dedos se entrelaçaram aos meus. Ela os agarrou com força, sem dizer mais nenhuma palavra, mas entendi... ela estava ali para mim.

Ela estava *comigo* naquele instante de angústia e dor.

Encarei seus olhos profundos e ela retribuiu o gesto. Nenhuma palavra foi dita, mas não precisava ser. Palavras eram inúteis agora. Nosso toque silencioso me deu mais paz do que jamais senti em toda a minha vida.

Um único e doce toque me livrou de todo sofrimento... apenas por um momento agridoce.

De repente, ouvi um arfar vindo da porta. Num piscar de olhos, soltei a mão de Harmony e apressei-me em me sentar. Virei a cabeça para ver quem havia entrado na cela e me deparei com o olhar assombrado de Phebe. Ela ficou paralisada, os olhos arregalados enquanto olhava para o local onde o tijolo estava ausente.

A bacia de água em suas mãos tremia.

— Phebe — sussurrei, me afastando da parede.

Pálida, ela conseguiu se recompor e fechar a porta da cela, baixando o olhar enquanto caminhava lentamente em minha direção. Colocando a bacia no chão e ainda cabisbaixa, mergulhou o pano na água, pegou meu braço e começou a lavar o sangue da minha pele, porém não ergueu a cabeça nem uma única vez.

Meu coração disparou. Ela me viu de mãos dadas com Harmony.

Não podia permitir que contasse aquilo a Judah. Ou aos guardas. Eu não deixaria que tirassem Harmony da cela ao lado da minha. Eu a queria aqui... Precisava dela aqui.

Quando Phebe se moveu para lavar meu outro braço, gentilmente segurei seu pulso. O toque foi suave, mas o suficiente para fazê-la se sobressaltar como se houvesse acabado de lhe dar um tapa no rosto. Franzi o cenho ao vê-la tentar se afastar.

No entanto, continuei segurando sua mão.

— Phebe — sussurrei, olhando novamente para a porta. Ela estava começando a entrar em pânico. Eu não queria que os guardas a ouvissem. — Phebe — supliquei. — Por favor... Não vou machucar você.

Com as minhas palavras, ela pareceu voltar de alguma espécie de pesadelo que assumira sua mente. Sua cabeça ainda estava afastada da minha enquanto ela tentava controlar a respiração. Eu gentilmente puxei seu pulso, vendo seu corpo tensionar na mesma hora. Confusão e preocupação se infiltraram em minha mente. Phebe não estava agindo na maneira usual. De maneira nenhuma. Ela se retraía e encolhia a cada toque meu.

Fiquei imaginando o que Judah havia dito a ela sobre mim para justificar esse tipo de reação. Decidido a descobrir, me inclinei para frente e ergui seu queixo com a mão livre, vendo-a conter o fôlego. Ela se parecia a um cervo paralisado na frente dos faróis de um carro. Tão gentilmente quanto pude, girei seu rosto na direção do meu. Ela tentou resistir no começo, mas depois finalmente se submeteu.

Assim como toda mulher na comuna faria naturalmente.

Meus olhos se arregalaram em choque. O rosto dela estava machucado, a pele pálida repleta de tons pretos e azulados. Contusões amarelas desbotadas ladeavam cortes e feridas mais recentes. Phebe manteve os olhos azuis voltados para o chão.

— Phebe, olhe para mim — implorei. Seus ombros cederam em derrota ao me encarar. Lágrimas desceram pela sua pele maculada. — Quem fez isso com você?

O olhar de Phebe baixou mais uma vez, mas levantei seu queixo mais para cima.

— Diga-me — insisti.

Fechando os olhos, seus lábios tremularam de emoção. Quando suas pálpebras se abriram novamente, olhou diretamente para mim.

— Profeta Cain — respondeu suavemente e meu estômago revirou.

REDENÇÃO SOMBRIA

Abri a boca para pedir que confirmasse que meu irmão havia feito isso, quando percebi que sua voz tinha uma inflexão estranha; ela não estava respondendo à minha pergunta... estava se *dirigindo* a mim. Ela estava me dizendo que sabia quem eu era. Ela sabia o que Judah havia feito...

... *ela sabia*.

Assenti com a cabeça, não querendo falar no caso de Harmony estar ouvindo.

Um pequeno sorriso aliviado apareceu nos lábios feridos de Phebe. Ela apontou para minhas tatuagens, escondidas sob todo o sangue e sujeira.

— Elas confirmaram, mas soube o que ele havia feito antes disso, pois você é muito diferente.

Olhei de volta para a abertura na parede. Voltei-me para Phebe, colocando o dedo sobre os lábios. Ela assentiu em compreensão.

— Quem fez isso contigo? — perguntei novamente.

Phebe pegou o pano descartado e o mergulhou novamente na água. Ao me limpar, sussurrou:

— O profeta me afastou do meu dever como irmã sagrada há muitas semanas. Na verdade, ele chamou de volta todas as mulheres que estavam recrutando no mundo exterior. Ele nos prendeu aqui. Desde então, temos praticado com armas como todo mundo agora. Estamos focados no arrebatamento. — Enxaguou a sujeira do pano e o levou de volta ao meu peito. — Pelo menos, toda a comuna... menos eu.

A dor na voz de Phebe era evidente.

— Você não é mais a consorte dele?

Phebe balançou a cabeça, mantendo o foco no trabalho que desempenhava.

— Sarai não me queria lá. O profeta faz tudo o que ela pede. — Sua mão estava trêmula sobre a minha pele. Ela rapidamente se endireitou e disse: — Então ele me descartou. — Respirou fundo. — De qualquer maneira, eu não passava de nada além de uma fantasia frívola para ele. Era hábil em sedução e sexo; isso é tudo que já fiz por esta comuna. Não sirvo mais para esse propósito.

Uma lágrima deslizou pelo rosto dela e aterrissou em minha pele.

— Um homem do mundo exterior veio para ficar ao lado do profeta. Não sei de onde ele é, mas está sempre próximo e junto com o Irmão Luke, o braço direito do Profeta Cain. O novo homem é careca e também muito forte. Ouvi rumores quando chegou, que diziam que estava fornecendo as armas que serão usadas na guerra santa que se aproxima. — Soltou o pano e apontou para minhas tatuagens. Entendi o que queria implicar. O homem também possuía tatuagens. — Embora elas sejam diferentes.

Das minhas, silenciosamente compreendi.

— Ele... Ele se interessou por mim durante uma das Partilhas do Senhor à qual fui convocada a participar. — Seu rosto empalideceu. — Desde então, ele me reivindicou como dele. Ele... — Mais lágrimas caíram de seus olhos quando respirou com dificuldade. Estendi a mão e segurei seu braço. Ela se encolheu novamente, mesmo sabendo que eu não era uma ameaça. — Ele espera que eu faça certas coisas com ele, coisas que não quero. Mas o profeta ordenou que ficasse com ele. Ele disse que é importante, essencial para a próxima guerra santa. Não sei o nome deste homem, só que me faz chamá-lo de *Meister*. — Phebe se inclinou para a frente e sussurrou: — O Profeta Cain está planejando um ataque aos homens do diabo. — Seus olhos azuis suplicavam que a compreendesse. — Ele quer atacá-los antes que nos ataquem. É por isso que as pessoas estão treinando tanto. Devemos levar a ira de Deus às suas portas. O Profeta Cain recebeu uma revelação de que devemos atacar assim que a ordem divina vier. Nós devemos estar prontos.

Levei alguns segundos para entender o que ela queria dizer. Um frio gelado desceu pela minha coluna enquanto tentava decifrar suas palavras. Quando cheguei à conclusão, aquele frio se transformou em um enorme bloco de gelo.

— Os Hangmen — deduzi em um sussurro.

Phebe assentiu com a cabeça. A mão dela tremia.

— Ele disse que eles deveriam morrer. *Todos* eles; homens e mulheres. Sem piedade. Ele prega que todos são pecadores e desertores da fé. Afirma que a revelação que recebeu dos céus ordenou que não deixássemos nenhum pecador vivo.

— Ele quer vingança. — Suspirei, frustrado. Ele queria vingança pelos Hangmen terem tirado as Amaldiçoadas de nós. Pelo ataque à nossa antiga comuna. Por matar nosso tio... por simplesmente respirarem. Repeti na minha mente o que Phebe havia dito... *Ele disse que eles deveriam morrer. Todos eles; homens e mulheres. Todos eles são pecadores e desertores da fé...*

Mulheres e homens...

Ele planejava matar Mae, Delilah e Magdalene também...

— Minha irmã — Phebe disse em um tom quase inaudível, com lágrimas nos olhos. — Ele a matará por sua deserção da nossa ordem. Por fornicar com o demônio. Pelos irmãos perdidos quando os homens do diabo vieram tomá-la de volta.

Meu sangue correu tão rápido que minha cabeça nublou. Tentei pensar em uma maneira de impedir aquilo, de ajudar, mas não consegui. Estava sempre preso nessa porra de cela. Mantido aprisionado nesta cela do caralho!

Phebe pareceu ler meu rosto.

— É inútil, não é? Não há como impedi-lo. — Sua respiração falhou. — Minha Rebekah morrerá...

— Você deveria fugir — falei bem baixo para que Harmony não ouvisse nada.

Phebe balançou a cabeça.

— Por que não? — perguntei. — Encontre uma maneira de dar o fora daqui. Salve-se.

Ela hesitou.

—Eu... Eu preciso proteger alguém. E o homem que me tem, o *Meister*... — balançou a cabeça — nunca vai me deixar ir. Eu posso sentir isso. Ele... Ele está obcecado por mim. — As lágrimas espessas deslizaram com fúria pelo rosto. — Ele me assusta muito. Acabou para mim. — Terminou de limpar meu corpo. — Temo que tudo tenha acabado para todos nós. Tudo mudou desde que este profeta ascendeu. Nunca poderemos voltar ao que éramos...

A culpa pesou no meu estômago. Phebe juntou suas coisas e se levantou. Quando estava prestes a sair, se virou e sussurrou:

— Uma vez pensei que você era igual a *ele*. Mas agora... — Os ombros dela cederam. — Agora vejo que não. Vocês têm corações e almas diferentes; um puro, e o outro sombrio. É uma pena que a escuridão sempre pareça prevalecer neste mundo.

Ao sair da cela, fechou a porta com força. Fiquei sentado onde estava, atordoado por suas palavras. Mas a raiva borbulhou a um ponto altíssimo no meu sangue. Ultimamente, era a única emoção que eu parecia sentir. Fúria, pura e simples, pelo meu irmão gêmeo e por tudo o que ele estava fazendo.

Voltei para a posição anterior, deitando-me de frente e rastejando até a abertura na parede para ver Harmony novamente. Assim que nossos olhos se encontraram, sua mão se enfiou pelo espaço. Meus dedos envolveram os dela. Fechei os olhos e deixei seu toque reconfortante acalmar a raiva que sentia por dentro, apenas por um momento.

Ficamos em silêncio, mas minha cabeça se encheu de pensamentos. O que eu poderia fazer? Como poderia impedir tudo aquilo? Eu ainda estava pensando nisso quando Harmony disse:

— Rider?

— Sim? — retruquei, abrindo os olhos.

Ela apertou minha mão com mais força.

— Isso pode me tornar uma pecadora eterna, mas um pensamento continua ocupando minha mente. Continuo rezando por algo vil e rebelde... mas não consigo evitar.

— O que é? — perguntei com a voz rouca.

Ela respirou fundo.

— Eu rezo pela morte. — Meus músculos tensionaram. Ela desejava morrer? — Do profeta — acrescentou rapidamente, e eu parei. — Oro para que o Profeta Cain morra. Rogo pela libertação de toda nossa miséria e sofrimento. E acho que isso só poderia acontecer se nosso líder morresse. Se seu coração cruel não estivesse mais batendo.

Eu não disse nada em resposta. Não disse nada, porque estava tentando combater uma batalha interna muito maior. Um pecado pessoal ainda maior.

Porque estava começando a orar por isso também.

Estava rezando para que Judah fosse derrubado.

Comecei a rezar para que meu próprio irmão morresse...

... e se esses pensamentos pudessem vir apenas do coração de um pecador, então, com certeza, era exatamente o que eu era.

CAPÍTULO SETE

RIDER

Uma semana se passou. A rotina de espancamentos diários pelos guardas prosseguiu – mas não soube mais de Judah. A única parte boa era ter Harmony ao meu lado. Fiquei impressionado com a rapidez com que passei a necessitar dela, a desejá-la. Sua mão na minha enquanto conversávamos se tornou a única coisa que me impedia de desistir.

Todos os dias, Phebe vinha à minha cela. Ela não conversou comigo novamente depois de sua confissão. Apenas me limpava conforme as instruções, e a cada dia eu observava enquanto ela se afastava cada vez mais da garota que cheguei a conhecer. Observei, impotente, enquanto ela se fechava, ostentando novos hematomas. E a cada dia ela se tornava cada vez menos a mulher vibrante que fora antes, como consorte do meu irmão.

O som de passos no corredor me tirou do sono. Afastei-me da parede, colocando o tijolo solto de volta ao lugar. Eu sempre o reposicionava quando os guardas vinham me buscar. Se pensassem que eu estava conversando com Harmony, eles a puniriam.

Eu não deixaria isso acontecer.

Os guardas abriram a porta e entraram na minha cela. Chegou ao ponto em que já nem ao menos os encarava quando me levavam embora dali. Sequer olhei para seus rostos quando me obrigaram a levantar. Seguimos o caminho de sempre, os guardas me arrastando pelos corredores e saindo pela calçada. Ao chegar ao prédio que agora era familiar, para minha

TILLIE COLE

surpresa, fui levado para a sala onde havia conversado com Judah no início da semana.

Meu coração acelerou quando os guardas abriram a porta e me jogaram no chão, antes de saírem da sala.

Eu ouvi outra porta se abrir, e sabia quem estaria entrando. Fechei os olhos com força, as mãos cerradas em punhos no piso. Respirei lentamente, controlando a respiração enquanto tentava me acalmar ante a perspectiva de ver meu gêmeo novamente. Em vez disso, um buraco se formou no meu estômago.

Ele era meu irmão, mas ainda assim eu o odiava. Eu *odiava* a minha única família.

Imaginei o rosto deslumbrante de Harmony na minha mente. Nos últimos dias, algo havia desaparecido nela também. A luz que nela cintilava com tanta intensidade estava desaparecendo em um brilho opaco. Pensei em Phebe, vendo seu rosto machucado, a devastação em sua voz ao confessar no que sua vida se tornara.

— Irmão — a voz de Judah acabou com o conflito em minha mente.

Levantei a cabeça e deparei com meu gêmeo à minha frente. Ele estava como sempre, vestido com uma túnica branca, perfeitamente arrumado, com o cabelo solto e os olhos brilhantes. Sem qualquer preocupação de merda em seu mundo distorcido.

— Judah.

Seus olhos se estreitaram com o uso do seu nome de batismo, mas ele deu de ombros e se agachou diante de mim.

— Vejo que sua atitude continua a mesma, irmão.

— O que esperava?

O lampejo de tristeza em seus olhos me fez sentir um pouco de consternação.

— Eu esperava que você já tivesse se arrependido. Estava esperando ansiosamente, com expectativa, que os guardas da sua cela viessem falar comigo. Eu já esperava que tivesse solicitado minha presença, para me dizer que havia pensado em tudo e que desejava estar ao meu lado. Como deveria ser. Ainda anseio por isso.

Os olhos escuros imploraram para que eu dissesse as palavras e me juntasse a ele. Eu queria. Queria tanto não sentir essa dúvida e nojo que tomara morada no estômago. Queria segurar sua mão e aceitar. Ansiava tanto por isso, mas não...

— Por que as armas? — sussurrei. A cabeça de Judah inclinou para o lado. — Por que nosso pessoal pratica tiro dia e noite? Eles não são soldados. As mulheres e as crianças não são destinadas à violência. O Profeta David declarou que as mulheres eram do lar. Elas foram feitas para procriar e manter os homens felizes. Não para lutar.

REDENÇÃO SOMBRIA

Seu semblante se tornou severo.

— Somos *todos* soldados na guerra santa de Deus, irmão. Ninguém do nosso povo será poupado. Para vencer a maior guerra de todas, todos precisamos lutar. Mulheres e crianças também.

— Lutar contra quem? — perguntei.

Eu precisava ouvir o plano de sua própria boca.

Precisava ter certeza.

Os olhos de Judah brilhavam com uma luz ensandecida e um sorriso cruel surgiu em seus lábios.

— Contra os Hangmen, irmão — declarou. Sua mão deslizou para o meu ombro em um aperto emocionado. — Deus revelou um grande plano de vingança por tudo o que nos fizeram. — Ele se inclinou para mais perto. — Por tudo que você teve que suportar quando viveu com eles, todos esses anos. Eles devem ser punidos pelas nossas mãos. Todos eles. Levaremos a ira de Deus aos seus portões e os destruiremos em seu próprio lar.

— Quando?

— Em breve... — confessou, alegremente. — Em breve. Em pouco tempo terei derrotado nosso maior inimigo, trazendo nossa salvação através do casamento com a Amaldiçoada, e então estaremos prontos para abraçar o próximo fim dos dias.

— Pacificamente? — perguntei.

Deu de ombros com indiferença.

— Até o próximo inimigo chegar. Até o diabo enviar mais dos seus pecadores. Qualquer pessoa no mundo exterior é nosso inimigo, irmão. Se devemos lutar contra todos eles, então lutaremos.

E então eu soube. Sua busca por mais poder superaria tudo o que nossa fé ensinava. Eu sabia que ele nunca recuaria. Nunca haveria paz enquanto ele estivesse no comando.

Ele nunca poderia ser redimido.

— Quero você no casamento, irmão. Quero que testemunhe meu enlace com a prostituta Amaldiçoada para depois purificá-la de seu pecado original na frente de nosso povo.

Cada célula do meu corpo se transformou em um pesado bloco de gelo. O casamento... Judah se casaria com Harmony e depois a tomaria na frente do povo para dar início ao exorcismo celestial do seu pecado. Ele a foderia publicamente depois que se casassem. E conhecendo meu irmão, ele faria isso de maneira violenta.

Harmony. Não! Isso a mataria.

Judah se inclinou ainda mais, aguardando minha resposta. A raiva repentina que se acumulou em meu peito, por fim, se libertou. Com as forças agora renovadas pelo surto de ira, lancei-me sobre ele. Meu irmão, que não era páreo para mim em força ou habilidade, caiu de costas. Cobri sua boca para mantê-lo quieto, e envolvi seu pescoço com a outra. Judah se debateu abaixo do meu corpo, medo real e assombro brilhando em seu olhar quando o encarei.

A adrenalina correu pelas minhas veias. Minhas mãos tremiam com a enormidade do que estava prestes a fazer. Comecei a apertar a mão ao redor de sua garganta, sentindo o agarre firme de Judah em meus braços, em uma vão tentativa de se libertar de meu ataque. Mesmo que cravasse as unhas em minha carne, ele nunca havia se envolvido em um embate físico antes. Meus cinco anos com os Hangmen me ensinaram a lutar.

Eles me ensinaram como matar, de forma eficiente e rápida.

Sem piedade.

— *Não* — Judah murmurou enquanto eu o sufocava com meus dedos, vendo sua pele se cobrir de um rubor doentio. Seu corpo estava ficando faminto por oxigênio. Eu disse a mim mesmo para desviar o olhar dos olhos apavorados dele. Eu sabia que precisava matá-lo, mas quando nossos olhos se conectaram, não consegui desviar.

— *Não* — sussurrou novamente, os lábios se tornando azuis. — *Irmão...* — implorou com os olhos marejados.

À medida que as lágrimas surgiram, cada uma delas mais se parecia a uma adaga sendo enfiada em meu coração. Minha determinação em matá-lo – para realmente acabar com isso – começou a diminuir quando nossas vidas passaram diante dos meus olhos. Judah rindo ao meu lado enquanto crescíamos sozinhos, apenas ele e eu. Meu irmão sempre ao meu lado enquanto eu me esforçava para entender as escrituras. Seus braços abertos me recebendo, quando fugi dos Hangmen. Ele não me fez perguntas. Não tinha dúvidas sobre mim... Era meu irmãozinho... Era tudo que eu tinha...

— Por quê? — sussurrei, enquanto lágrimas quentes surgiam nos meus olhos, escaldando minhas bochechas ao deslizarem. — Por que você teve que ferrar tudo para nós?

Judah tentou balançar a cabeça para explicar. Minha mão era uma armadilha de ferro em volta de seu pescoço. Suas unhas afundaram ainda mais na minha carne quando rosnei:

— Você deveria ficar ao meu lado, mesmo *se eu* estragasse tudo. Você jurou que sempre estaria comigo, que sempre me apoiaria. Por que diabos me traiu? Por que diabos tens tanto veneno em seu coração a ponto de levar a destruição ao nosso povo e fé nessa busca insana por sangue?

Meu olhar se fixou ao dele. Judah fechou os olhos com força. Observei sua boca enquanto ele tentava falar. Quando conseguiu, partiu meu coração em dois.

— *Eu sinto... muito... irmão...* — gaguejou, abrindo os olhos. — Desculpe-me por ter falhado contigo... Cain... Eu... Eu amo você...

Um rugido escapou da minha garganta e minhas mãos soltaram seu pescoço. Ele era meu irmão. Ele era a porra do meu *irmão*!

— Não posso — murmurei enquanto me prostrava. — Você é tudo que eu tenho. Não posso...

Judah tossiu e arfou, os pulmões ansiando pelo ar ao qual ficaram restringidos. Olhando para mim por cima do ombro, correu para os degraus que levavam à parte elevada da sala. Esperei que falasse alguma coisa e estendi minha mão, desejando que a segurasse.

Eu queria que conversasse comigo, que me desse ouvidos. Em vez disso, meu coração se despedaçou ainda mais quando ele gritou:

— Guardas! *GUARDAS!*

Três homens entraram na sala e correram até onde ele estava caído, ajudando-o a se levantar. Judah então apontou para mim.

— Leve-no embora e o castiguem — Judah pigarreou, esfregando o pescoço ferido. — Ele acabou de tentar me matar. Acabou de tentar assassinar seu profeta!

Os guardas disciplinares se viraram para me encarar, uma raiva selvagem refletida em seus rostos barbudos. Nem ao menos reagi. Eu sabia qual era o meu destino. Eles me matariam. Aquilo quase me fez rir da ironia. Tentei assassinar Judah, mas não consegui. Apesar de suas falhas, no final, eu o amava demais. Ele era meu *irmão*, meu *gêmeo*... meu melhor e único amigo.

Não fui capaz de acabar com sua vida.

Ele, obviamente, não tinha essa lealdade para comigo. Pude ver que quando olhou para mim no chão, um pequeno sorriso vitorioso moldou seus lábios. Seu triunfo e poder sobre mim. Meu corpo foi arrastado pelos guardas para que me colocasse de pé. O tempo inteiro mantive o olhar focado ao de Judah.

— Irmão... — Ouvi seu chamado quando estávamos prestes a sair. Os guardas me viraram para que ficasse de frente a ele, agora apenas me observando de onde estava no centro do degrau mais alto. — É por essa razão que você nunca seria capaz de fazer isso, de liderar nosso povo. Quando a tentação surgiu, você não conseguiu levar a cabo a matança, mesmo que achasse certo fazê-lo. Você *sente* demais. Sempre sentiu demais. Você tem uma consciência conflituosa em um mundo maldito e condenado. — Deixou a mão flácida pender ao lado do corpo. — No final, o seu bom coração acabou sendo sua ruína. Você é um fardo que carrego há anos. Um fardo que hoje, de bom grado, me livrarei. Bons corações, irmão, não têm lugar para liderar as pessoas na direção certa. Eles são apenas um estorvo no meio do caminho.

Quando os guardas me arrastaram para a sala de punição, quando me amarraram na cruz tal qual Jesus; quando espancaram meu corpo de forma que acreditei que minha morte chegaria em breve, tudo em que conseguia pensar era que Judah estava errado.

Pendurado em uma cruz de madeira, morrendo lentamente com cada soco que atingia minhas costelas, peito e estômago, não senti luz alguma em meu coração. Senti apenas a escuridão consumindo minha alma. Só senti o ódio obrigando meu coração a se manter pulsando.

Eu senti o mal inundar minhas veias. E pela primeira vez, não tentei resistir. Eu o abracei. O Profeta Cain desapareceu; em seu lugar, um demônio renasceu.

Um que não tinha nenhuma semelhança com o homem de outrora.

CAPÍTULO OITO

HARMONY

Caminhei pela cela enquanto o dia dava lugar à noite. A porta se abriu e meus guardiões entraram furtivamente.

— Ele voltou? — perguntei às pressas.

— Não — Irmã Ruth respondeu, e senti meu coração se encher de pavor.

— O que estão fazendo com ele? — indaguei.

Rider estava quieto por vários dias. Senti falta do homem que conversou comigo tão docemente nos primeiros dias em minha prisão. Apoiei minha mão ao peito e fechei os olhos. O homem que a havia segurado com tanto carinho era doce e gracioso. Mas, nos últimos dias, se distanciara. Algo torturava sua mente, porém ele nunca confidenciou o que seria. Nunca revelava muita coisa.

Não que eu também compartilhasse meu coração. Os segredos estavam se tornando cada vez mais difíceis de suportar.

E agora, ele não havia retornado de seu castigo. Senti outra onda de pavor pesando no meu estômago. Algo não estava certo. Eu podia apenas sentir.

O som de vozes baixas veio de fora da minha cela. Olhei para o Irmão Stephen e para a Irmã Ruth, alarmada. Eles saíram dali e eu corri para o canto onde normalmente me sentava. Ouvi atentamente enquanto o som dos guardas do profeta se infiltrava pelo corredor. Rezei para que Rider estivesse com eles. Ouvi com atenção toda a movimentação e ouvi a porta da cela de Rider se abrindo; em seguida, um baque surdo, como se alguém tivesse sido jogado no chão.

Meu estômago revirou com náusea. *Rider.*

Esperei impacientemente que os guardas fossem embora. Quando tive certeza de que não estavam mais lá, arranquei o tijolo da parede. A cela de Rider estava imersa na penumbra, mas o vi deitado no centro. Eu estava longe demais para averiguar se ele estava bem. Comecei a entrar em pânico; eu mal podia vê-lo se movendo, nem mesmo respirando.

— Rider — sussurrei alto, esperando que ouvisse o meu chamado. Mas ele não se mexeu. — Rider! — exclamei, sem receber qualquer sinal de resposta. Entrecerrei os olhos tentando enxergar com mais clareza, porém não consegui.

Tentei pelo que pareceu uma eternidade despertá-lo. Quando mesmo assim Rider não se mexeu, fiquei de pé e comecei a esmurrar minha porta, já nem ao menos preocupada se seria ou não punida.

— Irmão Stephen! Irmã Ruth!

Eles correram para abrir a porta.

— Harmony, fique quieta — Irmão Stephen implorou, olhando nervosamente pela janela da cela.

— É o Rider — sussurrei. — Ele não está se mexendo. Acho que está gravemente ferido.

Irmão Stephen olhou para a Irmã Ruth e o pânico ameaçou me dominar.

— Ele está, não é? Eles realmente o machucaram muito.

Irmã Ruth estendeu a mão e tocou meu braço.

— Ele não está consciente. Não está acordado. Ele... — ela estremeceu — não tenho certeza se conseguirá se recuperar. Ele foi muito espancado, Harmony. Talvez demais. Não sei dizer ao certo.

— Eu preciso vê-lo — eu disse com firmeza. — Me ajude a vê-lo.

— Harmony... — Irmão Stephen balançou a cabeça.

— Não — interrompi. — Ele esteve me apoiando. Eu... Eu me preocupo muito com ele. Não posso ver outra pessoa ferida. Não posso... — confessei, incapaz de terminar a frase. A simpatia inundou o olhar da Irmã Ruth e seus ombros cederam.

— Solomon e Samson acabaram de ser chamados. O profeta convocou uma reunião de emergência. — A esperança encheu meu peito. Talvez pudesse chegar até o Rider sem ser pega. — Mas não sei quanto tempo ficarão fora, ou se voltarão sozinhos. — Ouvi a advertência em seu tom.

Mas não dei importância. Ela deve ter visto isso na minha cara.

Saiu da cela, porém voltou segundos depois, segurando uma chave de cobre.

— Venha — apressou-me.

Segurando a barra do vestido, a segui pelo corredor silencioso até a cela ao lado.

Irmã Ruth abriu a porta e soltou um suspiro. Passei por ela e levei a mão à boca quando o vi no chão, ferido e ensanguentado, surrado. Lágrimas surgiram em meus olhos, mas as afastei para me virar em direção aos meus guardiões.

— Tragam-me baldes de água limpa e panos. Também precisamos de sabão.

— Harmony... — Irmão Stephen tentou intervir, preocupado, mas ergui a mão.

— Não me interessa se serei punida por isso. O que isso importa, no final das contas? O profeta precisa de mim viva, e não deixarei Rider dessa maneira. — Virei-me para o corpo combalido de Rider. — Tenho certeza de que ele não me deixaria nesse estado se isso tivesse acontecido comigo. E sei que sabem que isso é verdade. Vocês nos ouviram conversar. Puderam perceber a bondade de sua alma.

Irmão Stephen e Irmã Ruth trocaram um olhar preocupado, depois se apressaram para buscar o que solicitei. Larguei-me no chão ao lado de Rider, minhas mãos tremendo de nervoso. Nunca imaginei que o veria assim, cara a cara. Meu olhar varreu seu corpo. Ele era grande: alto e largo. Eu me sentia extremamente pequena perto dele. Não sabia o porquê, mas gostava que fosse maior que eu. Ele parecia um guerreiro caído — forte e corajoso.

Inclinei-me para frente, afastando gentilmente o cabelo emaranhado e sujo de seu rosto. Tudo o que vi foi pele ensanguentada, ferida e dilacerada.

— Rider — sussurrei, acariciando sua bochecha com um dedo. — Sinto muito que tenham feito isso com você.

Ele não se mexeu. Eu tinha certeza que sequer me ouviu.

Meus guardiões entraram correndo na cela, deixando os panos, toalhas e sabão que pedi no chão ao meu lado. Irmã Ruth também trouxe um pente e uma tesoura.

— Santo Deus — exclamou enquanto observava os ferimentos. — O que fizeram com ele? Ele está horrível.

Eu não queria responder a ela, pois temia chorar se assim o fizesse. Trabalhei rapidamente para limpar seus braços e peito. Suas pernas estavam cobertas com o que parecia uma calça imunda de uma túnica que outrora pode ter sido branca. No entanto, eu não o tocaria nesta região, nunca o violaria dessa maneira.

Enquanto esfregava seus braços, franzi o cenho ao ver imagens coloridas aparecendo por baixo de todo o sangue seco. Meu estômago revirou quando olhei mais de perto. Imagens de demônios e seres malignos estavam espalhadas pela sua pele.

— Como ele conseguiu isso? — Irmão Stephen perguntou.

Balancei a cabeça e observei o rosto de Rider, porém estava oculto pelo cabelo sujo.

Estava tão ocupada em minha tarefa de limpá-lo, que sequer me dei conta da aproximação de alguém à porta de sua cela. Ouvi um gemido angustiado e me virei para ver uma mulher imóvel e com uma bacia d'água em mãos. Ela olhou para ele no chão, o rosto empalidecendo com a visão. Ao olhar para mim, seus olhos azuis se arregalaram ainda mais.

Meu coração bateu forte. Levantando-me, disse:

— Estou sendo mantida na cela ao lado. Vi que ele estava ferido e vim ajudar. — Apontei para o Irmão Stephen e a Irmã Ruth. — Passei por eles quando vim até aqui, quando vi que os guardas haviam deixado o prédio. A culpa é minha.

A mulher ouviu, mas não respondeu. Ela olhou para trás e entrou na cela.

— Quem é você? — perguntou curiosa.

— Meu nome é Harmony.

A mulher engoliu em seco.

— Você é... Você é uma mulher Amaldiçoada de Eva?

Endireitando a postura, admiti:

— Sim. Assim fui declarada.

— O profeta a escondeu de nós?

— Sim — respondi com sinceridade. Eu havia sido pega no flagra; não havia razão para mentir agora.

Esperava que a mulher saísse correndo do pavilhão que servia como prisão e fosse atrás dos guardas. Não esperava que desse mais um passo para dentro da cela e colocasse a bacia no chão. Seus olhos marejados recaíram sobre Rider e ela balançou a cabeça, arrasada. Notei que também possuía hematomas e feridas em sua pele. Uma repentina onda de fúria se instalou em meu peito. *Todo mundo aqui está sendo machucado de alguma forma? O que está acontecendo com o nosso povo?*

A mulher se agachou ao lado dele.

— Este homem atacou o profeta. — O frio tomou conta dos meus sentidos e meus olhos se arregalaram em choque. — Ele foi chamado para se encontrar com o Profeta Cain, para se arrepender de seus pecados. Em vez disso, ele o atacou.

— O quê? — sussurrei, incrédula.

A mulher assentiu com a cabeça.

— Ouvi os guardas se gabando de espancá-lo. O profeta ordenou que o fizessem pagar duramente. — Ela suspirou. — Este homem estava apenas tentando proteger seu povo, eu sei que estava. Estava tentando nos manter seguros... e o profeta lhe fez isso.

REDENÇÃO SOMBRIA

A voz da mulher vacilou. Inclinei-me e coloquei a mão em seu braço. Ela olhou para mim, observando o meu véu. Confiante de que poderia lhe revelar meu rosto, estendi a mão e o soltei. Também afastei a touca, permitindo que meu longo cabelo loiro se espalhasse às minhas costas.

A mulher não desviou o olhar. Seu lábio inferior tremeu quando disse, baixinho:

— Certamente você é uma Amaldiçoada. Você é muito bela.

— Você não tem medo de mim? Não sente repulsa pela minha natureza maligna? — perguntei, franzindo o cenho. As pessoas da nossa fé foram ensinadas a me temer. Nenhuma Amaldiçoada jamais fora aceita de braços abertos.

— Não — admitiu e se virou para encarar Rider. — Eu não tenho medo de você. Sei que as Amaldiçoadas não são realmente o que afirmam, afinal. — Eu podia detectar a angústia em sua voz.

Observei seu rosto e estava prestes a perguntar se já havia conhecido alguma outra Amaldiçoada, mas me contive. Não ousei pressioná-la ainda mais.

— Você se importa com ele? — ela perguntou.

Meu coração pareceu pular uma batida.

— Sim — respondi, abaixando a cabeça.

A mulher assentiu e um sorriso curvou seus lábios.

— Ele é um bom homem — comentou, e então seu sorriso desapareceu. Ela encarou-me com firmeza. — Ele é bom, você deve se lembrar disso. Não importa o que aconteça. Ele não é um homem mau. Ele é como nós, machucado e confuso sobre como todos fomos criados... Mas ele é bom. Não importa o que ouça. — Deu uma risada triste. — Encontrei-me com o oposto, com o mau, e sei claramente a diferença.

Balancei a cabeça, confusa. Mas a mulher, de repente, se pôs de pé quando a música começou a tocar nos alto-falantes do lado de fora; o chamado para a Partilha do Senhor.

— Eu devo ir — ela disse. — Precisam de mim no salão da Partilha. Você deve se apressar. Os guardas podem demorar um bom tempo na reunião, mas você não quer ser flagrada. — Seu olhar recaiu sobre a tesoura.

— Você vai cortar o cabelo dele?

— Ele precisa de mais cuidado do que tem recebido. Ele mal consegue respirar ou enxergar direito com todo esse cabelo e barba. Está quente demais para que suporte isso.

Ela baixou os olhos.

— Vou dizer a eles que fui eu quem cortou. Vou dizer que depois do espancamento de hoje, foi necessário cortar-lhe o cabelo para que pudesse cuidar de seus ferimentos.

— Por quê? — perguntei. — Por que você faria isso por mim... por ele?

A mulher deu de ombros.

— Porquê, apesar de tudo, ele merece essa ajuda. Ele tem permanecido neste terrível estado por tempo demais, simplesmente por fazer o que era o correto. — Ela deu um sorriso fraco. — De qualquer maneira, não há muito mais que possam fazer para me machucar. Um castigo a mais não seria tão difícil para aguentar.

Meu coração se partiu por ela.

— Obrigada — agradeci quando se virou para ir embora.

Ela parou e, olhando por cima do ombro, disse:

— Lembre-se, ele não é mau.

Abri a boca, querendo que esclarecesse melhor, mas ela se foi dali. Correndo para concluir a tarefa, limpei todo o sangue dos braços, barriga e tórax de Rider. Em seguida, comecei a cuidar de seu rosto. Seus olhos estavam fechados, e por mais de uma vez tive que colocar o ouvido em sua boca para verificar se ainda respirava. Ele estava tão quieto que eu temia que morresse a qualquer momento.

Eu precisava agir rápido.

Irmã Ruth e Irmão Stephen vigiavam a porta enquanto eu tentava lavar seu cabelo e barba. Minha guardiã ofereceu-me ajuda para apoiar a cabeça dele quando percebeu que eu não conseguia fazer ambas as tarefas ao mesmo tempo. Foram necessárias quatro lavadas para desfazer um pouco os nós emaranhados nas mechas, deixando-as mais maleáveis. Pegando a tesoura, cortei alguns centímetros do cabelo e comecei a pentear. Quando terminei, ajudei Irmã Ruth a posicionar a cabeça de Rider no meu colo. Sorri ao senti-lo tão perto. Meu coração pareceu inchar em um tamanho impossível quando meu dedo acariciou ao longo da sua bochecha limpa — fiquei satisfeita ao perceber que os hematomas e edemas se concentravam mais em seu corpo. Seu rosto parecia quase ileso.

Era estranho tocar um homem por vontade própria, observá-lo tão abertamente. Eu havia escolhido fazer aquilo... e foi... *libertador*.

Eu sabia que era diferente porque era ele. Eu... Eu confiava nele. Era quase impossível entender aquilo, e eu nem ao menos havia percebido esse detalhe até este exato momento. O prisioneiro pecador criou um vínculo comigo, algo que nunca tive antes. Dois cativos encontrando consolo na voz do outro e no simples toque de uma mão.

— Aqui. — Olhei para cima e vi Irmã Ruth estendendo uma navalha. Sua barba era espessa e grande, e escondia grande parte de sua pele. Pegando a lâmina, deslizei-a delicadamente para baixo. Quando suas bochechas apareceram, a emoção cresceu dentro de mim. Logo eu veria como ele realmente era.

Eu finalmente veria o seu rosto.

Assim que cortei e penteei sua barba, percebi que seus dedos tremularam. Meu pulso começou a acelerar. Meus olhos dispararam para Irmã Ruth.

— Ele está acordando.

Os olhos dela estavam brilhantes quando o observamos começar a se mexer. Querendo finalizar o trabalho que comecei, passei o pente rapidamente pelo restante de sua barba. Assim que deslizei a lâmina pela última vez, olhei para baixo para observar suas feições. Suas pálpebras se abriram, revelando lindos olhos castanhos, as pupilas se contraindo e dilatando para focar.

Os longos cílios de Rider roçaram suas bochechas. Seus olhos encontraram os meus. E meu mundo parou. Mas não pela razão que imaginei. Meu coração se partiu e minha respiração acelerou de forma que o oxigênio circulasse loucamente pelo meu sistema.

Eu me afastei apavorada e em pânico, fazendo com que sua cabeça tombasse do meu colo. Engatinhei para me distanciar e Irmã Ruth estendeu a mão para me ajudar a ficar de pé, mas o som da voz de Rider me fez parar.

— Harmony? — A voz estava rouca e fraca, mas notei o toque desesperado. Respirei fundo e devagar, virando-me para encará-lo. Senti o sangue se esvair de meu rosto quando observei sua fisionomia. Não havia dúvida do que meus olhos testemunhavam.

O olhar culpado de Rider quase me fez cair em prantos. No entanto, mantive o controle.

— Como... Eu não entendo...

Irmã Ruth se agachou atrás de mim, apoiando a mão no meu ombro. Olhei para ela e também vi a confusão estampada em seu rosto. Ela não fazia ideia do que estava errado. Concentrei-me em Rider outra vez, vendo-o sentir dificuldade para se sentar, o tronco coberto de manchas pretas e azuis. A dor em seu semblante tenso me fez querer ajudá-lo, mas fiquei paralisada.

Não conseguia me mexer.

Rider lutou para respirar enquanto movia seus membros machucados, apenas encontrando alívio quando suas costas tocaram a parede de pedra. Naquele momento, eu o vi em sua verdadeira forma. Ele era lindo. Mas então pensei no instante em que me deparei com aquele mesmo rosto dias atrás.

— Como? — repeti, forçando-me a manter o contato visual com seus olhos escuros.

— Ele... ele é meu... irmão — confessou, com uma expressão sofrida. Dessa vez eu sabia que não era por alguma dor física. Era emocional. Lembrei do que a irmã havia dito anteriormente. *O profeta ordenou que eles o fizessem pagar duramente...* — Ele é... meu gêmeo. O... profeta é meu irmão gêmeo... e ele me repudiou... Ele me jogou... para os cachorros.

Irmã Ruth congelou atrás de mim, contendo o fôlego ao ouvir a revelação. Quando olhei para cima, deparei com seu olhar arregalado, porém antes que pudesse perguntar se estava bem, saiu correndo da cela.

— Onde estão os guardas? — ele perguntou de repente, com uma ponta de pânico em sua voz rouca e baixa. Eu não conseguia encará-lo. Era angustiante fazer isso.

— Eles não estão aqui agora. O profeta convocou uma reunião.

Quando obriguei-me a olhar outra vez para eles, vi que seus olhos estavam fixos aos meus.

— Harmony — sussurrou e, com a respiração entrecortada, levantou a mão e a estendeu para mim.

Desta vez, as lágrimas caíram. Porque, embora estivesse olhando para o reflexo exato dos olhos e rosto do profeta que desprezava, a mão trêmula de Rider, alcançando a minha em total desesperança, foi o momento mais devastador da minha vida. O medo estava escrito em seu rosto, o medo de que o rejeitasse... o homem com o mesmo rosto daquele a quem eu mais odiava.

Meus dedos formigaram quando encarei sua mão estendida. Eu queria tocá-lo, mas quando olhei outra vez para o seu rosto, perguntei:

— Eu... Eu não entendo. Por que você está aqui?

Em seu semblante surgiu uma expressão de total rejeição e desespero. Observei quando abaixou a mão e a pousou sobre a perna. Seus ombros cederam em derrota. Seus olhos abaixaram e a pele empalideceu. Se havia uma imagem que retratasse a devastação de um homem, era essa que estava à minha frente. Meu coração se partiu em pequenos fragmentos enquanto observava a esperança deixar sua sua feição atormentada.

As celas ficaram silenciosas, mas eu podia ouvir a Irmã Ruth e o Irmão Stephen perto da porta, e sabia que eles estariam ouvindo.

— Rider? — pressionei, minha voz apenas um sussurro suave. Esperei que falasse, sentindo minha cabeça latejar. Foi preciso me conter em meu lugar à porta.

O que era muito difícil.

Ele parecia tão solitário, ali largado no chão duro, que tudo o que eu mais queria era aconchegá-lo em meus braços. Ainda mais quando olhou para cima, e com lágrimas escorrendo pelo rosto, disse, asperamente:

— Você é tão linda, Harmony. Eu sei que não é o que quer ouvir, mas é verdade.

Engoli de volta a felicidade momentânea que essas palavras me fizeram sentir. Porque essas palavras, saídas dos lábios de Rider, não feriram meu coração do jeito que costumavam fazer.

Ele suspirou e encarou nossa pequena abertura na parede.

— Foi exatamente o que achei quando conversávamos por este vão. — Ergueu a palma e a observou, fechando os dedos como se minha mão ainda estivesse segura.

— Rider — insisti, aproximando-me um pouco mais. Sua angústia era como um ímã para mim, e só eu possuía o poder de confortá-lo.

Mas primeiro precisava de respostas.

Abaixando a cabeça, deu um longo suspiro e depois prosseguiu:

— Eu sou Cain. Sou o profeta destinado da Ordem. O verdadeiro herdeiro do Profeta David.

O ar congelou ao meu redor.

— O quê? — Cobri a boca com minha mão, em choque.

No mesmo tom monótono e sem vida, Rider continuou:

— Ascendi há pouco tempo e vim para Nova Sião com meu irmão gêmeo para assumir o manto de líder do nosso povo. — Seu rosto se contorceu em uma expressão angustiada. — Eu nunca fui muito bom nisso — ele disse mais suavemente, de maneira gentil. Balançou a cabeça e um pequeno suspiro escapou de seus lábios. — Mas Judah, meu irmão, era. Ele me guiou. Era o mestre das marionetes, puxando minhas cordas. — Fez uma pausa, perdido em pensamentos. — Eu não havia percebido isso até hoje.

Eu me aproximei ainda mais, meu corpo gravitando em direção ao dele enquanto compartilhava o que o havia levado a este inferno.

— Acabei o decepcionando, ao meu povo. Não conseguia fazer nada certo. Eu... — Parou, os músculos tensos. — Não concordei com algumas das práticas que o Profeta David havia instaurado. Não compartilhei todas as crenças que o profeta deveria apoiar. Algumas são vitais para muitos da nossa fé. — Ele franziu o cenho. — Eu... Eu não podia deixar que continuassem machucando as pessoas. *Eu* não poderia continuar machucando as pessoas. Eu precisava detê-los.

— A Partilha do Senhor? — perguntei, esperando que essa fosse uma das crenças às quais achava tão repulsivas.

Rider assentiu e fechou os olhos com força, como se estivesse livrando sua mente de uma imagem indesejada.

— Eu não sabia — revelou com a voz um pouco acima de um sussurro. — Eu não sabia, me recusei a acreditar nisso sobre o nosso povo... até que vi com meus próprios olhos e não tive escolha a não ser testemunhar a horrível verdade. — Ele respirou fundo e um som gutural escapou do seu peito. — Eu os vi machucando crianças, Harmony. Meninas sendo forçadas por homens adultos, os braços amarrados às costas, presas a aparelhos que mantêm suas pernas abertas...

A náusea subiu pela garganta quando me lembrei de tal prática; o objeto que afastava minhas coxas, a dor das pontas afiadas cravando em minha carne macia. Fechei os olhos, apenas tentando me livrar da lembrança de sentir um discípulo empurrando-se em meu interior... de tentar conter meus gritos, porque isso apenas daria ao meu guarda designado a satisfação de me ouvir chorar.

— Não aguentei ver aquilo — declarou, me afastando do passado que eu tentava manter longe do meu coração.— Consegui impedir apenas um. Interrompi uma Partilha do Senhor... A primeira e única que já testemunhei.

— Você interrompeu? — perguntei, um sentimento de esperança crescendo dentro de mim.

— Então meu irmão, minha única família, meu único amigo nesse mundo inteiro, me expulsou. Jogou-me nesta cela e ordenou espancamentos diários para me fazer enxergar o erro em minhas atitudes. — Ergueu a cabeça até seu olhar encontrar o meu, o rosto contorcido em lágrimas. — Ele tomou tudo, Harmony... me deixou sozinho e eu... — Sua voz embargou, e meu coração se partiu, não sendo mais capaz de ver ou ouvir esse homem tão alquebrado.

Apressei-me em sua direção, engatinhando para me sentar ao seu lado. Meus olhos novamente o observaram, a visão de seu rosto, cabelo e barba fazendo minha mente disparar um alerta para fugir. Meus olhos tentaram me dizer que era o perverso Profeta Cain que havia me tocado e me agredido com tanta violência. Mas meu coração... meu coração me disse que era uma alma confusa e maltratada que precisava de conforto.

Precisava de algo e alguém para ser verdadeiro... para apoiá-lo.

Levantei uma mão trêmula e encontrei a de Rider. Ele se encolheu quando o toquei. Pela maneira como piscou para afastar as lágrimas e me encarou em choque, era nítido que não chegou a me ver ou ouvir minha aproximação. Sem desviar o olhar, virei sua mão e entrelacei meus dedos aos dele. Observei o momento em que seu semblante assustado e embaraçado se transformava em confusão. O pomo de Adão tremeu quando engoliu em ansiedade. Seu olhar pousou em meu rosto e resvalou até nossas mãos unidas. Eu o senti apertá-las, como se estivesse querendo se assegurar de que eu estava realmente ali.

Fechando as pálpebras, saboreou o toque e proximidade que eu lhe oferecia. Deixei que ele tivesse aquele instante e o analisei, sentindo um frio intenso na barriga. Ele dissera que eu era bonita, mas tudo o que conseguia pensar era o mesmo a seu respeito. Seus olhos castanhos e longo cabelo escuro eram fascinantes. Seu corpo era construído para proteger – duro e forte. Mas o que mais amava quando olhava em seus olhos, era a bondade que havia ali.

"*Ele é bom, você deve se lembrar disso. Não importa o que aconteça. Ele não é um homem mau. Ele é como nós, machucado e confuso sobre como todos fomos criados... Mas ele é bom...*"

REDENÇÃO SOMBRIA

As palavras da irmã ressoaram em minha mente. Ela sabia quem ele era. Sabia que ele era o profeta.

Rider soltou um gemido de agonia. Segurei sua mão com mais força, enquanto ele abria a boca e dizia:

— Eu tentei matá-lo, Harmony... — Lágrimas escorreram pelas minhas bochechas. Nunca havia ouvido um tom tão angustiado e doloroso, tão devastado e perdido. — Tentei matar meu irmão para te salvar... para salvar a todos nós... — Respirou fundo. — Para livrá-la... do casamento...

Congelei, sentindo o ar fugir dos meus pulmões.

— O quê? — indaguei, incrédula.

— Pude perceber o que o mais remoto pensamento a respeito desse enlace estava lhe causando. — Rider balançou a cabeça. — Eu o conheço, Harmony. Eu sei como será sua vida com ele... um inferno. Cada dia ao lado dele será puro inferno. E a cerimônia... o que você terá que fazer na frente do povo para selar seu voto...

— Então... então você tentou matá-lo? Por mim?

Meu coração apertou. Eu seria obrigada a me casar com o profeta... mas ele tentou me salvar desse destino. *Meu Deus...* A culpa tomou conta de mim.

Rider assentiu com a cabeça, e a última gota de energia que ele tinha em seu corpo ferido, desapareceu. Seu corpo desabou contra a parede e seu aperto relaxou em minha mão.

— Descanse — sussurrei, levando minha mão livre ao seu rosto. Antes que me desse conta do que estava fazendo, acariciei sua bochecha com um dedo, tocando o canto de seus lábios. Os olhos de Rider se fixaram aos meus. Tentei respirar, mas, de repente, o ar parecia muito espesso e quente para conseguir.

Rider ergueu a mão livre e segurou com carinho meu dedo que ainda pairava sobre seus lábios. Abaixando o olhar, ofeguei quando o senti beijá-lo, gentilmente... um beijo tão leve quanto uma borboleta.

Calor inundou minhas bochechas, a inexperiência me fazendo tremer com nervosismo. Mas não consegui desviar o olhar de sua boca tocando minha pele. Eu estava hipnotizada. O mesmo calor inundou todos os meus músculos. Rider afastou a boca, só para firmar o aperto e me puxar mais para perto, meu peito se movendo até quase tocar o dele.

Meu coração batia forte e acelerado, e senti que o dele espelhava a mesma agitação que o meu. Rider umedeceu os lábios e traçou o contorno dos meus com a ponta de seu dedo.

— Você... — ele começou, a voz baixa e rouca. Então pigarreou: — Você já foi beijada, Harmony?

Encontrando minha voz, respondi:

— Não. Amaldiçoadas nunca são beijadas. Acredita-se que nosso gosto e toque mancham uma alma pura, que podem corromper um santo e transformá-lo em pecador, cuja alma celestial pode ser capturada para que o diabo a reinvindique.

Rider franziu o cenho.

— Eu sou um pecador, Harmony. Se seu beijo amaldiçoa corações puros, então é tarde demais para afetar o meu.

Sua boca se moveu em direção à minha e o deixei assumir o controle. Eu não tinha ideia do que fazer, mas queria tentar. Naquele momento, eu queria isso mais do que qualquer outra coisa. Rider foi o primeiro homem a me fazer querer algo remotamente próximo a uma carícia...

Então, de repente, seus lábios cheios pressionaram os meus, macios e gentis, carne contra carne. Esperei que me mostrasse o que fazer, e quando o movimento sutil teve início, segui seu exemplo, sentindo o gosto masculino explodir na minha língua. Gemi completamente sem fôlego quando a mão deslizou pelo meu cabelo e agarrou minha nuca. Nossos lábios pressionaram com mais força um contra o outro. Seu toque me consumiu. *Ele* me consumiu. O profeta caído, que me tocava com uma gentileza que me deixou fraca.

Rider afastou a boca da minha e nós dois lutamos por respirar. Ele recostou a testa à minha e fechou os olhos. Acariciei seu cabelo recém-lavado e afastei algumas mechas de seu rosto vendo um sorriso curvar seus lábios.

— Você me limpou? — perguntou.

— Sim — respondi, uma leveza estranha envolvendo meu coração pesado.

— Você... cuidou de mim? — Sua voz possuía um eco de descrença.

— Sim — respondi e o senti relaxar. — Deite-se — pedi e, recuando, guiei seu corpo enorme em direção ao chão de pedra.

— Os guardas — retrucou, tentando resistir. — Eles voltarão. Você não pode ficar aqui. Será castigada.

— Está tudo bem — eu o acalmei. Seu rosto se transformou em uma careta confusa. Uma confissão estava na ponta da minha língua, mas me segurei quando vi seus olhos exaustos se fechando. Em vez disso, esclareci: — Irmão Stephen e Irmã Ruth nos avisarão quando eles estiverem voltando.

Minha resposta pareceu satisfazê-lo. Rider não soltou minha mão quando se deitou, então me juntei a ele no chão. Assim que me envolveu em seu braço forte, descansei a cabeça em seu peito duro. Era tão estranho compartilhar aquela posição, mas me permiti isso; ansiei por aquilo mais do que qualquer coisa.

Nesta cela, com o verdadeiro profeta da nossa fé, eu me sentia em

REDENÇÃO SOMBRIA

casa. Sabia que não havia outro lugar onde preferisse estar. Mesmo na mais estranha das circunstâncias.

Observei seu braço musculoso, as marcas de tinta em sua pele. Meu dedo traçou as imagens demoníacas.

— Rider? Por que usa essas imagens tão assustadoras em sua pele? Quem as colocou aí?

Seu corpo ficou tenso.

— Há coisas que não sabe sobre mim, Harmony. Coisas ruins... coisas pecaminosas que fiz. Lugares onde estive...

Um arrepio de medo e inquietação percorreu minha coluna. Levantando a cabeça, olhei para o rosto aflito de Rider. Eu também tinha um passado que não podia e não queria trazer à tona. Mas havia uma pergunta que poderia ou não mudar meus sentimentos por ele.

— Você já... você já despertou uma criança, Rider?

O choque se mostrou evidente em seu rosto.

— Nunca. Eu... — Ele abaixou a cabeça, como se estivesse envergonhado, e acrescentou: — Eu sou puro, Harmony. Nunca estive com ninguém. Mal fui tocado por uma mulher. — Suas feições impressionantes endureceram. — E nunca tomaria uma criança. É imoral e errado. Nenhum Deus em que possa crer aceitaria uma coisa dessas.

Um peso que nem sequer sabia estar carregando, simplesmente, foi arrancado dos meus ombros. Incentivada pela confissão, inclinei-me sobre ele até minha boca pairar acima de seus lábios. Fiquei surpresa com a admiração refletida em seus olhos. Eu sabia que me lembraria daquele olhar pela eternidade.

— Você é bom — sussurrei. — Você pode ter pecado no passado, mas está se redimindo agora.

Rider balançou a cabeça. Sua boca se abriu para argumentar, então interrompi as palavras com outro beijo. Por um instante, ele ficou tenso abaixo de mim, mas não demorou muito para que relaxasse e seus lábios se movessem suavemente contra os meus. Quando me afastei, o carinho em seus olhos me aqueceu como nunca havia acontecido antes.

— Eu... Eu gosto de beijar — confessei e fui recompensada com um sorriso; um sorriso verdadeiro e genuíno.

A visão roubou meu coração.

"Amaldiçoada" era um título que apenas uma mulher poderia ostentar. Mas se houvesse esse título para um homem, Rider o teria. Tudo nele era lindo. Pude ver que ele não acreditava nisso. Na verdade, era nítido que ele detestava a si mesmo e a tudo o que dizia e fazia. Eu podia ver isso em seus atormentados olhos escuros.

No entanto, enquanto mantinha minha cabeça repousada sobre seu peito, sentindo os braços fortes me enlaçando com firmeza, simplesmente me deixei ser levada pelas sensações inebriantes. O cuidado do homem que tentou matar seu único irmão para que eu pudesse ser libertada de seu domínio abusivo e poupada da junção carnal em frente ao povo.

Esse era o futuro reservado a mim. Eu sempre soube que meu destino não seria de alegria – isso nunca esteve escrito nas estrelas para mim. Então, por enquanto, me deliciaria com esse sentimento nos braços reconfortantes deste homem. Antes que fosse tarde demais.

O único homem que já me havia demonstrado carinho e respeito.
O profeta puro com o coração em conflito.
Um coração ao qual eu acreditava poder ser salvo.
Mesmo se o meu já estivesse condenado.

CAPÍTULO NOVE

RIDER

Meu corpo ansiava pelo sono reparador, mas minha mente me mantinha acordado. Além disso, quando olhei para Harmony dormindo, recostada ao meu peito, relutei em fechar os olhos. Eu não queria me mover. O mundo exterior podia esperar, por mim, poderia desaparecer até cair no esquecimento... Contanto que pudéssemos ficar aqui, dessa maneira, sem perturbações.

Acariciei o longo cabelo loiro de Harmony. Meu coração inchou quando a respiração dela se agitou ao meu toque. Senti meus lábios formarem a sombra de um sorriso. E então desapareceu quando pensei no que lhe esperava. Judah. A cerimônia. A junção... uma vida de escravidão e horror.

A repentina onda de raiva que senti foi quase demais para conter. Lutei para manter-me imóvel enquanto ondas furiosas cresciam no meu peito.

Não havia como impedi-lo.

Não o matei quando tive a chance... E nunca teria essa oportunidade novamente. Acabei com a minha chance de salvá-la.

Ela seria tirada de mim e eu não seria capaz de fazer nada a respeito. Abracei-a mais apertado. De repente, minha mente se voltou para Styx e Mae. Senti-me nauseado ao pensar naquela época, meses e meses atrás. Foi isso que Styx deve ter sentido quando tirei Mae dele e a trouxe de volta à comuna. Esse sentimento de impotência, o sentimento de perda da pessoa que agora residia em seu coração.

Não era à toa que ele quisesse me matar.

Não era de admirar que Mae não tivesse me desejado.

Passei a mão pela bochecha de Harmony. Agora eu conhecia na pele como era esse tipo de conexão. E não podia perdê-la. Não aguentaria se isso acontecesse.

Eu ainda estava contemplando o lindo rosto adormecido quando a porta da cela começou lentamente a se abrir. Endireitei o corpo, me preparando para lutar contra o invasor, convencido de que eram os guardas que haviam voltado. Seja quem fosse, segurava uma vela na mão, a chama iluminando suavemente a cela, muito mais do que a lua bilhante acima, cujos raios se infiltravam pela janela minúscula.

Forcei o olhar para que se ajustasse à parca iluminação, vendo que era o discípulo que eu via frequentemente no corredor. Relaxei um pouco sabendo que era o guardião de Harmony, um homem em quem confiava. Um homem ao qual ela parecia tratar como um pai.

Ele se aproximou de nós, em silêncio, para não perturbar Harmony. Ao olhar para ela, em meu colo, seu rosto se suavizou. Ele parecia ter mais ou menos cinquenta anos e possuía cabelo escuro e olhos castanhos. De alguma forma, ele me parecia familiar, porém estava seguro de que nunca o havia encontrado antes.

O homem – Irmão Stephen, como Harmony o chamara – me encarou. Além da vela, ele segurava outra coisa em sua mão.

Franzi o cenho quando o vi se agachar e depositar o castiçal ao meu lado. Inclinando-se para a frente, em seguida deixou uma pasta em minhas mãos. Olhei para Harmony para conferir que dormia profundamente.

Abri o arquivo e, à luz fraca de velas, analisei a primeira página. Meu estômago retorceu em um nó. Uma foto antiga do meu tio, o Profeta David, estava bem à vista. Não foi o fato de ver seu rosto que me causou espanto, e, sim, o tipo de fotografia que o registrava. Depois de cinco anos vivendo com os Hangmen, eu sabia que cada um dos meus irmãos possuía uma imagem daquelas penduradas na parede do clube.

Uma foto de ficha policial.

Meu tio me encarava da porra de uma página de ficha policial. Entrecerrei os olhos para estudar a imagem com mais afinco. Ele estava segurando uma placa contendo suas informações pessoais. Meu rosto empalideceu quando li o nome:

Lance Carter.

Balancei a cabeça, tentando entender o que tudo aquilo significava. Um dedo tocou na pasta atraindo minha atenção para o Irmão Stephen.

— *Leia* — ele murmurou — *tudo*.

— *Os guardas* — murmurei em resposta.

— *Não se preocupe com eles* — retrucou e saiu da cela.

Esperei que fechasse a porta, mas não o fez. Isso era um ardil? Esperei que os guardas que deveriam estar vigiando o prédio invadissem e me espancassem por estar com esse arquivo em mãos. Mas nenhum deles apareceu.

Meu pulso acelerou em confusão. Eu não fazia ideia do que diabos estava acontecendo. Estava cansado demais para pensar muito sobre isso. Respirei fundo e abri o arquivo novamente. Inclinei-me para tentar enxergar melhor à luz de velas e comecei a ler.

A cada frase, meu estômago parecia se afundar mais e mais. Eram informações sobre o meu tio... informações sobre sua vida antes da sua missão.

Lance Carter, nascido em Little Rock, Arkansas... vida típica, até ser considerado culpado por abuso sexual infantil... duas acusações de estupro de meninas de oito anos... preso por vinte anos... serviu doze.

O vômito subiu pela garganta. Meu tio, o líder da nossa fé foi... foi condenado por ser a porra de um pedófilo...

Segurei o papel em um punho cerrado enquanto lutava para controlar a raiva. Continuei lendo, cada nova informação cortando como uma adaga envenenada, cravando ainda mais fundo no meu coração, acabando com tudo o que eu conhecia, indo cada vez mais fundo, até que não havia mais nada.

Morava sozinho na zona rural do Arkansas com outros pedófilos condenados que conhecera na prisão... rapidamente atraiu mais homens quando Lance Carter, então renomeado Profeta David, afirmou ter recebido uma revelação em uma missão de peregrinação a Israel... na verdade, ele nunca havia deixado os Estados Unidos.

A comuna, que pregava que o Fim dos Dias se aproximava, além de uma doutrina de amor livre, cresceu em um número tão vasto que precisou ser realocada... Carter comprou terras nos arredores rurais de Austin, Texas... Carter anunciou nos anos seguintes que Deus havia ordenado que ele enviasse seu povo a outros países para recrutar novos seguidores para a Ordem... Na verdade, ele estava sendo investigado pelo FBI por tráfico de armas para financiar sua comuna e precisava armazenar seu dinheiro e estoque de armas no exterior...

Meus olhos percorreram página após página de informações sobre os homens que haviam fundado a fé junto com o meu tio. Todos possuíam um histórico de violência sexual.

Meu tio havia criado a comuna para praticar atos sexuais contra crianças. Ele criou tudo, fabricou um passado para construir uma fé fundada na pedofilia. Atraiu colegas pedófilos à sua causa até que crianças começaram a nascer, sendo criadas na fé.

Fechei os olhos, mas tudo o que minha mente me mostrava era a Partilha do Senhor, os vídeos que Judah havia me mostrado onde meninas nuas dançavam para o seu profeta. Quando meus olhos se abriram, observei Harmony.

A Amaldiçoada... as meninas mais bonitas de todas as comunas coletivas foram enviadas para a residência do Profeta David para serem separadas para seu uso pessoal. Para serem "educadas" pelos guardas disciplinares – estupradas, na realidade. Para serem usadas na purificação celestial dos guardas.

Meu tio se valeu da desculpa da beleza das garotas Amaldiçoadas para seu próprio prazer doentio. Ele as queria, assim elaborou uma história para que as pessoas da fé as deixassem em paz, as temessem... para que somente ele e seus homens de confiança pudessem usufruir delas entre si. Homens com desejos pervertidos como os dele.

— Harmony — sussurrei com total desgosto e recostei a cabeça à dela, puxando-a um pouco mais para mim. Lágrimas de frustração deslizaram dos meus olhos quando compreendi tudo o que havia lido. Era tudo mentira. Pura e absoluta mentira... e fiz parte disso, parte integrante... Eu havia ajudado a promover tal mentira.

Havia matado, traído e causado sofrimento a tantas pessoas por uma fraude.

Raiva, tão forte e intensa, tomou conta do meu coração. Eu precisava me levantar. Apesar de minhas feridas e membros doloridos, precisava me levantar desse chão. Guiei gentilmente a cabeça de Harmony do meu colo e posicionei sobre uma toalha seca que ela havia usado para me limpar. Levantei-me e peguei a vela e o arquivo.

Cambaleei com as pernas fracas até a porta aberta e espiei para fora. A luz vinha de perto da entrada do prédio que servia como prisão. Deixando minha raiva me levar adiante, fui à procura do Irmão Stephen. Se os guardas voltassem e me pegassem, eu daria boas-vindas às suas agressões. Agora, com a cabeça latejando e um veneno amargo bombeando pelo meu corpo, estava sedento por sangue. Eu queria descer a porrada naqueles filhos da puta.

Precisava fazer esses malditos pedófilos sentirem tanta dor quanto estava sentindo.

Ao me aproximar da entrada, ouvi murmúrios baixos e uma única voz feminina. Apaguei a vela, virei a esquina e parei em choque. Irmão Stephen e a mulher de cabelo escuro que Harmony chamara de Irmã Ruth estavam sentados junto com os dois novos guardas que ultimamente vigiavam as celas.

O mais alto dos guardas ficou de pé. Ele segurava a arma e meus punhos cerraram com a visão. O que diabos estava acontecendo? Por que não vieram tirar Harmony da minha cela?

REDENÇÃO SOMBRIA

O homem olhou para mim, claramente esperando por qualquer espécie de ameaça. Porém o Irmão Stephen se levantou e se colocou entre nós. Ele levantou as mãos e deu um passo à frente.

— Cain — disse em um tom apaziguador.

O som do meu nome vindo de sua boca me parou. Eu odiava esse nome.

— Rider — rosnei. — Meu nome é Rider. — Levantando o arquivo, resmunguei em um grunhido: — Isso é verdade? O que tem aqui é verdade? — Meu corpo cambaleou, ainda sentindo os efeitos dos espancamentos de hoje. Obriguei-me a permanecer de pé; eu precisava dessas respostas mais do que de descanso.

— Sim — respondeu. E vi que realmente quis dizer aquilo. Eu podia ver em seus olhos escuros. Soltei um longo suspiro e joguei o arquivo no chão.

— Merda! — rosnei, a vergonha de fazer parte deste lugar tomando conta de mim.

— Rider — Irmão Stephen tentou se aproximar.

— Como você sabia? — perguntei.

— Eu o ouvi revelar a Harmony quem você era. Nunca conhecemos o profeta; ou seu gêmeo, cara a cara; não sabíamos que eram idênticos. Nossos guardas não o reconheceram sob o cabelo emaranhado.

Eu me virei para encarar a mulher de cabelo escuro que havia respondido minha pergunta. Ela me encarava com lágrimas nos olhos. Eu não sabia o porquê, mas o jeito com que me olhava me inundou de um sentimento de tristeza indescritível. Isso me confundiu mais do que qualquer outra coisa nesta noite.

— Irmã Ruth — eu disse.

Ela assentiu com um aceno de cabeça, me dando um sorriso tímido.

— Sim.

— Então vocês sabem que Judah agora é quem está no comando?

— Sim — Irmão Stephen confirmou.

Olhei para os guardas, que me observavam atentamente, ouvindo tudo o que estava sendo dito.

— Vocês são guardas disciplinares — eu disse. — Como... O quê...?

O olhar do Irmão Stephen encontrou o meu.

— Eles são nossos amigos.

— Nossos? — questionei.

Ele se virou e colocou outra cadeira no círculo improvisado perto da mesa dos guardas. Estendeu a mão, gesticulando para que me sentasse. Incapaz de continuar em pé, fui até a cadeira e me sentei. Meu olhar afiado a cada um deles indicava, sem que fossem necessárias palavras, que os mataria se tentassem me derrubar, caso isso fosse algum tipo de ardil doentio.

Caso tentassem tirar Harmony da minha cela.

Irmão Stephen também se sentou. O maior dos dois guardas verificou se a porta do prédio estava trancada e acomodou-se na cadeira, com a arma firmemente nas mãos.

— Fale — exigi, minha voz exibindo cada partícula da raiva que me consumia por dentro.

— Cain, você já se perguntou o que acontece com os desertores da fé? Sua pergunta me pegou de surpresa.

— Eles são punidos — declarei, pensando em Delilah. Estremeci, sabendo que o castigo que recebera havia sido dado por uma fraude. Tudo por nada. — Fazem com que paguem com a carne ou isolamento pelo pecado que cometeram. Eles são encorajados a se arrepender. Está em nossas escrituras.

Irmão Stephen assentiu com a cabeça.

— E depois? Para onde vão? E se não se arrependem? — Ele fez uma pausa. — Você já reparou que os pecadores raramente retornam à comuna?

Encarei o homem mais velho em confusão.

— Não sei o que diabos quer dizer. Fui criado longe do nosso povo. Fui mantido em reclusão com Judah em Utah. Até alguns meses atrás, nunca havia pisado na comuna. Isso — passei as mãos pelo meu rosto cansado — é demais para mim. E Judah... era a Mão do Profeta. Ele era o inquisidor dos pecadores, aquele que ditava os castigos. — Balancei a cabeça. — Onde você quer chegar? Quem diabos são vocês? E quero a porra da verdade!

Eu já estava cansado disso, e precisava que essas pessoas fossem honestas comigo; honestas e diretas. Cansei de tentar ser educado e agir como todos esperavam nessa estupidez de crença. Minha raiva agora estava no comando. Há muito tempo, aprendi a controlá-la, a deixar meu lado mais pacífico à vista.

Eu não me importava mais com essa merda.

O Profeta Cain estava morto. Aquele filho da puta já era.

Irmão Stephen olhou para a Irmã Ruth, depois para os dois guardas. Todos assentiram em resposta a uma pergunta silenciosa.

— Nossa pequena comuna era em Porto Rico. Ficamos em paz por bastante tempo, até recentemente.

Ele suspirou, mas eu podia ouvir a raiva mal-contida em sua voz. Irmão Stephen juntou as mãos e continuou:

— Nós, o povo da nossa comuna, éramos todos desertores da fé, Cain. — Ele apontou para os guardas e para a Irmã Ruth. — Todos nós fomos expulsos por duvidar das crenças e das práticas, por pecar contra a fé ou falar contra o profeta. Todos fomos punidos e depois enviados para Porto Rico para sofrermos em isolamento. — Deu uma risada irônica. — O Profeta David acreditava que uma comuna sob o calor sufocante, numa terra tão diferente da nossa, reavivaria novamente nossa crença na fé. Ele não pensou que um pequeno grupo de pessoas encontraria consolo nas dúvidas uns dos outros.

Inclinando-se para a frente, garantindo que tivesse minha atenção, disse:

— Como comunidade, crescemos fortes. Nem todos nós; muitos continuaram devotos, alguns guardas mantiveram seus postos. Mas havia o suficiente de nós para saber que, quando chegasse a hora, retornaríamos e tentaríamos, de alguma forma, libertar os nascidos e criados nesta farsa de fé... aqueles que estão tão imersos nesta vida aqui dentro e que mal fazem ideia de que existe um mundo lá fora, um mundo onde podem prosperar e ser livres. — Recostou-se à cadeira. — Conseguimos usar alguns contatos em Porto Rico para descobrir a verdade sobre o Profeta David e compilamos nossas evidências. Nosso plano de retorno surgiu a partir daí.

— Era tudo mentira — exaltou-se um dos guardas. — Tudo isso, tudo o que foi feito a nós e às nossas famílias era para que um velho pervertido pudesse enfiar o pau em crianças e se safar. O velho maldito negociou armas de Israel por dinheiro e transformou tudo em pornografia infantil para sua própria existência doentia, permitindo que o abuso se tornasse o novo normal. — Ele parou, fechando os olhos como se estivesse revivendo algo que havia acontecido com ele. Eu queria perguntar o quê, mas ele abriu os olhos e acrescentou: — Então ele começou a distribuir pornografia infantil para outras pessoas. As crianças... fazendo coisas com ele... com os outros guardas... — Parou, seu rosto ficando vermelho de raiva.

Minha raiva se juntou à dele. Uma dor aguda e incandescente dilacerou meu coração. Meu tio... vendeu pornografia infantil para financiar sua comuna. Eu sabia, mesmo sem fazer a pergunta, que Judah também estava no meio.

Meu próprio gêmeo fazendo algo tão doentio...

Minha cabeça estava zonza com tudo o que estava sendo dito. Eu mal conseguia acompanhar. Meu sangue corria tão rápido nas veias que era como se pudesse ouvir os zumbido retumbando em meus ouvidos. Inclinei-me para a frente e apoiei a cabeça nas mãos.

Todos se mantiveram em silêncio quando fechei os olhos e tentei me recompor. Ao abri-los, vi que me observavam com atenção.

— Foi tudo uma mentira... Tudo isso... — sussurrei, sentindo a dor da traição e completa humilhação tomarem conta de mim.

Uma mão gentil pousou no meu ombro nu. Era a Irmã Ruth. Os olhos dela brilhavam com simpatia e o lábio inferior tremia.

— Você foi mantido afastado do mundo? Durante toda a sua vida? — perguntou, sua voz cheia de mágoa.

Assenti com a cabeça.

— Eu e Judah. Enquanto crescíamos, só tínhamos um professor conosco. Ele era uma pessoa severa. Só encontrei o Profeta David uma vez, quando tinha catorze anos. Fora isso, não havia ninguém mais.

Uma lágrima deslizou pelo seu rosto.

— Então não havia nenhuma figura materna ou paterna para vocês? Ninguém para lhes dar amor e carinho? Ninguém para... amar vocês?

Um buraco se abriu no meu peito. Eu nunca tinha pensado nisso antes, não dessa maneira. Mas não havia... Ninguém nunca foi até nós quando chorávamos, quando nos machucávamos. Somente Judah e eu éramos nossas únicas companhias, e era eu quem cuidava dele quando ficava doente.

— Não — respondi, com um nó na garganta.

Pensei em quando eu ficava doente. O nó se tornou mais apertado à medida que me lembrava que quando era ele o enfermo, eu cuidava de sua saúde, fazia compressas com um pano frio para abaixar a febre, lhe fazia curativos em seus machucados. E o mais curioso era que ao pensar naqueles momentos, não conseguia me recordar de Judah retribuindo os cuidados quando eu necessitava. Ele sempre estava ocupado demais estudando.

A verdade me atingiu com força, como uma marretada nas costelas. Judah nunca cuidou de mim quando eu estava doente. Não como havia feito com ele.

Ele nunca me ajudou. Eu não sabia que havia dito aquilo em voz alta até que a mão da Irmã Ruth segurou a minha. Ela apertou com força. Eu engoli a mágoa.

— Por que imaginei isso de uma maneira diferente? — disse eu para ninguém em particular. — Por quê, na minha cabeça, acreditei que Judah havia me ajudado quando na verdade nunca cuidou de mim nem uma vez?

— Porque ele era tudo o que você tinha — ela retrucou com tristeza. — A realidade de que você se criou sozinho, sem amor ou carinho, era mais difícil de aceitar, então a sua mente criou uma ilusão. Uma que o fez acreditar que seu irmão te amou... que zelou por ti, tanto quanto você zelou por ele.

Ouvi as palavras da mulher. Ela parecia saber do que estava falando... por experiência própria. E estava certa. Eu não teria conseguido sobreviver sem Judah. Pelo menos, é o que sempre disse a mim mesmo. Mas, ao pensar em tudo o que ele fizera, em todas as maneiras pelas quais me decepcionara, uma vez atrás da outra, percebi que... que...

— Estive sozinho o tempo todo — concluí em voz alta. O peso disso me atingiu, e foi preciso um esforço sobre-humano para continuar respirando com normalidade.

— Não mais — Irmã Ruth declarou e colocou a mão em minha bochecha.

Olhei bem dentro daqueles olhos suaves e senti uma calidez ali contida e desconhecida. Como se ela, de alguma forma, me conhecesse. Eu quase senti como se também a conhecesse.

— Você tem a nós agora. Você tem o nosso apoio — Irmão Stephen afirmou, desviando minha atenção do olhar perspicaz da Irmã Ruth.

Os dois guardas assentiram com a cabeça.

— Eu sou Solomon — disse o maior dos dois. — Este é meu irmão, Samson.

— Agora vocês são guardas disciplinares aqui em Nova Sião? — perguntei e o homem assentiu. — Como conseguiram se infiltrar no círculo de Judah?

— Mostramos o quão rigorosos e bons somos em nosso trabalho quando chegamos. Dissemos a ele que havíamos nos arrependido por nossos erros, mas estávamos esperando o verdadeiro profeta vir nos salvar do nosso exílio. Dissemos que queríamos provar nosso valor a ele. — Samson assentiu concordando. — O profeta precisa de homens mais qualificados para o ataque que planejou. Ele viu nossa compleição física, nossa juventude, e nos acatou sem pestanejar. Nós lhe demos nada além de lealdade... ou assim ele acredita. Nós desempenhamos bem nossos papéis.

— O ataque... — murmurei.

Salomão se inclinou para frente.

— Em um grupo no mundo exterior. Ele se refere a eles como homens do diabo.

— Eu os conheço — revelei. Quatro pares de olhos se arregalaram em choque. — O Profeta David me infiltrou no grupo deles, por vários anos. Ele estava testando minha força. Roubamos os contratos de armas que possuíam bem debaixo de seus narizes, usando a informação que eu reunia. Eu vivia como eles, lutava como eles e amava o que fazia... até que os traí pela Ordem.

— Meu Deus — Irmã Ruth sussurrou, seus olhos percorrendo as tatuagens Hangmen em meu corpo. — É por isso que você tem essas imagens assustadoras na pele?

— Sim. — Recostei-me à cadeira, esgotado. — Judah quer que esses homens sofram porque levaram as mulheres do Profeta David, as que eram necessárias para cumprir a profecia. Ele quer que eles paguem.

Irmão Stephen olhou para a Irmã Ruth. Sua expressão era de total assombro.

— As Irmãs Amaldiçoadas de Eva? — questionou em um tom de voz baixo e urgente.

— Sim. Elas agora vivem com os Hangmen. — Pensei em todas elas, percebendo o quão sortudas eram por terem encontrado um lar lá. — Elas são casadas com alguns deles, ou estão noivas. Estão felizes... felizes longe desta merda de lugar.

— Elas sobreviveram — Solomon disse em voz baixa para o Irmão Stephen, o olhar atordoado. Solomon se virou para mim. — Nos disseram que todos haviam morrido no ataque dos homens do diabo à comuna do Profeta David. Fomos informados de que nenhuma das Irmãs Amaldiçoadas sobreviveram.

— Não — eu disse. — Elas estão vivas. Eu... nós... até recentemente... estávamos tentando recuperá-las. É por isso que Judah quer esse ataque. Ele não gosta de falhar. Fui... fui eu quem as deixou ir.

O silêncio pairou sobre o grupo. De repente, uma batida suave soou na porta. Fiquei de pé, pronto para correr de volta para proteger Harmony na minha cela. Solomon se apressou até a entrada. Eu já estava alcançando o corredor quando ouvi uma voz familiar.

Virei-me e deparei com a Irmã Phebe. Seus olhos encontraram os meus assim que entrou.

— Você está acordado — suspirou, aliviada, me dando um pequeno sorriso.

— Phebe, o que você...? — Parei, não querendo colocá-la em perigo. Pensei que não soubesse a verdade sobre estas pessoas, mas vi que estava enganado.

Ela se virou para o Irmão Stephen.

— Eles marcaram uma data.

— Quando? — perguntou.

— Dentro de cinco dias. Às seis horas. Ele anunciou isso ao Irmão Luke, a Mão do Profeta, hoje à noite no jantar. Estão preparando a cerimônia para surpreender as pessoas.

— E o ataque? — Samson perguntou ansiosamente.

— Eu os ouvi dizer que está sendo programado para quatro dias depois. — Phebe baixou os olhos. — Depois que o profeta tiver um tempo a sós com sua noiva para purificar sua alma.

Meu repentino sentimento de nojo combinou com a expressão no rosto de Phebe quando percebi o que estavam discutindo. Seus olhos azuis encontraram os meus, e vi simpatia preencher suas profundezas.

— O que foi? — perguntei, sabendo que ela escondia algo.

— Antes do ataque, naquele quarto dia... Judah, ele... — Phebe respirou fundo.

Dei um passo à frente e, colocando as mãos nos ombros delicados, perguntei:

— O quê? Conte-me.

Ela se encolheu quando a toquei. Vi o hematoma recente em sua bochecha e o novo corte em seus lábios. Mas, por mais que quisesse ajudá-la, agora precisava das informações que possuía. Eu precisava que me dissesse o que diabos meu irmão gêmeo estava planejando. Era a única maneira de impedir toda essa loucura.

— Ele vai matar você, Profeta Cain. Judah... planeja sacrificá-lo publicamente pouco antes do ataque, quatro dias após o casamento com Harmony. Ele lhe chamou de traidor da fé e o acusou de ter uma alma corrompida e incorrigível. As pessoas acreditam que você foi possuído pelo maligno, corrompido pelas Amaldiçoadas. Sua morte significará o começo da guerra santa de Deus contra os homens do diabo. — Phebe olhou nos meus olhos. — Seu dia final foi selado.

— Não... — Irmã Ruth sussurrou.

Voltei para o lugar onde estava sentado antes. Não fiquei nem um pouco surpreso. Eu sabia que Judah não me deixaria vivo, não depois de tentar matá-lo. Vi aquela verdade em seus olhos. Porque ele sabia que eu *poderia* matá-lo. Sabia que eu seria uma ameaça muito grande para tudo o que ele havia construído se eu não fosse silenciado permanentemente.

— Eu tenho que ir — Phebe disse e se virou para sair. Quando agarrou a maçaneta da porta, parou. Virando-se, disse: — Não poderei voltar a ver todos vocês antes da cerimônia desta semana. Outras irmãs serão enviadas para limpá-lo. — Sua voz falhou, mas ela se fortaleceu e encarou a Irmã Ruth. — *Meister*... está ficando desconfiado. Ele está me mantendo em rédea curta. Se algo acontecer comigo, se o plano falhar... honre nosso acordo. Por favor... apenas salve...

Irmã Ruth foi até Phebe e deu um beijo em sua bochecha.

— Salvarei, eu prometo — ela disse.

Phebe assentiu com a cabeça e, dando-me um último sorriso, saiu.

— Phebe está ajudando vocês? — perguntei.

Irmão Stephen veio se sentar ao meu lado.

— Percebemos que ela está sendo agredida por um confidente pessoal do profeta. Ele se refere a si mesmo como *Meister*. Ele é quase tão delirante quanto seu gêmeo. Phebe precisa de nossa ajuda em uma missão especial. Ela nos forneceu informações e concordamos em ajudá-la com o que for preciso.

— Cinco dias — Samson disse antes que pudesse perguntar ao Irmão Stephen a que tipo de ajuda ele se referia. Eles estavam conversando sobre o casamento.

— Vocês planejam tirá-la daqui? — perguntei, apontando em direção a minha cela.

Samson hesitou, depois suspirou em derrota.

— Quando soubemos que o profeta estava nos convocando para Nova Sião, tentamos convencê-la a ir embora. Conhecíamos algumas pessoas que poderiam tirá-la da comuna de Porto Rico, mas ela não aceitou.

— Ela não conhecia ninguém além de nós. Não tinha para onde ir, ninguém a quem amava... — Irmão Stephen disse.

— Então contamos a ela tudo sobre o Profeta David. Ela sabe que ele mentiu sobre as revelações divinas. Que estava obcecado em ganhar poder. Ela sabe que ele gostava de estuprar meninas — Solomon rosnou, o veneno latente em sua voz. — Quando lhe dissemos que retornaríamos para Nova Sião para tentar derrubá-la, ela não aceitou ser deixada para trás.

— Tentei fazê-la ir embora — Irmão Stephen disse. — Eu não queria que voltasse para cá ou que fosse vista pelos guardas do profeta. Mas ela se recusou. Por uma razão profundamente pessoal, queria ajudar. Quando o guarda chegou e a anunciou como Amaldiçoada, ela decidiu que era assim que deveria ser. Harmony nos disse que queria se casar com o profeta para que pudéssemos nos aproximar da evidência dos crimes da comuna. Ela sacrificou sua liberdade voluntariamente para nos ajudar em nossa missão.

Meu peito doía, repleto de orgulho por sua bravura.

— Mas ela não esperava que o profeta fosse tão cruel — Irmã Ruth sussurrou tristemente. — Ela nunca disse nada, mas posso ver como esse futuro casamento a está afetando. — Pigarreou. — Ela sente que o destino desta comuna está sobre seus ombros. E como a alma corajosa que é, ela sofre em silêncio.

— Ela se casará de bom-grado com aquele monstro para ajudar aqueles que ama. Está disposta a se submeter à crueldade dele e a arriscar sua vida para salvar os que estão presos aqui — Irmão Stephen acrescentou; seu olhar encontrou o meu. — Não sabíamos que o profeta era tão cruel. — Uma careta se formou em seu rosto. — Eu nunca a teria trazido aqui para fazer isso se soubesse antes... nós a trouxemos para o inferno.

Um silêncio pesado se instalou, e então Solomon disse:

— Não podemos deixar que ele se case com ela. Harmony já passou por muita coisa. Não podemos vê-la ser estuprada publicamente por ele. O profeta a matará. Ou ele mesmo o fará, ou sua consorte dará um jeito de matá-la; só ouvimos verdades assustadoras sobre Irmã Sarai. As coisas que vem fazendo com algumas das meninas mais jovens que o profeta desperta... Coisas doentias. Coisas sexuais. — Ele respirou fundo. — Harmony nunca concordaria com isso, mas não posso viver comigo mesmo se ficar parado e vê-la ser destruída por nossa causa. Temos que pensar em outra

REDENÇÃO SOMBRIA

maneira de derrubar este lugar. E temos que tirá-la daqui antes que se case com o profeta e seja tirada de nossas mãos.

— Como? — perguntei, em total concordância com tudo o que disseram.

— Estamos planejando sair todos, de alguma forma, depois iremos a quem for necessário e entregaremos as provas que coletamos. Não é tanto quanto gostaríamos, mas precisamos apenas que as autoridades do mundo exterior venham investigar. Existem evidências suficientes na propriedade para prender todos os responsáveis por abuso sexual e pornografia infantil — Irmão Stephen disse. — Eu morava no mundo exterior antes de vir pra cá quando tinha vinte anos. Isso foi há muito tempo, mas me recordo de como algumas coisas funcionam.

Balancei a cabeça.

— Não. Isso *não* vai funcionar. — De repente todos os olhos estavam em mim. Respirei profundamente. — A comuna tem aliança com a KKK. Ajudei diretamente a fazer o negócio. Temos... *Judah tem*... conexões no governo e na polícia. A comuna está protegida. Fortemente protegida por aliados poderosos. Vocês seriam mortos antes que alguém pudesse ajudar, caso soubessem desse lugar. Muitas pessoas têm muito a perder. Aposto todo o dinheiro que tenho que essas pessoas estão lucrando com estes vídeos de pornografia infantil. Eles não deixarão que isso venha a público.

— Merda! — Solomon exclamou e esfregou o rosto. — Então precisamos de um novo plano, e rápido. Só o pensamento daquele maldito tomando Harmony do mesmo jeito que o vi fazer com outras mulheres...

Minha mente entorpeceu ante as possibilidades. No entanto, todos os caminhos me levaram a apenas um lugar. A um ponto final. Seria a morte para mim, mas poderia ajudar as outras pessoas presas a esta vida... Poderia salvar Harmony. Levantei a cabeça e declarei:

— Eu tenho uma ideia. É arriscado, pode não funcionar... mas pode ser a nossa única escolha.

O grupo ouviu com os olhos arregalados e esperançosos quando lhes contei meu plano. A cada palavra, eu me tornava cada vez mais confiante de que aquilo poderia funcionar, e se conhecesse meu irmão tão bem quanto acreditava, ele cairia na minha armadilha. O orgulho de Judah sempre seria sua maior ruína.

— Inferno — Irmão Stephen murmurou quando terminei de falar. Então olhou para Samson e Solomon e, finalmente, para Irmã Ruth. Enquanto eu falava, ela permaneceu com a cabeça inclinada.

— É a nossa única opção — Samson disse com relutância.

Irmão Stephen estendeu a mão para mim. Aceitei seu cumprimento ouvindo-o dizer:

— Então está combinado.

— Mas não conte a Harmony — pedi. — Não quero que ela saiba, caso isso não dê certo.

Stephen soltou minha mão.

— Eu ia pedir a mesma coisa. Se ela pensar que perdemos a fé nela, se pensar que a afastaríamos dessa tarefa, ela recusaria, pois tem um forte senso de dever. Ela é destemida, como ninguém mais.

Apesar de tudo o que podia dar errado, e apesar de tudo que acabara de descobrir, dei um sorriso. Porque assim era Harmony. Destemida e forte.

Recostei-me à cadeira e respirei fundo três vezes. Ao fazer isso, senti o cansaço que deveria ter abraçado horas atrás enfraquecer meus membros.

— Vou dormir — informei ao me levantar.

A tristeza tomou conta de mim quando pensei em Harmony na minha cela. A cada segundo que passava ao lado dela, eu ansiava por muito mais. Eu a conhecia há pouco tempo, mas naquele meio-tempo, havia sido mais eu mesmo do que jamais fui em toda a minha vida.

Quando morava com os Hangmen, uma vez li que o importante não era a quantidade de tempo que você passava com alguém, e, sim, a qualidade daqueles momentos. Cada segundo passado ao lado dela era como se uma parte morta minha renascesse. Ao segurar sua mão pela abertura naquela parede, ao encarar seus olhos escuros, era como se ela tivesse se instalado em minha alma.

Doía em mim que o nosso tempo fosse limitado. Meu coração se confrangeu ao pensar em não tê-la ao meu lado. Então decidi apreciar os segundos que ainda me restavam.

Meus membros que pareciam pesar toneladas foram me guiando até o lugar onde ela dormia placidamente.

Irmão Stephen se apressou para bloquear meu caminho. Levantei minha cabeça para ver o que ele queria.

— Cain — ele disse com uma voz quase inaudível. Quando agarrou meu braço, vi que estava pálido, a fisionomia indicando que algo o incomodava. — Antes de ir, há algo mais que você deveria saber.

Inclinei a cabeça, gesticulando para que falasse.

Então o ouvi.

Ouvi o que tinha a dizer, sem perder nenhuma informação... e o tempo todo permaneci ali, imóvel...

... em total e absoluto choque.

CAPÍTULO DEZ

HARMONY

Cinco dias depois...

Os aromas dos óleos de baunilha e lavanda sendo derramados sobre a minha pele trouxeram uma sensação de náusea ao meu estômago. Mantive o olhar focado no chão enquanto Sarai aplicava rudemente o perfume, seus dedos cravando em minha pele. Eu podia sentir seu intenso olhar azul perfurando minha cabeça inclinada, mas mantive a calma. Não deixaria uma garota da idade dela me intimidar.

Outra irmã, cujo nome eu não sabia, trançou duas partes da frente do meu cabelo e as puxou para prender à nuca. Meu rosto e corpo estavam imóveis e estoicos, mas meu coração batia em um ritmo tão acelerado quanto as asas de uma borboleta.

Era medo, puro e simples medo.

Hoje era o dia do meu casamento com o Profeta Cain. Apesar dos muitos dias que antecederam este momento, eu não podia acreditar que estava realmente aqui. Não podia crer que, depois de tudo o que já havia passado sob o jugo dessa fé, ainda estava nesta comuna, colocando-me de bom-grado nessa posição.

Mas isso precisava ser feito. Pelo bem de todos nós.

Inspirei profundamente pelo nariz, expirando lentamente pela boca para conter as lágrimas que ameaçavam cair. Meus olhos se fecharam por vontade própria e não pude deixar de pensar em como seria esse casamento.

Pessoas. Tantas pessoas que não sabiam da minha existência e que hoje me veriam casar com o profeta. Um homem que só encontrei uma vez... um homem que me disseram que não me veria novamente até o nosso casamento, porque eu o tentava demais. Eles testemunhariam o momento em que me levaria à cama cerimonial. Observariam através da cortina diáfana, o instante em que seria tomada pelo profeta contra a minha vontade.

E não fariam nada sobre isso. Eles louvariam ao Senhor pelo fato ocorrido.

O desgosto se agitou dentro de mim quando imaginei o rosto do profeta, mas esse desgosto se transformou em calor quando pensei imediatamente em Rider. Eu nunca pensava em Rider como o Profeta Cain. O profeta era um homem cruel, seu poder dominava pessoas inocentes, convencendo-as a se curvarem à sua vontade. Rider era uma alma gentil, amorosa, mas torturada.

Lutei contra o sorriso em meus lábios enquanto deixava minha mente retroceder aos últimos cinco dias. Quando acordei na manhã seguinte, depois que Rider me revelou sua verdadeira identidade, eu estava em seus braços. Eu, Harmony, estava embalada em seu peito como uma amante satisfeita, seus braços grandes e fortes me mantendo ao seu lado como se estivesse com medo de que eu fosse embora.

Nenhum homem jamais me tratou como ele, olhando nos meus olhos quando erguia a cabeça para encará-lo. Sua mão lentamente acariciou o lado do meu rosto, apenas cessando para deixar as pontas dos dedos deslizarem sobre os meus lábios inchados por um beijo. Cada um de seus toques era como uma oração respondida, a oração de infância que eu havia me recusado a deixar cair no esquecimento – de ser desejada por alguém... amada apenas por mim mesma. O desejo de que toda Irmã Amaldiçoada rogava a Deus, mas que nunca era atendido.

Eu havia perdido o fôlego ao ver o nítido carinho que sentia por mim em seus olhos escuros... mas vi também a luta interna que estava travando. Meu sorriso diminuiu. Se já houve um homem que representava fisicamente uma alma atormentada, era Rider. Ele era os dois lados da mesma moeda, um homem atravessando uma provação conhecida apenas em seu coração. Qualquer menção ao irmão causava um sofrimento visível em seu rosto. Qualquer menção aos pecados que disse ter cometido como profeta o atingia com tanta força quanto um golpe físico. Se sua mão estivesse entrelaçada à minha, eu a sentia tensa no mesmo instante. Eu não tinha ideia do que ele havia feito para que se odiasse com tanta intensidade. Eu não podia acreditar que este homem era capaz de fazer algo errado ou horrível. Seu coração era puro.

Seu coração era verdadeiro.

Eu queria ajudá-lo, mas não tinha ideia de como fazer isso. Rider guardava tanto para si que eu sabia que só o conhecia apenas na superfície. Eu queria que me deixasse conhecê-lo, mas ele não me permitiu chegar tão perto assim, sempre me mantendo em um lugar onde só havia calor e felicidade. Ele nunca deixou que nenhuma lembrança sombria se infiltrasse em nosso pequeno refúgio de consolo.

Ele tornara aquela cela em nosso próprio santuário.

Agora ele sabia quem éramos. E sabia o motivo pelo qual tínhamos voltado. No entanto, nunca falou muito sobre isso. Mas era nítido que a missão à qual me comprometi em fazer o magoava profundamente.

Eu precisava fazer isso. Se tudo desse certo, talvez também pudesse salvá-lo.

Por cinco dias nos beijamos. Beijos inocentes e leves como plumas, duas pessoas inexperientes tentando mostrar o quanto a outra era valorizada. Eu tinha certeza de que agora estava viciada naqueles beijos. Nenhum homem quisera beijos de mim e nada mais. Melhor ainda, Rider não me temia. Ele não me via como o mal encarnado. Eu via a verdade disso toda vez que ele olhava para mim. Toda vez que os cantos de seus lábios se curvavam em um sorriso satisfeito.

Rider *me* via. O meu verdadeiro eu... pelo menos tanto quanto eu o deixava ver. Nós tínhamos segredos, um passado que ainda não havíamos revelado. Não adiantava sobrecarregá-lo com a minha bagagem, com os terrores que me atormentavam todas as noites. Porque esse pequeno pedaço do céu que encontramos em uma cela de pedra era exatamente isso – pequeno.

Meu coração estava irreparavelmente despedaçado há muitos meses, tanto que decidi viver uma vida quase solitária em Porto Rico. Mas desde que comecei a conversar com Rider, esse coração parou de se fragmentar. Ele havia me dado um pequeno alívio, o suficiente para que pudesse respirar novamente, para afastar a solidão da perda do meu espírito. No entanto, esta semana, meu coração voltou a se estilhaçar outra vez, só que em mais pedaços. Porquê, assim como os entes queridos que eu havia perdido, agora também perderia o Rider. À medida que o dia do casamento se aproximava, a dor no meu peito piorava.

Agora, eu mal podia respirar.

Depois de hoje, eu não dividiria mais uma cela com aquele homem... o homem por quem estava irremediavelmente apaixonada. Não sentiria mais o seu toque, o gosto doce de seus lábios, a sua bondade. A partir de hoje, eu viveria com um homem que compartilhava o mesmo rosto dele, mas não sua gentileza.

Em poucos minutos, eu caminharia pelo corredor para me juntar celestialmente a um homem que representava tudo o que mais desprezava. Um homem cruel e insano. Um sádico.

Alguém agarrou agressivamente a minha mão, enviando uma onda dolorosa e incandescente pelo meu braço. Pisquei e foquei o olhar na pessoa responsável por aquilo – Irmã Sarai. Eu podia ver a frustração em sua expressão quando me encarou com os lábios contraídos.

— Você ouviu alguma coisa do que eu disse? — reclamou. Balancei a cabeça em negativa. — O profeta me deu ordens para lhe transmitir. Você deve manter os olhos abaixados durante a cerimônia e não deve falar, exceto nos momentos em que fizer os votos. Nunca levante os olhos para encontrar os dele ou de qualquer outra pessoa. Entendeu? É imperativo que faça tudo dentro dos conformes. As pessoas precisam entender o significado de uma Amaldiçoada se casar com seu profeta.

Uma onda de ira tomou conta de mim ante o tom afiado de Sarai, mas engoli o sentimento e simplesmente assenti com um aceno. Sarai soltou meu braço. Uma guirlanda de flores foi colocada na minha cabeça, e a garota gesticulou para que eu me colocasse de pé.

Assim que o fiz, minhas sandálias decoradas com jóias tilintaram contra o piso de ardósia. Do lado de fora veio o som dos alto-falantes entoando uma música melódica e sem letra. Mas minha atenção foi capturada pelo que estava na minha frente. Um grande espelho fixo à parede... um espelho que agora refletia minha imagem em meu traje de noiva.

Olhei para a veste branca sem mangas que se agarrava ao meu corpo. Meu longo cabelo loiro estava solto com cachos se derramando em minhas costas, duas tranças presas no topo da cabeça, permitindo que cada centímetro do meu rosto sem véu estivesse à vista. Levantei a mão e passei os dedos sobre minhas bochechas e olhos.

Sarai se mexeu ao meu lado e afastou minha mão.

— Não toque no seu rosto — ordenou. — Vai arruinar todo o trabalho que tivemos.

Cílios escuros se curvavam como longas asas sobre meus olhos castanhos. Minhas bochechas estavam rosadas como se estivessem coradas, e meus lábios estavam tingidos em um tom mais escuro. Esfreguei os lábios um no outro, sentindo o sabor frutado da textura cremosa em minha língua.

Uma guirlanda delicada de flores frescas em tons pastéis adornava minha cabeça. Sarai colocou algo em minhas mãos e, quando olhei para baixo, vi que era um pequeno buquê combinando com as flores do arranjo.

Ao agarrar o buquê, sentia meu corpo tremendo. *Isso está realmente acontecendo*, pensei enquanto olhava para a estranha refletida à minha frente. Não reconhecia nada naquela mulher. Não senti em nada como o meu eu verdadeiro.

Meu corpo de repente parecia fraco. Drenado de qualquer esperança que ainda sentia. Parecia ter esgotado a tranquilidade que encontrei em Porto Rico durante minha breve existência com este sufocante título de "Amaldiçoada"... Drenado da felicidade temporária que havia encontrado nos braços de Rider. Rider, o homem misterioso e devastado que roubou o que restou do meu coração despedaçado.

Permiti que minha mente se desviasse para aquele que havia se tornado o foco de todos os meus pensamentos quando eu estava acordada. Eu me perguntava o que ele estava fazendo neste exato momento. Senti vontade de chorar quando me perguntei quem o trataria e cuidaria dele depois de suas punições diárias a partir de agora. Meu coração se entristeceu quando me lembrei como seus olhos cansados me observavam enquanto eu limpava o sangue e a sujeira de sua pele. Como se eu fosse sua salvadora, como se ninguém tivesse lhe mostrado tanto carinho e compaixão durante toda a sua vida... Como se estivesse com medo de que fosse deixá-lo, como todos em sua vida sempre fizeram. A partir de hoje ele estaria sozinho novamente. Eu mal podia respirar enquanto pensava nele sentado dia após dia naquela cela, sozinho e derrotado.

Isso partiu meu coração.

Olhei para o meu reflexo no espelho e senti a vida se esvaindo de mim a cada respiração. Em um mundo melhor, eu pertenceria a um homem como Rider. Nós poderíamos *escolher* estar nos braços um do outro. Eu ouvira as histórias sobre o mundo exterior do Irmão Stephen e da Irmã Ruth, sobre como as pessoas eram livres para viver como desejavam, com quem quisessem. Mas na minha vida, eu só havia experimentado mágoa e dor. E perda. Tanta perda que eu não conseguia me lembrar daqueles que tanto amava, mas que perdera tão tragicamente.

Apenas a memória se mantinha viva dentro de mim.

Nos últimos cinco dias, Rider e eu mal tínhamos trocado uma palavra. Eu sabia que era o casamento que ocupava sua mente. Assim como também ocupara a dos meus guardiões, e a de Solomon e Samson.

Quando deixei Rider esta manhã para dar início aos preparativos para o casamento, não houve um grande adeus. Em vez disso, houvera lágrimas não derramadas de frustração em seus olhos. Eu o abracei, desejando gravar seu toque na minha memória. Quando o gêmeo dele me tomasse, eu queria imaginar a versão de Rider no rosto acima de mim. Isso tornaria a situação mais fácil de suportar.

Quando saí, Rider silenciosamente pressionou um beijo gentil nos meus lábios e passou o dedo pela minha bochecha. Com isso, ele se virou para encarar a parede, com os punhos cerrados ao lado do corpo, e eu saí da cela.

Eu o deixei sozinho.

De repente, minha roupa nupcial foi erguida por trás, desnudando minha parte inferior. Meus braços se moveram instintivamente para tentar impedir quem quer tivesse me tocado. No entanto, fui retida pela irmã cujo nome eu não sabia. Sarai se moveu à minha frente, bloqueando minha visão do espelho. Seu olhar se fixou ao meu quando estendeu a mão e me segurou por entre as pernas.

— Não! — protestei. Senti os dedos hábeis de Sarai espalharem um líquido frio ao longo do meu núcleo. — Por favor — implorei, tentando me libertar do aperto da outra irmã. Eu não conseguia me mover. Queria fechar os olhos. Mas quando vi o brilho vitorioso no olhar de Sarai, forcei-me a mantê-los abertos. Ela enfrentou meu desafio curvando os dedos e inserindo o líquido ainda mais em meu interior. Inflei as narinas ante a invasão indesejada, mas inspirei profundamente para lidar com o desconforto.

Eu não demonstraria minha fraqueza.

Sarai colocou a boca no meu ouvido.

— Isso vai deixá-la molhada e capaz de recebê-lo na cama cerimonial. Ele é grande, e essa união precisa seguir de acordo com o plano. Nada pode dar errado.

Lutei contra a bile que subia pela garganta. Sarai retirou as mãos, deixando a parte de dentro das minhas coxas úmidas.

A porta se abriu, inundando a sala com a luz do dia enquanto um guarda se postava ali.

— Mexa-se — ordenou severamente.

Eu fiz como me foi dito. Fui até ele e depois segui em direção ao outro que me aguardava do lado de fora. Mesmo daqui, nos pequenos aposentos perto da mansão do profeta, eu podia ouvir no ar a animação do nosso povo. Eles estariam vestidos com os seus trajes brancos cerimoniais. E só lhes era pedido para usar o branco cerimonial quando algo verdadeiramente especial ou importante estava acontecendo. No entanto, eu tinha certeza de que não esperavam o que estava prestes a acontecer hoje.

Os guardas me colocaram entre eles enquanto me conduziam por um caminho até o terreno em frente à residência do profeta. A cada passo meu coração batia cada vez mais rápido. A música supostamente festiva que vinha dos alto-falantes soava ameaçadora para meus ouvidos. Meus passos vacilaram quando, de repente, a música foi interrompida e uma voz familiar soou através do sistema de som.

O guarda na frente parou de repente e levantou a mão para alguém que eu não podia ver. Percebi que devíamos estar no final do corredor. Minhas mãos apertaram as hastes do buquê.

O profeta começou a falar:

REDENÇÃO SOMBRIA

— *Povo da Ordem. Vocês estão aqui reunidos hoje para testemunhar um milagre. Uma esperança que pensávamos ter sido perdida.*

Nas longas pausas entre suas palavras, a comuna ficou em silêncio total, as pessoas se apegando a cada palavra proferida pelo profeta. Sua voz se infiltrou como cubos de gelo descendo pela minha coluna. Respirei lentamente para me recompor.

— *Hoje todos vocês testemunharão uma oração respondida. Quando pensamos que uma profecia não poderia ser cumprida, Deus nos mostrou que nunca abandonaria seu povo e nos enviou um presente... O presente da salvação. Hoje, comemoramos esse presente!*

O guarda ordenou com um aceno de mão para que eu avançasse, mas minhas pernas começaram a tremer tanto que temi não conseguir andar. Sarai apareceu na minha visão periférica e fez um gesto com o dedo para que eu olhasse para baixo. Sem hesitar, abaixei a cabeça.

Certificando-me que respirasse com firmeza, dei um passo à frente até que a calçada se transformou em grama verde sob meus pés. O guarda colocou a mão nas minhas costas e me guiou até que me dei conta de que estava diante da congregação. Um suspiro coletivo soou entre as pessoas e, naquele momento, fiquei feliz por ter recebido ordens para manter os olhos abaixados. Eu não seria capaz de me mover se tivesse que encarar o meu povo... pessoas que me detestavam tanto quanto acreditavam que precisavam de mim para salvar suas almas mortais.

— Ande — o guarda atrás de mim disse baixinho, baixinho demais para que ninguém mais ouvisse. — O profeta espera no final do corredor.

Eu caminhei lentamente. As pessoas estavam sentadas no chão, vestidas de branco. Pelo canto do olho, pude ver alguns rostos. Os poucos que vi realmente me encararam e suas bocas abriram em choque.

— *Uma Amaldiçoada* — sussurraram, a confirmação caindo sobre a congregação na velocidade da luz.

Ouvi pessoas chorando, cantando pela salvação que acreditavam que eu traria. Pior, eu os ouvi louvando o profeta, falando em línguas e chorando de prazer.

A atmosfera ficou elétrica quando me aproximei do altar. Parei e me virei para encarar o Profeta Cain. Ele estendeu a mão e pegou a minha na sua, e senti como se fosse vomitar. Ele não era gentil como Rider; agarrou minha mão de forma agressiva, arrogante.

— Prossiga — ordenou ao Irmão Luke, a Mão do Profeta. Estremeci com a dureza em sua voz e fiz o meu melhor para não tremer.

A cerimônia teve início. Ouvi Irmão Luke ler as escrituras e falar da profecia das Irmãs Amaldiçoadas. Ouvi enquanto ele lia as palavras do Profeta David sobre a alma de uma mulher contaminada pelo diabo se fundindo com a do profeta da Ordem para salvar todos aqueles que seguiram o caminho da Ordem. Não ouvi muito mais do que isso; o povo se tornou barulhento com a animação. Ouvi trechos do Profeta Cain respondendo a algo que Irmão Luke pediu. Então puxou minha mão e eu sabia que era minha vez de falar.

— Você, Harmony, Irmã Amaldiçoada de Eva, aceita seu senhor profeta e salvador como seu marido? Permitindo que ele seja o rei do seu coração e da sua alma? Para guiá-la como seu mestre e líder espiritual? Aceita obedecer a todos os seus mandamentos e recebê-lo para expulsar o mal de sua alma contaminada?

— Aceito — sussurrei, sentindo meu coração se partir de tristeza.

A multidão rugiu quando o Irmão Luke levantou as mãos e gritou:

— A união da Amaldiçoada e do profeta está selada!

Vi os pés do profeta Cain se aproximarem dos meus. Ele me puxou para mais perto de si. Gritei quando meu corpo colidiu com o dele, e antes que eu percebesse, o Profeta Cain puxou a parte de trás do meu cabelo para erguer minha boca à dele. Sem aviso, colou os lábios aos meus com um beijo rude e inflexível. Choraminguei quando a língua mergulhou na minha boca. Minhas mãos se fecharam em punhos, instintivamente me preparando para lutar contra ele. Mas deixei minhas mãos caírem ao lado do corpo e o permiti tomar minha boca. Este era apenas o começo do que ele tomaria sem permissão.

Eu não tinha escolha salvo obedecer.

Mantive os olhos baixos quando o profeta me soltou e se dirigiu ao seu povo:

— Agora vou levar minha noiva para a cama cerimonial e iniciar o longo e árduo processo de purificá-la. De afastar o diabo de sua alma com a minha semente.

A multidão rugiu de felicidade. O Profeta Cain nos afastou da multidão e em direção a uma plataforma mais elevada. Arrisquei um olhar para o palco e meu estômago revirou com ansiedade. No centro, havia uma grande cama envolta em cortinas quase transparentes.

A mão do Profeta Cain apertou a minha. Ele nos levou pela escada até o leito. A cada passo, meu medo se intensificava. Quando chegamos à cama, eu temia desmaiar tamanho o meu pavor.

O profeta parou. Vi os pés do Irmão Luke diante de nós.

— Profeta — ele disse. — Está tudo pronto.

— Obrigado, irmão — o profeta respondeu, soltando minha mão para abrir as cortinas. Fiquei esperando seu comando, as pernas tremendo com tanta intensidade que achei que não seria capaz de me mover.

Engoli em seco quando alguém se aproximou por atrás de mim e afastou a roupa dos meus ombros, deixando-a cair no chão, aos meus pés. Fechei os olhos com vergonha quando meu corpo foi desnudado ante nosso povo. Trêmula de humilhação, precisei fazer o máximo de esforço para não cair em lágrimas.

— Vá até o seu profeta — uma voz baixa e severa ordenou em meu ouvido.

Abri os olhos e deparei com Irmão Luke segurando as cortinas abertas ao redor da cama. O profeta estava no centro, ainda completamente vestido.

— Vá — ordenou o discípulo quando não fiz menção de me mexer. Com os pés pesando uma tonelada, me forcei a caminhar. Mal respirei enquanto me aproximava da cama. Quando levantei o joelho e me arrastei para o centro ao lado do profeta, temia que nunca mais fosse capaz de respirar.

Da forma como fui instruída pelas irmãs nesta manhã, deitei-me de costas, mantendo os olhos abaixados, nunca encontrando o olhar do profeta. Coloquei as mãos sobre a barriga, frustrada comigo mesma, pois não conseguia impedir o tremor intenso e incessante.

As cortinas se fecharam ao nosso redor. A multidão começou a clamar em orações pela salvação, seus murmúrios ecoando até nós. Olhei para as cortinas, tentando ver o quanto realmente eram transparentes. Pude ver Irmão Luke e os outros anciões através do tecido diáfano, mas suas feições não eram nítidas.

Senti algum conforto nisso. Embora essa união fosse pública, apenas nossos movimentos seriam vistos. Minhas lágrimas não trariam meu medo para as pessoas. Eu não suportaria que me vissem despedaçada.

Você deve fazer isso.

Uma suave música de oração começou a soar pelos alto-falantes por toda comuna, e meu coração acompanhou o ritmo da batida. Senti o profeta se mexer e tirar a calça, mas não a blusa. Ele se deitou ao meu lado.

Lágrimas deslizaram pelo meu rosto quando ele subiu em cima de mim. Fechei os olhos ao sentir seu hálito quente soprando em minha pele. Eu esperava que ele falasse algo, que fosse bruto e cruel, então fiquei surpresa quando afastou delicadamente uma mecha de cabelo da minha testa.

Sua mão desceu até a minha barriga. Meu corpo tensionou quando ele entrelaçou os dedos aos meus. Arfei em choque ao perceber que sua mão também estava trêmula.

Congelei, completamente imóvel, enquanto relutava em abrir os olhos. Contei até três, depois pisquei através dos meus longos cílios escuros... e me deparei com o mais gentil par de olhos escuros que já tinha visto... olhos que eu reconheceria em qualquer lugar...

Ele levou nossas mãos unidas aos lábios. E foi aí que vi. Eu vi o que seu movimento sutil estava me mostrando – sua pele coberta de tatuagens, as formas demoníacas espreitando por baixo das mangas da túnica. Meu coração bateu forte e um alívio imenso inundou meu corpo.

— *Rider* — murmurei, soltando o fôlego que estava retendo.

Os olhos escuros também se fecharam de alívio. Ele deu um beijo em nossos dedos entrelaçados e em seguida me encarou. Seu medo por conta desse momento refletia o meu.

Olhando-me profundamente, nós dois ficamos tensos quando as preces da multidão subiram o tom, clamando que a união se concretizasse. Irmão Luke tossiu do lado da cama.

— Profeta Cain? Está tudo bem?

— Afaste-se desta cama! Agora! — rosnou. Minha pele se arrepiou; Rider parecia exatamente como seu irmão gêmeo.

Irmão Luke se afastou apressadamente para o lado mais distante do palco, embora ainda estivesse nos observando ao longe.

— Sinto muito — Rider sussurrou. Olhei para o rosto dele e vi o arrependimento e a tristeza gravados em todos os seus belos traços.

— Como? — sussurrei de volta. — Eu não entendo... Como conseguiu estar aqui?

Ele acenou uma negativa com a cabeça, silenciosamente me dizendo que agora não era hora para isso. Desempenhei esse papel de prometida do profeta por muitos dias, então poderia fazê-lo por mais um curto período de tempo. Seus olhos se fecharam outra vez. As pessoas do lado de fora estavam ficando inquietas. Movi sutilmente minha mão para colocá-la sobre seu peito, e ele voltou a me encarar.

A dor que via refletida em seu olhar partiu meu coração.

— Rider — sussurrei de uma forma quase inaudível. — Nós precisamos fazer isso. Judah... Ele não hesitaria.

Ele estremeceu.

— Eu sei. Mas... — Um tom vermelho-escarlate tomou conta de sua pele.

— O que foi? — perguntei, aproximando meu corpo ao dele, tentando insistir para que se deitasse diretamente em cima de mim.

Os olhos já chocados de Rider se arregalaram ainda mais, mas ele se posicionou sobre meu corpo, a parte inferior desnuda em contato direto à minha. Suas pupilas dilataram assim que nossas peles se roçaram.

Ergui a mão e toquei sua bochecha quando ele respirou profundamente.

— Rider...

— Eu não sei o que fazer — admitiu. A tristeza tomou conta do meu coração ao ver aquele homem formidável tão assustado. O rosto másculo se tornou mais vermelho, mas, desta vez, de raiva. — Harmony — murmurou. — Sinto muito, porra. Isso não deveria estar acontecendo... Não assim.

Quase chorei com a sinceridade em sua voz. Enquanto observava seu semblante se transformar com o desgosto e incerteza, com o intenso conflito que sentia ao me tomar aqui e agora, percebi que eu precisava assumir o comando.

Eu precisava guiá-lo.

Afastei as pernas lentamente. O corpo forte, que pairava sobre o meu, se encaixou com perfeição entre elas.

— Harmony — ele sussurrou nervoso.

— Shhhh — eu o tranquilizei, assentindo com a cabeça. — Nós precisamos fazer isso.

Ele virou a cabeça.

— Eu me sinto como um estuprador. Sinto que estou aqui, assim como meu irmão estaria, forçando você contra a sua vontade. Esse não é quem sou.

E eu sabia. Sabia que não era absolutamente nada como seu irmão. Porque estava, de fato, atormentado com essa união. Ele se sentia enojado com o pensamento de se forçar sobre mim.

Era exatamente porque eu queria isso.

Porque aceitaria. Eu nunca tinha conhecido tanta gentileza.

— Eu quero — sussurrei.

Rider congelou e olhou para mim.

— Você não pode estar falando sério. É errado... é muito errado.

Passando a mão pelo seu cabelo comprido, declarei:

— Embora não seja o ideal, não estou recusando isso. Você... e eu... juntos dessa maneira... não será pela força. Nunca será à força, mas com olhos e corações abertos.

— Harmony — sussurrou e se inclinou para tomar meus lábios.

Quando o seu beijo me envolveu, estendi a mão entre nós e segurei sua masculinidade. Rider deu um pulo quando o peguei nervosamente em minha mão, mas não parei. As pessoas saberiam que algo estava errado se ele não agisse... se não houvesse evidência da nossa união na roupa de cama depois que isso terminasse.

Interrompi o beijo, apenas roçando meus lábios aos dele.

— Eu quero isso, Rider. Eu só poderia querer isso com você.

— Harmony — ele murmurou.

Posicionei-o em minha entrada e o incentivei a me penetrar, enlaçando suas coxas para fazê-lo avançar. E desta vez Rider fez como pedi, o fluido que Sarai inseriu dentro de mim o ajudou a deslizar com mais facilidade.

Tensionei a mandíbula quando ele se afundou em mim, lentamente, centímetro por centímetro, me esticando. Ergui as mãos para segurar seus braços enquanto ele me enchia de uma maneira quase impossível. Abri os olhos e deparei com seu olhar.

Suas bochechas estavam coradas à medida que ele investia, o rosto demonstrando o que sentia naquele momento – conflito interno associado a um prazer incrível.

— Harmony — sussurrou enquanto arremetia até a base.

Rider congelou no lugar, inclinando a cabeça para trás para fechar os olhos e simplesmente respirar. E fiquei sem palavras. Sem palavras por tê-lo em cima de mim. Ele me encarou, os braços apoiados de maneira protetora e ao lado da minha cabeça. Seu olhar repleto apenas de afeto e necessidade. Sem ódio. Sem orgulho.

Isso me fez sentir... Isso me fez *sentir*.

Até então, nunca havia sentido nada durante as junções carnais. Eu sempre fazia minha mente se guiar para outro lugar, sonhando com um mundo distante do ato que ocorria. Mas naquele momento, com Rider, senti tudo. Senti a brisa quente deslizando pelas cortinas. Senti sua pele cálida roçando a minha, me fazendo estremecer de prazer. Mas acima de tudo, senti cada instante daquilo em minha alma. Senti a felicidade em meu coração... Eu me senti *livre*.

— Harmony — murmurou. Ele estava olhando para mim, preocupado. — Você está bem?

— Sim — respondi com suavidade. — Estou mais do que bem.

Minhas palavras pareceram acalmar algo em seu olhar e ele começou a se mover, afastando-se gentilmente para trás, apenas para voltar a arremeter; a sensação dos seus movimentos suaves não se parecia em nada com o que já havia experimentado.

Quanto mais rápido ele se movia, mais gentil se tornava. Sua pele brilhava com uma camada fina de suor à medida que investia em meu interior. E quando abaixou a cabeça para pressionar a testa à minha, quase chorei tamanha a emoção.

Eu não sabia que as junções poderiam ser assim. Isso era puro e verdadeiro... Isso era carinhoso. Prendi o fôlego quando uma sensação estranha começou a se avolumar dentro de mim. Meus olhos se abriram e ele inclinou a cabeça para trás.

— Rider... — Nossos olhares se conectaram. — Rider — repeti, vendo a mesma expressão perplexa em seu rosto refletindo a minha.

— Harmony — ele disse em um tom rouco e baixo, enquanto seus quadris se moviam cada vez mais rápido.

Minha respiração acelerou, assim como a dele. Então, pega de surpresa, arqueei as costas quando uma onda de calor abrasador pulsou pelo

REDENÇÃO SOMBRIA 133

meu corpo, me elevando às alturas. Um grito alto escapou da minha boca quando senti uma luz brilhante me dividir em duas, apenas para me fundir novamente com uma sensação inacreditável de prazer.

Minhas mãos o seguraram com força enquanto eu tentava conter o brilho que explodia em meu interior. Abri os olhos, bem a tempo de ver o pescoço forte tensionar, contemplando o mesmo prazer se refletir em seu semblante. Mas, ao contrário de mim, Rider não desviou o olhar do meu em momento algum. Ele ficou comigo, bloqueado tanto em meu olhar quanto em meu coração à medida que rugia sua libertação e me enchia de calor.

Seus quadris investiram em mim suavemente mais uma vez. Ele ofegou e depois se acalmou enquanto ficávamos quietos. Ambos em choque com o que acabara de acontecer... na indescritível sensação de leveza e graça que havíamos acabado de compartilhar.

— Harmony — Rider sussurrou novamente, meu nome sendo entoado como uma oração vindo de sua alma. Ele se inclinou e me beijou, unindo nossas bocas, tal qual nossas almas agora deviam estar.

Quando nos separamos, a multidão do lado de fora começou a aplaudir, interrompendo o casulo de calor e luz em que estávamos momentaneamente. Era como uma chuva de água fria sendo derramada sobre nossas cabeças, nos trazendo de volta para onde estávamos.

— Precisamos ir — ele disse, pesaroso. E eu sabia que, como eu, estava desejando que pudéssemos congelar o tempo, fazer o público indesejável desaparecer e permanecer aqui, isolados. Manter nossos corações repletos de satisfação.

— Eu sei — acatei com relutância, suspirando quando se retirou de dentro de mim. Foi estranho. Quando deixou meu corpo, senti como se também tivesse perdido um pedaço da minha alma.

Rider vestiu a calça e se levantou da cama. Observei-o se recompor e depois se virar para mim. Peguei sua mão estendida e o segui para fora da cama protegida. Entrelaçando os dedos aos meus, seguimos para fora, meu corpo nu em total exibição. Ele me protegeu o máximo possível, até que estalou os dedos e exigiu que um guarda próximo me entregasse minhas vestes. Recoloquei o traje de noiva e esperei o que viria a seguir.

Meu rosto ficou vermelho de embaraço quando o Irmão Luke caminhou até a cama e voltou segurando os lençóis sujos para a multidão ver. O povo aplaudiu e levantou as mãos para louvar o profeta.

A profecia havia se cumprido. Eu podia sentir as ondas pulsantes da alegria do povo ali presente.

Rider levantou as mãos, agindo exatamente como o profeta da Ordem. A multidão ficou em silêncio.

— Os quatro dias de retiro para mim e minha nova esposa começarão a partir de agora. Aproveitem esse tempo para refletir sobre seus pecados e rezem para que nossas almas sejam salvas. — As pessoas se levantaram em comemoração. — Suas celebrações começarão no salão oeste. Festejem sua salvação e abracem o amor que seu Senhor enviou ao Seu povo escolhido!

Ouvi o ruído da multidão à medida que se dispersavam para as festividades. Rider virou-se para o Irmão Luke.

— Levarei a Amaldiçoada para a casa de retiro. Ninguém deve nos incomodar até que os quatro dias tenham transcorrido, entendido?

— Sim, Profeta. Eu tenho tudo sobre controle por aqui. Desfrute em purificar sua nova esposa.

Rider segurou minha mão e me arrastou na direção oposta à multidão. O tempo todo, mantive os olhos para baixo, esforçando-me para acompanhar seus passos apressados. A grama macia rapidamente deu lugar a uma calçada e, arriscando um olhar, avistei a casa nupcial de retiro à frente.

No entanto, quando chegamos na casa, Rider não me levou para o interior, como achei que faria. Em vez disso, passou correndo pela entrada e seguiu para a floresta que circundava o terreno. Confusa, franzi o cenho quando o chão sob nossos pés se transformou em solo coberto de folhas secas e galhos. Vários galhos quebrados cortaram meus pés calçados em sandálias, mas Rider continuou nos guiando cada vez mais para as profundidades da floresta, a atenção focada apenas em onde quer ele estivesse nos levando.

Quando a luz acima de nós começou a desaparecer, um desconforto tomou conta do meu peito.

Rider não olhou para trás, apenas continuou avançando. Gotas de suor brotaram na minha testa quando aumentou a velocidade de seus passos. O ar úmido se tornava mais denso à medida que caminhávamos. Nós seguimos em frente, até que a noite já estava alta. Ofeguei tentando respirar, sem estar acostumada a tanto esforço físico.

Então, de repente, Rider afastou um galho para fora do caminho e uma cerca apareceu. A cerca era de metal, mas o painel à nossa frente havia sido cortado... um corte grande o bastante para que pudéssemos passar. Rider empurrou a estrutura para o lado, dando-me espaço para atravessar. Eu cambaleei, confusa e exausta, sentindo a cabeça latejar.

— Vamos, baby — Rider pediu, gesticulando que eu desse um passo adiante.

Hesitei apenas tempo suficiente para ele segurar meu braço e me guiar. Rider reposicionou a folha de metal de volta no lugar assim que passamos. Na mesma rapidez de antes, passamos por várias árvores antes de chegar a uma estrada deserta... exceto por um veículo preto com janelas escuras.

Respirei fundo. O que estava acontecendo? Para onde estávamos indo? Rider se virou para mim, colocando as duas mãos nos meus braços e me empurrando para trás, até que fiquei imprensada contra o veículo. Suas mãos se ergueram para abarcar minhas bochechas.

— Rider — sussurrei, tentando recuperar o fôlego.

Eu me inclinei para frente, posicionando minhas mãos sobre as dele que ainda seguiam em meu rosto. Inspirei seu perfume e senti seu coração bater contra o meu peito. Ele estava olhando para mim como se eu fosse o seu sol. Senti em meu coração que ele também era o meu.

— Como? — perguntei suavemente. — Como você... Como isso é possível? Estou tão confusa. Eu deveria ter me casado com o profeta! Eu precisava ajudar a nossa causa... o que... o que você fez?

Ele deu um passo para trás, ignorando minhas perguntas.

— Nós precisamos ir, baby.

Segurei seu pulso.

— Onde? Para onde estamos indo? Eu preciso saber o que está acontecendo! — Olhei para trás, em direção da comuna, sentindo o medo fluir nas minhas veias. — Meus amigos. Meus guardiões... nós não podemos deixá-los! Eles precisam de mim. Eles precisavam que eu me aproximasse do profeta!

Rider parou e me puxou para mais perto.

— Eles *sabem*, Harmony. Eles me ajudaram a fazer tudo isso. Agora preciso que venha comigo para que possamos ajudá-los também. O plano mudou. Só não dissemos a você caso essa informação a colocasse em perigo.

Uma nuvem espessa nublou minha mente. Se eles ajudaram Rider...

— Eles serão punidos! — Cobri minha boca. — Ele os matará. Ele matará a todos eles por suas traições. E onde você colocou seu irmão? Ele ainda está vivo?

Rider segurou meu rosto novamente. Sua expressão era compreensiva, mas comedida.

— Ele está vivo. Harmony, este é o momento pelo qual seus amigos ficaram em Porto Rico todos aqueles anos, sendo que poderiam ter fugido. Foi por isso que você também se ofereceu para voltar. Nós colocamos esse plano em prática; só que de uma forma um pouco diferente do que você pensava.

— Eu não entendo — respondi e segurei-me em seus pulsos com mais firmeza. — Eu precisava me casar com ele.

— Eles... Irmão Stephen, Irmã Ruth, Solomon e Samson... não poderiam ver isso acontecer. Todos vimos o que esse casamento estava lhe causando. Estava matando você por dentro. Nenhum de nós podia vê-la se sacrificar. Meu irmão... a teria machucado. E mesmo que fosse capaz de aguentar isso, *eu* não poderia. *Nós* não poderíamos. — Rider fechou os olhos. — Esse foi o plano que criamos na noite em que descobriram quem eu era. Posso encontrar pessoas que nos ajudarão. Porque não podemos fazer isso sozinhos. Precisamos de ajuda... sem destruí-la no processo.

Vi o conflito em seus olhos, espelhando o mesmo temor que sentia por deixar nossos amigos na comuna.

— Rider — murmurei, as lágrimas já formando um nó em minha garganta. — Quem nos ajudará a sair dessa bagunça? As autoridades sobre as quais o Irmão Stephen falou?

Suas mãos sobre minhas bochechas tensionaram por um breve momento.

— Não. As pessoas que Judah mais teme.

No começo, não consegui pensar sobre a quem ele se referia. Então os ensinamentos do profeta repassaram em minha mente. Os sermões que pregava pelos alto-falantes para toda a comuna ouvir.

— Os homens do diabo — sussurrei. Rider deu um aceno sutil com a cabeça. — Para nos livrarmos do profeta, precisamos caminhar pelo inferno? — perguntei, tentando criar coragem para enfrentar esses homens.

Ele me encarou pelo que pareceu uma eternidade.

— Temo que já estávamos vivendo no inferno, baby. — As palavras contundentes me fizeram perder o fôlego. — Temos que ir agora — disse e se virou.

Assim que o fez, o puxei para que ficássemos frente a frente. Ele me observou, com o cenho franzido e um semblante preocupado. Dei um passo, outro e mais um, até que estava bem diante dele.

— Somos casados — afirmei em um sussurro aterrorizado. Olhei para a minha mão esquerda presa à dele; um conjunto simples de alianças de ouro em nossos dedos. Passei o polegar sobre o anel de Rider e o encarei. Ele já fazia o mesmo, com um olhar brilhante. — Aos olhos do nosso povo, somos marido e mulher por toda a eternidade. E estamos celestialmente unidos. Você e eu...

Rider não disse nada. Observei enquanto ele engolia em seco, o pomo-de-adão subindo e descendo na coluna de seu pescoço. Meu coração aumentou o ritmo das batidas enquanto temia que o que estava sentindo – a inebriante leveza da felicidade flutuando em meu coração – não fosse correspondido. Que tudo havia feito apenas parte do plano.

Quando estava prestes a soltar sua mão, ele me pressionou novamente contra o veículo. Agora meu coração batia por uma razão completamente diferente. Tudo por causa do brilho estranho em seu intenso olhar. Como se suas íris escuras estivessem incendiadas, uma fome ardente borbulhando em suas profundezas.

Abri a boca, querendo falar, mas as mãos másculas pousaram no meu rosto e seus lábios se colaram aos meus. Fiquei atordoada, sem fôlego, enquanto a boca de Rider devorava a minha – apaixonado, desesperado e cheio de tanto desejo que minhas pernas tremiam. Minhas mãos se moveram para o peito dele, tentando me apegar a essa nova sensação de ser tomada dessa maneira. O movimento apenas o incentivou. Sua língua duelou com a minha, tão dominante, mas ao mesmo tempo tão gentil e suave. Meu corpo estava vivo com luz e chamas, tanto que meu peito doía e foi preciso pressionar minhas pernas para lidar com a sensação agora familiar reunida no meu centro.

Finalmente, Rider se afastou, apoiando a testa à minha enquanto tentávamos recuperar o fôlego. Nossos peitos subiam e desciam em um ritmo frenético. Quando nossos pulmões famintos finalmente encontraram algum alívio, Rider passou o polegar pelo meu braço até parar em minha aliança de casamento.

— Eu quero você, Harmony. Neste momento, não consigo acreditar que seja a minha esposa. Que nós... que você foi a minha primeira. Que a tomei de tal forma... — Ele afastou a cabeça e, roçando os lábios contra os meus, disse: — Tão bonita e perfeita. E minha. Verdadeiramente minha, em todos os sentidos. — Fechei os olhos, aliviada por ele também me querer. — Mas não mereço você. Nem um pouquinho.

Meus olhos se abriram. Eu queria corrigi-lo, dizer que ele me merecia mais do que qualquer um poderia, mas ele já estava caminhando em direção ao veículo.

— Entre, baby, precisamos ir.

Eu me perguntava por que ele continuava me chamando de "baby". Nunca ouvira esse termo ser usado para uma mulher adulta, mas reconheci o carinho em seu tom.

Baby.

Confiando que Rider sabia o que estava fazendo, entrei no veículo e ele se sentou no banco do motorista. Quando ligou o motor, manteve todas as luzes apagadas. Ficamos sentados na escuridão. Rider respirou fundo e observei enquanto seus olhos se fechavam e os lábios contraíam em tensão. Algo o incomodava; ele parecia nervoso, talvez até com medo. Isso me fez sentir o mesmo.

Os homens do diabo.

Eu não fazia ideia de quem eram. Mas então pensei nas imagens estampadas nos braços de Rider e tudo começou a fazer sentido. Ele conhecia esses homens. Ele os conhecia bem.

Segurei sua mão entre as minhas. Quando se virou para mim, ofereci-lhe um sorriso tímido. Ele suspirou, consciente de que eu havia percebido seu medo.

Rider levou minha mão à boca, pressionando um beijo casto na pele com cheiro de baunilha. Ele dirigiu até a estrada e nos levou para longe da prisão que nos manteve cativos por muito tempo. Não soltei sua mão enquanto viajávamos pelas estradas escuras e sinuosas.

Não soltei nem mesmo quando senti meu estômago se retorcer em um nó ante a perspectiva sombria do que viria à frente. Quando permiti que me levasse ao covil do diabo, algo em meu coração me alertou que um sofrimento pior nos esperava em seus portões.

Então continuei segurando sua mão.

Jurei apoiar meu novo marido com tudo o que eu era.

Jurei que nunca o soltaria.

CAPÍTULO ONZE

RIDER

Uma mistura potente de adrenalina e pavor se agitou dentro de mim enquanto dirigíamos para longe da comuna. Eu tinha um destino em mente, um lugar onde precisava levar Harmony sem incidentes. Era a única opção. Apenas rezei para quem diabos estivesse olhando por nós, que me deixasse levá-la até lá.

Ela precisava estar lá. Depois de tudo pelo que passou... *Porra*. Minha cabeça estava me deixando louco. Eu tinha acabado de me casar com ela... de estar com ela. Minha pele ainda queimava. Era a melhor sensação do mundo. Mas, ao mesmo tempo, senti como se a tivesse enganado. Ela se entregou a alguém pela primeira vez em sua vida, por vontade própria... e eu era uma porra de fraude.

Aos meus olhos, eu era pior do que Judah.

Eu podia sentir o olhar de Harmony em mim enquanto me mexia desconfortavelmente no assento. Seus pequenos dedos apertavam os meus toda vez que ela percebia que eu estava me desesperando. Mas eu não iria desmoronar. Precisava manter a compostura e acabar com isso de uma vez por todas. Irmão Stephen, Irmã Ruth, Solomon e Samson estavam confiando em mim.

Mais de uma hora se passou em silêncio até que os arredores de Austin apareceram. Olhei para Harmony, vendo suas costas eretas e os olhos arregalados enquanto observava o mundo exterior passar por nós. Sua mão estava firme na minha enquanto tentava absorver tudo.

Lembrei-me de como era isso. Eu tinha dezoito anos quando o professor Abraham me levou para sair no mundo exterior pela primeira vez, quando ele estava me preparando para que eu me infiltrasse nos Hangmen. Lembrei de ficar tão impressionado com o mundo aqui fora, que queria correr de volta e me esconder no rancho. Mas pouco a pouco, acabei me acostumando com as luzes e a agitação da cidade... bem como com os pecadores irracionais, como eu os classificava.

Na verdade, a única razão pela qual me adaptei tão bem ao mundo exterior foi porque sabia que tudo estava condenado. Eu era um santo entre os pecadores, e acreditava nisso com cem por cento de convicção. Enquanto olhava pela janela, também senti como se estivesse vendo o mundo com novos olhos. Desta vez, eu era o que estava ferrado. Desta vez, eu era o homem mau que promoveu uma fé de pedofilia e estupro.

Nunca me senti tão enojado comigo mesmo.

Tão enojado com tudo o que havia feito em nome de um Deus, que eu tinha certeza que não estava nem perto de estar em Suas boas-graças. Quanto mais pensava sobre isso, mais seguro estava de que outra coisa me segurava em suas mãos. Eu podia praticamente sentir o fogo do inferno lambendo as solas dos meus pés.

— É tão brilhante que mal consigo compreender — ela disse em um tom aterrorizado. — O Irmão Stephen me explicou sobre isso muitas vezes, me contou tudo sobre o mundo exterior, mas ouvir e ver são coisas muito diferentes.

Meu estômago pesou. Na idade dela, Harmony não deveria estar vendo o mundo exterior pela primeira vez. Observei seu rosto e pensei em tudo o que o Irmão Stephen havia me dito na noite em que descobri quem eram todos.

No começo, não pude acreditar. Minha mente não me permitiu acreditar naquilo. Mas eu sabia que era verdade. Eu podia ver agora enquanto olhava mais de perto. Ela era tão linda, a coisa mais linda que já tinha visto.

Fazia total sentido.

Soltando sua mão, abri o porta-luvas. Como Solomon prometera, havia dinheiro suficiente para fazer o que precisávamos, e mais, caso decidíssimos fugir. Os desertores de Porto Rico pensaram em tudo. Eles chegaram em Nova Sião preparados e prontos para fazer o plano dar certo.

Harmony me observou em silêncio. Avaliando a área, reconheci onde estávamos. Não muito longe do nosso destino. Dirigi mais uns cinco quilômetros, virei à direita e suspirei profundamente quando vi a farmácia à frente. Parei no estacionamento e desliguei o motor. Os olhos de Harmony ainda estavam focados em mim. Havia confusão e medo em sua expressão. Segurando sua mão, a puxei para perto.

— Eu preciso pegar alguma coisa daqui, okay?

Ela olhou para a loja.

— Eu devo esperar aqui? — perguntou nervosa.

Assenti com a cabeça e peguei um maço de dinheiro do porta-luvas.

— Eu vou trancar a porta — respondi. Afastei-me ainda vendo seu semblante aterrorizado. A raiva que fluía tão livremente em minhas veias nas últimas semanas estava de volta com força total. Vê-la se esforçar para ser corajosa me fez perder a cabeça.

Além de estar perdendo meu coração para ela.

Lembrando-me da lista de coisas que o Irmão Stephen me disse para comprar, apressei-me dentro da loja silenciosa, ignorando os olhares estranhos que recebi dos funcionários. Eu sabia que a túnica branca poderia causar esse tipo de reação, no entanto, estávamos em Austin. Tudo e *todo mundo* era estranho.

Saí da loja o mais rápido que pude, jogando as coisas na carroceria da caminhonete. Quando voltei para o banco do motorista, me inclinei para Harmony. Seu rosto estava pálido e as mãos cerradas em seu colo. Mas em seu olhar ainda havia um ar de determinação.

Eu sabia que ela conseguiria, pois ela parecia ter sido forjada para ser uma guerreira em qualquer situação.

— Você está bem, baby? — Beijei sua testa, depois pressionei um beijo em seus lábios.

— Sim — assentiu. Eu sorri ante sua bravura. Ergueu a mão e acariciou minha bochecha. Os olhos dela viajaram pelo meu corpo. — Sob esta luz, eu posso vê-lo melhor. Seu cabelo, seus olhos castanhos... sua barba aparada... — Seus cílios tocaram as bochechas quando abaixou o olhar. Quando me encarou com seus olhos compassivos, acrescentou: — Você é tão bonito. — Eu não disse nada em resposta, pois havia um nó em minha garganta. — Eles até cobriram seus machucados mais profundos.

— Limpei o restante do pó que Irmã Ruth colocara sobre a minha pele.

— As irmãs também aplicaram em mim — comentou. — Não estou acostumada a usar isso no meu rosto. — Harmony era naturalmente deslumbrante; a maquiagem aprimorava seus traços já impecáveis, e aquilo me derrubou. Não havia dúvidas do porquê Judah a marcou como Amaldiçoada.

Ela era, de longe, a Amaldiçoada mais linda que eu já havia visto. Ainda mais bonita que Mae, que não deixava de ser linda, porém, agora tinha consciência de que o que senti por ela nem mesmo se equiparava ao que ardia em meu peito por Harmony. Com ela era mais... era *tudo*. Eu não conseguia nem explicar. Ela apenas me fazia sentir centrado. Com os pés no chão, depois de ter andado tão perdido por tempo demais.

Dirigimos mais alguns quilômetros, até que vi o hotel degradado à esquerda. Estacionei, saí da caminhonete e fui até a porta do passageiro, abrindo-a para ajudá-la a descer. Seus dedos delicados estavam trêmulos em minha mão. Quando desceu do veículo, olhou ao redor e perguntou:

— Chegamos? É aqui que viemos buscar ajuda?

Balancei a cabeça e peguei a sacola da farmácia na carroceria da caminhonete.

— Primeiro vamos fazer uma parada, depois iremos.

Harmony assentiu e tentou sorrir. Ela era tão corajosa. E confiava em mim. Confiava completamente em mim. Porra, eu não havia feito nada para merecer isso. Logo mais, sem dúvida, ela me odiaria também.

Eu sabia que meu tempo ao seu lado estava se esvaindo.

Segurei sua mão e nos dirigimos à recepção do hotel. Quase soquei o rosto coberto de espinhas do garoto detrás do balcão; seus olhos abobados não se desviaram de Harmony. Possessividade tomou conta de mim, fervendo meu sangue. Ele teve sorte de eu estar com pressa ou comeria os próprios dentes no jantar. Pegando as chaves da mão dele, guiei Harmony até o nosso quarto.

Era uma espelunca, mas não estávamos ali para dormir. Fechei a porta e acendi a luz. Ela ofegou quando observou o mobiliário de segunda-mão. Estava prestes a dizer que só precisávamos de uma hora aqui, quando ela disse:

— Este é um quarto muito bonito. — Virou-se para mim com olhos brilhantes. — Você me trouxe aqui, Rider? Para um quarto com uma cama e um banheiro?

Ela caminhou até a cama e pressionou o colchão com a mão antes de se sentar. Seu queixo se ergueu e um sorriso resplandescente praticamente ofuscou a lâmpada ao meu lado.

— É tão macio — atestou, alegremente, uma risadinha leve borbulhando em sua garganta. — E tem lençol.

Fiquei imóvel e mudo observando minha agora esposa apreciando uma cama de merda e lençóis desbotados. Tudo pelo que passou durante sua vida, por conta da minha família, por *minha* causa, finalmente me atingiu.

Nós havíamos lhe roubado qualquer forma de alegria, como algo tão simples quanto uma maldita cama. Ela não teve nada. Nada além de ódio e julgamento em seu caminho. Estuprada, abusada... seus direitos humanos básicos lhe foram negados.

Eu merecia morrer. Todos nós, responsáveis por fazer com que aquilo fosse o normal em sua vida, merecíamos morrer.

— Rider?

Pisquei para afastar a névoa vermelha que cobriu meus olhos. Harmony ainda sorria para mim, e eu precisava que nunca deixasse de me dedicar aquele sorriso. Gostaria de garantir que até o final desta noite, aquele sorriso lindo não abandonasse seu belo rosto...

— Venha — murmurei, emocionado. Fui em direção ao banheiro minúsculo e esvaziei o conteúdo da bolsa na bancada branca manchada.

Harmony ficou parada como uma estátua, observando todos os meus movimentos. Seus olhos pousaram sobre a tintura de cabelo na pia.

— Precisamos mudar a sua aparência — revelei, pegando a caixa. — Caso meu irmão e os guardas disciplinares venham procurá-la, dessa forma, não a reconhecerão.

Harmony me observou por um longo tempo, antes de lentamente assentir e timidamente entrar no banheiro. Tirei a guirlanda de flores de sua cabeça e soltei as duas tranças que se prendiam por trás. As mechas caíram em ondas ao redor de seu rosto.

O sorriso doce não retornou quando começamos a pintar seu longo cabelo loiro. Ela ficou parada, de frente para o espelho, enquanto eu aplicava a tintura, mas seus olhos nunca se desviaram dos meus. Quando a tinta escureceu as madeixas claras em um tom escuro como a meia-noite, fiquei hipnotizado, vendo sua aparência se transformar.

Harmony tomou banho, lavando os resquícios das nossas núpcias e da tintura. Ela se vestiu e eu sequei seu cabelo. Quando estava todo seco, postei-me às suas costas e engoli o nó na garganta. Fiquei assim durante tanto tempo que perdi a noção.

Saí do meu estupor e a virei para mim.

— Olhe para cima, baby.

Seus ombros cederam e minha boca ficou seca quando levantei meu dedo para cada um de seus olhos e removi as lentes de contato.

Olhei para minha esposa e cambaleei para trás, incrédulo. Forçando-me a me recompor, voltei para onde ela se mantinha imóvel. Vi as lágrimas não derramadas brilhando em seus olhos.

— O Irmão Stephen contou para você... sobre mim? — sussurrou. Não era realmente uma pergunta. Nem mesmo uma afirmação. Era uma constatação abismada por eu saber tudo sobre sua identidade.

Segurando seu pulso delicadamente, ergui até conseguir retirar a camada de maquiagem que cobria sua pele...

Uma tatuagem. Uma que eu havia visto apenas três vezes antes, a referência de uma passagem das escrituras:

"Mas os covardes, os incrédulos, os depravados, os assassinos, os que cometem imoralidade sexual, os que praticam feitiçaria, os idólatras e todos os mentirosos — o lugar deles será no lago de fogo que arde com enxofre. Esta é a segunda morte".

— Apocalipse 21:8 — Harmony disse com cautela. Trazendo seu pulso à minha boca, depositei um beijo suave na pele marcada. Enlacei seu corpo e a puxei contra o meu peito, segurando-a firmemente em meu abraço.

— Sinto muito — eu disse com voz rouca. — Sinto muito pela vida que levou.

Ela começou a chorar, mas apenas por alguns minutos. Logo se afastou e enxugou os olhos. Eu, por outro lado, não conseguia parar de encará-la. Meu coração tanto batia quanto sangrava por ela. Sua beleza era mais impressionante agora, mas não da maneira como pensei que seria. Ela era simplesmente a linda Harmony. Ninguém mais. Não pude compará-la. Não havia comparação para mim. Por mais difícil que fosse de acreditar.

Vendo-a lutar para recobrar a compostura, declarei:

— Você é a pessoa mais forte que já conheci. As coisas pelas quais passou, que sobreviveu... o que estava disposta a fazer para salvar as pessoas da comuna...

Harmony deu uma única risada triste.

— Isso não é verdade. Eu *tinha* que ser forte porque as pessoas contavam comigo. Fui vista como uma espécie de fortaleza por aqueles que amava. Mas por dentro — levantou a mão e a levou ao peito, bem sobre o coração —, aqui dentro, estava desmoronando como qualquer outra pessoa. Eu simplesmente escondi isso do mundo. Eu não poderia permitir que aqueles homens cruéis que nos machucavam, encontrassem motivos em minhas lágrimas para mais vilanias. A força é um escudo, que só se abaixa por confiança.

Suas palavras foram como um murro no estômago, mas foi o brilho em seus olhos que realmente me despedaçou, porque indicava que ela confiava em mim. Porra... ela confiava em *mim*.

Inclinando-me em sua direção, acariciei seu cabelo agora preto. Encarei os olhos fascinantes. Estava perdido em sua beleza, mas tínhamos que ir embora. Já era hora de Harmony encontrar a paz tão merecida... mesmo que isso significasse o início de uma guerra infernal para mim.

— Você está pronta, baby? — perguntei, entrelaçando meus dedos aos dela.

— Sim — retrucou e, em seguida, roubou o último pedaço intacto que sobrara do meu coração quando acrescentou, nervosamente: — *Baby*. — Ela corou quando eu sorri ante o apelido carinhoso.

Levei-a até a caminhonete, pois ainda teríamos cerca de cinquenta quilômetros para percorrer. Ainda segurando sua mão, sorri ao pensar que em breve seu coração partido seria totalmente curado.

Um pequeno ato de redenção na minha maldita vida.

Eu não sabia como me sentiria ao voltar ao lugar que uma vez chamei de lar. Esperava estar nervoso – inferno, esperava não sentir nada além de medo do inevitável... mas, estranhamente, apenas me sentia entorpecido. Meu coração não disparou, meu pulso não acelerou. Eu estava tranquilo, pois sabia que levar Harmony até lá era o correto a se fazer.

Ela merecia.

Ao fazer a última curva da estrada diante dos portões, avistei as luzes tremeluzentes do complexo.

Harmony se remexeu inquieta no assento. Eu podia sentir seu olhar concentrado em mim, desconfiado, mas mantive-me focado à frente. Nem mesmo me incomodei em dar a seta ao virar à esquerda, parando a caminhonete em seguida. Estudei o complexo. Desde a última vez em que estive aqui, uma tonelada de equipamentos de proteção foram implantados. Os portões não eram mais de barras, e, sim, de ferro sólido. As paredes haviam sido erguidas e agora eram mais fortes e espessas. Porém, uma mudança recente e visível eram as torres de vigia que davam para a única estrada que levava a este lugar.

Era uma maldita fortaleza. Impenetrável. Impossível tanto para invadir quanto – mais importante ainda – para escapar.

O movimento de uma das torres chamou minha atenção e vi um homem vestido de preto me encarando. As janelas da caminhonete eram todas escuras e, naquele momento, estava agradecido por isso. Eles não podiam ver quem estava dentro do veículo, e esse era o plano.

O homem na torre estava armado e observava nossa caminhonete, mas não consegui identificar quem era. Os olhos de Harmony se arregalaram em pavor.

— Fique aqui, okay? — instruí.

Ela engoliu em seco e olhou de relance para os portões pelo para-brisa.

— Rider... Estou com medo. Algo em meu coração me diz que esta não é uma boa ideia.

Inclinando sobre o console, coloquei meu dedo sob o seu queixo e tomei seus lábios com os meus. Eu a beijei suavemente, de maneira meiga, e mantive a boca colada à dela por um longo tempo. Eu sabia que essa seria provavelmente a última vez que a veria assim, que estaríamos vivendo um momento como esse... Harmony se derreteu contra meus lábios. Isso me fez sentir mais vivo ainda. Antes dela, estive morto.

Recostamos nossas testas e fechei os olhos, sem querer me mover dali. Eu teria dado qualquer coisa para ficar ali dentro pelo resto da minha triste existência. Mas já era tempo de enfrentar meus ex-irmãos.

Era chegado o momento de começar a pagar por toda a merda que causei.

Estava na hora de Harmony ser livre... de mim e das pessoas que a mantiveram presa.

O som de vozes elevadas do lado de fora interrompeu o silêncio na caminhonete. Estava na hora.

— Fique aqui até que eu venha te buscar. Não saia antes disso... por favor — insisti. Sem um último olhar, abri a porta e saí do veículo.

Com as mãos erguidas, me movi para me postar em frente aos faróis. As luzes se acenderam, uma de cada vez, lâmpada após lâmpada iluminando além das paredes do complexo para revelar minha presença. Estremeci com o brilho dos holofotes focados em mim.

— Puta merda.

Reconheci aquela voz. Meu estômago retorceu quando vi meu ex-melhor amigo. Meu irmão de estrada, o único amigo verdadeiro que já tive neste clube.

Smiler.

Dei um passo para o lado, saindo do foco de um feixe de luz direto, de forma que pudesse erguer a cabeça e ver seu rosto com nitidez. Smiler me encarava, boquiaberto. Quando retribuí seu olhar, avistei um lampejo de pura tristeza cintilar em seu rosto.

— Smiler — eu disse, alto o suficiente para que me ouvisse. Minha voz pareceu tirá-lo do transe em que se encontrava, e sua expressão se transformou em uma raiva tangível.

Ele se inclinou sobre o corrimão da torre e gritou na direção do complexo:

— Chamem a porra do *prez*. Agora! — Então voltou-se para mim. — Melhor ainda, chamem todos! Cada um dos irmãos! Temos um enorme problema aqui!

— Não há problema algum — afirmei com calma.

Ele se virou para mim e sacou a arma, apontando-a diretamente para a minha cabeça. Em seguida, olhou para estrada atrás de si.

— Que porra é essa, cara? Vocês já não fizeram o suficiente com esse clube? Tem mais malucos religiosos vindo? Estão tentando roubar as malditas cadelas de novo como um monte de criancinhas desesperadas?

A crueldade em sua voz me doeu, mas balancei a cabeça.

— Não. Estou só. Não estou aqui para causar problemas.

Deu uma risada, depois se moveu, inquieto, o tempo todo conferindo a estrada, como se estivesse aguardando a chegada a qualquer momento do... meu *antigo* pessoal.

O som de passadas pesadas no asfalto trovejou por trás dos portões de ferro.

— Que porra está acontecendo? — alguém gritou. Eu não tinha certeza, mas parecia ser o Ky.

REDENÇÃO SOMBRIA

Merda.

Fechei os olhos por um momento, sentindo aquele medo esquecido voltar com força total, desfazendo a tranquilidade que eu havia abraçado no caminho até aqui.

— É o caralho da segunda vinda! — Smiler gritou de volta. — Abram os portões! — Meu coração começou a martelar contra o peito quando os portões de ferro começaram a se abrir.

Tentei respirar fundo, mas o ar estava muito abafado e denso. Isso ou o meu maldito peito se recusava a funcionar. O suor escorria pelo meu pescoço. Observei, alerta, enquanto as sombras de vários pés caminhavam impacientementes por trás dos portões. Levantei as mãos mais alto, na mesma hora que a estreita passagem aberta deu lugar aos meus ex-irmãos.

O som das armas sendo destravadas ecoou pelas árvores ao redor. Então, como um tumulto perfeitamente organizado e implacável, os Hangmen apareceram, uma frente unida do caralho.

Eles pararam bem diante de mim.

Encarei os rostos de cada um dos meus ex-irmãos, sendo retribuído pelos olhares chocados. Em seguida, seus semblantes nublaram em puro ódio. Ky foi o primeiro a se manifestar:

— Que merda ele está fazendo aqui? — sussurrou.

Seus olhos azuis percorreram os meus quando se moveu para se aproximar, mas Styx o agarrou pela gola de seu *cut* e o puxou de volta.

— Que porra é essa?! — Ky cuspiu, afastando o braço do *prez* do pescoço. Um dos irmãos vasculhou a estrada com o olhar e arma em punho. AK, o ex-atirador de elite, verificando se havia alguma ameaça próxima.

— Eu vou matar esse filho da puta do caralho! — Um familiar rugido gutural e ácido ecoou na noite. Quando dei por mim, estava de costas, minha coluna se chocando contra o chão. Dois punhos desceram sobre meu rosto como marretas de aço, e minha visão nublou. — Você tentou tirá-la de mim, seu filho da puta! Você e aquele maldito do seu irmão!

Mãos se enrolaram ao meu pescoço. Só consegui erguer a cabeça o suficiente para deparar com o olhar ensandecido e mortal de Flame. Não resisti à agressão. Não havia sentido.

De repente, ele foi afastado de mim e ouvi seu rugido de arrepiar o sangue enquanto tentava voltar a me atacar.

— Flame, irmão. Acalme-se, porra. — Eu não precisava ver Viking para reconhecer sua voz alta vindo de trás do melhor amigo.

Fiquei de pé, cambaleando, e levantei novamente as mãos para o alto. Vi Tank e Bull com as armas apontadas para mim. Então um cara enorme que eu não conhecia – um cara cheio de tatuagens nazistas – me encarou, o cano da arma apontado diretamente contra a minha cabeça. Vi outros dois membros desconhecidos, um irmão mestiço com olhos azuis brilhantes e outro ao lado com um chapéu Stetson na cabeça. Ambos me observavam como se eu fosse o próprio diabo.

Finalmente, meus olhos se voltaram para Styx. Eu tinha certeza que se um simples olhar pudesse matar alguém, eu seria apenas uma massa sangrenta no chão. O olhar entrecerrado e a mandíbula cerrada não escondiam o tremor da raiva escaldante. Mas, em momento algum, o olhar de falcão se desviou do meu. E desta vez, quando seu *VP* deu um passo para frente e veio me atacar, Styx não o impediu. O filho da puta apenas sorriu. O punho de ferro de Ky acertou meu estômago, tirando o ar dos meus pulmões. Ele deu um passo para trás, o rosto vermelho de pura raiva. Eu me endireitei e vi que o irmão geralmente calmo parecia uma merda. Sua pele estava pálida e o brilho divertido e despreocupado havia desaparecido dos seus olhos. Em seu lugar estava o brilho de um maldito assassino de sangue frio.

Seus lábios se arreganharam, os dentes agora à mostra. Era como se quisesse dizer algo, porém nada saiu de sua boca. Ele irradiava raiva, tanta raiva que lágrimas se formaram em seus olhos. E então me dei conta... Eu sabia que aquilo tinha a ver com Delilah.

Meu coração se despedaçou. Porque nós a havíamos levado de sua proteção. E meu irmão... ele a tinha arruinado. Eu poderia não ter ordenado o estupro, a tortura... mas permiti que aquilo acontecesse. Eu era tão culpado quanto todos os outros.

Abaixei os braços para os lados e exalei um longo suspiro. Ele me mataria agora. Eu podia ver essa promessa em seu rosto.

Num piscar de olhos, fui agarrado pelo cabelo e chutado na parte de trás dos joelhos, caindo em seguida e com uma lâmina apontada no pescoço. O irmão puxou minha cabeça para trás e encostou a lâmina na minha pele exposta.

Fechei os olhos.

A lâmina começou a se mover sobre a pele. Ouvi um irmão gritar:

— Ky! Não se atreva a matá-lo! Precisamos saber por que diabos ele está aqui! Ferre com ele, tudo bem, mas não se atreva a acabar com o serviço!

Então ouvi o som da porta da caminhonete se abrindo e um alto "*NÃO!*" silenciar a comoção dos irmãos.

... *Harmony.*

— Harmony — sussurrei e tentei me virar para olhar em sua direção. A lâmina afiada parou, mas a mão no meu cabelo me manteve imóvel. — Harmony — falei, novamente.

— Que porra é essa? — Ouvi um dos irmãos dizer e meus olhos se fecharam.

— Merda! Ela se parece exatamente com... — outra voz disse, mas não terminou a frase.

Senti Ky se virar a cabeça e congelar.

— Mas que... — Ele afastou a lâmina e me chutou no chão com a ponteira de aço de suas botas. Ao cair, vi um clarão branco se mover à minha frente.

Ela estava me protegendo.

Harmony ficou de pé, de frente para os irmãos, os braços estendidos ao lado do corpo, como se pudesse impedi-los de chegar a mim.

— Não toquem nele! — ameaçou. Engoli em seco com a emoção repentina que brotou em meu coração, o carinho tomando conta do meu peito.

Eu me levantei e coloquei a mão em seu ombro, fazendo-a se sobressaltar. Ela me encarou e seus olhos naturalmente azuis como gelo se fixaram aos meus. Movendo meu dedo para sua bochecha, eu disse:

— Está tudo bem.

O rosto lindo empalideceu. Ela olhou para mim como se eu fosse louco.

— Eles machucaram você — comentou.

Todos ao nosso redor se mantinham em um silêncio mortal. Eu não me importei.

— Eu mereço — retruquei. Eu sabia que todos os Hangmen ouviriam minha afirmação, mas já não ligava para mais nada.

Segurei a mão de Harmony e a levei até meus lábios, depositando um beijo na pele macia. Lágrimas de tristeza e confusão se formaram em seus olhos. Soltei nossas mãos ainda unidas e encarei adiante.

Olhei diretamente para Styx e vi o ar de espanto em seu rosto. Viking olhou para ele.

— *Prez*, por que diabos a prostituta do Profeta Filho da Puta se parece...

Styx levantou as mãos e começou a gesticular em disparada em linguagem de sinais.

— *Traga Mae e as irmãs aqui, agora, porra!*

Bull se virou e passou pelos portões. O silêncio era mortal à medida que eu encarava meus ex-irmãos, sendo alvo de seus olhares abismados. A tensão deixou o ar ainda mais pesado, tornando quase impossível respirar.

A mão de Harmony começou a tremer na minha. Sabendo que tinha apenas alguns minutos para estar com ela, ignorei os irmãos que estavam assistindo e me virei para a mulher que havia mudado minha vida... para a mulher que me *devolveu* a vida... que me deu a si mesma de presente. Que me dera as poucas semanas preciosas de felicidade que nunca tive antes.

Harmony olhou para mim e piscou. Seus longos cílios tocaram suas bochechas e meu estômago se contorceu. Inclinei-me para a frente, forçando um sorriso em meu rosto.

— Harmony — respirei fundo —, obrigado — agradeci. — Obrigado por me mostrar quem realmente sou. — Balancei a cabeça e dei uma risada desprovida de humor. — Ou, pelo menos, quem poderia ter sido se tudo não estivesse tão bagunçado.

— Rider — ela sussurrou com tristeza e uma lágrima deslizou por sua face. Meu coração se partiu. Ninguém nunca se importou comigo dessa maneira. Ninguém nunca mais se importaria. Eu nunca me esqueceria dessa sensação. Do que esse cuidado e fé podem fazer com a alma de uma pessoa.

Ouvi o som apressado de passos vindos de dentro do complexo. Sabendo que nosso tempo havia acabado, eu a beijei. Quando nossos lábios se juntaram, nossa versão de uma oração, degustei de seu doce sabor na minha língua, gravando seu perfume, sensação e gosto na minha memória.

— Nunca esquecerei de como você me fez sentir. — Apertei a mão delicada. — De como o seu toque reacendeu minha esperança quando já não tinha mais nada em que me agarrar. — Acariciei seu lábio inferior com a ponta do dedo. — De como esses lábios fizeram meu coração bater, quando estava seguro de que ele nunca mais poderia fazer isso de novo.

— Rider — Harmony murmurou, mas a interrompi.

— Obrigado... Muito obrigado por me fazer entender como era ser normal por um tempo. Até conhecer você, eu não sabia que estava levando uma vida inteira com os olhos vendados. Você... — Respirei fundo. — Você mudou tudo para mim, me fez enxergar a verdade. Mesmo que fosse tarde demais, fico feliz por finalmente ter visto. Deveríamos caminhar para a morte com os olhos e o coração abertos.

O pânico se espalhou em seu semblante. Mas quando vi Bull atravessar os portões com três mulheres, dei um passo para trás e encarei as esposas dos Hangmen. Harmony passou os braços em volta da minha cintura e enterrou a cabeça no meu peito. Ela me abraçava com tanta força que mal a ouvi perguntar:

— Por que sinto que está me dando um adeus?

Estremeci, tentando impedir que a tristeza me consumisse. Porém, me mantive firme o suficiente para responder:

— Estou libertando você.

Quando o aperto aumentou, olhei para cima e vi Mae estender a mão e segurar a do *prez*.

— O que foi, Styx? — perguntou com a voz suave e confusa... Então olhou na minha direção.

Assim que seus olhos azuis encontraram os meus, sua mão cobriu seu pescoço.

— Rider... — ela sussurrou e meu coração se partiu novamente. Mae sempre me chamou de Rider, mesmo quando já não mostrava nenhum resquício do homem que pensava conhecer. Ela nunca perdeu a fé em mim.

REDENÇÃO SOMBRIA

Percebi quão boa amiga havia sido para mim. Ela era minha amiga, apenas isso, e eu tinha estragado tudo por conta de uma profecia tão real quanto o Papai Noel.

Olhei para Delilah nos braços de Ky, que a mantinha apoiada. Ela parecia estar sentindo dor, como se estivesse se esforçando para se manter de pé. Seu rosto estava pálido quando olhou para mim... provavelmente vendo o reflexo de outro homem em meu lugar. Meu olhar se voltou para Maddie, de pé sob o abraço de Flame. Ela o estava segurando com força, os olhos negros me prometendo uma morte digna de um traidor dos Hangmen. Assenti com a cabeça para o irmão psicopata. Ele logo teria sua chance.

Cerrei as pálpebras, somente sentindo Harmony em meus braços por mais alguns momentos. Lentamente, e com gentileza, a afastei de mim. Ela me encarou com um olhar atordoado.

— Você não está mais sozinha, baby — eu disse.

Ela franziu o cenho, as sobrancelhas escuras arqueadas em uma expressão de confusão adorável. Devagar, a virei para encarar as Irmãs Amaldiçoadas. Senti seu corpo tensionar quando todos os olhares recaíram sobre ela. Observei Mae, Lilah e Maddie enquanto as três, lentamente, observavam a mulher em meus braços.

Um longo e incrédulo suspiro escapou dos lábios de Harmony.

— Não... — sussurrou. — Impossível...

Vi os olhos de Mae se arregalarem. Lilah e Maddie cambalearam, os lábios entreabertos, pelo que pareceu uma eternidade.

Harmony estremeceu contra o meu peito, assim que Maddie deixou a proteção dos braços de Flame e sussurrou com cautela:

— Bella?

A cabeça de Harmony se virou para a Irmã Amaldiçoada mais jovem e um choro de aflição saiu de seus lábios.

— Maddie? — sussurrou de volta. — Minha pequena... Maddie?

O choro angustiado de Maddie se misturou ao da irmã, especialmente quando ambas correram em direção uma à outra. Assim que as duas se encontraram, abraçaram-se caindo de joelhos. Meu peito apertou enquanto a observava abraçar a irmã com tanta força que temi que nunca mais a soltasse.

O longo cabelo escuro de Maddie tinha exatamente o mesmo tom que o de Harmony. Vi Flame começando a andar inquieto enquanto as observava, as mãos na lateral da cabeça como se não conseguisse suportar esse arroubo de emoção.

Um movimento chamou minha atenção. Lilah se aproximava das duas irmãs, com lágrimas rolando pelo rosto cheio de cicatrizes. Ela estava com o braço sobre a barriga, andando com certa dificuldade. Dali da minha posição, dava para ver que suas mãos tremiam. Seu semblante transfigurou-se em descrença. Harmony se afastou cuidadosamente dos braços de Maddie e se levantou. A garota fez o mesmo, recusando-se a soltar a irmã mais velha e a encarando como se ela fosse Cristo ressuscitado dos mortos.

— Lilah... — Harmony murmurou com os olhos marejados. — Lilah... O que aconteceu com você?

Culpa ardeu em meu coração. Senti um olhar me perfurando, e quando ergui a cabeça, deparei com Ky me encarando com fúria. Recebi sua mensagem em voz alta e clara: eu era responsável pela desfiguração e pelo sofrimento de sua esposa. Por tudo o que ela estava, nitidamente, passando agora.

Concordei sem hesitar.

— Bella — Lilah sussurrou, atraindo novamente minha atenção. Ela não respondeu à pergunta de Harmony, mas com cuidado e cautela se aconchegou em seus braços.

— Shhh... — Harmony a acalmou enquanto a abraçava com força, fechando os olhos aflitos; ela sofria pelo que sua irmã deve ter passado em sua ausência, com o rosto banhado em lágrimas.

— Senti sua falta, Bella. Senti tanto sua falta que mal conseguia respirar — Lilah chorou em seu ombro. — Mas como... Eu não entendo... Você morreu... Eu não...?

Um alto e torturado gemido veio do outro lado do terreno. Mae. Harmony deu um beijo na bochecha de Lilah e soltou-se de seu abraço, encarando a irmã. Meus olhos percorreram a mais velha e depois se voltaram para Mae, voltando em seguida para Harmony. Elas praticamente poderiam ser gêmeas. Curiosamente, no entanto, não conseguia vê-las da mesma forma. Suas alturas eram similares, compleição física, cabelos escuros e olhos de um azul cristalino... no entanto, havia uma faísca em Harmony que, para o meu coração, Mae não possuía. Uma faísca que me dizia que ela era minha, de uma maneira que Mae nunca foi.

Como nunca tinha sido feita para ser.

Mae chorou ainda mais quando Harmony lentamente se aproximou dela. Uma vez Mae me contou sobre sua irmã Bella e o vínculo especial que elas compartilhavam. Ela amava todas as irmãs, mas eu sempre soube que havia uma conexão especial entre Bella e Mae. Agora eu podia ver isso, do jeito que elas se olhavam.

Mae encontrava-se encolhida contra Styx, o *prez* amparando a noiva grávida e a impedindo de cair. Ele beijou sua cabeça, observando a cena com um olhar chocado.

— Mae... — Harmony disse, parando à sua frente.

— Você morreu... — ela sussurrou, dando um passo em direção à irmã. — Você morreu... Eu fiquei ao seu lado enquanto sua vida se esvaía...

— Seu rosto contorceu em agonia. — Segurei sua mão na minha conforme seu corpo esfriou e se tornou imóvel. Senti seus dedos pararem de tremer até que nunca mais se mexeram...

— Eu sei... — Harmony sussurrou de volta.

— Você me disse para fugir, para correr e nunca olhar para trás. — Os olhos azuis de Mae ficaram torturados. — Então fiz como pediu... Eu corri... mas... mas... mas a deixei lá, viva e sozinha? — Ela balançou a cabeça e quase sufocou com as lágrimas. — Bella, eu nunca teria lhe abandonado... se soubesse... se soubesse...

Os joelhos de Mae cederam e ela caiu no chão. Styx avançou para pegá-la, mas Harmony chegou antes dele, juntando-se à irmã.

— Mae, não se culpe. — Ela a aninhou em seus braços. Mae chorou, entre soluços altos e lágrimas torturantes.

Quando se acalmou, levantou a cabeça e encarou a irmã mais velha.

— Você parece exatamente a mesma. — Sorriu e passou a mão pela bochecha de Harmony. — Ainda tão linda. A mais linda de todas.

— Mae, eu sinto muito — Harmony chorou. — Eu pensei... disseram que todas vocês estavam mortas. Pensei que também tinha perdido vocês.

Mae estendeu as mãos para Lilah e Maddie. As duas irmãs se aproximaram e se juntaram a elas no chão em um abraço impenetrável. Suas cabeças estavam inclinadas, como se estivessem em profunda oração. Meu estômago afundou quando vi naquele momento como todas teriam vivido na antiga comuna. Apenas tendo uma à outra para se apoiarem. Só conhecendo o amor das outras irmãs, sendo rejeitadas por todos os outros.

Harmony levantou a cabeça.

— Disseram que todas haviam morrido. — Balançou a cabeça, em descrença. — Acreditei por tanto tempo que não havia mais ninguém no mundo... Que estava sozinha. — Então ela olhou para mim e sorriu. — Até conhecer o Rider.

Seu sorriso amoroso perfurou a camada de gelo que se formou ao redor do meu coração quando chegamos ao complexo. Obriguei-me a tentar desapegar. Era uma proteção contra meu coração se estilhaçando. Porque eu sabia o que estava por vir.

E então veio.

— Você só pode estar de sacanagem, porra!

Harmony se encolheu. Olhei para cima e vi Ky balançando a cabeça, puxando para trás seu longo cabelo com as mãos, em frustração. Ele apontou para a esposa.

— Você quer saber por que o rosto da Li agora tem essa cicatriz? Pergunte ao filho da puta sádico que te trouxe aqui. — O rosto dela empalideceu. — Você quer saber por que eu e minha esposa, sua irmã, talvez não

TILLIE COLE

possamos ter filhos? Por que a Li mal consegue andar por causa da cirurgia que acabou de fazer para tentar consertar essa merda? Pergunte ao filho da puta estuprador que te trouxe aqui. — Harmony olhou de novo para Lilah, cuja cabeça se mantinha inclinada de vergonha. — Pergunte a esse filho da puta sobre como ele sequestrou Mae e tentou obrigá-la a se casar com ele. Pergunte como ele capturou Li e permitiu que ela fosse queimada e estuprada pelo gêmeo dele e seus amigos do caralho. Pergunte a ele sobre a sua obsessão insana por Mae, apenas para aparecer com você, sua imagem refletida! E como...

— Ky! Já chega! — Lilah gritou e teve dificuldade para se levantar do chão. Trêmula, gemeu entredentes enquanto se endireitava, mas sufocou a dor quando viu que todos a encaravam ao se dirigir ao marido. — Pare. Acabamos de recuperar nossa irmã. Um milagre. — Balançou a cabeça. — Então apenas... *Pare*. — Ela parecia exausta.

Senti-me como o pedaço de merda que todos achavam que eu era.

Harmony se aproximou lentamente de mim. Seu lábio inferior tremia e os olhos marejados buscavam os meus.

— Rider? — sussurrou.

Abaixei a cabeça, envergonhado. Profundamente envergonhado. Respirando fundo, encarei novamente seus lindos olhos azuis e disse:

— É tudo verdade. Tudo o que disseram... Eu fiz. Eu fiz tudo isso.

O belo rosto se contorceu em agonia e ela acenou a cabeça em negativa. Lágrimas deslizaram por sua face.

— Não, eu não acredito nisso. Você nunca faria todas essas coisas vis. O homem que conheci nunca faria isso. Ele tem um coração gentil e puro... Ele me trouxe de volta para minhas irmãs. Ele me salvou de um casamento indesejado. Traiu sua própria carne e sangue para o bem maior... Pelo bem da minha felicidade; por uma mulher que não conhece há muito tempo.

Suas palavras foram como um soco no meu estômago. Porque eu queria tanto ser aquele homem que ela pensava que era... Eu queria explicar tudo e todos os detalhes, revelar porque e *como* tudo aconteceu. Mas sabia que nunca haveria uma desculpa para o que fora feito, não apenas para as irmãs que estavam aqui, mas para as inumeráveis de nossa fé. Incluindo os próprios Hangmen. Eu havia permitido que tudo aquilo acontecesse. Eu era o profeta, mas permiti que as coisas fossem executadas em meu nome, mesmo sem meu conhecimento. Fui um líder de merda, esquivando-me dos problemas quando se tornavam demasiados para lidar.

Deixei que um aspirante a falso Deus decidisse por mim, e essa culpa viveria comigo. Eu era tão culpado quanto todos os outros. Talvez não diretamente, mas aos meus olhos, isso era tão ruim quanto.

— Rider... — ela me pressionou a responder, suas mãos unidas em desespero, em uma posição de súplica sobre seu coração.

— Eu fiz — admiti novamente, desta vez com mais convicção.

A certeza era perceptível em meu tom de voz, o que não deixava dúvida alguma sobre a veracidade de minhas palavras.

— Não... — Harmony sussurrou, balançando a cabeça novamente. Um soluço escapou de seus lábios quando se aproximou e pousou a mão no meu peito. Virei a cabeça ao ver a aliança de casamento em seu dedo, o símbolo dos meus votos, cintilando na parca iluminação das lâmpadas de sensores de segurança. Isso foi pior do que qualquer coisa que Ky pudesse fazer comigo. Aquele anel zombou de mim, me provocou com o que eu gostaria de ter tido: um amor sem qualquer mácula ou consequências. E uma esposa a quem poderia amar sem culpa.

— Você se casou com um homem mau, Harmony...

— Bella — ela me interrompeu, sua voz rouca. Fechei os olhos por um breve segundo, incapaz de suportar a crescente sugestão de mágoa e traição em seu tom. — Meu verdadeiro nome é *Bella*.

Meu coração despedaçou.

— Bella — murmurei e abri os olhos. — Você se casou com o profeta, o verdadeiro profeta. Um que era tão culpado e fodido quanto o falso que você mais temia.

— Rider...

— *Cain*. — Esse nome parecia vinagre na minha língua, mas obriguei-me a concluir: — Eu sou Cain, não importa o quanto tenhamos fingido não ser. Eu fiz coisas horríveis, coisas imperdoáveis... Falamos de Judah como se ele fosse o único culpado da Ordem. Como se eu não fosse nem um pouco parecido a ele... mas eu sou. Somos feitos da mesma carne, com o mesmo sangue e alma. O mal que vive dentro dele, rasteja em mim também. Apenas fingimos que não.

Encarei seus belos olhos.

— Você precisa me deixar ir, baby. Você tem suas irmãs de volta. Agora é livre. Não sou o homem que acreditou que eu fosse. E, certamente, *nunca* serei aquele que você merece. — Meu peito doía quando atirei a adaga final em seu balão de esperança. — Você nunca conheceu o meu verdadeiro eu. Sou um lobo disfarçado em pele de cordeiro. Não sou digno do seu carinho. Você tem que me deixar ir.

Bella não falou nada, apenas me encarou como se eu fosse um estranho. Ky me agarrou pelo pescoço e me empurrou pelos portões. Alguém cuspiu no meu rosto quando passei, outro irmão esticou o punho e deu um soco nas minhas costelas já feridas.

No entanto, mantive a cabeça erguida enquanto andava pela entrada principal do complexo. Antes, fui fraco e permiti que toda aquela merda pedófila acontecesse sob meu comando. Desta vez, aceitaria qualquer punição que os Hangmen dessem. Mas, primeiro, eu só precisava que eles me ouvissem e me ajudassem.

Depois de conseguir esse auxílio, eles poderiam fazer o que quisessem comigo.

Não importava o quão severo esse castigo fosse.

Não havia dúvida de que eu merecia. Nenhuma punição seria suficiente.

CAPÍTULO DOZE

STYX

Eu não podia acreditar nesse filho da puta. Era muita cara de pau aparecer no complexo. Vestido de branco, como se não tivesse feito nada de errado.

Com a irmã da Mae... a porra de uma cópia perfeita, a irmã supostamente morta que Rider, o maior fã de Mae, parecia estar comendo.

Que. Porra. De. Vida.

Os irmãos estavam putos, e seguiam Ky enquanto ele arrastava o Profeta Maldito pelo pátio, descendo pela floresta até o celeiro. O lugar perfeito para prender esse filho da puta. Longe do clube e nem remotamente próximo das cabanas.

Fiquei de olho em meu *VP* à medida que ele empurrava Rider para o pequeno celeiro de madeira. Observei o traidor e meu lábio se curvou em asco. Eu odiava esse desgraçado. Meus músculos praticamente vibravam de emoção ante o pensamento de lhe infringir dor em nossas mãos.

Naquela noite, meus irmãos tirariam da carne dele toda a vingança que desejavam – lenta e dolorosamente, prolongando sua morte pelo maior tempo possível.

Tank e Bull vieram para o meu lado. Tank balançou a cabeça.

— A irmã da Mae, *Prez*? Ela não deveria estar morta?

Assenti com a cabeça e sinalizei:

— *Totalmente morta. Essa foi a razão pela qual Mae fugiu daqueles pedófilos filhos da puta.*

— Então como diabos ele a encontrou? De todas as cadelas que deveriam estar molhadinhas por ele naquela comuna, ele foi direto para a que se parece exatamente como a Mae... Vai entender...

Frustrado, mordi o lábio superior. Sua obsessão pela minha cadela havia ido longe demais. E uma coisa era certa: ele não chegaria perto dela ou de Bella novamente. Eu nunca tinha visto minha mulher reagir daquela forma, quando viu a irmã "morta" cambalear como um maldito fantasma. Eu sabia que elas tinham sido próximas, mas porra! Ela mal conseguiu ficar de pé.

Acho que nunca entendi o quão próximas realmente eram.

— *Ele morre esta noite* — sinalizei. — *O reinado lunático desse filho da puta acaba hoje à noite. Estou cansado da existência dele. Cansado pra caralho.*

Ky abriu a porta do celeiro e chutou as costas de Rider com a sola grossa de sua bota, empurrando-o para o chão manchado de sangue.

Pelo olhar em seu rosto, era nítido que ninguém mais brincaria de tiro ao alvo com o prisioneiro. Lilah fora submetida a uma cirurgia, e todos os dias desde então, meu *VP* sucumbira profundamente na porra da escuridão. Vendo sua cadela sofrer, em um maldito hospital mais uma vez, havia transformado o irmão descontraído em um maldito demônio. Um que estava determinado a se vingar.

Kyler Willis possuía amargura suficiente dentro de si para tornar a morte de Rider digna dos malditos livros de história. O rosto de Vike era como pedra enquanto mantinha a porta aberta para que passássemos. Uma coisa que fiz com que todos entendessem neste maldito clube: quando as coisas precisavam ser feitas, toda e qualquer piadinha ou comentário idiota cessavam na mesma hora.

Era por isso que éramos cruéis.

Quando se tratava de trabalho, acabávamos com qualquer filho da puta... e então ríamos daquilo mais tarde... sobre seus cadáveres retalhados.

Viking fechou a porta e trancou. AK acendeu a luz que pendia do centro do telhado de madeira. Passei por Smiler, Hush e Cowboy e contornei Flame, que tinha as lâminas prontas ao lado do corpo, andando de um lado para o outro e com um olhar vidrado, sedento por sangue.

Ky amarrou Rider às longas correntes enganchadas no chão do celeiro. E meu melhor amigo não estava pegando leve com o traidor. Ele deu um soco do nada, puxando os braços do traidor enquanto amarrava os pulsos dele às costas. Vi a dor no rosto de Rider, mas o filho da puta mal se encolheu. Seus olhos estavam focados no chão, encarando o nada.

Ky deu um passo para trás, ofegando com a adrenalina que bombeava em suas veias.

— O que foi, cuzão? Alguém roubou o seu novo cachorro? Você está chorando porque a bocetinha agora sabe que você é um estuprador?

Ele ergueu a cabeça e, com um fio de veneno que nunca esperei que conseguisse reunir, sibilou:

— Nunca mais se refira a ela dessa maneira. Vou arrancar a língua da sua boca. — Sua voz era baixa e gutural. No fim das contas, o vira-casaca tinha bolas de aço embaixo daquela túnica ridícula.

Ky congelou, e então um sorriso frio se espalhou pelo seu rosto perfeito. O *VP* se agachou, encarando-o de perto.

— Ah, qual é o problema, oh, caríssima santidade? Não gosta que a gente mexa com alguém do seu agrado? Não gosta que a gente fale sobre a sua boceta doce e molhada? — O sorriso sumiu e ele se inclinou até o nariz quase tocar o de Rider. — Deveria ter pensado nisso antes de você e seu gêmeo pedófilo entrarem em nossas vidas com a missão de tomar o que era nosso... várias e várias vezes.

As bochechas de Rider ficaram vermelhas. Então, quando achei que Ky se afastaria, ele o acertou com um golpe de cabeça, o baque ecoando nas paredes nuas de madeira. Rider pareceu ficar desnorteado por um instante, mas rapidamente se endireitou, sentando-se com dificuldade.

— Parece que temos um maldito lutador aqui, garotos! — Viking gritou, estalando os dedos. Senti a tensão na sala subir.

Ky pairava sobre Rider. Flame estava ao lado, se tornando mais psicótico a cada segundo que passava. Eu sabia que se não fizesse algo sobre essa merda – e rápido –, esse filho da puta não revelaria porque diabos estava aqui. Esses pitbulls raivosos não dariam a ele a chance de falar; não que o filho da puta merecesse. Mas eu queria uma explicação a respeito de Bella.

Então, era isso o que eu ia conseguir.

Não acreditava nem por um segundo que ele estava aqui apenas para devolver a mulher. Esse desgraçado sempre tinha segundas intenções. Sempre tinha alguma coisa escondida. Um maldito acordo a ser feito.

Comecei a me aproximar, os irmãos abrindo passagem, até parar na frente de Rider. Eu tinha que dar crédito a ele, pois me encarou sem desviar o olhar. O bastardo sequer parecia assustado. Talvez tivesse que mudar isso logo mais. Sacudindo as mãos para relaxá-las, acenei com a cabeça para Ky se afastar. Meu amigo me encarou, e eu sabia que ele queria destruir esse filho da puta, pedaço por pedaço.

Mas isso não aconteceria. Ainda não.

Quando Ky viu que eu não me afastaria, me mostrou o dedo-médio e foi para o lado de Hush. O irmão cajun postou o braço sobre os ombros dele, para contê-lo no lugar. O olhar de Ky estava focado em Rider. Eu sabia que uma palavra errada da boca dele iria fazer meu *VP* perder o controle.

A atenção do traidor estava concentrada em mim. Alonguei o pescoço de um lado ao outro e então sinalizei:

— É melhor começar a falar. E é melhor fazer isso rápido. Porque tenho cerca de onze razões neste local pelas quais você quer começar a se explicar... antes que seja tarde demais e eu decida cortar sua garganta de uma vez por todas.

Suas narinas inflaram ante minhas palavras, mas ele abriu a boca. Notei as sombras de hematomas desvanescendo em seu rosto. Isso chamou minha atenção. Alguém pegou ele primeiro.

Bastardos sortudos.

— Ele está vindo para atacá-los — Rider deixou escapar, e cada um dos meus irmãos congelou.

— O quê? Quem vem nos atacar? — Tank perguntou e se postou ao meu lado. Ky não estava traduzindo nada do que pedi, já que estava puto comigo por ter interferido, então o irmão assumiu o posto de tradutor. Fiquei feliz com isso. O ex-nazista era frio sob pressão, enquanto meu *VP* estava em um estado emocional do caralho.

— Meu irmão. — Meu corpo foi tomado por um arrepio. O psicopata pedófilo e gêmeo do desgraçado. Aquele pedaço de merda era ainda pior do que esse filho da puta na minha frente, se isso fosse possível.

— *Como diabos ele está vindo nos atacar?* — sinalizei e Tank traduziu a pergunta em voz alta.

O rosto de Rider empalideceu um pouco e os olhos percorreram todos os irmãos. Olhando para mim, disse:

— Quando ele levou as mulheres, *as suas mulheres,* não foi ao meu pedido. Ele fez isso porque achava que era necessário haver um casamento com uma Amaldiçoada pelo bem do nosso povo. — Balançou a cabeça. — O que agora sei que não passa de uma mentira.

Rider abaixou a cabeça.

— Quando libertei suas mulheres daquele moinho, isso irritou não apenas Judah, mas também aos outros anciões. — Ele olhou diretamente para mim e acrescentou: — Então ferrei com eles ainda mais quando me pediram para participar de uma Partilha do Senhor. Eu nunca tinha visto ou estive em uma antes...

Um rugido selvagem ecoou, interrompendo seu discurso. Quando levantei a cabeça, Flame estava fervendo. Irradiando pura raiva. Seu pescoço estava tensionado, as veias dilatadas; as lâminas nas mãos que tremiam de raiva.

AK encontrou meu olhar. Assenti com a cabeça, sinalizando ao ex-atirador para acalmar o amigo dele. AK se colocou na frente de Flame e tentou convencê-lo a sair daquela espiral de emoções. Os olhos loucos se fecharam e ele rosnou:

— Isso aconteceu com a Maddie. Isso aconteceu com a minha Maddie. Eles a machucaram nessas coisas. Eles a machucaram, porra.

Meu sangue ferveu com aquelas palavras, porque sua ira a respeito daquele ritual de estupro mexia comigo também. Toda vez que via as cicatrizes nas coxas de Mae, eu ficava louco de ódio. Quando olhei para Ky, que mantinha os olhos fechados em busca de calma, percebi que meu *VP* também estava prestes a explodir para cima de Rider.

— Eu fiz com que parassem! — Rider cuspiu, como se pressentisse que eu estava a poucos segundos de escalpelá-lo. Seu rosto se contorceu em agonia. — Eu não acreditava que isso realmente acontecesse até aquele dia.

— *Mae disse pra você, seu filho da puta. Ela me disse que te contou* — sinalizei. Sua expressão ficou séria e ele virou a cabeça.

— Eu não acreditei nela. Achei que ela estava apenas mentindo para se libertar de nosso povo... mas agora sei que era verdade. Vi essa merda com meus próprios olhos. — Respirou fundo e fechou os olhos. — Vi homens estuprando crianças, forçando-se em crianças pequenas... então surtei... Espanquei um homem até a morte. Estava com nojo... Eu nunca... nunca poderia ter acreditado que esse tipo de ato realmente acontecia entre o meu povo.

Viking ficou ao meu lado. Ele se agachou para encará-lo, balançando a faca para frente e para trás em suas mãos.

— Então você tem um tipo, estuprador? Você gosta das loiras pequeninhas, ou são as morenas pré-adolescentes que deixam você excitado? Menores de dez anos ou um pouco mais velhas?

Rider tremeu de fúria.

— Nenhuma, seu idiota! Eu não toco em crianças. Nunca faria isso!

Viking recuou a cabeça.

— Sério? Porque é tudo o que vocês fazem por lá naquela comuna, não é? Estupram crianças dia e noite, tudo em nome de "Deus"?

Rider fechou os olhos por um momento.

— Não fiz nada disso. Estou dizendo a verdade. Nunca pratiquei nada disso. Fiquei afastado, falhando todos os dias como um líder... Eu não sabia...

— Uhm... É melhor não estar mentindo pra mim, filho da puta. Porque, se há algo que nenhum de nós, Hangmen, tolera, são molestadores de crianças. — Apoiou a ponta da faca sobre a testa de Rider, pressionando-a até que uma gota de sangue brotou. — Então, se descobrirmos que está mentindo; se eu descobrir que você está mentindo, serei bem inventivo com o seu pau e essa faca aqui. — Sorriu. — O meu amigo psicótico aqui, Flame, me deu umas dicas bem interessantes. E, porra, esse cara odeia pedófilos ainda mais do que eu.

— Eles vieram atrás mim — Rider disse com urgência. — Depois que destruí a sala onde estavam realizando a Partilha do Senhor, bani e acabei com a prática... então vieram atrás de mim. Meu irmão gêmeo se voltou contra mim e tomou o meu lugar como profeta. Ele e seus guardas me trancafiaram em uma cela, longe de qualquer pessoa que pudesse ajudar. E nas últimas semanas, me espancaram todos os dias, me fazendo pagar por querer banir essa prática absurda. Meu irmão gêmeo se voltou contra mim porque prefere foder crianças.

Todos nós o encaramos. E eu não tinha a menor ideia se ele estava mentindo. Porque foi isso o que o Rider fez. Mentiu. Ele mentiu a porra do tempo todo.

— Acreditei nessa merda durante toda a minha vida, fui criado para acreditar. Mas recentemente descobri como e por que a comuna foi criada... e nada disso era para fins religiosos. Então... você poderia dizer que agora também sou pecador.

Continuei encarando, esperando-o continuar com aquele inferno.

— Judah tem dirigido a comuna, fingindo ser eu. As pessoas não perceberam a troca. E agora ele está se preparando para a guerra. Ele deixou as pessoas histéricas, alegando que o fim do mundo está próximo, que Deus revelou o Armagedom. — Respirou fundo. — Eles estão vindo aqui atrás de vocês. Judah está planejando um ataque aos Hangmen, a este complexo, em breve. E estão vindo com um objetivo: matar. Todos vocês... e todas as mulheres também.

Cerrei os dentes com tanta força que senti o queixo latejar.

— Seu irmão, ele ainda está usando o Klan para conseguir armamento? — Tank perguntou.

Rider franziu o cenho com a pergunta, mas assentiu com a cabeça. Tank se virou para Tanner.

— As armas. Aquele maldito carregamento de armas.

Tanner passou a mão pela cabeça.

— Merda! Eu sabia que algo tinha acontecido. Estava sentindo isso.

— Você ainda tem contato com a pessoa que ajuda a conseguir informações de dentro? — Ky perguntou a Tanner, finalmente deixando um pouco a raiva de lado para se concentrar no assunto sério.

Tanner fez uma pausa e disse:

— Sim. Acho que sim. Está ficando mais difícil conseguir ajuda, mas, sim.

— Você pode pedir para verificar se toda essa merda é verdadeira? Ou se o falso profeta aqui está falando merda?

Tanner assentiu. Quando se virou para sair do celeiro, Rider disse:

— A Klan tem alguém na comuna, no círculo pessoal de Judah. Ele está observando meu irmão gêmeo para se certificar de que ele não foda com o negócio deles e... outros negócios que fazem.

Minhas sobrancelhas se arquearam. Eu não fazia ideia de que outros assuntos eram esses da Klan, mas se tudo isso fosse verdade, iríamos descobrir.

Tanner se virou e olhou para Rider.

— Quem? Qual é o nome dele?

Rider deu de ombros.

— Tudo o que sei é que ele é coberto de tatuagens como você, com suásticas e essas merdas. Careca... e está fazendo com que todos na comuna o chamem de *Meister*.

Franzi o cenho ante a informação inútil, porém quando olhei para Tanner, seu rosto estava pálido.

— Puta merda — ele resmungou, me encarando. — Isso não é bom, *Prez*. Isso não é nada bom. *Meister* é um filho da puta de primeira. E ele é louco da cabeça. Tipo, pirado total. Se ele abasteceu os malucos da seita com armas, sem dúvida haverá automáticas, semiautomáticas, submetralhadoras e todas essas coisas divertidas — declarou e Tank assentiu com a cabeça.

Minha garganta começou a se fechar. Tudo isso parecia real pra caralho. A Klan, o gêmeo de Rider... o maldito fim dos dias.

O mesmo tipo de loucura com que geralmente lidamos.

— Você conheceu esse idiota do *Jägermeister*? — Viking perguntou a Rider quando Tanner saiu do celeiro para verificar se o que nos foi dito era verdade.

— Não. — Os olhos de Rider deixaram Viking e encontraram os de Ky. — Phebe me contou.

Ky franziu o cenho com a menção desse nome. Abriu a boca para falar, mas AK se adiantou primeiro e perguntou:

— A irmã da Lilah?

— Sim — Rider respondeu. — Ela me ajudou a escapar, conseguiu informações do círculo pessoal de Judah. Está definhando na comuna. E Judah a depôs como sua consorte e a entregou para esse *Meister*... e o maldito está acabando com ela, dia após dia, eu pude ver isso. Ele espanca, estupra e Deus sabe o que mais. Ela já não é a mesma. Está desaparecendo aos poucos...

A expressão de AK ficou gelada, seus braços cruzados sobre o peito.

— *E Bella?* — sinalizei. — *Como diabos você colocou as mãos nela se estava preso em uma cela, sem ver ninguém? Como diabos encontrou a irmã morta da minha cadela?*

Seu rosto ficou sério quando mencionei Bella, a coragem recém-adquirida se esvaindo.

— Ela foi levada para a cela ao lado da minha. A comuna onde esteve refugiada foi a última a chegar a Nova Sião. Judah não fazia ideia de que outra Irmã Amaldiçoada vivia entre nós. Eu também não. Quando conversamos por entre uma fresta na parede que separava nossas celas, ela disse que seu nome era Harmony. As pessoas que cuidavam dela mudaram sua aparência; tingiram o cabelo dela de loiro, a fizeram usar lentes de contato escuras e lhe deram uma nova identidade.

Rider respirou profundamente.

— Há um grupo de pessoas em Nova Sião que querem derrubar a comuna, acabar com aquele lugar de uma vez por todas. Suas vidas foram arruinadas pelo meu tio, assim como a de muitas pessoas. Eles cuidavam de Harm... *Bella*. — O filho da puta olhou bem dentro dos meus olhos. — Eu me apaixonei por ela quando sua aparência era completamente diferente da de agora. E não fazia ideia de que ela era irmã da Mae. Para mim ela era... ainda é... Harmony. Eu não a queria porque ela era irmã da sua mulher. Eu a queria porque me apaixonei por ela. Isso não tem nada a ver com a Mae. Eu não penso mais nela, não dessa forma. E essa é a porra da verdade.

Revirei os olhos, sem acreditar em nada daquela merda.

— Foi o pessoal da Harmony que me ajudou a fugir. E tudo se resume a um homem chamado Irmão Stephen. — Rider hesitou. Então suspirou em total derrota e disse: — Harmony não sabe disso, e eu não disse a ela porque ele não queria, mas...

— Mas o quê? — Ky perguntou com os dentes entrecerrados. Sua paciência com esse showzinho estava acabando.

Rider olhou para mim, depois para Flame.

— Ele é o pai delas. — A temperatura no celeiro pareceu cair uns trinta graus. — Mae, Bella e Maddie... O Irmão Stephen é o pai biológico delas.

Senti a porra dos meus olhos arregalarem.

— *Elas não conhecem os pais* — sinalizei, meu coração disparando como um canhão dentro do peito.

— Você está certo; não é a cultura do nosso povo criar seus filhos — Rider alegou —, mas o Irmão Stephen queria criar suas filhas desde o momento em que nasceram. Ele lutou por elas, para vê-las, mas tinha que se contentar em observá-las à distância. No entanto, quando meu tio as designou como Amaldiçoadas, ele tentou tirá-las da comuna, pois sabia o que acontecia com as irmãs marcadas. Ele não suportava que isso acontecesse com as suas filhas. Então tentou tirá-las de lá. Chegou perto de conseguir, mas foi detido pelos guardas disciplinares. Eles quase o mataram com os castigos pelos quais o fizeram passar; então, por não ter mostrado arrependimento de seu feito, foi banido para a comuna dos desertores.

— Comuna dos desertores? — Ky voltou para o meu lado. Para o lugar onde deveria estar. — Que porra é essa?

— É para onde todos aqueles que não aderiram às regras da comuna são enviados. Aqueles que tentaram libertar suas famílias. Que tentaram impedir as Partilhas do Senhor e os despertares celestiais. Eu nem sabia que tal lugar existia até que Harmony e seus guardiões foram trazidos para as celas ao lado da minha. Eles descobriram quem eu era e me contaram tudo. Incluindo que meu tio era um pedófilo condenado antes de criar a seita e, junto com seus amigos igualmente doentes, iniciou toda essa perversão sexual. Eles usaram a religião como uma fachada.

— Então — Ky disse rindo —, toda a sua vida, tudo que você fez; se virar contra nós, levar as nossas mulheres, acabar em uma cela... Foi tudo por nada? Tudo por causa do pênis obcecado por crianças do Tio David? — Ky riu mais alto, bem no rosto de Rider. Todos os irmãos se juntaram. Mas eu não.

Observei atentamente a reação de Rider. Eu sempre fui capaz de farejar mentiras. E fiquei chocado pra caralho com o que vi – o falso profeta caindo, sentindo cada uma das risadas que ia em sua direção. Envergonhado porque o objetivo de toda a sua existência nada mais era do que, para que um tio de pau enrugado pudesse estuprar crianças.

Cabisbaixo, havia uma maldita expressão de devastação em seu rosto. Se eu fosse um cara bom, teria sentido simpatia pelo imbecil patético. Mas eu também era um desgraçado, então não senti nada remotamente parecido.

— Sim — Rider resmungou. — Foi tudo por nada. Toda a minha vida, toda a merda que fiz... foi tudo por nada.

Quando as risadas não cessaram ante sua confissão, assobiei, o som ensurdecedor silenciando o celeiro. Levantei a cabeça e olhei para cada um dos meus irmãos, meu olhar frio silenciosamente dizendo a todos para calarem suas bocas estúpidas.

Todos se calaram.

— *Bella estava na comuna dos desertores? Como?* — sinalizei, trazendo o foco dos irmãos de volta ao assunto.

— Sim. Era em Porto Rico — revelou, levantando a cabeça. — Ela quase foi morta pelo ancião que lhe fora designado como tutor durante quase toda a vida, o Irmão Gabriel. — A voz se tornou fria.

E ficou claro; o filho da puta não estava mentindo sobre seus sentimentos por Bella. Sua expressão gélida irradiava uma raiva mortal do pedófilo do caralho que acreditamos que a havia assassinado. Ele parecia quase tão louco quanto todos nós, quando atiramos e esfaqueamos os desgraçados.

— Um dos guardas da comuna desertora estava de visita na antiga comuna, encontrando-se com os anciãos... era um papel de fachada que precisavam desempenhar para que ninguém descobrisse que estavam apenas aguardando o momento certo para derrubá-los. Foi exatamente no dia em que Mae deveria ter se casado com o Profeta David. Os outros guardas estavam ocupados, então ele foi ordenado a se desfazer do corpo de Bella, enterrando-a como uma Amaldiçoada; um túmulo sem qualquer marcação. Mas quando abriu a cela e a viu lá dentro, tudo mudou. A princípio, ele pensou que ela estava morta, porém quando viu que ainda estava viva, aproveitou a comoção causada pela fuga de Mae e conseguiu tirá-la de lá.

Rider continuou:

— Quando chegou a Porto Rico, Irmão Stephen soube imediatamente quem ela era: suas feições, a tatuagem de Amaldiçoada em seu pulso. Então, cuidou dela e a escondeu naquela comuna desde então. Algumas pessoas de lá nem sabiam de sua existência... até que os homens do meu irmão gêmeo foram fechar a comuna. Ela poderia ter tentado fugir, mas concordou em voltar para ajudar a derrubar a comuna. Disseram a ela que todas as irmãs morreram no último ataque que vocês fizeram, então ela queria ver o lugar queimar até o chão, além de libertar os inocentes... O pesadelo dela começou de novo naquele dia.

— Até hoje — Smiler disse, me deixando chocado por ter falado.

Rider encarou seu ex-irmão de estrada. E, assim como antes, era nítida a mágoa em seus olhos. Ele tinha ferrado com seu melhor amigo por nada. Smiler não era o mesmo desde que o filho da puta nos traiu. Ele havia dado a mão por ele anos atrás, o trouxe para o clube. O irmão mal conversava com as pessoas agora.

E era tudo culpa do traidor.

Frustrado, Rider tentou mexer os braços, as correntes restringindo seus pulsos.

— Enganamos Judah no dia do casamento dele com Harmony... hoje... para que ele fosse até a minha cela. Os guardas desertores haviam se infiltrado no círculo pessoal de Judah; eles são grandes e fortes, e desempenharam seus papéis com perfeição. Eles o prenderam e assumi seu lugar. Tínhamos apenas alguns minutos para fazer tudo dar certo. E funcionou. Depois do casamento, tirei Harmony de lá. — Ele olhou para mim. — Quando descobri que Harmony era irmã delas, sabia que precisava trazê-la pra cá... e contar a todos sobre o ataque. — Rider se endireitou. — Porque não se engane, se não for impedido, ele virá, assim como todos os outros. E chegarão em centenas. A Klan os trará aqui sem que sejam notados, e todas as pessoas, incluindo mulheres e crianças, trarão o inferno à sua porta.

— E por que diabos devemos acreditar em você? — AK perguntou com firmeza. — É o seu irmão gêmeo que você está delatando. Espera que acreditemos que, depois de toda essa merda que os dois nos fizeram ultimamente, você vai entregá-lo assim, sem perguntas? Eu não acredito nisso.

Uma expressão sombria tomou conta do rosto de Rider.

— Ele foi longe demais dessa vez. Está prejudicando a todos. Ele machucou Harmony. Está permitindo que Phebe seja espancada até a morte, sem nem ao menos se importar. Mas pior que isso, está deixando crianças

REDENÇÃO SOMBRIA

serem abusadas. Na verdade, ele está fazendo pior que isso. Ele está mantendo as pessoas que querem sair dali, presas atrás das cercas contra suas vontades. Se tentarem escapar, ele os matará. — Seu corpo ficou rígido em tensão. — Ele pode ser meu irmão, mas precisa ser detido. — Rider ficou em silêncio e fechou os olhos como se tivesse levado uma punhalada no coração. — Ele precisa... morrer. É a única maneira de detê-lo. É a única maneira de cessar todo o sofrimento que está causando em outras pessoas... e eu o mantive vivo para vocês. Ele estará lá para que o matem.

Nenhum de nós falou depois de sua confissão, mas nos entreolhamos. Não podíamos ter esses filhos da puta vindo à nossa porta. Não havia tempo para convocar os Hangmen dos outros estados. Nós mesmos teríamos que resolver essa merda. Não havia tempo. Nem um maldito minuto a perder.

— Você decide — Ky declarou, lendo minha mente, como sempre.

— Irmão Stephen e os outros desertores ainda estão lá, Phebe também. Eu preciso tirá-los de lá. Usurpei o lugar de Judah, que está sendo mantido em cativeiro. Se tudo correu como planejado, ainda estará lá. Eu, como profeta, devo me manter afastado para a purificação celestial de Harmony por quatro dias. Quatro dias de reclusão sem nenhuma perturbação; ninguém ousaria atrapalhar a purificação de uma Amaldiçoada pelo profeta. Os guardas acreditarão que Judah sou eu, já que está vestido da forma que eu estava. Mas haverá uma pausa nos espancamentos diários por conta das festividades do casamento, para que ninguém suspeite de nada. Isso nos deu tempo.

Minha cabeça estava cheia enquanto tentava pensar no que diabos fazer.

— Styx — Rider sussurrou. Meus olhos se voltaram para ele. — Vá antes que ele possa trazer a guerra até aqui. Vocês estão em menor número. O alvo de Judah não é apenas os Hangmen, mas também suas mulheres... minha mulher também. Ele quer que elas paguem por estragar tudo. Judah realmente acredita que elas são servas do diabo. Se não formos, o que fizemos será descoberto. Meus amigos morrerão e Judah atacará.

Dei dois passos para frente e olhei para o idiota que havia trazido tanto sofrimento para o meu clube. Tive que segurar a minha mão – fechada em punho –, e resistir ao desejo esmurrar sua cara.

— Faça isso. Deixe-me ajudá-los a fazer isso... e depois... faça o que quiser comigo. Eu não resistirei. Eu... sei que mereço. — Engoliu em seco e depois controlou suas feições. — Há mulheres e crianças inocentes naquela comuna, e alguns homens inocentes também. Eles precisam de ajuda. Eles não querem lutar, estão morrendo de medo, mas não têm saída. — Seu olhar intensificou. Ele olhou para todos os irmãos no celeiro. — Eu sei que fodi com todos vocês. — Encarou Ky. — Sei que permiti que acontecessem coisas horríveis com as mulheres, e que eu deveria ter impedido. Mas a única maneira de deter Judah agora, é o atacando primeiro... e para isso, vocês vão precisar de mim.

— Por quê, quando podemos simplesmente entrar e explodir todo mundo? — AK perguntou com o olhar entrecerrado.

— Eu tenho pessoas lá dentro que estão mantendo Judah para vocês. Então eu, como Profeta Cain, posso tirar os inocentes em segurança. E posso reunir guardas e anciões para que vocês os matem. Então não sobrará ninguém para continuar com essa maldita seita.

— O seu irmão é *meu* — Ky rosnou, sem desviar os olhos azuis dos de Rider. Vi a angústia no rosto do traidor por ter assinado a sentença de morte de seu irmão, mas ele teria que concordar com aquilo.

Todos nós sabíamos que o filho da puta precisava ser impedido.

Rider assentiu com a cabeça uma vez, incapaz de dizer a palavra em voz alta.

Tanner entrou pela porta e me deu um único aceno de confirmação. Rider caiu de volta no chão.

Virando para os meus homens, sinalizei:

— *Church. Agora.*

— O que vamos fazer com o profeta? — Viking perguntou, apontando para Rider.

Olhei para ele no chão, surrado e algemado em correntes pesadas.

— *Deixe o filho da puta aí. Ele não vai a lugar algum... até decidirmos se ele nos ajudará a acabar com essa merda de seita de uma vez por todas. Ou se afundaremos um facão em seu coração. O que diabos vier primeiro.*

Fui na frente, saindo do celeiro e atravessei o pátio até a sede do clube. Os irmãos me seguiram, tomando os assentos habituais na *church*.

Ky se inclinou para frente na mesa e apoiou a cabeça nas mãos.

— Vocês conseguem acreditar nessa merda?

Bati o martelo na superfície de madeira, atraindo a atenção de todos.

— *Então* — sinalizei —, *como diabos vamos fazer isso?* — Ky traduziu, e o silêncio caiu sobre a sala.

Foi AK quem falou primeiro. O irmão sempre assumia a liderança nesse tipos de coisas.

— Atacamos. Pela primeira vez, e não acredito que vou dizer isso, acho que Rider está dizendo a verdade. Voto para irmos com o que ele disse. Há pessoas lá que não aceito matar; crianças, mulheres... — Ele pigarreou. — As pessoas que trouxeram Bella de volta precisam sair de lá, especialmente o pai. Aí, sim, acabamos com o resto dos filhos da puta. Quem ficar no nosso caminho, morre. Homem, mulher ou criança. Entramos tendo em mente que quem o Rider não tirou de lá é inimigo, e vamos com o plano.

REDENÇÃO SOMBRIA

— A munição que eles têm é coisa séria. Se estiveram se preparando para atacar como aquele cuzão disse, temos que invadir quando menos esperarem — Tanner emendou.

— O ataque é a melhor defesa — Cowboy disse, o pesado sotaque cajun em sua voz, sentando-se na cadeira como se não tivesse nenhuma preocupação no mundo.

Olhei em volta da mesa. Todos os irmãos concordaram em um aceno.

— E depois? — Ky perguntou. Eu sabia o que ele estava perguntando. Então respondi com meu *próprio* plano para quando voltássemos ao complexo. Todos os irmãos estavam de acordo com isso também.

— Merda — Bull resmungou e se serviu de uma dose de tequila. — Não posso acreditar que estamos entrando nesse maldito inferno de novo. — Ele repetiu a dose e bateu o copo sobre a mesa.

Viking pegou a tequila e deu um trago diretamente da garrafa.

— Bem, agora estou com uma enorme ereção. As coisas estão muito calmas por aqui ultimamente. Não é o mesmo sem ter algum filho da puta delirante para acabar com a raça. É a porra da cereja no maldito bolo que sejam os idiotas da seita. Adoro observar aqueles filhos da puta fugindo de nós, com seus longos vestidos brancos. A maioria deles morre porque mal conseguem mexer as pernas rapidamente sob toda aquela caralhada de tecido. Hilário pra caralho.

— São túnicas, não vestidos — Hush informou secamente.

— É? — Viking se virou para Hush. — *Túnicas*, não é? Bem, não vemos sua bundinha rebolando em um vestido, não é, olhos azuis? — Viking sorriu e piscou sugestivamente. — Então, novamente, você e Cowboy estão se comendo, não estão? Namoradinhos, comendo cuzinhos e toda essa merda? Se você é que gosta de queimar a rosca, então a túnica pode tornar as coisas mais fáceis. Acesso mais rápido para o taco rosa afundar no buraco negro, se é que você me entende.

— Pelo amor de Deus, nós não estamos transando! Já tive o suficiente dessa sua falação desnecessária! — Hush rugiu de volta.

— Eu quero matar — Flame rosnou, e sua explosão foi o que impediu Hush de partir para cima do Viking. Flame estava passando a faca pelos braços. Mas a lâmina não chegou a tirar sangue. Ele repetiu o movimento onze vezes, depois me encarou com aqueles olhos que pareciam ainda mais escuros do que o habitual. — Eu quero matar eles, *Prez*, pelo que fizeram com a minha Maddie. Quero sentir o coração deles parando sob minhas mãos.

— *E você vai* — sinalizei. — *Todos nós vamos.*

Flame sorriu. Um maldito sorriso psicótico.

— Então vamos fazer isso? — Ky perguntou.

— Sim — cada um dos irmãos disse.

— *Então vamos atacar.*

— Amanhã — anunciou AK. — Vou conseguir elaborar um plano melhor hoje à noite. Mas atacaremos amanhã. Não vou correr riscos. Se queremos arrombar as cercas daquela seita, temos que ir amanhã, antes que alguém encontre o gêmeo nessas celas e acabe com tudo.

— *Então vamos amanhã* — sinalizei. — *AK, fale para os irmãos o que precisamos do arsenal. Armas e todas essas merdas. Se for preciso, viraremos a noite para nos preparar.*

— E o Rider? — Segui o som da voz. Smiler estava olhando para mim. O irmão tinha falado mais uma vez. Essa já era a segunda, só esta noite. Um novo recorde do caralho.

— O que tem ele? — Ky perguntou.

— Ele entra primeiro?

Olhei para AK, esperando que respondesse.

— Vou analisar as plantas da comuna. Eu ainda as tenho no meu quarto. Vou dar uma olhada. Mas digo que podemos dar a ele três ou quatro horas para chegar até lá, fazer o que quer que seja que o merda do profeta faz e tirar os inocentes do local.

— E então o quê? — perguntou Smiler.

Ky sorriu.

— E então levaremos os cães de Hades até a porta deles.

Os irmãos grunhiram em uma mistura de animação e sede de sangue. Bati o martelo sobre a mesa para encerrar a *church*. AK levou os irmãos para fora para distribuir as tarefas.

Ky não se mexeu; nem eu.

Depois que a porta foi fechada, ele disse:

— Você acredita nessa merda, cara? Com Rider e Bella... o pai delas?

Balancei a cabeça e passei a mão pelo rosto.

— Você vai contar a elas? — perguntou.

— A-a-ainda n-não — gaguejei. — N-não tem ra-a-a-razão p-p-para d-dizer c-c-caso ele n-não saia vi-vivo.

— Pois é — concordou. Ele suspirou e, se recostando na cadeira, disse: — Não posso acreditar que depois de amanhã toda essa merda com a seita possa terminar. Todos eles finalmente estarão mortos. Até esta noite, eu nunca percebi o quanto que o fato desses filhos da puta estarem vivos ainda me incomodava. Eu preciso respirar de novo, Styx. Isso só vai acontecer quando queimarmos aquele lugar até não sobrar nada.

— S-sim — concordei.

Ky se levantou e colocou a mão no meu braço.

— Vou ajudar o pessoal. Não vou conseguir dormir esta noite, e a Li, sem dúvida, vai estar com a Bella. Preciso de alguma merda pra fazer para

REDENÇÃO SOMBRIA

evitar de voltar para aquele celeiro e cravar uma faca no crânio do Rider.

Meu *VP* saiu, mas fiquei na *church* por sei lá quanto tempo mais. Repeti na minha mente tudo o que Rider havia dito. Centenas desses filhos da puta para enfrentar se algo desse errado.

Uma coisa eu sabia. Nem todos nós voltaríamos vivos. Eu não disse nada sobre isso, enquanto o Rider falava, e nem depois quando todos concordamos em voltar àquele maldito lugar. Mas era verdade. Onze de nós contra, provavelmente, centenas de maníacos sob lavagem cerebral e fortemente armados? Essas chances não eram boas para ninguém, nem para nós.

Eu sabia que minha força como *prez* estava prestes a ser testada, mais do que nunca. E não importava o que já tenha feito, eu não poderia permitir que falhássemos.

Eu tinha uma cadela que amava mais que a minha própria vida e um bebê a caminho.

Tudo que eu tinha que fazer era me manter vivo...

... Eu só precisava me manter vivo.

CAPÍTULO TREZE

BELLA

Apertei as mãos contra o peito enquanto observava os homens levando Rider — *não, Cain* —, e senti meu coração se partir em dois quando sua túnica branca desapareceu na escuridão.

— Rider — sussurrei quando ele sumiu de vista. Eu queria correr atrás dele, mas minhas pernas estavam fracas demais para me mover. Afastei as lágrimas que ainda escorriam pelo meu rosto.

Todas as acusações que fizeram, era tudo verdade.

Ele mesmo admitiu.

Lilah, minha linda Lilah. Ele a machucou... seu belo cabelo longo estava agora curto e seu rosto, antes impecável, estava marcado... tudo por causa do Rider. Eu não podia acreditar. Como o homem por quem me apaixonei por trás de uma parede de tijolos, o homem que dormiu ao meu lado durante todas as noites da última semana – suas mãos acariciando meu rosto, nunca me pressionando por nada mais que um simples toque inocente – poderia ter sido capaz de tais atrocidades?

Mas minha Mae... Ele a havia sequestrado? Por quê? Por que teria feito isso? Eu simplesmente não entendia nada daquilo.

— Bella? — Mae estava caminhando em minha direção, Maddie e Lilah apenas observavam.

Fechei os olhos com força.

— Isso é verdade? Tudo o que aquele homem de cabelo loiro comprido disse, é verdade?

— Ky. — Abri os olhos e vi Lilah parada ao lado de Mae. Maddie estava do outro lado, e apenas por um breve momento, olhei para minhas três irmãs e meu coração inchou de uma maneira impossível. Lágrimas caíram pelas minhas bochechas.

Eu tinha sentido muita falta delas.

— Bella — Maddie disse, suavemente, e se afastou das demais. Ela parou diante de mim e levantou a mão para secar minhas lágrimas. Encarei minha irmã mais nova, seus olhos verdes brilhantes e cheios de algo que nunca estivera ali antes: paz.

Ela havia encontrado paz.

— Como? — perguntei.

Maddie, como se estivesse lendo meus pensamentos, simplesmente disse uma única palavra:

— Flame.

Franzi o cenho, confusa e sem entender. Mae passou o braço em volta dos meus ombros.

— Vamos entrar. Há muito o que contar.

Olhei para a entrada do complexo e vi dois homens – não, garotos, na verdade – também vestidos de preto e com armas em punhos. Estavam apenas esperando que passássemos para trancar os portões.

Deixei Mae me guiar, e, assim que passamos pelos garotos, o baque surdo do metal me sobressaltou. O mais jovem deles abaixou a cabeça e se aproximou de nós.

— Madds — ele disse, olhando para minha irmã mais nova. — Ela se parece muito com você.

— Ela é minha irmã mais velha, Ash.

Os olhos dele se arregalaram.

— Pensei que ela tinha morrido.

Maddie colocou a mão no braço do rapaz.

— Eu também — ela disse. — Bella, este é Ash, o irmão mais novo de Flame. Ele também se juntou a nós recentemente.

Fiquei confusa outra vez. Maddie levantou a mão esquerda. Ela estava usando um anel.

— Flame é meu marido — declarou com orgulho.

Uma sensação leve e vibrante encheu meu peito, substituindo o peso que me sufocava desde o instante em que levaram Rider.

— Maddie... — sussurrei, vendo um pequeno e doce sorriso surgindo em seus lábios. — Você encontrou o amor? Amor verdadeiro?

Ela assentiu com a cabeça.

— Sim. Do tipo mais profundo.

Tive que morder meus lábios para impedi-los de tremer. Minha pequena

Maddie. Minha tímida e assustada Maddie encontrou o que, em nossa vida anterior na comuna, eu temia que ela nunca fosse capaz de encontrar – o amor verdadeiro. Alguém para cuidar dela como ela merece. Alguém para afastar o mal que foi lançado sobre ela pelo Irmão Moses.

Olhei para minhas outras irmãs. Lilah também usava um anel, assim como Mae.

— Vocês também estão casadas?

Lilah assentiu com a cabeça, mas Mae acenou em negativa. Ela passou as mãos sobre o longo vestido preto esvoaçante e seus lábios se curvaram em um sorriso de felicidade. De maneira protetora, acariciou o ventre.

— Bella, estou grávida.

— Mae... — sussurrei com puro espanto, e minhas palavras ficaram presas na garganta.

Mas então um pânico profundo se instalou dentro de mim. Ela não era casada como minhas outras irmãs, mas estava grávida. Alguém a machucou... eles a tocaram contra sua vontade... eles tinham...?

Mae colocou um braço tranquilizador sobre o meu ombro.

— Estou apaixonada, Bella. Nós estamos noivos. Ainda temos que nos casar. Mas eu o amo de todo o coração, independentemente. Já somos casados de todas as formas que me interessam.

Lembrei-me dos homens que estavam ao lado de minhas irmãs quando cheguei.

— Aquele com cabelo escuro. O líder que não falou — eu disse e Mae assentiu.

— Styx — ela me informou. — O nome dele é Styx... ou River, para mim.

Meu olhar percorreu cada uma delas, e uma calma se instalou em meu coração. Lilah afastou o cabelo do meu rosto e meu olhar foi atraído para o dela. A cicatriz em sua bochecha era proeminente, e, claramente, ela parecia estar sentindo algum desconforto. Mas sua felicidade era nítida a contar pela expressão em seu semblante.

Paz. Todas elas encontraram paz.

— Vocês estão felizes — atestei. Fiquei parada por alguns segundos e então um soluço escapou da minha garganta.

— Bella — Maddie sussurrou, mas dei um passo para trás e estendi a mão para impedir sua aproximação.

Não reconhecia o sentimento que se enraizou no meu âmago. Por um lado, eu estava delirando de felicidade pelas minhas irmãs, a única família que já conhecera, vivas... e seguras. Tudo que sempre desejei para elas havia se concretizado. E elas agora eram livres. Foi por essa razão que instruí que Mae fugisse. Eu queria que ela também levasse Lilah e Maddie e as libertasse de seus cativeiros abusivos.

E ela realmente fizera aquilo. Obviamente não havia sido fácil, mas Mae fez pelas minhas irmãs o que eu nunca pude. Ela as salvou.

Elas estavam vivas. E em paz.

Elas foram salvas.

O rosto de Rider veio à minha mente. Não consegui me livrar da imagem da dor refletida em seus olhos quando confessou ter machucado minhas irmãs. As palavras do homem loiro voltaram à minha mente...

"Pergunte a esse filho da puta sobre como ele sequestrou Mae e tentou obrigá-la a se casar com ele. Pergunte como ele capturou Li e permitiu que ela fosse queimada e estuprada pelo gêmeo dele e seus amigos do caralho. Pergunte a ele sobre a sua obsessão insana por Mae, apenas para aparecer com você, sua imagem refletida!"

— O homem loiro — eu disse a Lilah.

— Ele é meu marido. O nome dele é Ky — informou. Ouvir isso piorou tudo. Porque se isso era verdade, ele a amava com toda a sua alma, e não mentiria sobre o que havia acontecido com ela. No fundo, eu sabia que era verdade. O sofrimento em sua voz era nítido.

— Ele realmente fez tudo aquilo? — perguntei, em um tom quase inaudível. Eu já não tinha mais forças. — Rider. Cain. Ele machucou todas vocês daquela maneira? — Minhas irmãs se entreolharam preocupadas. — Me respondam! — gritei, rompendo o silêncio da noite.

Maddie deu um pulo. A simpatia inundou as fisionomias de Mae e Lilah. Balancei a cabeça, incapaz de acreditar que Rider pudesse ter feito tudo aquilo... com as minhas irmãs... as únicas pessoas a quem já amei nessa vida esquecida por Deus.

— Vamos para a minha casa — Mae disse.

Eu a segui quando nos guiou até um veículo. Ash, o irmão do marido de Maddie, nos levou até uma cabana, embora nem tenha prestado atenção no caminho. Não tentei resistir à estranha dormência que tomou conta de mim.

Quando o veículo parou, levantei o olhar e vi uma cabana de madeira no final de uma pequena estradinha. Era linda. Mae me guiou para fora do veículo.

— Esta é a minha casa. Eu moro aqui com o Styx.

Assenti silenciosamente com a cabeça e deixei que ela, Lilah e Maddie me levassem pela porta da frente e em direção à cozinha. Era diferente das cozinhas básicas às quais estava acostumada na comuna. Era uma mistura de metal prateado e madeira, os utensílios prateados tão brilhantes que eu podia ver meu reflexo em suas superfícies polidas. As bancadas eram pretas, com detalhes prateados. Além daquela área, tapetes macios em cores vivas e quentes estavam dispostos sobre pisos de madeira polida. Janelas grandes estavam elegantemente revestidas com belas cortinas florais. A casa cheirava a pão recém-saído do forno e uma pitada de aroma de especiarias e almíscar.

Mae foi até o fogão para ferver um pouco de água. Maddie ajudou Lilah a se sentar em frente a uma mesa grande. Fiquei na porta, observando enquanto se moviam pelo ambiente opulento com facilidade e familiaridade.

E nunca me senti tão sozinha.

Minhas irmãs sobreviveram, encontraram novas vidas... e encontraram um lugar no mundo sem mim. Esse mundo novo e estranho, onde eu não reconhecia os cheiros e sons. Um mundo ao qual temia; um mundo onde eu sabia que não pertencia.

— Rider — sussurrei e senti cada uma das minhas irmãs congelar. Eu não as vi; meus olhos estavam focados em um nó na madeira do chão e minhas vistas estavam embaçadas. — Ele é um bom homem — afirmei. — Ele é um homem gentil. Eu sei que é.

— Bella — Mae disse, cautelosamente, depois de longos segundos. — Vem aqui. — Pisquei, clareando a visão e percebi que ela gesticulava para que me sentasse em uma das cadeiras.

Meu estômago revirou.

Eu não sabia o que fazer neste lugar. Não sabia como agir ao redor das minhas irmãs depois de tanto tempo separadas. O sentimento quase me devastou tanto quanto qualquer tipo de ação que Irmão Gabriel já fizera. Porque essas mulheres eram minha salvação, minha segurança. Elas eram tudo em que costumava pensar quando temia não conseguir mais aguentar. Eu tinha vivido por elas.

Mas agora estava confusa. Minha cabeça estava completamente atordoada. E eu... Eu...

Eu queria o Rider. Eu precisava dele.

Minha mão formigava como se pudesse sentir seus dedos reconfortantes entrelaçados aos meus. Se me concentrasse o suficiente, quase seria capaz de ouvir sua voz rouca sussurrar *"Harmony"* através da parede de nossas celas. Sua voz ecoou na minha cabeça, e meu coração voltou a bater no ritmo normal que se alterara desde que o levaram. Quando estava com ele, meus pulmões me permitiam respirar. Eu me sentia inteira. Não me sentia perdida.

Eu me sentia... completa.

Fechei os olhos e não me surpreendeu que minha mente me levasse de volta ao local de nosso cativeiro em Nova Sião. Na verdade, achei irônico. Eu havia passado a vida inteira desejando ser livre. No entanto, sabia que a única vez em que senti algo remotamente próximo da liberdade, fora na prisão daquelas quatro paredes de pedra, com aquela mão forte e segura entrelaçada à minha.

Mae pigarreou, atraindo minha atenção. Sentei-me na cadeira indicada e quase me perdi quando ela se inclinou e deu um beijo na minha cabeça.

Ela se sentou, e agora estávamos ali, as quatro Irmãs Amaldiçoadas reunidas neste pequeno paraíso de madeira.

— Esta casa... — Não sabia como explicar a estranheza que sentia por minha irmã morar em um lugar assim.

Mae corou, mas era visível que não estava envaidecida. Ela estava envergonhada. Eu conhecia minha irmã. Ou costumava conhecer cada uma dessas garotas de cor – cada expressão, cada entonação. Agora, estava do lado de fora, testemunhando a felicidade recém-encontrada delas e muito merecida.

— É demais... — Mae disse enquanto eu observava sua casa. Eu sabia pelos rostos de Maddie e Lilah que ambas deviam morar em casas tão grandes quanto aquela.

— Nunca tenha vergonha de ser livre — declarei, encarando-as novamente. Eu quis dizer cada palavra. — A liberdade nunca vem sem sacrifício. Aproveitem a recompensa. Tenho certeza que você merece tudo isso.

— Bella — Lilah disse. — O que aconteceu? — Sua expressão revelava angústia. Imediatamente cobri sua mão com a minha, o papel materno que sempre adotara voltando à tona. — Eu fui até você... quando Mae fugiu. Fui me sentar contigo na cela de punição, mesmo sabendo que você tinha morrido. — Ela respirou fundo. — Mas seu corpo já não estava mais lá. — Seu rosto se contorceu de dor. Maddie segurou sua mão livre e eu soube que ela também esteve lá. Ela também foi se despedir. — Pensei que eles tinham se livrado das evidências de sua morte. Mas... mas eu claramente estava errada... você estava viva e não pude lhe ajudar.

— Você não sabia. Como poderia saber que o meu coração ainda pulsava?

— Porque eu deveria ter verificado de alguma forma — Mae interferiu. — Eu nunca deveria ter deduzido que você havia morrido. Eu deveria ter entrado naquela cela e tentado salvar você.

— Você não podia... — sussurrei. — E não pode se culpar por nada disso. — Calor e raiva inundaram meu peito quando me lembrei do Irmão Gabriel, quando me lembrei daquela noite.

— Bella... — Maddie suspirou suavemente, e encarei seus grandes olhos verdes.

— Foi tudo ele — revelei com os dentes entrecerrados, balançando a cabeça enquanto tentava banir da minha mente a lembrança daquele último encontro. Mas não pude.

— Nos conte — Mae implorou.

Então fechei os olhos e voltei aos dias sobre os quais prometi nunca mais reviver. Porque doía muito.

Mas eu faria isso pelas minhas irmãs.

Estávamos juntas novamente e era necessário que tudo fosse esclarecido...

Pisquei ao observar a escuridão do quarto do Irmão Gabriel. Meu corpo parecia um peso-morto. Minha bochecha doía e minha cabeça latejava tanto que cheguei a sentir em meu crânio.

Tentei mexer as pernas, mas tive que reprimir um gemido sufocado. A dor de cabeça não era nada comparada à agonia entre minhas coxas. Inspirei pelo nariz enquanto tentava respirar ante a dor sufocante.

Não adiantava, a agonia era grande demais. Bem devagar, levei a mão às minhas coxas desnudas e lutei contra a náusea quando senti um líquido quente escorrer do meu centro — sangue.

Lágrimas deslizaram pelo meu rosto. Senti a ardência por conta das lágrimas salgadas sobre meus ferimentos, mas as deixei cair livremente. Eu estava cansada. Estava tão, mas tão cansada. E não apenas por conta do sofrimento infligido pelo Irmão Gabriel nas últimas semanas. Mas de tudo.

Eu havia chegado ao meu limite.

Durante anos fui submetida às suas torturas. Partilhas do Senhor diárias, onde ele me tomava da maneira que quisesse. Eu era completamente impotente, não podia fazer nada.

Mas nada doía mais do que quando via minhas irmãs ao meu lado. Todas nós de joelhos, com a cabeça recostada ao chão, as mãos atrás das costas. Eu olhava nos olhos delas e tentava confortá-las silenciosamente. Mas dia após dia, ano após ano, via o brilho vivaz desaparecer de seus olhares. Eu via a vida sendo drenada de suas almas.

Eu era a irmã mais velha, elas me procuravam por ajuda... no entanto, não podia fazer nada. Tive que suportar a percepção de que estávamos presas nesta vida.

A porta se abriu e o Irmão Gabriel entrou. Mas desta vez, não congelei. Ele não poderia fazer nada mais do que já havia sido feito. Não podia mais me machucar. Eu não tinha mais voz para gritar. Nem ao menos qualquer energia ou força de vontade onde poderia me apoiar.

Gabriel vivia pelos meus gritos; minhas lágrimas eram sua força vital. Ele vivia para ver seu fardo amaldiçoado se despedaçar. E eu sempre despedaçava. Quando criança, sempre chorava quando ele se empurrava para dentro de mim. Gritei quando o senti rasgar minha inocência, incapaz de me mover devido ao aparelho que mantinha minhas pernas abertas.

Sempre fui submissa... até alguns dias atrás. Sem razão específica, eu o ataquei. Nada de importante aconteceu para que me levasse a desafiar as ordens do profeta de *servir Gabriel da maneira que ele quisesse.*

Simplesmente já havia tido o suficiente. Todo mundo tem um limite.

Quando Gabriel me chamou para me juntar a ele, quando me despiu e colocou seus dedos em meu interior, as unhas rasgando a carne do meu canal, estendi a mão e agarrei seu punho. Agi por impulso e me afastei dele. Eu o empurrei e esbofeteei seu rosto, cravando as unhas na pele. E então corri para a porta. Mas Gabriel me alcançou e me deu o troco.

Eu havia começado uma guerra.

Sua força me dominou e ele prendeu meu corpo nu ao chão. Seu corpo grande pressionou o meu, os olhos brilhando em desafio.

— Jezebel... você parece ter enlouquecido.

— Saia de cima de mim — rosnei de volta.

Seus olhos arregalaram em choque. Eu nunca havia me dirigido a ele dessa forma. Nunca sequer falei com ele.

— Aí está ela — ele disse, presunçosamente. — Eu sempre soube que o diabo dentro de você um dia mostraria suas garras. — Inclinou-se e passou a ponta do nariz ao longo da minha bochecha. — Eu sabia que um dia essa batalha aconteceria. O demônio pecador dentro do seu coração voltaria a assumir o controle. — Parou e depois lentamente afastou a cabeça. Seus olhos estavam focados nos meus. — E fico feliz por essa luta, Jezebel. Eu a purificarei do seu pecado.

— Não me toque — disse entredentes, tentando me libertar do seu agarre.

Gabriel conteve minhas mãos em uma só, arrastando a outra pelos meus seios e estômago, até que tocou agressivamente meu núcleo. Fechei os olhos com força enquanto seus dedos arranhavam minhas dobras. Ele se inclinou sobre mim, seu hálito soprando pelo meu rosto.

— Eu vou tocar em você, prostituta. Vou tocá-la repetidamente até que saiba qual é o seu lugar neste mundo. Você está proibida de recusar qualquer coisa que eu lhe pedir. E é meu dever garantir que seja punida de acordo com as nossas escrituras.

Ele retirou a mão do meio das minhas pernas, e um segundo depois se enfiou em mim. Gritei quando a agonia da intrusão indesejada tomou conta do meu corpo. Gritei novamente quando sua mão golpeou o meu rosto. Mas os gritos logo cessaram quando fiquei entorpecida. E não chorei mais desse dia em diante.

Ele ia me matar, mas eu morreria sem lhe dar o gosto da vitória ante meu sofrimento.

Fiquei absolutamente imóvel enquanto minha mente me trazia de volta ao presente. A mão errante de Gabriel começou a viajar pela parte de trás da minha coxa. Seus dedos percorreram o sangue misturado à sua semente que ainda impregnava minha pele. Ele rastejou sobre mim e me penetrou outra vez. Então fechei os olhos. Fechei os olhos e rezei para que Deus me levasse, pois já não queria mais estar aqui neste lugar. Eu não queria mais essa vida.

Deixei a escuridão me levar.

Quando abri os olhos, pensei que o que havia desejado se tornara realidade. Mas ao levantar a cabeça com esforço, vi que estava dentro de uma pequena cela cujas barras de metal cobriam a porta. E eu estava com frio. Estava com tanto frio. Minha cabeça se encontrava pesada e enevoada, e eu não conseguia me concentrar. Estava com sede. Meus lábios ressecados e feridos doíam.

Eu não conseguia sentir meu corpo.

— Bella? — Ouvi uma voz chorosa do lado de fora da cela.

Mae? Era a minha Mae? Eu não conseguia me concentrar...

Abri a boca para responder. Tentei falar, mas não tinha certeza se minhas palavras saíram. Eu estava tão cansada. Só queria dormir. Precisava dormir. Só mais um pouco. De repente, algo cálido tocou minha mão. Lutei para abrir as pálpebras inchadas. A luz vinda de fora quase me cegou. Então um par de olhos azuis encontrou os meus... Mae.

Meu estômago revirou quando a vi chorando.

— Shhh... — eu queria dizer. Não tinha certeza se consegui. — Eu amo você — era o que queria lhe dizer, mas não sabia se minha voz estava saindo.

Vi a boca de Mae se mexendo, mas não conseguia ouvir tudo o que ela dizia. Pensei ter conseguido responder às palavras que compreendi através do zumbido alto em meus ouvidos. Mas não foi suficiente. A escuridão começou a nublar minha visão.

— Desobedeci... — sussurrei quando ela me perguntou o que havia acontecido. Tentei lhe contar o que fiz, mas meus pensamentos se embaralhavam, tudo se movia em um ritmo lento e os sons muito baixos. — Acho que... Eu fui ... drogada... — ela murmurou mais alguma coisa, mas eu mal conseguia me lembrar do que havia dito antes; ou o que lhe disse em resposta.

—... Estou morrendo, Mae... Eu quero estar com o nosso Senhor...

Mae tentou chegar até mim. Tentei dizer a ela que era tarde demais. Um sentimento doentio tomou conta do meu estômago. Aumentei o meu aperto em sua mão delicada enquanto sentia o gosto de sangue na boca. Tossi, sentindo a umidade acobreada escorrer pelo meu queixo. Ouvi o choro de Mae. E também o doce som da voz da minha Lilah. Mas a escuridão continuou rastejando sobre mim, escurecendo minha visão.

Eu estava tão cansada.

Fechei os olhos, segurando as irmãs que amava incondicionalmente enquanto eu desmaiava...

Deixei a escuridão me levar embora... Eu só queria morrer...

No entanto, no escuro, houve vislumbres de luz. Vozes baixas e desconhecidas que conversaram comigo, dizendo que estaria em segurança. Fui cuidada e limpa. Quando minha consciência ia e vinha, sentia como se estivesse flutuando.

Quando finalmente despertei de novo, estava em um pequeno quarto. Havia uma pequena janela na parede oposta e eu repousava sobre um colchão – a sensação era estranha. Não era confortável, mas era melhor do que aquele em que eu dormia há anos.

Tentei me mover, mas me sentia muito fraca. O suor escorria pelo meu pescoço; um calor insuportável envolvia meu corpo dolorido.

Então uma porta se abriu e minha respiração ficou presa na garganta. Um homem entrou. Quando viu que eu estava acordada, ele parou e engoliu em seco, e observei, confusa e com uma pitada de apreensão, quando seus olhos escuros começaram a se encher de lágrimas.

Meu coração disparou no meu peito.

— Você está livre — ele disse, suavemente. Três palavras que me deixaram atordoada e em silêncio. — Você não está mais na sede da comuna. Você foi resgatada de uma cela. Um amigo a encontrou e conseguiu tirá-la de lá.

O homem colocou a mão no peito.

— Eu sou o Irmão Stephen. Não a machucarei... ninguém nunca mais vai machucá-la...

— Eu queria voltar. Queria voltar e buscar todas vocês. — Respirei fundo, tentando manter a compostura. — Planejamos tentar tirá-las de lá, quando eu estivesse melhor... mas depois recebemos a notícia do massacre. Da morte do profeta... e me disseram que todas tinham morrido. Eu... — minha respiração ficou presa — Eu não aguentava mais tanto sofrimento.

— Bella — Mae disse, fungando. Olhei para a mesa, vendo minha mão por baixo das mãos de minhas irmãs.

Segundos de pesado silêncio se passaram.

— Eu queria morrer naquela cela. Depois que Gabriel me torturou daquela forma, eu só queria morrer. — Abaixei a cabeça. — Eu sempre tentei ser forte, precisava protegê-las... mas não pude. Sempre me apavorava toda vez que os guardas disciplinares iam buscar vocês. — Eu me virei para Maddie. — Especialmente você, irmã. As coisas que ele faria com você...

— Está tudo bem — Maddie disse, corajosamente.

Balancei a cabeça, sentindo a onda de ira retornando.

— Não está. Nada daquilo estava bem. Foi por isso que agi. Eu simplesmente não aguentava mais. — Engoli em seco e sussurrei: — Foi tolice. Eu fui tola. E isso só piorou as coisas.

O silêncio se estendeu por alguns momentos, então Mae disse:

— Isso melhorou as coisas, Bella. — Pisquei para afastar a névoa de tristeza dos meus olhos. — A sua morte... — Mae encolheu os ombros e apertou minha mão. — Isso mudou tudo para nós. Foi isso que deu início à nossa salvação. — Inclinou-me para frente e passou a mão na minha bochecha. — Encontrei este lar. Encontrei o Styx. Foram os Hangmen que mataram o Profeta David... — Fez uma pausa e vi sua expressão se tornar séria.

— O que foi? — perguntei.

— Tudo teria dado certo, mas então Rider...

Respirei fundo.

— Ele se voltou contra esses homens... contra você.

Nenhuma das minhas irmãs respondeu. Essa era toda a resposta que eu precisava.

Mae olhou rapidamente para a porta e depois se aproximou.

— Bella, ele estava errado. O que Rider fez foi errado, mas ele me deixou ir embora. Ele poderia ter me forçado a ir com ele... mas, no final, qualquer bondade que restara em sua alma, me deixou ir.

Enquanto a olhava atentamente, vi algo que partiu completamente meu coração. Algo também perceptível em sua voz suave.

— Ele a queria — eu disse. — Rider... ele queria você.

Mae se recostou na cadeira e vi o desconforto e a preocupação em sua expressão. Toda energia foi drenada do meu corpo. Eu tinha lhe dado meu coração. Mas ele só queria a Mae.

Afastei minha mão que ainda seguia por baixo das delas e esfreguei o centro do meu peito. Algo doía tanto que cheguei a temer que pudesse ter alguma coisa errada.

— Bella... — Mae sussurrou.

Balancei a cabeça.

— Não — assegurei a ela. — Eu estou bem.

— Você o ama — Maddie afirmou. Meu coração despedaçado ainda conseguiu bater. Abri a boca para refutar, mas minha alma não me deixou mentir.

Não. Eu não conheço ele... Eu não o amo...

Meus ombros cederam em derrota. Eu me apaixonei por um mentiroso.

Lilah enxugou uma lágrima do rosto, o movimento chamando minha atenção. Ela estremeceu ante aquele gesto simples e aparentemente doloroso.

— Você está sentindo dor — afirmei e indiquei seu ventre. Lilah empalideceu. Ela sempre refletia todas as suas emoções em seu rosto. — Por causa do Rider — atestei, lembrando de todas as acusações que seu marido dissera aos gritos para mim. Tentei lembrar exatamente suas palavras. Com os lábios trêmulos, prossegui: — Rider permitiu que você fosse tomada por muitos homens. Machucada e punida... e isso a incapacitou para gerar um bebê.

Seus olhos azuis se fecharam e ela respirou fundo.

— Eu estava grávida, mas sofri um aborto.

Os lábios de Lilah se contraíram e eu sabia que ela estava lutando para conter as lágrimas. Maddie e Mae mantinham os olhares focados na mesa. Foi difícil lidar com tudo o que ouvia. Isso nunca acabava. O sofrimento, a perda... Isso nunca acabaria. Sempre havia mais por vir.

— Eu tive que fazer uma cirurgia para tentar corrigir o problema — Lilah disse com a voz embargada. Estendi a mão sobre a mesa e entrelacei meus dedos aos dela, vendo o sorriso sutil ante o gesto simples. — Eles me pegaram. Rider sancionou o sequestro, mas, Bella... — Fez uma pausa, olhando cautelosamente ao redor, como se estivesse averiguando se ainda estávamos sozinhas. — Acredito que Rider tentou impedir as punições. Quando conversamos, ele me pediu para obedecer... Creio que ele queria me ajudar.

Eu estava congelada, incapaz de me mover. Uma sombra atravessou sua expressão.

— Foi seu irmão Judah quem me causou dor. Ele era o cabeça desse plano.

— Rider nos disse que não sabia que isso havia acontecido com Lilah — Mae revelou. — Ele acreditava que os Hangmen apenas foram resgatá-la e mataram os homens da comuna. Ele disse que não sabia o que aqueles discípulos haviam feito com Lilah.

O silêncio caiu sobre nós.

— E eu acreditei nele — Maddie disse.

Eu me virei para minha irmã mais nova. Seus olhos estavam focados em mim, implorando para que lhe desse ouvidos.

— Quando fomos sequestradas, todas pensamos que Rider havia organizado aquilo.

— Mas então... não havia sido ele? — terminei por ela, tentando deixar todas essas novas informações entrarem na minha mente. Elas foram sequestradas? Machucadas?

Minhas irmãs... não...

— Ele nos deixou ir — Mae acrescentou. — Ele não sabia sobre o nosso sequestro. Vi isso nos olhos dele, Bella. Ele não nos queria mais de volta. Algo dentro dele havia mudado. O profeta havia sumido, dando lugar ao Rider que conheci como um amigo.

Meus pensamentos e sentimentos conflitantes se tornaram demais para suportar, então desviei o olhar para outro lado.

— Bella? — Maddie chamou, apertando minha mão. — Você está bem?

Eu queria dizer que sim, mas neguei em um aceno de cabeça. Porque eu não estava bem. Estava muito longe de estar bem.

— O homem que conheci naquela cela... Rider. Ele era o homem mais gentil e atencioso que já encontrei. Eu... Ele me ajudou. Nós... — respirei fundo e levantei minha mão esquerda — nós nos casamos. Eu... nós... — Não pude falar o resto. Não pude dizer às minhas irmãs que o homem que lhes causara tanto sofrimento era o mesmo que me trouxe nada além de cura.

Eu não poderia dizer a elas que tinha me juntado a ele. E que, pela primeira vez na vida, o havia aceitado... que aquilo significou algo para mim. Que significava tudo para mim.

Mas Mae sussurrou:

— A união cerimonial. — Seus olhos azuis se arregalaram.

— Sim — confessei, com as mãos trêmulas. — Entreguei-me a ele em uma promessa... e ele...

— Ele foi gentil com você? — Lilah perguntou, a preocupação soando em sua voz. — Ele foi gentil quando...?

— Sim — confessei e não consegui conter o sorriso que curvou meus lábios. — Ele foi perfeito.

— Ele era puro quando o conheci — Mae revelou. — Ele estava se guardando para o casamento profético com a Amaldiçoada. Ele alegou nunca ter participado de uma Partilha do Senhor, que nunca esteve com uma mulher.

— E ele nunca estivera... — Engoli o nó de tristeza que fechava a minha garganta. — Ele era puro. Ele... ele só esteve comigo. Eu fui sua primeira. E de todas as formas que importam, ele também foi meu primeiro. — Soltei uma risada triste. — Dei a ele minha confiança e meu coração. Nunca pensei que seria capaz de fazer isso com alguém, mas fiz com ele... e agora descubro que Rider não era o homem que eu acreditava que fosse.

Levantei e caminhei até a grande janela da cozinha. Estava escuro lá fora, a não ser por algumas luzes distantes. Cruzei os braços sobre o peito, sentindo um frio repentino.

— Não tenho tanta certeza de que você esteja certa — Mae disse.

Fiquei tensa, depois olhei para minha irmã, ainda sentada à mesa. Mae olhou nervosamente para as outras e se mexeu na cadeira.

— Nossos maridos estão cegos pelo ódio por ele, pelo que lhes fez. Por ter permitido tudo o que aconteceu conosco, especialmente com Lilah. Mas... — Ela respirou fundo e continuou: — No meu coração, não acho que ele seja um homem mau. E tenho pensado nisso frequentemente, Bella. Rider era um bom amigo para mim, e acredito que a amizade era sincera, mesmo que suas atitudes posteriores fizessem parecer diferente. Por um tempo, temi que ele estivesse perdido para a fé, mas quando nos deixou ir embora, vi a luz dentro dele brilhar. — Mae suspirou. — E hoje vi que havia retornado completamente. *Rider*. Não Cain, mas o homem que era quando estava longe da Ordem. Ele trouxe você de volta para nós. Um homem mau não poderia, *não faria* isso.

REDENÇÃO SOMBRIA

Deixei suas palavras assentarem. Provei o gosto das minhas lágrimas que caíram sobre meus lábios.

— Estou tão confusa — admiti. — Aconteceu muita coisa. Eu... Não sei mais o que pensar... Eu... Eu...

A porta da frente se abriu e meu coração se apertou quando o amado de Mae entrou. Sob a luz, eu o vi de perto pela primeira vez. Ele era alto e grande, com olhos castanhos. Sua pele estava coberta de manchas coloridas de tinta. Ele era aterrorizante à vista.

Como se estivesse sentindo meu olhar, ele se virou para mim, e pude sentir-me sendo avaliada também. Ele balançou a cabeça em descrença.

Mae foi na direção dele. Apesar de nossa presença, Styx a puxou para um beijo ardente. Corei com a cena, e soube então que este homem era poderoso. Ele pegava o que queria, sempre que queria.

Quando encerrou o beijo, ergueu as mãos e sinalizou algo para Mae. Na mesma hora, vi o rosto de minha irmã empalidecer.

— Não... — murmurou em choque. Styx se manteve estoico em resposta.

— O quê? — perguntei.

— Posso contar a ela? — Mae perguntou. Ele assentiu. Styx manteve os olhos em mim enquanto ela dizia: — Rider informou que a Ordem planeja nos atacar.

Meu coração disparou ao me lembrar das armas, do profeta armando nosso povo para o fim dos dias, os sermões de ódio.

— Sim — eu disse. — Judah está preparando todos para o fim.

Mae olhou para o chão.

— Então os Hangmen vão atacar primeiro. — Ela fez uma pausa e acrescentou: — Os Hangmen e Rider.

Um medo intenso correu em minhas veias.

— Não... — sussurrei. — Ele vai matá-lo... Judah, seu irmão gêmeo... vai matar o Rider...

Styx deu de ombros, e aquele gesto acendeu um fogo dentro de mim. Sem pensar, corri até onde ele estava.

— Bella — Mae chamou, estendendo a mão para tentar me segurar, no entanto, desviei-me de seu toque.

Styx arqueou uma sobrancelha para mim, cruzando os braços sobre o peito. Isso só serviu para me enfurecer ainda mais.

— Você não tem ideia... — eu disse, tentando ao máximo controlar minhas emoções. — Você não tem ideia do que Judah vem fazendo com Rider há semanas a fio. Ele o machucou de todas as maneiras possíveis. Ele o jogou numa cela, cortando qualquer vínculo que pudessem ter compartilhado. E isso partiu o coração dele. Sua única família, a única pessoa a quem amou, o aprisionou só porque ele tentou fazer a coisa certa. —

Minhas pernas tremiam de raiva, mas não recuei. — Rider matou um homem quando finalmente testemunhou uma Partilha do Senhor. Ele foi contra tudo o que conhecia para impedir o que ele sabia estar errado. Ele era o profeta, mas interrompeu uma das práticas mais importantes da Ordem. Você sabe o que isso significou para ele? Não, você não entenderia, porque não morava naquele lugar. Mas *eu* vivia. *Nós* vivíamos! — Mae tentou me alcançar novamente, mas a encarei e gritei: — Não!!!

Ela retrocedeu um passo e me virei para encarar seu homem outra vez.

— Ele arriscou tudo para me salvar. Não sei como ele fez isso, mas trocou de lugar com o irmão para me salvar e impedir que eu fosse tomada por ele. Rider traiu a própria carne e sangue para me proteger e me devolver ao convívio com minhas irmãs. E agora você o envia de volta para os braços deles... eles o matarão.

Esperei que ele dissesse alguma coisa, mas tudo o que ele fez foi passar a língua pelo lábio inferior e encolher os ombros. Recuei em choque. Olhei para minhas irmãs. Lilah e Maddie cabisbaixas, e Mae... ficou apenas ali, porém sem dizer nada.

— Que tipo de gente vocês são? — perguntei, sentindo um frio descer pela minha coluna.

O amante de Mae usou as mãos para se comunicar com ela novamente. Mae empalideceu ainda mais e balançou a cabeça. Ele moveu as mãos com mais insistência e, desta vez, ela olhou para mim e disse:

— Styx quer que eu lhe conte... que você não conhece Rider como pensa. E que agora que está aqui conosco, você não tem mais nada a ver com ele. Rider nunca será bem-vindo aqui. Nunca.

Eu ri. Ri e gargalhei enquanto balançava a cabeça em descrença.

— Bella... — Mae disse. Ela ficou chateada com essa tensão repentina entre seu amado e eu, isso era nítido.

— Não — eu disse, suavemente. — Eu só... Só preciso dormir. Eu preciso ficar sozinha.

— Acabamos de tê-la de volta — Maddie disse, e meu coração quase se partiu pela minha tímida irmãzinha.

— Eu sei, irmã — suspirei. — Mas não consigo entender tudo isso. Estou lutando para compreender essa vida diferente. — Encarei Styx novamente. — Para mim, parece que você simplesmente trocou um ambiente controlador por outro. Estou preocupada que você não seja livre aqui. Você apenas veio parar em uma gaiola maior, onde consegue caminhar.

Minhas palavras foram como um gatilho para o amado de Mae. Seu rosto ficou vermelho com uma raiva que mal conseguiu reprimir. Mae segurou seu braço e o fez encará-la. Ela colocou as mãos em suas bochechas, e ele fechou os olhos, respirando profundamente. Seu toque pareceu acalmar o homem.

REDENÇÃO SOMBRIA

— Maddie — Mae pediu —, por favor, mostre a Bella seu antigo quarto. Ela poderá descansar ali.

Maddie segurou minha mão. Eu a deixei me guiar, subindo as escadas de madeira até um quarto. Minha irmã se manteve imóvel na porta enquanto eu caminhava para a cama e me sentava. Deixei meus olhos vagarem pelos belos móveis, depois pela grande janela com vista para um imenso gramado.

— Bella — ela finalmente disse. Olhei para ela, vendo sua cabeça abaixada e as mãos cruzadas à frente do corpo. — Eu só... Só quero que você seja feliz.

Meu coração se partiu em pedaços com suas palavras, porque eu sabia que falava a sério. Maddie possuía o coração mais gentil que já conheci.

— Eu sei que você quer.

Um movimento da janela chamou minha atenção e vi uma grande figura sombria surgir dentre as árvores. Meu estômago revirou. Ele era o homem mais aterrorizante que já havia visto.

— Alguém se aproxima — anunciei.

Maddie suspirou.

— É o Flame. Ele nunca fica longe de mim por muito tempo.

— É o seu marido?

Ela assentiu, e vi a felicidade iluminando-a por dentro.

— Sim. É a ele que amo. Ele é a outra metade da minha alma.

Flame parou abaixo da janela e olhou para mim. Quando seu olhar se desviou para a pessoa ao meu lado, a sombra de um sorriso curvou seus lábios. Maddie. Ela havia se postado à minha direita.

Minha irmã deu um beijo no meu rosto e seguiu em direção à porta. Abaixei a cabeça, sentindo uma dor latejando por trás dos olhos.

— Bella?

— Sim?

— Não sei muito sobre assuntos do coração, mas sei como é nutrir sentimentos por um homem cujas pessoas desaprovam, e muito. Alguém que é considerado errado, selvagem ou pecaminoso. — Maddie corou. — Mas também sei como é, quando se está nos braços desse alguém. Em seu coração. É diferente. Você *pode* torná-lo diferente... pode mostrar a elas que almas assim também podem ser salvas, mesmo quando acreditam que são uma causa perdida. — Ela me encarou com firmeza. — Sei que o que Rider fez foi ruim. E posso ver o quanto isso tem sido difícil para você. Mas... não acredito que ele seja mau. Ele pode estar perdido, confuso... mas acredito que possa ser salvo. Você, Bella. Você pode salvá-lo. Você pode fazer isso.

— *MADDIE!*

Sobressaltei-me quando o nome da minha irmã soou em um rugido alto vindo janela a baixo. Maddie sorriu.
— Eu preciso ir.
Ela desapareceu de vista, e percebi que minha tímida menininha alquebrada havia desaparecido. Em seu lugar havia uma mulher crescida e forte. Uma que acabara de abalar o meu mundo.

CAPÍTULO QUATORZE

BELLA

Deitei-me na cama e tentei fechar os olhos. Várias horas se passaram. Tentei encontrar o sono, mas ele não veio. Tudo que conseguia fazer era pensar em Rider. Eu precisava falar com ele. Precisava ouvir tudo aquilo de sua boca.

A porta do quarto se abriu. Sob o luar, avistei Mae entrando. Eu me sentei quando ela caminhou silenciosamente até a minha cama. Sem falar nada, entregou-me uma chave. Franzi o cenho quando a peguei de sua mão.

Verificando se não havia ninguém atrás de si, sussurrou:

— Saia pela porta, caminhe diretamente entre as árvores e vire à direita. Ele está no antigo celeiro.

— Mae... — sussurrei quase em silêncio.

Inclinando-se para a frente, ela beijou minha testa e me ajudou a sair da cama. Sem hesitar, entregou um longo vestido preto sem mangas, ajudando-me a retirar a veste cerimonial de núpcias para, em seguida, me ajudar a vestir a roupa e calçar as sandálias. Eu a segui pelas escadas e saí da casa.

Virando, deparei com seu olhar atento e murmurei:

— *Obrigada*.

Mae sorriu e fechou a porta. Observei a escuridão que me cercava. Engoli em seco ante o desconforto que sentia por estar em um lugar tão estranho e desconhecido, e me apressei para seguir as instruções que Mae me dera, segurando firmemente a chave em minhas mãos.

Eu precisava chegar até ele.

Meus passos apressados foram acompanhados pelo som de corujas noturnas piando e grilos invisíveis cantando. Minha respiração acelerou à medida que passava pelo denso conjunto de folhas. Virei à direita e parei quando vi um velho celeiro de madeira. Uma luz fraca era visível por entre as rachaduras, e eu sabia que Rider estava logo atrás da porta.

Caminhei na direção do celeiro. Destranquei a porta com a chave que Mae me entregou e a fechei em seguida.

E então me virei... e a cena que vi destruiu tudo o que restou do meu coração partido. Rider estava no centro do celeiro, caído no chão imundo e algemado a correntes enferrujadas em seus pulsos. Ele estava deitado, o corpo irradiando seu total estado de derrota... e senti minha alma gritar em compaixão.

Mais uma vez ele era o prisioneiro. Percebi então que não importava para onde Rider fosse, aqui ou na comuna, ele estava sempre sozinho. Sempre estaria sozinho.

Ele era um pária eterno. Nunca pertencendo ao mundo em que havia entrado.

O sofrimento ante esse pensamento me roubou o fôlego.

Forçando meus pés a se moverem, caminhei silenciosamente até o centro do celeiro, uma única lâmpada fraca iluminando o homem a quem me entregara. E não importava o que eu tenha dito desde que cheguei a este lugar estranho, simplesmente não conseguia acreditar que ele era mau. Embora todas as provas apontassem para essa direção, não conseguia fazer aquilo entrar na minha cabeça e nem em meu coração discordante.

Ele deve ter percebido minha presença, porque, enquanto o observava, tentando ao máximo reunir coragem para falar alguma coisa, ele abriu os olhos e me encarou. No minuto em que seus olhos exaustos e injetados de sangue encontraram os meus, uma expressão de agonia se instalou em seu lindo rosto. E então ele se afastou de mim. E soube que fizera isso por vergonha.

Meus pés me levaram até ele, um passo após o outro, e depois me abaixei ao seu lado. Minha posição era distante o bastante para que ele não pudesse me alcançar, mas de onde estava, pude ver seu rosto com clareza. Eu tinha que saber a verdade.

Eu precisava saber de tudo. Sem mais omissões. Tudo precisava ficar às claras.

Cruzei os braços sobre as pernas dobradas e esperei que ele me encarasse novamente. Quando o fez, quase desmoronei. Os olhos marejados derrubaram lágrimas solitárias que escorreram pelo rosto pálido. Havia um novo hematoma em sua testa, e sua pele ostentava feridas recentes.

Aonde fosse, ele era espancado. No entanto, aceitava essas punições sem pestanejar.

Ele respirou fundo e sussurrou:

— Harmony... Você não deveria estar aqui.

— Bella — eu o corrigi.

— Bella — ele disse, suavemente, quase em um tom reverente. — Você precisa ir. Apenas... me deixe em paz.

Eu não iria a lugar algum.

— Você está apaixonado pela Mae — afirmei.

Seus olhos escuros se arregalaram em choque. Eu também estava chocada. Eu tinha tantas perguntas, mas essa foi a primeira coisa que minha mente inconsciente decidiu verbalizar. Percebi então o quanto isso me incomodava. Quanta mágoa o pensamento trazia ao meu coração.

— Não — Rider finalmente respondeu.

— Você mente — acusei. — Já me contaram tudo. Tudo o que você fez. Tudo o que o seu irmão fez... como você lutou para conquistar o amor de Mae.

Seu rosto empalideceu ainda mais. As correntes que o mantinham preso sacudiram quando se sentou e me encarou, olhando diretamente nos meus olhos.

Os ombros dele cederam.

— Eu pensei que a amava. Quando fui escolhido pelo meu tio para me infiltrar entre esses homens, fiquei totalmente desambientado. Mas acreditei na causa. Bella... Acreditei tanto em nossa fé que não questionei uma única coisa que havia sido ensinada em meu tempo no rancho. — Ele balançou a cabeça e passou as mãos pelo rosto. — Quando Mae chegou, ensanguentada e à beira da morte, percebi rapidamente quem ela era. — Apontou para a inscrição no meu pulso. Passei os dedos sobre a tinta que fora gravada em minha pele quando eu criança. — Eu sabia que precisava ganhar a confiança dela para devolvê-la ao meu tio. E ela era a única mulher com quem realmente tinha falado. Eu... Eu acho que a queria porque ela era da Ordem. Pensei que ela estava apenas sob a influência do diabo.

Ele soltou uma risada autodepreciativa.

— Louco, não é? Eu realmente pensei que sua alma precisava de ajuda. Acreditei, com sinceridade, que estava apaixonado, que ela fora criada para mim, e que eu poderia salvá-la. Quando ascendi ao posto de profeta, recuperá-la se tornou meu maior objetivo. Tê-la ao meu lado. Achei que era isso que deveria fazer; que era isso o que Deus esperava que eu fizesse.

— O que mudou? — perguntei de supetão. Uma sensação de náusea me dominou à medida que o ouvia falar sobre seu desejo por Mae. Era insuportável, mas não pude fazer nada para afastá-la.

O peito de Rider subiu e desceu enquanto lutava para respirar e dizer o que queria. Então assim o fez, e esse sentimento no meu peito evaporou.

— Você.

Parei, prendendo a respiração.

— Você mudou tudo. Você mudou *tudo* — repetiu.

— Rider... — sussurrei, me sentindo desmoronar. Meus dedos formigaram. Eles queriam alcançá-lo e sentir seu calor. Sentir seu toque seguro.

— É verdade. Eu fui protegido por toda a minha vida. Permaneci puro e concentrei meus esforços na primeira mulher que prestou atenção em mim... mas era tudo besteira. Minha necessidade por ela era tão falsa quanto essa porra de religião à qual dedicamos nossas vidas.

Rider virou a cabeça para longe de mim. Eu não me movi, e pouco tempo depois, seu olhar enfurecido se concentrou em mim novamente.

— Bella... Quando ascendi, eu... *gostei*. Gostei da sensação de poder. Senti que tudo o que havia sacrificado era *por* algo concreto. Eu tinha um caminho, um propósito... então tudo começou a dar errado. Eu não sabia como liderar o nosso povo. Os anciões começaram a perder a credibilidade em mim. Não recebi nenhuma revelação como pensei que receberia. — Ele engasgou com uma risada desprovida de humor. — Porque nada disso existia. Meu tio inventou tudo. Ele era esperto. Ele e seus amigos doentes descobriram que, disfarçando suas perversões sob o véu da religião, poderiam atrair pessoas. Pessoas devastadas e perdidas procurando um motivo para viver. Desamparados que procuravam uma vida melhor. Em vez disso, tudo o que ele trouxe foi estupro e repressão.

— Você não sabia — tentei apaziguar. — Você foi criado para acreditar em tudo. Todos nós fomos.

— *Eu* deveria saber — ele respondeu com seriedade. — Bella, vivi aqui com os Hangmen por cinco anos. Eu vi a vida real, o mundo real. Eu vivi isso. Mas, durante todo esse tempo, mantive a crença de que o mundo inteiro estava errado e nossa pequena comuna estava certa. Quanta ingenuidade, não é?

— Você não foi ingênuo, Rider. Aquela comuna era sua família. Era tudo o que você conhecia. Eu *sei*, lembra? Eu também vivi assim.

Ele me olhou por um longo tempo. Tanto tempo que fiquei nervosa sob seu escrutínio. Tanto tempo que seu rosto ferido e envergonhado congelou em uma expressão fria.

— Eu deixei isso acontecer — ele disse. — Tudo isso.

Engoli em seco.

— Eu permiti que os homens da Klan levassem Lilah. Era para eles terem levado Mae. Então lavei minhas mãos e deixei Judah puni-la.

— Você não sabia o que Judah faria com ela, o que os outros anciões fariam. Até Lilah acredita que você estava tentando salvá-la.

REDENÇÃO SOMBRIA

— É aí que você está se enganando. — Cada um dos meus músculos tensionou. Eu estava errada sobre Rider? Eu temia que toda a aflição e ódio que sentia por si mesmo fossem um ardil. Mas então seus lábios tremeram e uma única lágrima caiu de seus olhos... e soube que ele *era* o homem que sempre soube que era. — Eu acho que... Eu acho que, no fundo, sabia o tempo todo que Judah era ruim... cruel... sádico...

— Rider... — eu chorei e comecei a me aproximar. Ele estendeu a mão, acenando para que eu parasse. As correntes penduradas nos seus pulsos rasparam no chão ao lado dele.

— Eu... Eu acho que sabia. Mas não fiz nada, porque, Bella... se eu perdesse Judah... — Um ruído angustiado escapou de sua garganta e seu rosto se contorceu em agonia. — Então... Então eu não teria ninguém.

Eu não poderia ter contido minhas lágrimas nem se tentasse. Desta vez, nenhuma mão estendida teria me impedido de alcançar meu marido. E desta vez, quando caí ao lado dele, Rider me deixou envolver seu enorme corpo em meus braços. Ele se aninhou em meu peito e deu vazão a toda angústia que abrigava em seu coração. As correntes pesaram sobre minhas pernas, mas nem ao menos me importei.

— Rider... — sussurrei e acariciei seu longo cabelo, afastando-o do seu rosto úmido. — Estou aqui... Eu estou aqui. — Minhas palavras apenas fizeram com que um choro incontido escapasse de seus lábios. Eu o embalei de um lado ao outro, minhas lágrimas deslizando e se misturando às dele no chão imundo.

— Estou sozinho — arfou em agonia. — Estou tão sozinho... tão confuso, porra...

— Não — afirmei e segurei seu rosto entre as mãos. Meu coração foi afligido pela dor que ele sentia. Eu nunca tinha visto alguém tão devastado. Mesmo em meus piores momentos, sempre tive o amor das minhas irmãs. Nos últimos tempos, do Irmão Stephen e da Irmã Ruth... Rider... Ele não tinha ninguém.

Absolutamente ninguém. E o pior de tudo – a maioria das pessoas que ele conhecia, o odiava. Odiavam-no com todas as suas forças.

Rider chorou por vários minutos mais. Quando suas lágrimas cessaram, ele respirou fundo.

— Eu mereço morrer. Não há nada que possa ser feito para corrigir tudo o que fiz. Eu mereço morrer.

— Não — eu disse com rispidez. Ajoelhei-me à sua frente, ainda segurando seu rosto entre as mãos. Não gostei do tom ameaçador em sua voz. — Você não merece — afirmei.

Rider fechou os olhos com força e tentou virar a cabeça. Recusei-me a soltá-lo.

— Bella... — ele sussurrou em derrota.

— Você tem a mim — eu disse com veemência. Ele tinha que saber. Não me importava com o que os homens deste complexo pensavam. — Você tem a mim.

— Eu... Eu não mereço você. O que deixei acontecer com suas irmãs...

— Você não ordenou aquilo.

Rider balançou a cabeça.

— O que importa? Eu sabia do que Judah era capaz. Lá no fundo... eu sabia...

— Mas você o amava. Ele era o único a quem você tinha *para* amar. É fácil ignorar os pecados de alguém quando o amor nos cega.

Mais lágrimas silenciosas se derramaram pelo seu rosto. Rider abaixou o olhar, então sussurrou:

— Eu ainda o amo. Porra, Bella. Apesar de tudo... Eu ainda o amo. Ele é meu irmão... ele é tudo o que tenho. E eu... não quero ficar sozinho. Estou tão sozinho o tempo todo. — Seus enormes olhos escuros encontraram os meus. — Para minha vergonha, eu ainda o amo... mesmo sabendo que ele não me ama mais... Não tenho certeza se algum dia realmente me amou.

Procurei seus olhos e vi a culpa e a mágoa refletidos.

— Porque você é uma boa pessoa, Rider. Uma alma pura sempre encontra amor. Mesmo através do ódio, elas sempre encontrarão a capacidade de invocar o amor.

— Não sou bom — argumentou. — Eu não acredito nisso.

Eu sorri. Encostando minha testa à dele, declarei:

— Então acreditarei por você.

— Bella — ele sussurrou em um gemido estrangulado. Mas não o deixei falar mais. Não havia mais nada que ele pudesse dizer que mudasse o que sentia por ele. Que mudasse o quanto o queria neste momento... nesta vida, ao meu lado.

O nervosismo tomou conta de mim quando levei minha boca em direção à dele. Mas Rider ficou imóvel e me permitiu unir nossos lábios. Ele me deixou assumir a liderança.

Nenhum homem jamais me deu esse luxo antes.

Apesar da tristeza em seu corpo, seus lábios estavam quentes ao toque. Senti o gosto de suas lágrimas na minha boca, mas as aceitei. Suas lágrimas se tornaram minhas, seus fardos se tornaram meus.

Um gemido suave saiu de seus lábios e ele levou as mãos acorrentadas às minhas costas. O calor viajou pelo meu corpo, acendeu todas as minhas células, enquanto meu peito pressionava contra o dele. A boca de Rider se afastou da minha e ele ofegou, tentando recuperar o fôlego perdido.

— Bella... — murmurou, pegando minha mão para dar um beijo no centro da minha palma.

O carinho em seus olhos foi a minha ruína. E eu sabia o que faria em seguida. O que *tinha* que fazer a seguir. Eu não fazia ideia do que o amanhã traria. Não podia prever o futuro. Mas poderia me encarregar desta noite. Eu poderia mostrar a este homem perpetuamente despedaçado que ele não estava mais sozinho. Eu estava aqui.

Ainda era sua esposa.

Rider me observou com atenção, seus olhos brilhando quando eu nervosamente ergui minhas pernas para montar em suas coxas.

Minha respiração se tornou irregular quando nossos olhares se conectaram um ao outro. Rider engoliu em seco, mostrando-me que estava tão nervoso quanto eu.

— Eu quero isso — eu o tranquilizei.

Segurei sua mão e a levei até a barra do meu vestido; a roupa comprida já havia subido até os joelhos. A mão quente e máscula pousou na parte de trás da minha coxa, afastando o material para o lado.

— As correntes — sussurrei ao ver que o metal restringia com força seus pulsos.

— Elas não importam. Vamos dar um jeito.

Meus olhos se fecharam quando seus dedos se moveram sobre a minha pele, fazendo círculos preguiçosos que provocaram arrepios na minha coluna. O calor do ar abafadiço beijou meus braços nus. Abrindo os olhos, abaixei o olhar até encontrar o de Rider.

Suas bochechas outrora pálidas estavam avermelhadas, sua respiração intensa ante a ânsia e desejo. Passando um braço em volta de seu pescoço, abaixei o outro entre nossos corpos. Abri a calça para segurar sua masculinidade em minha mão, ouvindo o sibilo agudo ao meu toque. Meu nervosismo foi embora com a brisa leve que soprava pelo celeiro.

— Bella — ele sussurrou, e eu sorri quando seus olhos se fecharam de prazer, meu nome soando como uma prece em seus lábios. Sua mão livre pousou em minha outra coxa e começou a mover meu vestido para cima. Um calor começou a se formar no meu núcleo. Movi minha entrada sobre a dureza de Rider e gradualmente me abaixei.

Quando me penetrou, apoiei-me em seus ombros, segurando firme enquanto baixava até tê-lo por inteiro dentro de mim... até estarmos totalmente unidos. Até que não houvesse espaço entre nós. E até que soubesse que eu não iria a lugar algum.

— Bella — Rider murmurou quando subi um pouco.

Não desviei enquanto descia novamente. Minhas unhas cravaram em sua pele. Soltei um gemido suave quando a sensação de plenitude trouxe uma leveza ao meu coração.

— Rider — murmurei. Ele gemeu e encostou a testa na curva entre meu ombro e pescoço. Minhas mãos soltaram seus ombros e se entranharam pelo seu cabelo. Enquanto aumentava a velocidade dos meus impulsos, levei a boca ao seu ouvido e sussurrei: — Estou aqui. Você não está mais sozinho.

O grunhido em resposta levou fogo às minhas veias. Ele se impulsionou para dentro de mim, assumindo o controle. Uma de suas mãos agarrou meu quadril e a outra segurou minha nuca. O calor inundou o espaço entre as minhas coxas com a expressão feroz em seu olhar, apesar da sensação áspera e fria da corrente esticada que pressionava minhas costas.

— Porra... Bella — ele grunhiu enquanto guiava o ritmo dos meus movimentos. Sua pele brilhava à medida que nos movíamos mais rápido, e a pressão que havia sentido apenas uma vez antes, começou a se acumular na base da minha coluna.

O comprimento de Rider se contraiu no meu canal, atingindo algo lá dentro que me fez estremecer de prazer.

— Rider! — gritei, surpresa, e seus olhos pesados encontraram os meus. Ele mordeu o lábio inferior e investiu um pouco mais os quadris. Revirei os olhos quando a incrível sensação dele dentro de mim se tornou quase demais para suportar.

Sua mão à minha nuca me puxou para mais perto. Rider colou os lábios aos meus e mergulhou a língua na minha boca. As sensações foram quase demais. Ele estava em todo lugar – seu gosto na minha boca, as mãos na minha pele... sua alma no meu coração.

A língua cálida duelou mais rápido com a minha. Seus quadris aumentaram a uma velocidade enlouquecedora e, bem quando pensei que não aguentaria mais a pressão que me preenchia, uma explosão de prazer percorreu meu corpo – tão intensa que gritei contra sua boca. Rider parou quando minhas costas arquearam e engolimos os gemidos um do outro enquanto ele me enchia de mais calor.

Ofegamos, com as mãos vagando pelas costas, braços e pele um do outro. Diminuí o ritmo dos meus movimentos até que fiquei totalmente imóvel. Afastei meus lábios dos dele e nossas testas se encontraram. Meus dedos acariciaram lentamente seu longo cabelo, e me permiti saborear este momento em toda a sua glória. Em toda a sua doce e bela pureza.

Quando abri os olhos, foi para ver uma expressão tão pacífica no semblante de Rider, que costurou os pedaços partidos do meu coração.

— Você é um homem bom — repeti as palavras que lhe disse pouco antes de nos unirmos.

Rider ficou calado depois disso. Inclinei a cabeça para trás e afastei algumas mechas úmidas do longo cabelo castanho de seu rosto. Rider fechou os olhos sob o meu toque, e soube que o que Maddie havia me dito esta noite era verdade.

Eu o amava. De alguma forma, milagrosamente, no meio de toda a loucura, estresse e tristeza das últimas semanas... Dei meu coração a este homem. Um homem cujo espírito era tão frágil quanto o meu.

E eu *poderia* salvá-lo.

Estava determinada a redimi-lo dos seus erros.

Enquanto meus dedos o acariciavam para acalmar a preocupação que guardava dentro de si, um sorriso de satisfação surgiu em seus lábios. Essa única demonstração de felicidade me estimulou a fazer um apelo; a implorar por uma promessa do marido a quem tanto amava.

— Volte para mim.

Rider ficou tenso e seus olhos castanhos se abriram. Ele procurou meu olhar desesperado. Movendo a mão para o meu rosto, delicadamente passou a ponta dos dedos pelos meus lábios.

— Eu tenho que ir, Bella. Tenho que ajudar aqueles que nos ajudaram. E preciso tentar salvar aquelas pessoas. Não posso deixá-las serem mortas por causa do orgulho de Judah. Só eu posso fazer isso... agora isso cabe a mim. Eu tenho que fazer isso.

— Eu sei — admiti com relutância. E eu sabia que era verdade. Isso não significava que eu quisesse que fosse diferente. Que, de alguma forma, todos nós pudéssemos esquecer o passado e simplesmente nos alegrar pelo fato de sermos livres.

Mas não éramos todos livres. Enquanto Judah vivesse, enquanto os anciões vivessem, Rider nunca estaria livre. No entanto, ao mesmo tempo, eu não sabia o impacto que a morte de Judah teria no coração de Rider. Mesmo agora, eu podia sentir que ele ainda acreditava que não merecia meu amor, que não merecia estar perto de pessoas que o queriam pela alma gentil que ele realmente possuía. Eu estava preocupada que ele se perdesse completamente quando finalmente livrasse o mundo de seu irmão gêmeo.

— Só... volte para mim — implorei novamente. — Eu... Eu preciso que você sobreviva. Preciso que volte para casa.

— Eu... — Rider começou a dizer, mas sua voz rouca falhou. — Eu... Não tenho casa — ele disse com tristeza.

Tirando sua mão do meu rosto, eu a coloquei sobre meu coração acelerado.

— Sim, você tem. Sua casa é bem aqui.

Sem palavras, Rider se inclinou para a frente e tomou minha boca com seus lábios. Ele me beijou forte, longa e profundamente.

— Você deve ir antes de ser pega. Eu não suportaria que você se prejudicasse por causa disso — ele disse.

Eu não me movi por alguns segundos, e então levantei-me, com relutância, de seu colo. A mão de Rider imediatamente segurou a minha. Eu sorri. Seu corpo me implorava para ficar, embora sua cabeça me dissesse para sair dali.

Mas o que Rider ainda não havia percebido a meu respeito era que eu raramente fazia as coisas que me diziam para fazer. Foi dessa forma que meus problemas pessoais tiveram início. Eu nunca fui capaz de seguir na linha.

Com a mão livre, empurrei o peito de Rider para que se deitasse no chão. Ele tentou resistir, mas um olhar no meu rosto o fez obedecer. Eu me acomodei sobre seu corpo e passei os braços em volta de sua cintura. Repousei minha cabeça sobre seu coração; que instantaneamente chamou pelo meu.

As correntes balançaram quando as mãos de Rider acariciaram meu cabelo. Então nada foi dito, e o som do metal pesado cessou ante a quietude. Eu sabia o que sentia por ele. E pela maneira como suas mãos me envolviam e me adoravam com o seu toque, sabia que ele também se sentia da mesma maneira.

Mas me recusei a confessar meu amor, pelo menos ainda. Isso só aconteceria quando ele se libertasse da pesada culpa que o segurava. As palavras viriam quando ele voltasse aos meus braços.

Porque amanhã, se ele conseguisse salvar nosso povo inocente e livrar o mundo da crueldade de Judah, isso faria dele um salvador...

... Não mais um falso profeta destinado, mas uma alma redimida e liberta.

CAPÍTULO QUINZE

RIDER

Observei o sol nascer por trás das fendas nas paredes de madeira do celeiro... sozinho. Bella saíra pouco antes do nascer do sol. Ela teve que ir embora. Não era seguro estar aqui comigo.

Embora ela parecesse não se importar. Senti um sorriso curvar os cantos da minha boca ao me lembrar do momento em que descobri seu lado desafiante. Quando acordei esta manhã, foi para encontrá-la dando beijinhos no meu rosto.

Eu a amava. Se não tinha percebido isso antes, naquele momento tive certeza. Mas eu já sabia. Soubera desde o instante em que ela descobriu quem eu era e não fugiu. Ela me queria, apesar de tudo.

E eu não conseguia entender.

— Volte para mim — ela disse ao se despedir. Eu queria prometer que voltaria, mas, no fundo, sabia que não podia fazer essa promessa.

Eu não sabia quanto tempo fiquei sentado, vendo o sol nascer lentamente no céu. Ouvi o som de vozes do lado de fora. A fechadura foi destrancada e a porta se abriu. Eu me preparei, pronto para ver o *prez* ou o *VP*... mas não era nenhum deles.

Era o irmão que eu mais temia reencontrar. Era o cara para quem mais menti... aquele que nunca poderia me perdoar por enganar.

Smiler.

Meu ex-irmão da estrada fechou a porta do celeiro, com uma trouxa de couro preto nas mãos. Eu o observei caminhar em minha direção com o rosto inexpressivo. Seu cabelo estava preso para trás e ele estava vestido como sempre: camiseta branca, couro e o *cut* dos Hangmen.

Ele parou na minha frente e jogou a roupa de couro no chão. Não havia um *cut* no meio das roupas bagunçadas, apenas uma jaqueta, calça, botas e uma camiseta preta.

— Vista-se. *Prez* estará aqui em alguns minutos. Você vai entrar primeiro, como queria.

— Eu sei — respondi. — AK veio e me contou o plano ontem à noite.

Smiler olhou para mim, depois se abaixou e me libertou das algemas. Ele se virou e se afastou. Culpa e vergonha tomaram conta de mim ao vê-lo se dirigir em direção à saída, um total estranho. Quando estava prestes a chegar à porta, eu disse:

— Sinto muito.

Smiler parou no meio do caminho. Ele não se virou, mas parou para ouvir.

Já era alguma coisa

Levantei, chutando as algemas pesadas no chão.

— Sinto muito, pra caralho... irmão.

Seus ombros contraíram para cima e para baixo, e, me deixando chocado, ele se virou e voltou até parar diante de mim com uma expressão gélida no olhar. Sem hesitar, perguntou:

— Por que diabos você fez isso? Por que diabos você desistiu de tudo isso, desistiu de *nós*? Botei o meu na reta por você, cara. Eu te trouxe para este clube. Você tem alguma ideia do papel de idiota que fiz quando nos traiu? Então, por quê?

Abaixei a cabeça.

— Eu não sei. — Acenei, desconsolado. — Não, isso é mentira. Eu *sei*, sim, agora. Mas não sabia que a fé em que fui criado era uma seita sexual. Eu não fazia a mínima ideia de que tudo o que conhecia era errado.

Eu podia sentir o olhar de Smiler perfurando o meu.

— Você era o meu melhor amigo, Rider. Você era meu maldito *irmão*. Eu não deixo ninguém se aproximar. Nunca me aproximo de ninguém. Mas foi assim com você... e você acabou sendo um traidor do caralho.

— Eu sei — admiti, me sentindo um merda. Levantei a cabeça. — Eu não sei o que dizer além de me desculpar. Se pudesse voltar atrás, faria isso em um segundo. Eu teria ficado com os Hangmen e contado quem estava fodendo com os negócios. Mas não fiz. E por isso, eu sinto muito, pra caralho.

— Você nunca esteve nos fuzileiros navais, esteve? Tudo isso foi apenas uma fachada do caralho.

Suspirei.

— Eu nunca servi. Estudei medicina no rancho. Meu tio queria que eu fosse capaz de curar as pessoas. — Dei uma risada irônica. — Ele queria que eu me parecesse com Cristo. Um curandeiro milagroso para o nosso povo. Mas não, não estive no serviço militar. Nunca saí da minha casa antes de vir para cá.

Sua expressão pareceu vacilar, no entanto, ele rapidamente se recompôs e indicou as roupas no chão.

— É melhor você se vestir. O *prez* vai te enviar em breve. E... Rider? — Inclinei o queixo em resposta. — É melhor não estragar tudo, e é melhor não ser outra porra de armadilha.

— Não é. Você tem minha palavra.

— Bem, sua palavra não vale mais do que uma merda pra mim agora. Mas uma coisa eu prometo — ele se aproximou —, se você nos atrair para uma armadilha, se essa for uma atuação digna da porra de um Oscar... Eu mesmo vou te matar.

Com isso, meu ex-melhor amigo saiu do celeiro. Quando peguei as roupas no chão, a sensação familiar do couro tocou a minha pele me trazendo uma sensação que há muito tempo não sentia.

Certo. Toda essa merda parecia *certa* pra caralho.

O som das vozes veio da frente do celeiro. A porta se abriu e Tank apareceu na entrada.

— Pra fora — ordenou.

As botas de motociclista que me pareciam tão agradáveis soaram como um trovão no chão velho do celeiro. O cheiro reconfortante de couro se infiltrou pelas narinas, acalmando meus nervos. Quando cheguei à porta e saí, todos os irmãos estavam reunidos... todos em pé ao redor de uma *chopper* cromada e pintada de preto fosco.

O mesmo modelo que eu costumava pilotar.

Smiler jogou as chaves na minha direção. Ky se aproximou, ficando bem na minha frente. Ele me deu um olhar enojado quando avaliou a roupa que eu usava.

— Isso não é um presente de boas-vindas, você entendeu isso, seu idiota? Isso é pra que você possa entrar naquele maldito lugar sem ser detectado, e para que possamos rastrear todos os seus movimentos.

Vike bateu no tanque da *chopper*.

— GPS. Que puta invenção maravilhosa de rastreio.

O peito de Ky esbarrou no meu.

— Uma virada que você não deveria fazer, qualquer sinal de que deu pra trás e se juntou à sua maldita família Manson, e nós saberemos disso. — Ele aproximou a boca do meu ouvido: — E então iremos atrás de você e do seu irmão pedófilo.

— Eu não vou ferrar com tudo — declarei, cerrando minha mandíbula. — Quero que aquelas pessoas sejam salvas. E quero todos os outros filhos da puta mortos. E Judah... — Forcei as palavras a saírem da minha boca — Ele é seu. Conforme o prometido.

Styx deu um tapinha no ombro de Ky, que se afastou para ver o *prez* sinalizar:

— *AK decidiu dar a você uma vantagem de quatro horas para fazer o que tem que ser feito. Entraremos logo em seguida para fazer o nosso trabalho. É melhor que aquela entrada esteja aberta como você disse, e se houver alguém no nosso caminho; criança, mulher ou homem, nós vamos matar. Entendeu?*

Assenti com a cabeça. Styx ficou parado na minha frente por vários segundos, me encarando para ver se eu tinha realmente entendido o que quis dizer. Devolvi o olhar. O *prez* sorriu, e saiu do meu caminho.

Passei a perna pelo banco da motocicleta. Demorou cerca de dois minutos para a memória muscular retornar e entrar em ação. Coloquei as chaves na ignição, e quando o motor começou a rugir, notei Bull mais à frente em sua Harley.

— *Bull vai com você até lá fora para se certificar de que não fará nenhum desvio. Depois, você estará por sua própria conta até chegarmos* — Styx assinalou. — *Não estrague tudo.*

Assentindo, acelerei o motor. Bull parou na estrada estreita de cascalho que ia do celeiro ao clube. Enquanto a *chopper* percorria o caminho, concentrei-me na tarefa que tinha pela frente.

Em questão de horas, tudo estaria feito.

Ignorei a queimação em meu estômago. Eu tinha cerca de uma hora de folga até que a merda fosse jogada no ventilador. Foquei em apenas pilotar. Nada era mais simples do que quando éramos apenas eu e a estrada livre.

Eu tinha esquecido de como era tudo isso, de como essa liberdade era boa quando me tornei profeta. Mas prometi a mim mesmo nunca mais esquecer.

Quando cheguei à cerca, não senti nada além de alívio. O arame havia sido cortado conforme planejado – Samson e Solomon fizeram o trabalho combinado. Esta cerca se situava no extremo oposto de onde havíamos escapado ontem da comuna. Só por segurança.

Deslizei pela cerca e comecei a caminhar sob a sombra das árvores. A cada passo, meu coração batia cada vez mais forte. Continuei em frente, imaginando o rosto de Bella em minha cabeça.

Isso tem que ser feito, disse a mim mesmo. Meus pés vacilaram quando pensei no dia anterior. Quando, com Judah amarrado e nocauteado por mim, trocamos de lugar...

Ontem...
— *Você está pronto?*

Assenti com a cabeça para Solomon e respirei fundo. Harmony acabara de ser levada para os preparativos do casamento. Quando Sarai veio buscá-la, tive que usar toda a minha força de vontade para não sair correndo da minha cela e cortar a garganta da garota.

Mas o que mais me assombrou foi a tristeza nos olhos de Harmony quando ela saiu da minha cela. Eu não tinha sido capaz de confortá-la. Estava muito tenso. Precisava fazer esse plano funcionar. Eu tinha que ser o único a encontrá-la no altar. Não podia deixá-la cair nas mãos de Judah – nenhuma causa valia isso.

Solomon saiu da cela e me sentei. E esperei. Não havia nada dentro de mim que duvidasse que Judah viria. Eu não era estúpido o suficiente para pensar que era por amor. Ele viria aqui pelo seu próprio orgulho egoísta.

Viria para comemorar sua vitória e a minha derrota... e então, eu o derrubaria.

Irmão Stephen apareceu na porta, com um pano na mão.

— *Você está pronto?* — *perguntou e eu assenti.*

— *Você está com o clorofórmio?*

— *Sim* — *ele respondeu e levantou o pano branco. Fiquei espantado com o que os desertores haviam conseguido contrabandear de Porto Rico.* — *Cain... talvez seja melhor se nós... Apagássemos ele agora... permanentemente.*

Sua sugestão na mesma hora me encheu com tanta emoção que eu mal conseguia respirar. Neguei com veemência.

— *Se queremos os Hangmen na jogada, precisamos mantê-lo vivo. Ele será nossa barganha. Acredite, há mais pessoas que o querem morto além de nós.* — *Inspirando fundo, eu disse:* — *Mantenha-o sedado. Verifique se ele tem a minha aparência. Vou* convencer os Hangmen a voltar antes que os quatro dias da purificação celestial terminem. Ninguém deve procurar por ele nesse meio-tempo. Então posso voltar e libertar as pessoas. Assegurarei aos guardas e ao povo, que exorcizei o diabo de Harmony em tempo recorde e que ela está descansando. Eles estarão cegos demais pelo meu sucesso para duvidar de mim... pelo menos durante o tempo que precisarmos para que tudo dê certo. — Suspirei. — Vou ordenar às pessoas para irem para o outro lado da comuna, onde estarão a salvo. Reunirei os guardas e os anciões em algum lugar onde os Hangmen possam encontrá-los. — Cerrei a mandíbula. — E então também entregarei Judah a eles. Os Hangmen cuidarão dele depois disso.

Irmão Stephen assentiu.

— Você tem certeza de que todos aceitarão fazer isso? — perguntei. — É arriscado. Tantas coisas podem dar errado. Está preparado para o castigo que pode cair sobre você se falharmos?

— Estou pronto. Estou pronto para morrer, se for esse o meu destino. — Ele me deu um sorriso triste. — Falhei com minhas filhas de incontáveis maneiras. Não vou falhar desta vez.

— E Irmã Ruth? — indaguei.

Algo brilhou nos olhos do Irmão Stephen com a pergunta.

— Ela também tem motivos para lutar. Está pronta para o que quer as estrelas tenham planejado para nós.

Ouvi o som de algumas pessoas se aproximando do lado de fora. Irmão Stephen encontrou meu olhar, silenciosamente me desejando sorte. Ele fechou a porta e eu fui para o canto da cela. E esperei.

A porta se abriu com tudo e, sem nem ao menos precisar olhar, pude sentir a presença do meu irmão. Lentamente, levantei a cabeça. Judah olhou para mim através dos olhos semicerrados, os braços cruzados sobre o peito. Ele estava vestido com sua túnica nupcial. Aquilo me deixou aliviado, pois até agora, o plano estava funcionando.

— Judah — sussurrei, garantindo que a minha voz soasse rouca e vulnerável. — Obrigado por vir.

Ele não disse nada a princípio. Quando me ajoelhei, meu irmão recuou. No entanto, mantive a cabeça baixa e lentamente ergui a mão. Era assim que nosso professor sempre nos dizia para cumprimentar nosso tio. Isso mostrava sua supremacia sobre todos nós.

Mostrava a nossa submissão.

Um longo suspiro escapou da boca de Judah. Quase gritei ao reconhecer aquele som vitorioso. Diversas vezes, ao longo dos anos, disse a ele que seu orgulho cegava sua visão e governava suas escolhas.

Era nisso em que me apoiava neste momento.

Ele estendeu a mão e pousou na minha cabeça. Por um momento, sentindo seu toque, minha confiança diminuiu. Mas fechei os olhos com força e trouxe à minha mente o semblante corajoso, porém atemorizado de Harmony.

Eu tinha que fazer isso por ela.

— Você escolheu se arrepender? — ele perguntou.

— Sim — respondi. — Quero me arrepender por duvidar dos nossos ensinamentos... Eu... Eu pensei e refleti sobre o que fiz contigo, com nosso povo. E não posso... Não posso... — deixei minhas palavras desvanecerem em um gemido sufocado.

— Olhe para cima — Judah ordenou.

Levantei a cabeça e observei o rosto de meu gêmeo, seu cabelo... Observei como estava vestido com a túnica. Absorvi tudo o que pude.

— Meu irmão — sussurrei, fingindo lágrimas nos meus olhos. — Meu profeta.

Os olhos de Judah brilharam ante minha reverência, e sua mão firmou o agarre em meu cabelo. Ele se ajoelhou, colocando o rosto diretamente em frente ao meu. Sua mão desceu pelo meu rosto e pousou no meu ombro. Meu peito apertou quando ele me tocou. Mas tudo em que conseguia pensar era no que a Irmã Ruth me fez perceber dias atrás.

Ele nunca se importou comigo.

Este ato de carinho era todo pelo poder. Tudo o que ele fazia era calculado. Com um único objetivo.

Nada era puro em sua alma... não mais.

— Senti sua falta, irmão — ele disse, e um sorriso se formou em seus lábios. — Quando me disseram que queria se arrepender, tive que vir até você. Nunca quis lhe machucar, irmão, mas não tive escolha. Você me obrigou a isso.

— Eu sei disso agora. Eu compreendo.

A cabeça dele inclinou para o lado.

— E você vai aderir às nossas práticas?

A bile subiu pela garganta, mas me forcei a assentir com a cabeça.

— Sim — repliquei. — Vou andar na linha... Ficarei orgulhosamente ao seu lado. Sempre foi você quem deveria ter sido nosso líder. Agora vejo isso.

O olhar de Judah brilhou em triunfo.

— E depois que meu período de retiro com a Amaldiçoada terminar, você aceitará uma consorte em minha homenagem? — Assenti com a cabeça. Judah se inclinou para frente. — Você participará do despertar de uma criança em minha homenagem? Temos três que foram preparadas para a celebração pós-casamento na próxima semana.

Minha mandíbula contraiu quando uma raiva repentina e devastadora rugiu através de mim. Mas reprimi o bastante para dizer:

— Sim. Eu faria qualquer coisa por você. Qualquer coisa.

Judah abriu a boca para dizer algo mais, quando um barulho alto veio da entrada da cela e ouvi Solomon e Samson altearem suas vozes como se estivessem sob ataque. A atenção de meu irmão se voltou para a porta aberta.

— O quê...? — Ele começou, e eu me levantei e o joguei no chão.

Os olhos arregalados e chocados de Judah foram a última coisa que vi quando ergui o punho cerrado e esmurrei seu rosto. Ele desmaiou na mesma hora. Fui cuidadoso em meu golpe. Não queria que sangrasse e manchasse a túnica imaculadamente branca.

— *Agora!* — gritei e vários pés entraram correndo na minha cela. Irmão Stephen colocou o pano embebido de clorofórmio sobre a boca de Judah. Solomon e Samson me ajudaram a tirar suas roupas. Em minutos, estava vestido na túnica nupcial e a Irmã Ruth havia aplicado a maquiagem na minha pele coberta de hematomas. Do outro lado, Judah usava agora a minha calça suja e rasgada.

Meu coração batia forte enquanto a adrenalina corria pelas veias. Irmã Ruth deu um passo para trás, os olhos marejados.

— E então? — perguntei. — Consigo me passar por ele? Os ferimentos não estão muito aparentes?

Ela encarou meu irmão inconsciente no chão e depois olhou para mim.

— Os guardas não machucaram muito seu rosto nos últimos dias, então está tudo bem. — Fez uma pausa e disse: — Vocês dois são completamente idênticos em todos os aspectos... quero dizer... é surpreendente.

Soltei um suspiro de alívio, mas a repentina tristeza em seu semblante tocou algo dentro de mim. Ela não pertencia a um lugar como este. Sua alma era muito gentil, muito terna. Ela parecia ter só trinta e poucos anos. Se eu conseguisse fazer isso, ela poderia ter uma vida lá fora. Uma vida boa e feliz.

Outra razão pela qual não poderia falhar.

— Os Irmãos Luke, Michael e James estavam nos aposentos do profeta quando o busquei — Solomon disse. — Eles já reuniram as pessoas para a cerimônia. Judah disse aos discípulos que voltaria, e depois eles iriam direto para o altar.

Olhei para o meu irmão inconsciente, no chão.

— Nós ficaremos bem — Irmão Stephen disse. Inspirei profundamente. Quando estava prestes a sair, ele disse: — Proteja-a, Cain. Leve-a de volta para as irmãs... Apenas faça com que ela tenha uma vida melhor.

— Eu voltarei para buscar vocês — prometi.

Ele assentiu.

— Eu acredito que você consegue fazer isso.

Olhei novamente para o meu irmão gêmeo ali jogado. Meu estômago revirou... e eu sabia que quando os Hangmen chegassem, Judah pagaria. Tinha que ser assim, mas... Eu mal conseguia suportar a ideia de ficar sem ele. Ele era meu irmão.

Deixei o prédio e saí para o ar fresco. Quando cheguei à mansão, os Irmãos Luke, Michael e James estavam lá, exatamente como Solomon me disse que estariam.

Irmão Luke me observou atentamente quando entrei.

— Ele se arrependeu?

Assenti com a cabeça e sorri como Judah faria. Um sorriso prepotente.

— Claro. Ele nunca ficaria naquele lugar para sempre. E prometeu lealdade a mim. Além de me aceitar como seu senhor e profeta.

Irmão James olhou para trás.

— Onde ele está?

Acenei com a mão.

REDENÇÃO SOMBRIA

— Ele está imundo e ainda não está pronto para ser visto. Vou buscá-lo depois que os quatro dias se passarem. — *Forcei um sorriso malicioso nos meus lábios.* — Então o reintroduzirei ao povo na Partilha do Senhor pós-casamento.

— Ele vai participar? — *Irmão Luke perguntou desconfiado.*

Meu sorriso foi mais amplo.

— Não só isso, como também participará do despertar de uma criança.

Irmão Luke pegou minha mão e a beijou com reverência.

— Você é verdadeiramente o profeta, meu senhor. Deus lhe abençoou. Ele nos abençoou com o seu poder.

Coloquei a mão sobre sua cabeça inclinada.

— Venha — eu disse. — Temos almas para salvar.

Voltei para a luz do dia e saí da mansão, rezando para que tivesse desempenhado meu papel suficientemente bem. Esperei um ataque ou algo do tipo vir dos homens atrás de mim...

Mas nada veio.

Quando chegamos ao altar, dei um longo suspiro de alívio. Olhei para a cama no centro da plataforma elevada. Um novo nervosismo inundou minhas veias quando pensei no que teria que fazer... o que Harmony deveria fazer comigo para que pudéssemos ser livres.

Aguardei no altar, esperando minha noiva... o tempo todo rezando para que Judah não acordasse e frustrasse nosso plano.

E então Harmony apareceu no final do corredor e todos os pensamentos sobre Judah sumiram da minha mente... Eu tinha apenas um foco agora. Uma razão para viver... e ela estava caminhando em minha direção, com flores no cabelo, parecendo um anjo enviado do céu.

Tão... linda...

O som dos passos apressados trouxe meus pensamentos de volta ao presente. Agachei perto de uma árvore e olhei para a comuna. A comuna que deveria estar calma.

Porém, o povo estava em pleno vigor. A tensão deixou a atmosfera sobrecarregada, e nenhuma expressão parecia tranquila. Eu não fazia ideia do que estava acontecendo, mas quando vi os guardas gritando ordens, entendi na hora – eles estavam se preparando para a guerra.

Voltei para a cobertura das árvores. Meu coração disparou tão rápido quanto meus pés enquanto corria pela folhagem grossa, em direção ao prédio que funcionava como prisão. Apenas um dia havia se passado. O povo deveria estar em comemoração, não se preparando para o ataque.

Entrei correndo, apenas para ver cadeiras e mesas viradas no chão. Procurei em cada uma das celas – todas vazias.

Meu corpo gelou.

Ninguém estava aqui.

Judah havia sumido.

Todos tinham sumido.

O que diabos poderia ter acontecido? Passei as mãos pelo cabelo enquanto tentava pensar no que fazer a seguir. Então um barulho veio de trás do prédio. Aproximei-me dali o mais silenciosamente possível, para averiguar o que poderia ser. Havia uma pequena cela embutida na parede, como se tivesse sido feita para cães de guarda. Alguém estava colocando uma jovem garota lá dentro. Suspirei de alívio quando vi Phebe.

Virei a cabeça, examinando cada centímetro possível do local – ela estava sozinha. Andei silenciosamente em direção a elas. Phebe se sobressaltou quando me viu, mas cheguei a tempo de cobrir sua boca com a minha mão.

— Shhh, Irmã Phebe. Sou eu. Cain... O verdadeiro Cain. Voltei.

O corpo dela estava tenso em meus braços.

— Eu vou soltar você. Por favor, não grite. Okay?

Ela assentiu e eu afastei a mão de sua boca. Ela se virou para mim, bloqueando a visão da criança na pequena cela. O rosto de Phebe estava pálido, e pude ver quanto peso havia perdido. Seu rosto ainda conservava os hematomas, além do pescoço e mãos.

— Você conseguiu — Phebe disse, olhando para minhas roupas. Os olhos dela brilharam. — Você a levou para eles... Harmony. Você a tirou daqui. Ela está segura?

Assenti com a cabeça e a tensão abandonou os ombros esquálidos.

— Ela está bem? — Desta vez, eu sabia que não estava perguntando sobre Bella.

Lilah. Ela estava se referindo à irmã.

— Sim — respondi. — Ela está bem e feliz. Ela está casada.

Não contei a ela sobre o cabelo curto, a cicatriz, a cirurgia... Phebe já estava devastada o suficiente. Se conseguisse me recompor e seguir com o plano, ela veria Lilah em breve.

Phebe secou as lágrimas com a mão. Compadeci-me de sua tristeza, mas precisava que ela revelasse o que estava acontecendo.

— Phebe, onde eles estão? Cadê meu irmão? O que diabos aconteceu?

REDENÇÃO SOMBRIA

Ela balançou a cabeça, o rosto tomado por uma expressão de devastação.

— Ele prendeu todos eles. Irmão Stephen, Ruth, Solomon e Samson. Comecei a entrar em pânico.

— Como? O quê?

— Irmão Luke.

Congelei.

— Ele e os guardas vieram buscá-lo ao nascer do sol esta manhã. — Ela respirou fundo. — Ele sabia que você tinha se arrependido e queria prepará-lo para a Partilha do Senhor pós-casamento. Ele queria levá-lo para a mansão, alimentá-lo e banhá-lo, queria que o profeta voltasse e visse seu irmão pronto para ficar ao seu lado.

— Não... — eu disse, sentindo-me empalidecer. — Ele encontrou Judah?

Phebe assentiu com a cabeça.

— Ele estava dopado pela droga que o Irmão Stephen lhe aplicava. Mas deve ter passado o efeito ou algo assim, porque quando o Irmão Luke entrou na cela, Judah conseguiu dizer quem era. Então... Então o inferno desabou. Os desertores tentaram lutar contra os guardas de Judah, mas eles eram muitos; Samson e Solomon não tiveram chance. Irmão Luke levou Judah embora, e ele lhes contou o que havia acontecido, o que você havia feito. Os guardas revistaram a casa de retiro e descobriram que você nunca esteve lá... e que havia fugido com Harmony.

Fechei os olhos. Minha cabeça nublou enquanto eu tentava compreender tudo. Uma mão pousou no meu braço e eu abri os olhos.

— Você viu isso? — perguntei a ela.

Phebe assentiu com a cabeça.

— As outras mulheres que estavam cuidando de você receberam o dia de folga por causa das comemorações. Fui enviada com sua comida quando tudo aconteceu. Consegui me esconder.

— Sinto muito — eu disse e quis dizer cada palavra. Meu corpo estava combalido pelo medo e desesperança.

Phebe fungou.

— Cain, ele os puniu; Ruth, Stephen, Solomon e Samson. Ele... Ele está se preparando para matá-los por traição. O sequestro de Harmony, a fuga após o casamento... fez com que todos entrassem em frenesi. Eles acreditam que isso é Deus nos repudiando. Judah disse a eles que Deus está nos testando para ver se podemos realmente derrotar o diabo. O ataque está marcado para amanhã. Ele adiantou tudo. Judah quer vingança. — Ela levou a mão à testa. — Está uma bagunça. Tudo está uma bagunça.

O som de um choramingo veio da cela logo atrás. Seus olhos se arregalaram e sua mão caiu ao lado do corpo.

— Phebe? — questionei e a afastei da frente. Agachei e vi um enorme par de olhos azuis me encarando da cela minúscula. Uma menina com longo cabelo loiro.

Soube na mesma hora o que ela era. Endireitei o corpo e deparei com o olhar de Phebe.

— O nome dela é Delilah — sussurrou.

Fiquei imóvel, atordoado. Os olhos dela se fecharam com força. Quando os abriu novamente, ela disse:

— Ela está a dois meses de seu oitavo aniversário.

Meu sangue congelou.

— Ele já a declarou Amaldiçoada... e... — ela chorou. — Decidiu ser o único a despertá-la quando chegar a hora.

Judah. Filho da puta!

Seus olhos se voltaram para a garotinha, que olhava para a irmã como se ela fosse seu sol. Ela se abaixou e a criança esticou os braços através das barras, recebendo um beijo de Phebe em sua mão.

— Ela chegou não muito antes de Harmony e os outros. Eu a vi sendo levada a ele por seus homens. Assim que vi a felicidade em seus olhos ante sua beleza, eu lhe assegurei que cuidaria dela até que fosse seu aniversário... mas, Cain, sempre planejei tirá-la daqui de alguma forma antes disso.

Phebe beijou a mão da menininha mais uma vez, e depois se levantou para me encarar.

— A Irmã Ruth deveria tirá-la daqui se, por algum motivo, eu também não pudesse sair. Não posso vê-la machucada, Cain... não como vi minha irmã ser ferida. Ela se parece com Rebekah quando tinha a idade dela. E... e então ele a nomeou Delilah. Ele também a nomeou com esse nome horrível. Eu sabia que foi por ele ter visto a semelhança. Eu tenho que protegê-la. Não posso ver outra criança sofrer. Não posso... não posso mais levar essa vida. Há sofrimento demais...

Puxei-a contra o meu peito e a segurei enquanto chorava. Verdade seja dita, o abraço me impediu de gritar de raiva. Meu irmão... O filho da puta do meu irmão! Ele fez tudo isso. Tudo dera errado.

— Sempre haverá outra — eu disse. — Mae, Lilah, Maddie, Harmony... e agora também essa pequena Delilah. Mesmo se salvarmos todas as Amaldiçoadas que existem, ele sempre encontrará outra, declarará outra. Ele sempre se esforçará para manter viva essa profecia de merda.

Phebe assentiu.

— Eu... Eu também acho isso. Ele nunca vai parar de machucar essas crianças. Tudo porque acha muito difícil resistir à sua beleza. Ele quer possuí-las, tomá-las, controlá-las. Como faz com todos nós. — Ela deu um passo para trás e agarrou as bordas da minha jaqueta de couro. — Você precisa tirá-la daqui para mim. Apenas tire-a daqui.

— Onde estão Stephen, Ruth, Solomon e Samson agora? — perguntei, olhando para o meu relógio. Porra. Os Hangmen estariam aqui em menos de duas horas. O que diabos eu faria agora?

Phebe me observou de perto.

— Eles estão vindo... não estão? Os homens do diabo?

Eu assenti.

— Preciso tirar os inocentes, Phebe. O plano deu errado. Não sei o que fazer...

— Judah os prendeu nas celas públicas — ela me interrompeu. — Para que todas as pessoas possam ver quem foram os responsáveis por nos levar ao caos. Para que possam ver as almas que o diabo poluiu. Eles estão nas celas que dão de frente para a Grande Planície.

A Grande Planície; a área onde Judah realizava seus sermões.

— Porra! — rosnei. Aquele local não tinha cobertura. Era aberto, exposto.

Phebe segurou meu braço.

— Não tem ninguém reunido lá agora. A congregação está carregando os veículos com os armamentos e está preparando tudo para o ataque, no lado mais distante da comuna.

Senti uma pontada de esperança.

— Fique longe, ouviu? Espere aqui. Não vá para a planície. Os Hangmen vão passar por aqui. Eles virão pelos guardas e por Judah. Tire sua touca e mostre a eles quem você é. Ky, marido de Lilah, está chegando. Ele a conhece e sabe como você é. Eles vão protegê-la.

Seus olhos se fecharam com alívio.

— Obrigada — sussurrou.

Eu me virei para ir embora. Phebe começou a conversar com a criança, acalmando-a. Eu me voltei.

— Phebe? — Ela olhou para mim. — Deixe a criança aí e lhe diga para ficar quieta. Não importa o que aconteça, diga a ela para se manter calada. Se algo acontecer... — deixei a mensagem pairar no ar.

— Comigo — ela concluiu.

— Eu voltarei para buscá-la. Ou a Irmã Ruth virá. Vou garantir que ela seja libertada. De alguma forma. Eu prometo.

Phebe assentiu, e quando olhou para a garotinha, vi o amor que sentia, o carinho. Eu também sabia que ela estava tentando salvá-la, como deveria ter feito com Lilah. Ela estava protegendo essa criança, quase a imagem perfeita daquela com quem, aos seus olhos, havia falhado.

— Qual é o nome dela? — perguntei subitamente.

Um sorriso se estendeu em seu rosto.

— Grace — ela disse, a voz repleta de reverência. — O nome dela é Grace.

— Voltarei por você e pela Grace. Mas tente alcançar Ky primeiro. Se tivermos sorte, você se reunirá com sua irmã hoje à noite. Assim como Grace.

Com isso, subi correndo a colina, permanecendo entre as árvores. Quando a Grande Planície apareceu, vi que Phebe estava certa. Aquele local estava deserto. As celas públicas se situavam do outro lado. Verificando se não havia ninguém por perto, corri pela grama bem-cuidada. Não tive tempo de circundar o perímetro primeiro. Muito tempo já havia sido desperdiçado.

Corri o mais rápido que pude, os pulmões ardendo quando me levei até o limite para chegar às celas.

Meu estômago deu um nó quando avistei meus amigos sentados lá dentro.

— Cain... — A cabeça da irmã Ruth se virou para mim. Ela fora severamente espancada e estava tendo dificuldade para se mover. Ao ver essa meiga mulher com tanta dor, uma quantidade letal de raiva ferveu dentro de mim.

— Ruth — sussurrei de volta.

Irmã Ruth tentou sorrir, mas seus lábios feridos não permitiram.

Solomon se arrastou dolorosamente até as barras de aço. Seu corpo estava repleto de hematomas.

— Nós falhamos, Cain. Samson e eu conseguimos cortar a cerca enquanto a cerimônia acontecia, mas esta manhã, os guardas de Judah foram buscá-lo e nos pegaram. Não tivemoss escolha a não ser confessar. Mostrei a eles o buraco na cerca por onde você saiu ontem, mas mantive em segredo a que que usou hoje. — Ele abaixou a cabeça. — Eu sinto muito. Falhei contigo. Eu vim aqui por uma razão e fracassei.

— Não — argumentei. — Você não falhou. Eu consegui sair daqui, levando Bella em segurança até os Hangmen, que estão chegando em breve. Sinto muito que vocês tenham sido maltratados e espancados.

— Você a tirou daqui. Isso é tudo o que importa — Stephen disse e deu um profundo suspiro de alívio.

Assenti com a cabeça.

— Mas precisamos tirá-los agora. Preciso de ajuda para levar os inocentes para longe. Precisamos criar uma distração ou algo assim, afastar os guardas. Quando os Hangmen entrarem... eles virão para matar.

O rosto da Irmã Ruth empalideceu. Procurei na cela por uma chave... por algo que me ajudasse a arrebentar a fechadura.

— Eu preciso de uma chave — eu disse, apressadamente.

— Na guarita — indicou Solomon e apontou para uma pequena cabana escondida entre as árvores.

— Já volto.

Quando me levantei para seguir em direção à cabana... soube que tudo estava fodido. Senti o aço frio do cano de uma arma pressionado contra minha têmpora.

Quem a empunhava contra minha cabeça se moveu adiante – Irmão Luke. O maldito Irmão Luke.

Rosnei enquanto encarava o filho da puta. Então senti outra pressão às costas... e contra as costelas.

— Parece que você está cercado — Irmão Luke disse. Seu corpo retesou, e soube na mesma hora quem estava vindo.

Não dando a mínima para as pistolas contra o meu corpo, me virei. Judah estava caminhando em nossa direção, os olhos cruéis focados em mim. Achei que já tivesse visto meu irmão puto antes, mas percebi que nem ao menos se comparava a este momento. Eu nunca o vi tão irado.

Ele veio até mim e me deu um soco. Minha cabeça inclinou um pouco para trás, mas Judah era péssimo em brigas. Seu murro era desprovido de força brutal.

— Você é um traidor! — Analisou minha roupa de couro. — Aqui está você, mais uma vez trajando as vestes do diabo. — Ele se aproximou. — Você tirou de mim a nossa única chance de salvação. Você é tanto um prostituto do diabo quanto ela... Assim como todos eles!

Não pude evitar. E comecei a rir. Ri diante do rosto rubro de Judah. Mas rapidamente me tornei sério, cuspindo:

— É tudo uma farsa, porra! Tudo isso foi criado para que nosso tio pudesse foder crianças, irmão! Nunca houve peregrinação a Israel! Não houve revelação dada na Igreja do Santo Sepulcro! Não há Ordem, não há busca pela salvação... na verdade, tenho certeza de que, com tudo o que fizemos, todos temos uma passagem só de ida para o inferno!

Seus olhos se arregalaram.

— Você mente — rosnou, esbravejando sua frustração. — Você carrega a língua da serpente! Você é fraco e foi possuído!

— Acorde! — rugi, fazendo-o retroceder um passo. — Acorda, porra! Você não é um profeta! E sabemos que não recebeu nenhuma maldita revelação de Deus, seu merda do caralho!

Seu rosto empalideceu e senti os guardas tensos ao meu redor. Eles encararam Judah com expressões preocupadas.

— Você é uma piada, irmão — continuei. — Todos nós somos. E todos merecemos apodrecer no inferno por toda a eternidade pelo que fizemos! Merecemos morrer por arrastar pessoas inocentes conosco! —

Respirei fundo. — Eles estão vindo, Judah. Os Hangmen estarão aqui em menos de duas horas e vão matar a todos nós... todos que lideramos este maldito lugar infernal! Precisamos tirar os inocentes agora. Se há algo que podemos fazer para tentar corrigir nossos erros, é poupar as vidas inocentes e finalmente libertá-las. Elas não merecem isso! Ao entrar em uma guerra com os Hangmen, você estará apenas selando o destino dessas pessoas. Elas vão morrer... todos serão abatidos como porcos!

Judah praticamente tremeu de raiva, mas pude ver que seu cérebro estava trabalhando a toda. Eu só não tinha certeza do que diabos ele estava pensando. Dando um passo para trás, e mais outro, ele disse:

— Você está certo sobre uma coisa. E muito errado sobre outra.

De repente, uma estranha tranquilidade tomou conta do meu irmão gêmeo. Isso me assustou mais do que sua ira. Judah nunca se mantinha calmo. Ele era reativo, explosivo. Isso não estava certo. A forma como agia não estava certa!

— Judah — eu disse, friamente, mas o Irmão Luke e os outros guardas aproximaram suas armas do meu corpo.

Ele levantou as mãos, os olhos ensandecidos e vidrados.

— Você *está* errado. *Eu* sou o profeta! Eu sinto isso em minhas veias. Eu posso sentir Deus dentro de mim! Eu sou a verdade, o caminho e a luz! O messias desta época!

Fechei os olhos, exasperado. Porque sabia que ele realmente acreditava nisso.

Ele estava muito longe da salvação. Sua ilusão era intensa demais para fazê-lo entender.

— Mas você também estava tão certo. — Meus olhos se abriram quando escutei o tom sombrio. Ele estalou os dedos para os guardas e apontou para a cela.

— Não!!! — gritei, tentando lutar contra os guardas. Mas a coronha de uma arma se chocou à minha têmpora, me fazendo ver estrelas. Outra me acertou o rosto e a outra nas costelas. Sacudi os braços, tentando me soltar, mas quando dei por mim, estava sendo empurrado para dentro da cela. Caí de joelhos e bati o ombro nas barras de aço; elas não se mexeram.

— Judah! — gritei, mas meu irmão apenas ficou lá, me olhando com um olhar assustadoramente calmo. — *JUDAH!*

Ele deu um passo para frente e encontrou meu olhar.

— Você estava certo sobre o destino de nosso povo estar selado, irmão. Deus me disse, há muitas semanas, o que fazer se os homens do diabo prevalecessem. Eu *sempre* tive outro plano. Deus falou comigo, e fiz conforme Ele ordenou. Eu nos preparei bem, só por precaução. O Senhor nunca deixaria a sua luz brilhante falhar; Ele nunca *me* deixaria falhar. E agora chegou a hora.

REDENÇÃO SOMBRIA

Congelei, sentindo a energia sendo drenada de mim quando ele começou a se afastar.

— O que você quer dizer com isso? O que você preparou? — perguntei, entrando em pânico com suas palavras fatalistas. Seus guardas o seguiram. — Judah! O que você quer dizer com isso?

Porém eles foram embora, deixando-me ali. Sentei-me no chão áspero e encarei meus amigos.

— O que ele está fazendo? Que porra ele está fazendo? Os Hangmen estarão aqui em breve. Eles vão abrir fogo. Vão matar todo mundo.

Meus amigos não disseram nada; eles sabiam tanto quanto eu. Mas, como os minutos se passavam em silêncio, eu podia sentir a mudança no ar. Um sentimento sinistro tomou forma em meu âmago até que se transformou em uma onda de pavor. Eu não conseguia afastar a imagem do olhar pacífico de Judah da minha mente. Eu nunca o tinha visto assim. Algo parecia ter se desprendido nele.

Ele ia fazer algo terrível... Eu sabia disso.

Os sons crepitantes dos alto-falantes sendo ligados ecoaram pela planície deserta. A voz de Judah soou forte e meu coração se partiu ainda mais.

— *Povo da Ordem! Parem o que estão fazendo e se reúnam na Grande Planície. Movam-se rapidamente! Reúnam todas as crianças; avisem aos amigos. Repito, todos devem se reunir na Grande Planície. Recebi uma nova revelação do Senhor, e devemos nos apressar, pois nossa própria salvação depende disso!* — A música de oração começou a entoar dos alto-falantes.

Em segundos, as pessoas começaram a surgir no imenso descampado, do outro lado da planície. Tentei gritar, chamar a atenção deles, mas minha voz não pôde ser ouvida acima da música. Agarrei as barras de aço enquanto observava os guardas e anciões da comuna se aproximarem da planície, arrastando carrinhos logo atrás deles. Meus olhos se estreitaram. Os carrinhos estavam repletos de barris enormes.

Stephen, Ruth, Solomon e Samson se juntaram a mim nas barras às portas da cela.

— Que diabos são esses barris? — perguntei, à medida que mais daquele carregamento chegava. Mais barris, depois caixas de algo que não conseguia distinguir.

— Não tenho ideia — Stephen disse. — Parecem ser barris de vinho.

— Ele fará uma comunhão? — Samson perguntou. — Ele vai compartilhar pão e vinho?

Balancei a cabeça, sem ter a menor ideia da razão de Judah instaurar uma comunhão com o ataque dos Hangmen às portas. Dezenas e dezenas de pessoas começaram a encher o vasto espaço. Os guardas caminhavam ao redor deles como abutres, gritando para que se sentassem. As crianças começaram a chorar. O medo, como uma tempestade perigosa, correu pelas pessoas. Os guardas apontaram suas armas para aqueles que demonstrava pânico ou que questionavam o que estava acontecendo.

Eu não sabia quanto tempo se passou. Pareciam apenas alguns minutos antes de toda a comuna estar sentada no gramado à nossa frente. O calor era sufocante. Bebês e crianças choravam. Os adultos rezavam, se balançando para frente e para trás, enquanto os guardas, vestidos de preto, disparavam tiros de advertência no ar. O medo era palpável... e tudo o que eu podia fazer era sentar e assistir.

Judah caminhou até a plataforma que se situava mais além no campo. Ele pegou um microfone na mão, e, como antes, uma tranquilidade assustadora caiu sobre ele... e então começou a pregar...

— Povo da Ordem — começou. Ele levantou a mão no ar e, como sempre, as pessoas se calaram. Era aterrador assistir enquanto todos o encaravam, apoiando-se em todas as suas palavras. Seus olhares estavam fixos nele... e eu vi. Vi, com uma clareza absurda, o poder absoluto que meu irmão exercia sobre eles, algo que nunca possuí. Seu tom de voz era hipnotizante, e a maneira como seus olhos percorriam cada fileira de fiéis, parecia se conectar com todos eles em um nível pessoal.

Naquele palco, ele *era* o messias deles.

— Eles farão o que ele quiser — sussurrei. Assisti meu gêmeo dar um passo para o lado do palco, centenas de olhos ansiosos seguindo cada movimento seu.

— O Senhor enviou, há muitas semanas, uma revelação a nós; que deveríamos enfrentar os homens do diabo em uma guerra santa. Foi uma tarefa para a qual nos preparamos por semanas... — Fez uma pausa e disse: — Mas, hoje, recebi uma nova revelação. Uma importante... aquela que salvará todas as nossas almas sem que tenhamos que enfrentar os demônios.

Meus olhos se estreitaram quando ele abaixou a cabeça. Quando a levantou novamente, Judah apontou para os guardas e anciões. Meu estômago revirou quando os vi remover as tampas dos barris, os abrindo.

— Você pode ver o que tem neles? — Stephen perguntou.

Estiquei o pescoço para tentar enxergar.

— Seringas — informei, confuso, e olhei para Ruth e Stephen. — Por que eles teriam seringas e vinho?

Ninguém falou. Então continuamos assistindo. Observamos como as mulheres e os homens mais dedicados eram reunidos e enviados para as carroças. Eles começaram a encher as seringas com o vinho tinto que havia nos barris. Os homens e mulheres juntaram as seringas em cestas e começaram a entregá-las aos adultos sentados na grama. As crianças observavam com curiosidade, pegando as seringas.

Judah contemplou com um sorriso orgulhoso no rosto. Mas não gostei do que aquele sorriso expressava. Nada sobre aquilo era tranquilizador. Eu estava tão perdido.

— O que tem de tão importante nessas malditas seringas? — sibilei. O pânico tomou conta de mim quando os guardas e os anciões formaram uma barreira ao redor das pessoas. Eles fizeram uma porra de uma parede humana. Meus dedos ficaram brancos por conta do meu agarre às barras de aço.

Judah pegou o microfone novamente.

— O Senhor escolheu cada um de vocês, cada um de *nós*. Somente *vocês*, os verdadeiramente abençoados, escolheram o caminho certo neste mundo cheio de maldade e pecado. O Senhor viu como O obedecemos nas últimas semanas e Ele se orgulha. — Seu rosto assumiu uma expressão preocupada. — Mas também lutamos contra o diabo no processo. Um poderoso adversário. Alguns dos nossos membros mais fiéis foram corrompidos e levados sob o controle de Satanás. E a profecia que assegurava nossa salvação foi desfeita por um demônio disfarçado... Uma pessoa em quem confiei minha vida.

Meu estômago revirou; ele estava falando de mim.

— Mas então Deus falou comigo novamente. — Judah sorriu e o povo retribuiu o gesto. — Deus, em toda a Sua infinita sabedoria e benevolência, viu como éramos devotados à Sua causa, ao Seu nome... viu o tanto que estávamos dispostos a atravessar os portões do inferno e sacrificar nossas almas pela Sua glória... para que possamos orgulhosamente residir com Ele no céu, contentes em saber que O servimos ao máximo nesta vida.

Judah voltou ao centro do palco.

— Povo da Ordem. O Senhor me convocou neste mesmo dia. Ele me chamou enquanto nos preparávamos para a guerra. Acreditávamos que estávamos levando a luta até a porta do diabo, mas a verdade é que... eles estão vindo até nós. Na verdade, eles estão a caminho.

A multidão explodiu em um frenesi aterrorizado. As pessoas se levantaram, tentando atravessar a muralha de guardas. Mas eles as empurravam usando as pontas de seus rifles para que recuassem.

Irmão Michael e Irmão James dispararam tiros após tiros no ar. As pessoas caíram no chão. Quando observei Judah, senti um arrepio percorrer minha pele. Ele assistia do palco com uma fome nos olhos. Apreciando o caos. Nesse momento, ele era o senhor dos inocentes.

Ele olhou para o lado e estendeu a mão para que Sarai, sua consorte, subisse ao palco. Pude ver que Judah a amava, à sua maneira. E ela o amava, mas era um tipo de amor que não exalava pureza. Era um amor nascido da crueldade e obsessão. Uma alma vil ligada a outra tão cruel quanto.

Sarai assentiu com a cabeça quando ele sussurrou algo em seu ouvido. Ela o beijou nos lábios e lhe deu um sorriso encorajador.

Ele encarou a multidão novamente. As pessoas agora estavam em completo silêncio. Todos esperando pelas próximas palavras do seu profeta.

— Hoje venceremos o diabo em seu próprio jogo. Sabemos que o demônio desafia os fiéis atraindo suas almas nesta vida, tentando-os com vícios e ganâncias... trazendo a ameaça da morte. Mas nós, os verdadeiramente fiéis, não a tememos. Como poderíamos, quando sabemos que nossas almas puras encontrarão o paraíso? Deus nos convida, Seu povo escolhido, a acolher a morte. Ele nos convida a frustrar os planos do diabo.

Eu me endireitei, sem fôlego, enquanto ele compartilhava o resto de sua "revelação".

— Satanás envia seus homens para nós neste momento. Eles vêm causar estragos e espalhar nada além de pecado e dor. Portanto, devemos confrontar o diabo com a maior rebelião de todas. — O povo o observou com olhos arregalados e confiantes, quando ele anunciou: — Colocaremos nossas vidas nas mãos d'*Ele*. Vamos nos submeter à Sua vontade. Povo da Ordem! Quando os homens do diabo chegarem, não estaremos mais aqui em espírito. *Eles* lamentarão a perda de nossas almas quando virem nossos corpos sem vida deitados de bruços neste solo sagrado. Mas *nós* estaremos regozijando com nosso Senhor em Sião! Venceremos a maldade demoníaca. Povo, alegrem-se por este dia, pois em breve estaremos jantando à mesa de nosso Senhor!

A maioria das pessoas entrou em erupção em meio a uma felicidade maníaca, levantando as mãos no ar e adorando meu irmão e seu Senhor. Outros ficaram imóveis, apavorados... presos pelos guardas.

— Não! — gritei quando percebi o que estava prestes a acontecer. Agarrei as barras com mais força. — As seringas... aquilo não é vinho... É veneno... Porra! Ele vai matá-los... Judah vai matar todos eles!

— Não... — Ruth chorou ao meu lado, sua palavra repleta de choque.

— Judah! — berrei, pânico e desgosto surgindo no meu corpo. Mas a música abafou meus gritos.

— Aqueles que estão ao lado de uma criança, receberão duas seringas: uma para você e a outra para ela. Como os santos cuidadores que somos, que nos orgulhamos de ser, enviaremos primeiro as almas inocentes de nossas crianças a Deus — Judah deu um sorriso gentil e amoroso. — Ele as apreciará em Seu calor até chegarmos logo depois.

— Ah, não! — Irmã Ruth gemeu em desespero. — As crianças... ele também vai matar as crianças.

Senti ânsia de vômito na mesma hora. Gritei e vi Judah sinalizar para a multidão prosseguir. As mulheres e os homens que estavam sentados ao lado das crianças se viraram para encará-las. Lágrimas quentes encheram meus olhos quando os pequenos olharam para os adultos com tanta confiança... a ponto de permitirem fazer qualquer coisa.

Minhas mãos sangraram quando sacudi as barras, a pele se rasgando. Meus ombros rangeram em protesto enquanto eu tentava arrancar a porta das dobradiças, mas ela não se moveu um centímetro. Ouvi Solomon e Samson rugindo de raiva ao meu lado, gritando para que os anciões parassem. Stephen estava pálido de horror. Ruth chorou, ajoelhando-se, quando ninguém ouviu nossos gritos.

Mas não consegui me conter. Mesmo sendo inútil, eu não conseguia parar.

— Judah! — esbravejei, mas minha voz estava perdida em meio à balbúrdia. — JUDAH! — gritei de novo e de novo e de novo...

Então vi os adultos colocando as seringas nas bocas das crianças, incentivando-as a engolir o líquido. Congelei no lugar, enquanto os mais velhos se revezavam.

Minha visão nublou em um vermelho intenso. Meu estômago revirou com bile e vômito. O que havia nas seringas não as matava rapidamente. Elas começaram a gritar em agonia, seus pequenos corpos se contorcendo no chão. Espuma e sangue escorreriam de suas bocas enquanto elas lutavam para respirar, agarrando suas gargantas, estendendo as mãos desesperadas em busca de ajuda... mas ninguém estava lá para salvá-las.

Ninguém estava lá para aliviar a dor...

Ninguém nunca se importou com as crianças aqui neste inferno. Elas estavam sempre sozinhas... mesmo na merda da morte, Judah garantiu que estivessem sozinhas e sofrendo.

A dose de veneno dos adultos também começou a abatê-los. Um por um, eles caíram no chão, em agonia.

Em pânico, algumas pessoas tentaram se levantar e fugir, jogando suas seringas no chão. E eu assisti de onde estava, impotente, enquanto os guardas as jogavam no chão e as imobilizavam, derramando o veneno em suas bocas.

Eles as estavam matando... Porra, estavam assassinando a todos eles!

Um grupo de pessoas se libertou dos guardas próximos ao Irmão Luke, correndo para as árvores. Ele ergueu a arma e enviou uma rajada de balas na parte de trás de suas cabeças. Ruth gritou ao meu lado quando as vítimas caíram no chão.

Os anciões foram os próximos; seus corpos despencavam no chão em frente à parede humana, à medida que bebiam de bom-grado o líquido das seringas. Gritos torturados sobrepujavam a música, uma cacofonia de gritos agonizantes em meio à morte. Guardas caminharam ao redor da massa de corpos, garantindo que todas as doses de veneno tivessem sido tomadas.

Como uma onda, os corpos convulsionantes das crianças se aquietaram... até que só restou o silêncio mortal. Em seguida, ocorreu o mesmo com os adultos, depois os idosos. Foi como um filme de terror. Pessoas correndo por toda parte, caos e histeria desfocando a cena.

Então, de repente, vi um reflexo de cabelo vermelho na porta da cela.

— Phebe — eu disse, freneticamente. — Abra a porta!

Ela segurou a chave na mão trêmula. Lágrimas nublaram seus olhos apavorados enquanto ela lutava para inserir a chave na fechadura. Meu coração trovejava no peito, tentando ver através da loucura que tomou conta daquele lugar e em busca de Judah em meio ao caos.

A tranca se abriu. Empurrei a porta, no exato instante em que uma saraivada de tiros ecoou por entre as árvores mais distantes.

— Os Hangmen! — gritei. Saí pela porta e olhei para a planície. Os guardas se afastaram das massas moribundas e começaram a correr, com as armas erguidas, na direção dos Hangmen. Vi alguns correndo, fugindo do embate.

Malditos covardes!

Olhei de volta em direção ao som dos tiros e pude ver homens de preto saindo das sombras das árvores. Mesmo que houvesse apenas onze deles, eles conseguiam, de alguma forma, se parecer à porra de um exército. Eles atiravam com uma precisão perfeita. Os guardas começaram a cair no chão, alvejados em suas cabeças e peitos.

Phebe recuou para as árvores. Encontrei seu olhar aterrorizado.

— Grace... Eu preciso buscá-la! — Então correu de volta para o prédio onde ficavam as celas.

Ao longe, ao lado do palco, vi meu irmão.

Meu corpo vibrou de raiva, levando-me em sua direção. Eu corri. Disparei e corri pra caralho. Mas quando me aproximei da massa de corpos massacrados no chão, meus pés vacilaram. Coloquei as mãos na cabeça à medida que olhava para os rostos sem vida que me encaravam. Uma dor indescritível tomou conta de mim. Eu me forcei a ficar de pé. Os corpos se estendiam por metros e metros, até onde meus olhos conseguiam ver. E cada vez que avistava o rosto assustado de uma criança pequena – a boca aberta e os olhos para sempre congelados em um olhar de medo –, um rugido de dor rasgava minha garganta.

Obriguei-me a virar o rosto e me afastar dos mortos. Olhei para a planície. Judah ainda estava agachado junto à plataforma, como o filho da puta que era. Nem ao menos me importei com os Hangmen. A névoa vermelha que nublava meus olhos e a raiva ardente em meu coração tinham um alvo.

REDENÇÃO SOMBRIA

O filho da puta assassino que compartilhava o mesmo rosto que o meu.

Minha respiração ecoou em meus ouvidos enquanto forçava minhas pernas para correr o mais rápido possível. Vendo um guarda morto no chão, arranquei a arma de sua mão e a faca presa ao cinturão. De repente, ouvi uma mulher gritar atrás de mim. Eu me virei, temendo que fosse a Irmã Ruth. Mas dei um maldito sorriso sanguinário quando vi Ky com a mão ao redor da garganta de Sarai. O irmão a ergueu do chão enquanto ela arranhava seus braços. Sem piedade, ele enfiou a faca diretamente no topo de seu crânio e a jogou no chão. Ky pairou acima de seu cadáver e cuspiu. Vi os Hangmen matando os guardas, massacrando os idiotas.

E então virei a cabeça.

Um clarão branco passou correndo na lateral do palco, indo em direção à segurança das árvores. No entanto, a determinação me impulsionou para frente. Ao final da plataforma... onde meu gêmeo congelou no lugar e deparou com meu olhar.

Suas narinas dilataram quando o encarei, apontando a arma diretamente para o seu peito. E, mesmo agora, no meio de toda essa carnificina e destruição, ele não parecia arrependido.

O filho da puta estava *orgulhoso*.

Sempre cheio de tanto orgulho... Eu nunca soube que era possível sentir ódio e amor tão intensos ao mesmo tempo por uma pessoa, até aquele momento. O ódio, eu compreendia, mas o amor... aquilo me irritou. Eu queria arrancar meu coração traidor do peito e jogá-lo sobre os cadáveres empilhados ao nosso redor.

— Irmão — a voz de Judah me arrancou da fúria interior, e nossos olhares idênticos se encontraram.

Percebi que a comuna inteira estava em silêncio. Nem mesmo uma merda de pássaro cantava à distância – a pesada cortina da morte, tantas mortes sem sentido, afugentaram toda a vida para longe deste lugar poluído.

Era por isso que eu ainda estava de pé, que ainda encarava meu irmão gêmeo. Porque também me sentia morto. Completamente morto por dentro. A única coisa que estava me mantendo ali era a raiva... raiva e consciência de que, em questão de minutos, jogaria o corpo sem vida de Judah no chão para que pudesse se juntar à sua prostituta sádica no inferno.

— Irmão — ele repetiu e levantou as mãos.

— Não! — esbravejei. — Não ouse me chamar assim!

Ele olhou em volta, observando o amontoado de corpos.

— Isso tinha que ser feito, irmão. Eu não poderia permitir que fôssemos mortos pelos pecadores. Sempre soube que esse poderia ser o nosso destino. Eu precisava estar preparado. Nosso povo, eles entenderam. Eles também *queriam* isso — ele disse aquilo com tanta calma e tanta indiferença mediante aquela porra de assassinato em massa que acabara de ordenar, que cubos de gelo percorreram minha coluna. — O diabo *nunca* triunfará sobre nós. — Sorriu e fechou os olhos. — Esta noite, nosso povo ceará com o Senhor à Sua mesa; eles se juntarão ao nosso tio, nosso fundador, junto ao rio celestial da vida eterna.

— Você é louco — sussurrei enquanto o observava se regozijar de sua glória, suas vítimas abatidas a um passo de nós.

Judah abriu os olhos e me encarou sem hesitação.

— Não, irmão. Sempre fui forte em minha fé. Era *você* quem não conseguia controlar suas atitudes e pensamentos pecaminosos. Foi você quem não conseguiu seguir os ensinamentos e as escrituras de nossas crenças. Você tinha tudo, a salvação estava na palma de sua mão, mas você jogou tudo fora.

— Era mentira. Era tudo mentira — falei com os dentes entrecerrados. Apontei para o pequeno pé de uma criança diretamente à minha esquerda. — Você tirou vidas inocentes por causa da porra de um monte de mentiras! Você poderia tê-los salvado! Poderia tê-los deixado ir embora!

— Não. — Negou em um aceno de cabeça. — Eles *tinham* que morrer. Eles *tinham* que sacrificar suas vidas pelo bem de suas almas. — E foi nesse momento que tive certeza... Eu mesmo precisava matá-lo.

Ele deveria ser morto pelas minhas mãos. Como um cão raivoso, teria que ser sacrificado.

Sem desviar o olhar, joguei a arma e a faca no chão. Os olhos de Judah se estreitaram nos meus, então andei em sua direção. Era nítido que ele viu a intenção no meu olhar quando levantou as mãos e se afastou.

— Irmão — clamou com cautela ao me ver chegar mais perto. — Você não pode fazer isso. Você tentou no passado e não conseguiu, lembra? Eu sou seu gêmeo. Sou seu único sangue... você não vai tirar minha vida... nós precisamos um do outro. Sempre precisamos.

Deixei que suas palavras passassem por mim e se afastassem em meio ao silêncio. Cerrei a mão em punho e desci o braço. Quando atingi seu rosto, não me permiti sentir nada. Judah, desacostumado a qualquer forma de violência, caiu na mesma hora no chão. Pulei em cima dele e esmurrei seu rosto, soco após soco, deixando seu sangue quente respingar na minha pele.

Eu o espanquei até que seu semblante já não se parecesse ao meu — sangrando com o nariz quebrado, lábios partidos. Eu o soquei até ofegar, meu corpo dolorido pelo esforço.

Afastei-me e passei a mão ensanguentada pelo cabelo, mas quando olhei para baixo, vi que seu olhar ainda estava focado em mim; ele piscava para tentar enxergar através de todo o sangue. Inclinei-me e aproximei a boca de seu ouvido, declarando:

— Você precisa morrer, irmão — enquanto proferia aquelas palavras, sentindo o meu peito, a dormência que havia abraçado desapareceu, me deixando exposto a uma dor crua.

Exposto à toda dor excruciante neste maldito momento.

Ele estava vivo. Judah ainda vivia... Nós viemos a este mundo juntos. Nós tínhamos passado por tudo *juntos*. Ele foi minha única fonte de conforto. Minha única familia... No entanto, eu sabia que ele precisava morrer, aqui e agora... mas eu não conseguia... Não podia...

A sensação de sua mão em minha nuca quase se tornou minha ruína. Porque não era rude ou torturante. Era gentil e carinhoso... era o toque do meu irmão gêmeo que me amou.

Judah respirou fundo, o peito estremecendo por causa dos socos que eu lhe dera. Eu fiquei quieto. Sua cabeça virou e foi a sua vez de aproximar a boca do meu ouvido:

— Cain... — murmurou, partindo meu coração em dois pelo carinho em seu tom. — Eu... Eu amo você... — Fechei os olhos e quase sufoquei com um grito estrangulado. — *Meu... irmão... meu coração...* — Seus dedos se apertaram no meu cabelo.

Lágrimas quentes escorreram pelo meu rosto, mas as deixei caindo livremente. Deixei que meu peito fosse dilacerado pela quantidade imensurável de dor em minha alma. Mantive a cabeça baixa, incapaz de continuar, mas sabendo que *precisava* fazer aquilo... Ninguém estaria seguro se ele ainda estivesse vivo...

No momento em que comecei a me afastar, ele disse:

— O mal gera o mal, Cain. Qualquer que seja o pecado que escurece minha alma, também vive em você. Nós somos o mesmo. Feitos do mesmo... Nascidos do mesmo...

Congelei. Meus lábios se separaram ao sentir dificuldade para respirar. *O mal gera o mal... O mal gera o mal...* Não consegui impedir que as palavras circulassem na minha cabeça. Cada repetição me atingiu como uma rajada de tiros.

Porque ele estava certo, mas...

— Eu nunca teria feito algo assim — sussurrei e levantei a cabeça, encarando-o sem hesitar. — Nunca teria feito algo assim... algo tão fodido... você os assassinou... todos eles...

Judah sorriu.

— Você *poderia*... Você *teria*... — Judah respondeu e meu rosto empalideceu. — Isso... — ele resmungou — foi tudo feito em seu nome. — Sorriu ainda mais e vi ar de triunfo nos olhos injetados de sangue. — Eles morreram com o seu nome em seus lábios... *Profeta Cain*.

Balancei a cabeça uma e outra vez.

— Não — rosnei. — *NÃO!* — rugi quando Judah deu um sorriso ensanguentado.

— Nós fizemos isso... nós fizemos tudo isso... *juntos.*

Quando sua voz rouca se infiltrou pelos meus ouvidos, abracei a escuridão que pairava à beira do meu coração. E deixei aquilo me consumir. Deixei o breu sombrio da raiva engolir qualquer luz restante em minha alma.

Com um rugido ensurdecedor, eu me joguei sobre ele e envolvi sua garganta com as mãos. Seus olhos se arregalaram em choque, e então vi... Vi a dúvida em seu olhar de que eu conseguiria fazer isso até o fim. Eu quase podia ouvir sua voz na minha cabeça à medida que aumentava o meu aperto.

"Você já tentou isso antes, irmão. Você não conseguiu antes, então não o fará agora. Não será capaz de olhar nos meus olhos e ver a vida se esvair em meio às profundezas... Eu sou seu irmão... Eu sou seu gêmeo..."

— Não! — gritei, respondendo à voz imaginária na minha cabeça. — Eu tenho que fazer isso! — Cuspi no rosto avermelhado. — Eu preciso... Você tem que pagar... Você tem que expiar...

Judah começou a se debater quando meus dedos apertaram ainda mais sua garganta, impedindo-o de respirar. Suas pernas se agitaram em pânico abaixo de mim, seus dedos desesperados agarraram meus braços... Mas o tempo todo, meu olhar se manteve fixo ao dele. Eu não desviei nem uma única vez enquanto sua pele foi se tornando arroxeada, os vasos sanguíneos estourando em seus olhos.

Apertei com mais força, até sentir os dedos doendo pelo esforço. Suas pernas deixaram de se debater. As mãos soltaram-se de meus braços. Lágrimas surgiram nos olhos do meu irmão gêmeo e escorreram pelo seu rosto. As minhas fizeram o mesmo, lágrimas idênticas se juntando à planície profanada.

Então, quando seu corpo se exauriu, Judah abriu os lábios e murmurou:

— *Cain... Cain...*

Meus dentes cerraram quando meu nome saiu de sua boca – meu nome verdadeiro, o nome que o ouvi falar tantas vezes com amor e carinho. O nome que o ouvira proferir às gargalhadas em nossa infância... nos bons e nos maus momentos.

E então ele ficou imóvel. E eu apenas observei, vendo a vida se esvair de seus olhos e seu corpo... Os olhos castanhos agora revestidos pelo véu da morte...

... E eu não conseguia desviar o olhar. Não conseguia afastar minhas mãos, nem conter o fluxo de lágrimas quando meu irmão e melhor amigo me encarou agora de um corpo sem alma.

Embora a noite estivesse abafada e quente, o frio cobria minha pele. Minhas mãos congelaram em seu pescoço... Eu não conseguia me mexer...

Meus braços convulsionaram. Os tremores chegaram aos meus dedos, descendo pelo pescoço de Judah. As impressões vermelhas das minhas mãos espalhavam-se como marcas de queimadura em sua pele. Fechei os olhos. Mas tudo o que vi foi o rosto sombrio de Judah murmurando: *"Cain... Cain..."*

Ele me pediu para poupá-lo... mas não pude fazer isso... Eu não podia...

Abri os olhos e me obriguei a me afastar de seu corpo sem vida. No entanto, quando me virei e deparei com centenas de fiéis mortos e envenenados, surtei. Levei as mãos ao cabelo enquanto olhava em todas as direções, procurando por algum tipo de paz. Que não encontrei.

Lágrimas embaçaram minha visão, mas pude ver os Hangmen me observando... Soltei um grito agonizante ao contemplar tantas mortes; aquele assassinato em massa, sem sentido, era demais para suportar... para compreender...

Minhas pernas cederam e eu desabei no chão... ao lado de Judah. Meu rosto se contorceu por conta da dor que me rasgava por dentro. Mas a escuridão no meu coração permaneceu; ela corria como rios por todas as minhas veias, apagando qualquer luz e bondade com a sua sombra. Inclinei a cabeça para trás e rugi. Gritei e gritei até o som da minha agonia ser o único barulho a ser ouvido.

Quando não tinha mais nada para gritar, apoiei-me em minhas mãos no chão, arfando. Respirei profunda e desesperadamente, mas nada me libertou daquela porra de angústia no peito.

De repente, uma mão tocou minhas costas. Eu me encolhi e me sentei, pronto para atacar quem quer que fosse. Mas quando olhei para cima, Smiler estava diante de mim. Ele olhou para baixo com uma expressão ilegível em seu semblante... e então estendeu a mão. Eu o encarei, sem saber o que diabos fazer.

Smiler, engolindo em seco, disse:

— Pegue.

Então o fiz. Estendi a mão trêmula e aceitei a ajuda do meu ex-melhor amigo, que me levantou do chão. Não olhei para Judah. Eu *não podia* olhar para trás.

Meu olhar percorreu os Hangmen reunidos. Todos eles sobreviveram. E todos me encararam, incrédulos.

— Rider... que porra aconteceu? — Smiler perguntou com a voz rouca, apontando para a multidão sem vida.

— Ele conseguiu sair da cela onde o prendemos. E... matou a todos. Ele os instigou a acabarem com suas próprias vidas. Um suicídio coletivo...

Eu... Eu não consegui impedi-lo. Não pude salvá-los... As crianças... nenhum deles...

Meu olhar pousou em Ky, e o rosto de Phebe, de repente, veio à minha mente.

— Phebe... — eu disse, baixinho, e corri ao redor dos corpos até chegar à linha das árvores.

Acelerei meus passos, sabendo que os Hangmen corriam logo atrás. Afastei os galhos do caminho enquanto atravessava a floresta em direção ao prédio onde as celas se situavam.

Atravessei os arbustos na parte de trás e finalmente consegui respirar. Stephen e Ruth estavam de pé perto da pequena cela ao ar livre. Eles rapidamente esconderam algo às suas costas.

Quando os olhos inchados e feridos de Ruth pousaram em mim, sua mão cobriu a boca em uma tentativa de abafar o choro. Ela virou o rosto para o peito do Irmão Stephen e soluçou.

Fiquei ali parado, congelado, sem saber o que fazer. Ouvi os irmãos atravessarem a floresta atrás de mim. As expressões de Stephen e Ruth se tornaram atormentadas pelo medo.

O som de travas de segurança sendo liberadas me fez virar. Ky, Flame e Styx apontavam suas semiautomáticas na direção dos meus amigos. Levantei a mão na mesma hora.

— Não — consegui murmurar, rouco, com o que restava da minha voz. — Esses são os desertores que me ajudaram a libertar Bella. Eles são inocentes.

Os olhos de Styx se estreitaram em Stephen. Voltando-me para ele, eu disse:

— Este homem está com a Mae. — Apontei para Flame. — Flame é casado com a Maddie.

O olhar avaliador do Irmão Stephen percorreu o *prez* e Flame.

— Obrigado — agradeceu aos dois irmãos... e a mim. — Obrigado por salvá-las quando eu não pude. Nunca poderei retribuir o que fizeram pelas minhas meninas.

Um farfalhar de folhas veio das árvores. Os Hangmen entraram em ação e ergueram as armas, preparados. Solomon e Samson apareceram, tropeçando em choque quando onze armas foram apontadas para suas cabeças. Os dois irmãos musculosos ficaram imóveis e ergueram as mãos.

— Esses são Solomon e Samson — rapidamente informei. — Eles também nos ajudaram.

— Esses desgraçados ajudaram? — Bull perguntou.

Assenti. Styx abaixou a mão, indicando que os irmãos fizessem o mesmo.

— Precisamos ir embora — Ky disse.

AK deu um passo à frente.

— Cadê a ruiva? Ela também estava envolvida nisso, não?

Minha cabeça virou para o prédio.

— Ele a levou — Solomon rosnou. — Aquele filho da puta do *Meister* a levou. Nós os perseguimos, mas ele tinha um veículo à espera na estrada lateral. Não pudemos seguir a pé.

Tanner olhou para Tank.

— Isso não é bom para ela — declarou e Tank inclinou a cabeça para trás, frustrado.

— Ela nos ajudou — aleguei, sentindo nada além de culpa. — Ela se sacrificou para nos tirar daqui. E nos pediu para ajudá-la com uma única coisa, porém falhamos.

O silêncio pesou ao nosso redor quando deixei a culpa me inundar.

Então vi um reflexo de cabelo loiro espreitando entre as pernas de Ruth e Stephen. Encontrei o olhar da mulher.

— Ele não a pegou? — perguntei.

Ruth balançou a cabeça.

— Acho que Phebe saiu daqui por segurança... ela.. ela salvou a vida da menina.

— Do que diabos vocês estão falando? — Ky perguntou, os pés inquietos. O irmão estava perdendo a paciência.

Ruth se virou para Styx.

— Phebe me fez prometer algo a ela, caso não conseguisse sair da comuna quando chegasse a hora de fugir. Ela me pediu para encontrar sua irmã no mundo exterior. O nome dela é Rebekah.

Ky se aproximou.

— É a minha esposa. Rebekah... Lilah, irmã de Phebe. Ela é minha esposa.

Respirando fundo, mas em vez de responder, ela se virou. Quando encarou Ky novamente, segurava a mão da menininha que Phebe havia salvado.

— Phebe foi encarregada como guardiã desta menina. — Ruth estremeceu. — Ela foi recentemente declarada como uma Irmã Amaldiçoada de Eva.

Foquei minha atenção em Ky, mas seu olhar estava concentrado na menina. A touca já havia sumido, e o longo cabelo loiro se espalhava pelas costas; os olhos azuis assustados encarando o *VP*.

— Porra — Ky sussurrou e engoliu em seco.

— Ela não tem pais. — O rosto de Ruth se contorceu de tristeza. — Especialmente agora. — Puxou a criança para mais perto, a abraçando. — Phebe queria que sua irmã a levasse e lhe desse uma vida boa. Ela disse...

disse que a menina a lembrava da irmã quando jovem.

Ky estava mudo, e se não estivesse enganado, seus olhos estavam marejados. Ruth esperou que ele dissesse algo, mas tudo o que conseguiu fazer foi assentir com a cabeça, vendo a mulher acariciar o cabelo loiro de Grace.

— Phebe cuidou dela, porque não suportava a ideia de que a tratassem da mesma maneira que a irmã foi tratada. Ela a manteve distante da atenção masculina. — Apontou para a criança. — Judah recentemente a nomeou Delilah. Seu nome de Amaldiçoada era Delilah.

— Qual é o nome verdadeiro dela? — A voz de Ky estava embargada e baixa.

— Grace — informei. — Phebe me disse que o nome verdadeiro dela é Grace.

Ky assentiu e disse:

— Então ela vem com a gente.

Vi os irmãos se entreolhando, sem saber o que diabos estava acontecendo. Era demais. Tudo aquilo era demais.

Styx pigarreou e começou a sinalizar, e Ky traduziu como sempre.

— *Eles vêm com a gente. Temos caminhonetes no lado leste, por onde entramos. E precisamos dar o fora daqui agora.*

Ruth levantou Grace em seus braços, a garotinha tímida escondendo o rosto em seu pescoço. E então fugimos dali. Corremos para longe daquela porra de comuna. Em menos de vinte minutos, estávamos voltando para o complexo dos Hangmen... com a comuna deixada no passado.

Junto com a minha fé.

Junto com meu irmão morto...

... junto com meu último ato de redenção.

Porque eu sabia o que viria a seguir para mim. Mas daria as boas-vindas. Eu havia matado meu irmão porque era *justo*.

Agora era hora de terminar o que havia sido iniciado há muito tempo. E isso também era justo.

CAPÍTULO DEZESSEIS

RIDER

A noite começou a cair quando nos aproximamos do complexo. Eu pilotava ao lado dos meus ex-irmãos, me sentindo entorpecido.

Toda vez que pensava no que acabara de acontecer, minha mente afastava o pensamento. Tentei pensar nos rostos de toda aquela gente morta, mas eram apenas um borrão. Tentei me lembrar do último suspiro de Judah... mas minha mente estava em branco.

Quando nos aproximamos dos portões do complexo, minhas mãos começaram a tremer. Minha tentativa de conter os tremores foi infrutífera. Pude ver Smiler me observando de sua moto ao meu lado.

No entanto, eu simplesmente não conseguia parar de tremer.

Os portões se abriram assim que paramos. Meu coração explodiu quando vi a porta do clube se abrir e Bella correr para fora, junto com Mae, Lilah e Maddie logo atrás. Beauty e Letti as seguiram, parecendo as mesmas desde a última vez em que as vi.

Os olhos frenéticos de Bella pousaram sobre o grupo. Quando seu olhar azul pousou em mim, suas mãos cobriram a boca. Lágrimas deslizaram por suas bochechas enquanto ela corria para mim. Desci da moto para encontrá-la assim que parou à minha frente.

— Rider — sussurrou, percorrendo meu corpo com o olhar chocado.

Quando olhei para baixo, percebi que estava coberto pelo sangue de Judah. Levantei a mão; os nós dos meus dedos estavam em carne viva.

Bella se aproximou e passou os braços ao redor da minha cintura. Seu semblante apreensivo refletiu o meu. Lágrimas escorriam pelo meu rosto. Os olhos de Bella se fecharam e ela respirou profundamente.

Quando se abriram novamente, ela disse:

— Você... Ele está... Ele está morto?

Assenti com um aceno de cabeça. Não houve palavras. Eu não conseguia falar. Bella colou o corpo ao meu, ignorando o sangue seco que manchava cada centímetro da minha pele. Enlacei-a com meus braços em um aperto firme.

Eu precisava dela.

Precisava desesperadamente dela.

Ouvi vozes ao nosso redor. Ouvi os irmãos descrevendo o que aconteceu.

— *Suicídio em massa... veneno... as crianças também... Rider o matou...*

Bella ficou tensa nos meus braços. Os lábios dela tremeram.

— Todos estão mortos? Os inocentes... as crianças...?

Cerrei as pálpebras e assenti com a cabeça. Bella se afastou do meu abraço. Abri os olhos para deparar com os dela repletos de tristeza.

— Ruth, Stephen, Samson, Solomon? Estão todos... mortos?

— Não — consegui responder rapidamente, depois me virei para as caminhonetes estacionadas. Hush abriu a porta e Solomon e Samson saíram. Antes que eles pudessem dar um passo, Bella correu até eles e os abraçou, chorando aliviada. Eles retribuíram o gesto, um pouco desconcertados.

Bella se afastou quando Irmão Stephen desceu do banco de trás e o cumprimentou da mesma maneira aliviada. Meu peito doía; ela nem sabia que estava abraçando o pai.

Um pai que a adorava.

Os olhos do Irmão Stephen se fecharam quando deu um beijo na cabeça dela. Recuando um passo, seus olhos examinaram a multidão. Então ele parou, e ao seguir a direção de seu olhar, vi que Mae e Maddie observavam a interação de Bella com os amigos.

Stephen então se afastou de Bella e tocou gentilmente suas pálpebras. A lembrança súbita, quando fiz a mesma coisa naquele banheiro do hotel me atingiu.

Bella olhou para ele. E vi o momento em que detectou a mudança na aparência dele. Ela deu um passo para trás, depois outro. Então repetiu o gesto dele, tocando seus próprios olhos.

— Seus olhos... — sussurrou. — Eles são... são iguais aos meus... — Bella se virou para Mae. — Eles são como os de Mae.

Stephen olhou para as três irmãs e declarou:

REDENÇÃO SOMBRIA 231

— Eu sou seu pai, Bella... Eu sou seu pai. E de Mae e Maddie também.
— O quê? — ela sussurrou.
Os olhos azuis do homem cintilavam de emoção.
— Fui exilado na comunidade dos desertores porque tentei fugir com todas vocês quando eram pequenas. — Ele apontou para Maddie. — Maddie era apenas um bebê. Você e Mae, pequenininhas.
Maddie observou Stephen, os braços em volta da cintura de Flame. Seus olhos verdes estavam arregalados enquanto ouvia a revelação de Stephen.
Styx tinha um braço sobre os ombros de Mae, que ouvia tudo aquilo, boquiaberta em total descrença.
— Por quê? — Bella perguntou. — Por que não me contou? Por que também disfarçou a cor de seus olhos? Por que omitiu essa verdade de mim?
Ele suspirou profundamente.
— Porque não queria machucá-la ainda mais. Você já passou por tanta coisa. Eu sempre soube que retornaríamos à comuna para tentar derrubá-la. Se eu morresse, não queria que lamentasse a minha perda. Você merecia ser feliz... Falhei com vocês tantas vezes antes. Não pude impedir o sofrimento pelo qual todas vocês passaram nas mãos do profeta... Eu... não sou digno de ser seu pai.
Mae começou a chorar e aninhou o rosto contra o peito de Styx. Maddie se manteve em silêncio, parecendo estar profundamente chocada. Mas Bella, não. Usando a força que sempre conseguia encontrar nas adversidades, se aproximou e colocou as mãos no rosto de Stephen.
— Eu... Eu teria lamentado a sua perda de qualquer maneira. Você tem sido minha família... você é minha família.
— Bella... — Stephen disse suavemente e beijou a bochecha dela.
— Você me salvou — ela sussurrou, abraçando-o. — Quando fui levada para Porto Rico, foi você quem não me deixou morrer. Você me curou. Você me manteve escondida, me manteve a salvo.
Ela se virou para Mae e Maddie, estendendo a mão. Mae foi até ela imediatamente. A princípio, Maddie não se moveu, mas depois deixou a segurança dos braços do marido e se juntou às irmãs. A mais nova das irmãs ainda mantinha-se cabisbaixa, porém Mae encarou o pai sem hesitação.
Stephen sorriu para as filhas que não vira crescer.
— Vocês são todas tão lindas — ele disse. — Mais bonitas do que pude imaginar.
Mae inclinou a cabeça e, para minha surpresa, deu um passo para frente, envolvendo o corpo do pai em um abraço. O semblante dele delatou seu choque, mas depois se transformou em uma expressão de profundo alívio.

Profundo alívio e amor.

Mae retrocedeu um passo, enxugando as lágrimas, e Stephen olhou para Maddie. Bella colocou o braço em volta dos ombros da irmã mais nova, que se apoiou na mais velha até estender a mão trêmula para o homem.

Stephen sorriu, segurando sua mão com gentileza.

— Prazer em conhecê-la novamente, Maddie.

Ela respirou profundamente.

— É um prazer conhecê-lo também. — Sua voz era quase inaudível, mas era nítido que seu pai não se importava com aquilo. Por um momento, a escuridão foi expulsa do meu coração.

Vi um movimento de relance, e deparei com Lilah caminhando lentamente e com o olhar focado em Stephen. Ela parou ao lado das irmãs.

— Phebe? — perguntou.

Pude ver pela devastação em seu semblante marcado que tomara consciência de que a irmã não estava conosco.

Que não consegui salvá-la.

Stephen abaixou a cabeça, e quando olhou para ela, disse:

— Você é Delilah... Rebekah?

Ela se encolheu com a menção de seu nome de batismo, mas assentiu. Ky se aproximou para ficar ao lado da esposa.

— Phebe nos ajudou a escapar — Stephen disse. — Ela sacrificou muito para nos ajudar. E foi tudo em sua honra. Sua irmã... te ama muito. Tudo o que fez, foi por você.

Lilah soluçou baixinho.

— Eu também a amo muito — chorou. Ky abraçou com força a esposa.

Stephen parecia um pouco inquieto.

— Ela foi levada por um dos aliados de Judah. Sinto muito, mas não sei para onde ele a levou.

Seu choro angustiado no ombro de Ky comoveu a todos, mas ele deixou que ela desse vazão ao seu sofrimento. Depois de alguns intantes, colocou um dedo sob seu queixo e fez com que erguesse a cabeça.

— Li — ele disse, baixinho. — Phebe pediu para você fazer algo por ela. Ela precisa que você a ajude.

— Eu não entendo — ela respondeu.

Ky segurou seu rosto entre as mãos.

— Apenas saiba que estou aqui com você, certo? Você vai conseguir fazer isso. Porra, amor, você nasceu pra isso.

Lilah agarrou os braços do marido com mais força. Então abriu a boca para falar mais alguma coisa, no mesmo instante em que a Irmã Ruth saiu de trás da caminhonete do Cowboy.

Ruth sorriu nervosamente para mim, depois se voltou para o banco traseiro. Ky puxou Lilah para frente em direção ao veículo. Os passos de Lilah eram lentos e hesitantes. Ruth levantou Grace do banco, e a esposa do *VP* estacou, em choque.

Ruth colocou a criança no chão e segurou sua mãozinha. Em seguida, aproximou-se de Lilah, levando a menina assustada e com os olhos arregalados. Grace encarou a todos que a observavam, mas quando seus olhos se encontraram com os de Lilah, a garotinha não conseguiu desviar o olhar.

Lilah arfou e Ky a abraçou com mais força.

— Você é a irmã de Phebe? — Ruth perguntou.

Ela apenas assentiu com a cabeça.

— Phebe estava cuidando desta criança. — Pigarreou para criar coragem em dizer: — Judah recentemente a declarou como uma Irmã Amaldiçoada de Eva.

— Não... — Lilah sussurrou. Bella, Mae e Maddie observavam tudo com expressões de tristeza e pesar, pois sabiam qual destino estava reservado para aquela criança na comuna.

— Judah iria despertá-la em seu oitavo aniversário — Ruth continuou. — Daqui a dois meses.

— Então ele não... Ele nunca a forçou...? — Lilah parou de falar, incapaz de concluir a pergunta.

— Não — Ruth respondeu. — Sua irmã a salvou. Ela a manteve escondida para protegê-la... se não tivesse feito isso, Delilah teria morrido hoje como todas as outras crianças indefesas.

Lilah ainda parecia congelada.

— Delilah? — sussurrou, sua voz devastada.

— Sim — Ruth respondeu. — O nome de Amaldiçoada dela é Delilah. Judah a nomeou porque ela se parecia com você.

Um gemido aflito escapou de sua boca.

Eu pigareei e disse:

— Grace.

Lilah me encarou, confusa. Apontei para a criança, que já parecia completamente apaixonada pela irmã de Phebe.

— O nome dela era Grace, antes de meu irmão a declarar como Amaldiçoada. Phebe só a chamava assim. — Afastei meu cabelo do rosto. — Ela queria que você a criasse como sua. Salvou Grace para que você pudesse lhe dar uma vida melhor. Porque ela não podia ver outra criança ser machucada da maneira como você foi — deparei com os olhos marejados de Bella —, da maneira que todas vocês foram.

Grace deu um passo para frente e puxou o longo vestido claro de Lilah. Ela olhou para baixo, ouvindo a pergunta ansiosa da garotinha:

— Você... Você é a irmã... da Tia Phebe?

O rosto de Lilah se contorceu de tristeza e, com a ajuda de Ky, ela se curvou para ficar à mesma altura da criança.

— Você tem a mesma cor de cabelo que eu — a menina disse inocentemente, e meu coração quase se despedaçou.

Ky desviou o olhar, e eu sabia que ele também estava uma bagunça de sentimentos. Lilah sorriu para a menina.

— Tenho sim.

Grace apontou para os olhos de Lilah.

— E seus olhos também são os mesmos que os meus.

— Sim — a irmã disse com a voz rouca. — Eles são azuis.

Grace inclinou a cabeça para o lado e corou. Então apertou as mãos à frente do corpo miúdo.

— Tia Phebe disse... — Olhou para Ruth esperando aprovação. Ruth assentiu com a cabeça em encorajamento. Então ela se aproximou de Lilah e disse: — Tia Phebe disse que você seria minha... mamãe? — A menina engoliu em seco. — Você vai ser... isso é verdade? Você é minha mãe? Eu nunca tive uma mãe antes.

Lilah e Ky viraram o rosto por um momento, tentando controlar as lágrimas. Então Lilah sorriu. Ela sorriu através das lágrimas e assentiu com a cabeça.

— Sim, Grace. Eu serei sua mamãe.

O sorriso da criança praticamente iluminou o céu escuro. Ela se aproximou timidamente até ser puxada para um abraço. Lilah olhou para Ky, sorrindo abertamente. Então se afastou da menininha e apontou para o VP.

— Ky, meu marido... será seu pai, Grace. Ele será seu papai...

A mandíbula cerrada do homem indicava seu estado emocional quando a pequena olhou para ele.

— Ei, garota... — ele disse com a voz rouca.

Grace lhe deu um sorriso e ouvi seu ofego emocionado.

— Você também se parece comigo — a menina atestou e apontou para o cabelo.

— Sim — Ky murmurou. — Os mesmos cabelos e olhos também, garota.

Grace olhou de volta para Lilah.

— Tia Phebe também vai morar com a gente?

Sua pergunta caiu como um balde de água gelada sobre a felicidade que Lilah havia encontrado. Stephen se agachou ao lado da garotinha.

— Tia Phebe teve que ir embora por um tempo, Grace. Ela queria que você conhecesse sua nova mamãe e papai primeiro.

Ela assentiu com a cabeça como se aquilo fizesse todo sentido.

— Nós temos uma casa? — perguntou a Lilah. — Tia Phebe disse que você teria uma casa. Com uma cama. — Fez uma pausa e depois disse: — Eu nunca dormi em uma cama de verdade antes. Apenas em um colchão no chão do quarto das crianças. O profeta me disse que eu dormiria com ele muito em breve, em sua cama. Uma cama de verdade, mas isso ainda não aconteceu.

Lilah se encolheu com aquelas palavras, e levou alguns segundos para se recompor. Contive o vômito que subiu pela garganta ao pensar no que Judah havia planejado fazer com a menina.

— Sim — ela respondeu, sem fôlego. — Nós temos uma casa... com um quarto que acho que estava apenas esperando por você.

Grace riu de felicidade e Lilah se levantou, olhando para as irmãs com uma expressão emocionada.

— Vamos, garota, venha conhecer a sua nova casa. — Ky inclinou-se e a pegou no colo. Lilah, Ky e Grace se afastaram, e o tempo todo, a garotinha os olhava em completo fascínio.

Os outros irmãos começaram a se dispersar na sede do clube. E eu não sabia o que diabos fazer. De repente, Bella estava ao meu lado, parecendo completamente atordoada por tudo.

— Bella — Mae chamou. — Vou levar Stephen e Ruth para minha casa para que possam descansar. Styx dará quartos no clube aos seus outros dois amigos. — Olhando para mim, ela sorriu e disse: — Tenho certeza de que você gostaria de passar um tempo com Rider.

Styx me lançou um olhar significativo. Entendi a mensagem; uma que não seria dita em voz alta. Então ele levantou as mãos e sinalizou para mim. Eu assenti com a cabeça, e depois segurei a mão de Bella.

— O que ele disse? — ela perguntou.

Dei um sorriso forçado.

— Que posso me limpar em seu antigo quarto na sede do clube.

O sorriso de minha esposa quase partiu meu coração.

— Ele está confiando em você de novo? — perguntou esperançosa.

— Não sei — respondi, encolhendo os ombros.

Ela tocou meu rosto.

— Venha. Você precisa descansar. Precisa de um banho.

Deixei que me levasse em direção à sede do clube, então a guiei para o antigo quarto do *prez*. Parecia exatamente o mesmo de sempre. Bella fechou a porta atrás de nós, nos trancando para longe de tudo lá fora, e ficou na minha frente. Eu não sabia o que dizer.

Minha mente estava envolta em uma névoa espessa. Meus olhos ardiam com as lágrimas derramadas. E eu estava cansado.

Cansado pra caralho.

Sem dizer mais nada, Bella começou a retirar minhas roupas. Deixei que se encarregasse daquilo; os braços flácidos enquanto ela me livrava da jaqueta e camiseta. Durante todo o tempo em que me despia, contemplei, maravilhado, aquele rosto deslumbrante, e um vislumbre de esperança começou a perfurar a dormência no meu coração.

Porque agora ela estaria livre.

— Quantos anos você realmente tem? — perguntei. De repente, percebi que ela não deveria ter vinte e três anos. Esse foi mais um dos disfarces para que Judah não descobrisse sua verdadeira identidade.

Bella ficou parada.

— Vinte e seis. Eu tenho vinte e seis anos — declarou e passou a mão sobre meu peito nu. — E você?

— Vinte e quatro — repliquei. — Mas me sinto mais velho. Sinto como se tivesse vivido mil vidas. — Encostei-me à porta. — Estou cansado, Bella. Eu estou... Estou cansado pra caralho.

Uma breve sombra de preocupação nublou seu semblante. Sem dizer mais nada, ela segurou minha mão e me puxou em direção ao banheiro. Como sempre, o lugar estava limpo e totalmente abastecido com toalhas e qualquer outra merda que você pudesse precisar; as putas do clube estavam sempre buscando aprovação. Bella foi até o chuveiro, sentindo um pouco de dificuldade para ligá-lo, mas logo o vapor tomou conta. Inalei o ar quente e fechei os olhos.

De repente, mãos suaves tocaram o botão da minha calça de couro. Olhei para baixo, vendo-a descer o tecido até se amontoar no chão. Em instante, estava nu diante dela.

Bella abaixou lentamente as alças de seu vestido, deixando-o cair aos seus pés. O corpo belíssimo se revelou para mim, e fiquei parado ali, apenas olhando.

Ela era perfeita pra caralho, tão gentil e corajosa...

Eu não a merecia.

Ela segurou minha mão e me guiou até o chuveiro. Gemi quando a água quente atingiu as feridas e os cortes em minha pele. Bella me empurrou um pouquinho para que me postasse abaixo da ducha. Naquele momento, eu não queria tomar nenhuma decisão. Não queria mais ter controle algum. Eu não queria pensar, não queria me lembrar... de nada.

A água caiu sobre a minha cabeça, ao mesmo tempo que as mãos suaves deslizavam pelo meu corpo. Ela começou a lavar a sujeira deste dia infernal – o sangue, o horror por não conseguir salvar os inocentes.

Arfei, sentindo-me sufocar, e apoiei a mão na parede para me equilibrar enquanto as memórias se infiltravam pelas rachaduras do escudo que coloquei ao redor da minha mente. No entanto, Bella não interrompeu seus movimentos. Suas mãos passaram o shampoo no meu cabelo comprido e na minha barba, limpando o sangue... todo aquele maldito sangue.

Então, um por um, os rostos dos mortos me atingiram com tudo... As centenas de rostos aterrorizados das crianças se debatendo, pedindo ajuda, sem ninguém para segurar suas mãozinhas. As pessoas que foram baleadas enquanto tentavam fugir, com medo de morrer. Os gritos, a música abafando a agonia.

E então Judah... sua respiração sufocada, ele me chamando de "irmão", dizendo que me amava enquanto eu observava seus olhos perderem a luz, a vida... *Cain... Cain...* seu maldito coração silenciado.

Um grito alto e angustiado rompeu o silêncio do banheiro. Foi só quando desabei no chão do chuveiro que percebi que aquele grito saíra de mim. Minhas pernas cederam até que precisei me sentar, debruçado sob o forte jorro de água.

— Rider! — Bella exclamou e caiu ao meu lado.

Meu longo cabelo molhado ocultava meu rosto, porém as mãos de Bella estavam lá, me guiando de volta até que me recostei contra a parede.

— Rider... baby... — sussurrou. Sua voz suave estava repleta de compaixão. Isso só agravou minha aflição.

Tentei sacudir a cabeça para me livrar das imagens indesejadas, bloquear os gritos na minha cabeça. Mas eles não se foram. Apenas se tornaram mais altos ainda. Gritos ensurdecedores de terror.

Eu me balancei para frente e para trás, colocando as mãos sobre os ouvidos. A água continuava caindo em um fluxo constante e intenso, assim como as memórias. Duas mãos envolveram meus pulsos, afastando as minhas da cabeça.

— Bella — sussurrei, a voz hesitante. — Eu o matei... Eu o matei porque ele assassinou todos eles.

Ela assentiu com a cabeça, achegando-se mais a mim até se postar entre minhas pernas para que pudesse recostar nossas testas. Chorei mais ainda quando senti sua calidez suave pairar sobre mim, as mãos macias acariciando meu cabelo e deslizando sobre minha pele. No entanto, a dor não cessava. Eu não conseguia fazê-la ir embora...

— Seus rostos nunca sairão da minha cabeça — sussurrei. Fechei os olhos com força, mas tudo o que vi foram as seringas sendo forçadas nas bocas das crianças. Seus olhos inocentes e confiantes nem ao menos resistiram àquela atrocidade. Sufoquei um soluço. — Seus gritos nunca me deixarão em paz.

Abri os olhos e levantei as mãos. Eu ainda podia ver o sangue. Era capaz de ver o sangue de Judah.

— Sangue — sussurrei. — Por favor... lave o sangue...

Bella segurou minhas mãos, e começou a limpar minha pele, seus dedos percorrendo o espesso líquido carmesim que havia em minha palma.

— Rider... — ela sussurrou. — Não há mais sangue, baby. Não tem mais nada.

— Não — argumentei, erguendo as mãos. — Ainda está aí. Eu posso ver. — Coloquei-as diante de seu rosto. — Ainda está aí... o sangue do meu irmão... Eu consigo ver...

Um som estrangulado veio de Bella. Parei e pisquei, afastando a água dos meus olhos.

— Bella? — chamei suavemente. Afastei as mãos quando ela deu um beijo na minha palma. — Não! — gritei, tentando me levantar, no entanto, escorreguei no piso escorregadio, caindo de volta no chão.

— Rider! — Bella pressionou as mãos nos meus ombros para me manter imóvel. Eu estava respirando com dificuldade, tentando levar ar aos meus pulmões. — Ouça-me... — ela implorou. — Ouça-me, por favor — repetiu quando não encontrei seu olhar.

Quando o fiz, ela estava bem diante de mim. Seu rosto a poucos centímetros do meu, as pernas ao redor da minha cintura. Seus olhos focados aos meus.

— Baby — ela sussurrou. — O que você está vendo não é real. — Ela fez uma pausa enquanto suas palavras assentavam na minha mente, e colocou a mão na minha bochecha. — Você está vendo sangue, mas não há nada aqui. Eu lavei tudo. Você está limpo. Baby, você está livre.

— Não estou. — Bati com os punhos ao lado da cabeça. — Os gritos e os rostos... Eles estão presos aqui. Não consigo... Não consigo expulsá-los. — Encostei a cabeça contra o azulejo duro. — Eu o matei, Bella... Eu o matei com as minhas próprias mãos. E vi sua descrença de que eu, seu irmão, pudesse fazer isso... ele morreu sabendo que fui eu quem o mandou para o inferno.

Bella não disse nada em resposta. Em vez disso, estendeu a mão e desligou o chuveiro.

— Venha comigo — ela disse, suavemente, segurando minha mão. Eu não tinha certeza se poderia me mover, mas quando ela se levantou, a luz do banheiro brilhou por trás de seu corpo, criando uma auréola que só confirmou que eu a seguiria para qualquer lugar.

Ela era um maldito anjo... meu anjo.

Aceitando sua mão, permiti que me puxasse para ficar de pé. Cambaleei por um momento, mas me esforcei para segui-la para fora do boxe. Ela pegou uma toalha e começou a secar cada centímetro do meu corpo.

Quando ambos estávamos secos, Bella me tirou do banheiro e me levou para a cama. Minhas pernas pesavam toneladas quando me deitei ao seu lado, contemplando seu rosto enquanto ela fazia o mesmo.

Meu olhar vagou sobre seus seios, barriga, pernas. Parei ao ver as cicatrizes em suas coxas. Uma sensação de náusea se formou na minha garganta... aquelas marcas eram fruto das Partilhas do Senhor...

— Não pense nisso — ela disse e se aproximou de mim. — Rider — suspirou. — Não haverá mais Partilhas por sua causa.

— Mas todos morreram — murmurei.

— Por causa de Judah — ela argumentou.

Balancei a cabeça.

— Eu disse a ele que os Hangmen estavam chegando e isso o fez alterar seus planos. Isso o motivou a fazer aquilo, Bella. Matar a todos. Ele preferiu que todos morressem a serem salvos. Mesmo quando tudo estava perdido, Judah, de alguma forma, encontrou uma maneira de piorar as coisas. — Sufoquei o choro. — Os rostos deles, Bella... eles... eles estavam com tanto medo...

— Shhh... — ela disse e colou os lábios aos meus, os seios pressionando contra o meu peito. Fiquei tenso por um segundo quando ela instigou o beijo, mas mergulhei em seu sabor doce, sentindo-o em minha língua.

Sob seu toque, meus músculos ganharam vida. Segurei seu cabelo em um punho. Ela gemeu contra minha boca quando me coloquei acima de seu corpo e interrompi o beijo, ansiando por vê-la abaixo de mim. Ao inclinar a cabeça para trás, minha pulsação acelerou. O longo cabelo escuro de Bella encontrava-se espalhado pelos lençóis brancos, e suas pupilas estavam dilatadas de desejo e necessidade.

Necessidade por mim.

— Bella. — Passei a mão pela sua bochecha suave. Ela segurou meus dedos e os levou aos lábios. Em seguida, beijou o centro da minha palma e a colocou sobre seu coração. Meu coração assumiu o controle e minha boca se abriu: — Eu amo você — sussurrei, as palavras se derramando da minha alma.

Suas pálpebras se fecharam... e então um sorriso curvou seus lábios. Meus batimentos aceleraram no meu peito. Ela abriu os olhos e me encarou sem hesitação.

— Eu também amo você, Rider. Por mais impossível que seja, que eu consiga compreender o conceito de amar alguém tão profundamente... Eu o amo. Com todo o meu coração... Eu amo você.

Meu corpo frio pareceu ter sido infundido com uma luz cálida.

Inclinei-me e a beijei no instante em que o som da chuva começou a bater nas janelas. Um clarão iluminou o quarto, seguido pelo estrondo de um trovão à distância. Mas nem sequer notei a tempestade, já que as mãos gentis de Bella deslizaram pelas minhas costas, sua língua duelando com a minha. Com ela, eu estava seguro. Em paz.

Engoli seus gemidos enquanto me colocava entre suas pernas. Um grunhido de prazer escapou dos meus lábios quando me coloquei em sua entrada. As mãos de Bella se moveram para a parte de trás das minhas coxas, me guiando lentamente para dentro de si. Meus braços, apoiados ao lado de sua cabeça, tremiam quando senti seu calor me envolver. Cerrei os dentes ao penetrá-la por completo. Ela inclinou a cabeça para trás, e na mesma hora afundei meu rosto em seu pescoço, depositando beijos suaves. Suas mãos enfiadas no meu cabelo me mantiveram próximo de sua pele.

— Rider — ela murmurou. Afastei os quadris, depois investi novamente em seu interior. Beijei seu pescoço novamente, então a encarei. Bella virou a cabeça no travesseiro e seus olhos se focaram aos meus... e ela destruiu meu coração com seu sorriso.

Em tão pouco tempo, ela se tornou meu tudo. Minha manhã, minha tarde e noite. Minha razão para acordar todos os dias. No final, ela fora a maior bênção pela qual eu poderia ter clamado em minhas orações.

Um anjo para o pecador supremo.

Segurei suas mãos nas minhas e as levantei acima de sua cabeça. Meu rosto pairou logo acima enquanto movia meus quadris cada vez mais rápido. E, em nenhum momento, desviei o olhar. Eu queria que Bella visse nos meus olhos exatamente o que ela significava para mim. Queria substituir os horrores em minha mente pelo seu rosto deslumbrante.

Aqueles olhos azuis de um tom cristalino, os longos cílios escuros, a pele pálida e impecável, seus lábios cheios e rosados... Eu queria falar, dizer-lhe como me sentia, mas sabia que não conseguiria. Minhas emoções eram intensas demais.

Eu só queria tê-la conhecido antes.

Queria tanto que a tivesse conhecido antes de me tornar o homem que eu era. Antes de arruinar vidas... antes de ajudar no assassinato de centenas de almas.

Seu rosto ficou embaçado. Pisquei, percebendo que as lágrimas nublaram meus olhos. As gotas caíram em seu rosto corado. Suas mãos apertaram as minhas, e ela as levou, unidas, até os meus olhos para secar todas as minhas lágrimas. Meu coração se partiu quando vi que ela também chorava.

— Bella — murmurei, me contendo.

Ela balançou a cabeça e seu rosto se contorceu em aflição.

— Não consigo suportar, Rider.

— O quê? — perguntei, deitando sobre ela; carne com carne, coração com coração.

— O que está fazendo consigo mesmo. — Bella fungou entre as

REDENÇÃO SOMBRIA 241

lágrimas. — A culpa... a culpa que está permitindo que o consuma. — Ela olhou nos meus olhos. — Culpando a si mesmo por hoje. Foi o seu irmão. Isso foi o que ele sempre fez contigo; ele manipulou você. Mesmo agora, na morte, de alguma forma, ele depositou aquela catástrofe em suas mãos, e você aceitou o fardo dessa culpa de braços abertos.

— Porque é verdade. Eu sou o culpado.

Bella olhou para mim em silêncio. Então começou a balançar os quadris em movimentos lentos e sutis. Fechei os olhos e recostei minha testa à dela. Bella libertou uma de suas mãos e a passou pelo meu cabelo, aproximando os lábios dos meus ouvidos.

— Então eu o absolvo dessa culpa. Se precisar de alguém para perdoá-lo, permita-me que lhe ofereça o perdão.

Seus quadris rebolaram mais rápido, meu corpo reagindo ao seu ritmo implacável. Mas à medida que gemia, também chorava ao ouvir suas palavras.

— Eu perdoo você, baby. Eu o perdoo pelo que você fez.

A emoção ficou presa na minha garganta. A respiração de Bella se tornou ofegante.

— Rider — ela sussurrou enquanto seu coração batia como uma maldita sinfonia contra o meu peito. — Rider...

A mão dela se fechou no meu cabelo. Meus músculos retesaram quando investi dentro dela com mais força, arfando. Bella congelou em meus braços, os seios pressionados contra o meu peito quando arqueou as costas. Ela gritou contra o meu pescoço, puxando-me para o mais perto que seria capaz fisicamente.

A sensação de seus músculos contraindo ao meu redor foi minha ruína. Incapaz de me conter, impulsionei mais três vezes e rugi com meu orgasmo, arfando e com a voz enrouquecida por tudo o que havia acontecido naquele dia. Gozei, ainda sentindo sua mão em meu cabelo enquanto sussurrava:

— Eu perdoo você. Eu te amo. Está na hora de ser livre.

Minha cabeça desabou no travesseiro. Por um breve momento, não havia rostos em minha mente, não havia vozes em meus ouvidos. Éramos apenas nós dois.

— Eu amo você — Bella repetiu.

— Eu também amo você — declarei, rouco. — Você foi a única coisa boa que já conheci em minha vida. Você era o paraíso que eu estava procurando. Não era a fé, nem as orações... só você... apenas você.

O amor iluminou seu semblante, e ela se mexeu debaixo de mim. Saí de dentro dela, puxando-a contra o meu peito assim que rolamos na cama. Seu hálito quente roçou sobre minha pele enquanto eu brincava com seu cabelo úmido.

O quarto estava silencioso. Quase como se estivesse lendo minha mente, ela disse:

— Os homens no bar estão quietos... eles devem ter ido para a cama também.

— Sim — retruquei.

Sonolenta, ela inclinou a cabeça para olhar para mim.

— Durma, baby. Amanhã será um novo dia. Tudo sempre se torna melhor quando o sol nasce novamente. Isso aliviará o fardo de sua alma.

Meu coração apertou com suas palavras. Seus olhos começaram a se fechar, porém, antes que caísse no sono, eu disse:

— Obrigado, Bella. Obrigado por me amar... por tudo. Você nunca saberá o quanto significou para mim. Quanta paz você me deu.

— Obrigada. — Ela sorriu. — Obrigada por salvar minha vida.

Em minutos, ela adormeceu. No entanto, eu mantive os olhos bem abertos. Observei os relâmpagos ganharem força do lado de fora, anunciando a tempestade. A chuva batia mais alto nas janelas e o trovão retumbava.

Olhei para o relógio na mesa e respirei fundo. Era chegado o momento de ir.

Gentilmente, a afastei do meu corpo e a deitei de costas no colchão. Parei quando ela se mexeu durante o sono, mas sua respiração voltou ao normal. Olhei para a mulher que roubou meu coração, tentando memorizar tudo dela. Gravar suas feições em minha memória.

Eu nunca me esqueceria desta noite. Em toda a minha vida, nunca me disseram, verdadeiramente, que eu era amado. Nove letras, três simples palavras, que se chocaram contra a minha alma com a força e a devastação de um cometa.

— Eu amo você — sussurrei, precisando dizer a ela novamente. — A felicidade a espera, baby. A vida será boa a partir de agora. Apenas liberdade.

Fui até o banheiro e peguei a roupa de couro no chão. Eu nem me importava que estivessem cobertas de sangue seco. Isso não importaria em breve.

Não consegui olhar outra vez para ela enquanto saía do quarto. E nem mesmo havia me dado ao trabalho de vestir uma camiseta. Meus pés estavam descalços. O bar estava deserto quando o atravessei – copos abandonados pela metade, jogos de sinuca pela metade.

Fui para saída dos fundos e saí no pátio. A chuva quente caiu enquanto eu percorria o gramado. Meus pés afundaram no chão molhado e lamacento. Meu cabelo estava colado nas minhas costas.

A cada passo dado, imaginava Bella na minha cabeça. E aquilo me fez sorrir. Eu sorri pela vida que ela teria. As coisas que ela faria e veria... a pessoa que ela amaria. E por mais que me doesse pensar nela fazendo essas coisas sem mim, amando outro alguém, aquilo trouxe uma paz ao meu coração que nunca pensei que sentiria.

Bella livre... segura.

Era uma sensação boa.

Avistei a luz fraca à frente quando atravessei a linha das árvores. A porta do velho celeiro já estava aberta e esperando por mim. Contei os passos enquanto me aproximava. Em vinte, cheguei até ali. Fiz uma pausa no batente e fechei os olhos, respirando fundo antes de entrar.

O celeiro estava silencioso enquanto eu olhava o local. Um por um, os irmãos se viraram para me ver. Encarei cada um deles, alguns à esquerda, outros à direita; um corredor formado pelos homens e que me guiaria até o local onde eu pagaria o preço pela minha traição.

Respirei fundo e segui em frente. Os irmãos, todos vestidos em seus couros e *cuts*, me observavam à medida que eu passava. No entanto, mantive os olhos fixos à frente. O som de mãos girando pés de cabra e o ruído do aço das facas acompanharam minha caminhada. Quando cheguei ao final, inclinei a cabeça e vi as algemas conectadas a correntes penduradas no telhado.

Postei-me diretamente sob as correntes, depois me virei para encarar os irmãos. Meus ex-amigos olhavam de volta para mim. Seus rostos e peitos suados refletiam o calor abafadiço vindo da tempestade. A maioria estava coberta de sangue seco, não tendo tomado banho depois do massacre na comuna.

Supus que não fazia sentido.

Olhei para os irmãos que magoei com minhas atitudes: AK, Tank, Bull, Viking, Flame. Vi os novos irmãos que nunca tive a chance de conhecer: Hush, Cowboy, Tanner... E, então, olhei para Smiler. Ele estava de pé atrás de todos, com uma expressão atormentada no rosto. Seu longo cabelo castanho estava preso e suas mãos estavam vazias. Meu coração pesou. Ele era o único. Smiler era o único a não ter nada em mãos.

Ele tinha sido um verdadeiro amigo para mim. Mesmo agora, depois de tudo. Um amigo que nunca mereci.

Incapaz de encarar seus olhos aflitos por mais tempo, foquei minha atenção em Ky e Styx. O *prez* e o *VP* estavam lado a lado na frente dos irmãos. Styx estava com o peito nu, sem nem usar um *cut*, e pude ver o porquê. Uma grande cicatriz em forma de suástica cobria seu peito – o que minha deserção havia causado. Em sua mão, havia sua faca alemã.

Sua faca favorita.

Ele olhou para mim, mas não retribuí seu olhar. Em vez disso, concentrei-me em Ky. O irmão de cabelo loiro se aproximou. Sem que precisasse pedir, ergui os braços. Ele foi até a parede e abaixou a alavanca, sem desviar o olhar em momento algum. Ouvi as correntes descendo à medida que ele vinha na minha direção.

Ele prendeu meus pulsos, e quando se afastou, encarei lugar nenhum à frente. A alavanca foi acionada outra vez e as correntes começaram a elevar meus braços. Cerrei os dentes quando meu corpo foi suspenso, os ombros rangendo de dor, e os pés a centímetros do chão.

As correntes foram travadas; eu estava pronto.

Styx avançou primeiro. Os únicos ruídos eram os dos trovões e da chuva lá fora; além dos passos nervosos e inquietos de Flame, de um lado ao outro.

O *prez* levantou a faca e apoiou a ponta sobre o meu esterno. Fechei os olhos e pensei em Bella, visualizando seu rosto. Eu precisava de força para o que essa noite traria.

Porque esta morte não seria rápida.

E eu concordava que não deveria ser.

Então veio a dor intensa da lâmina se arrastando sobre minha carne. Tentei respirar através da agonia, rangendo os dentes com tanta força que a mandíbula contraída me causou dor.

A lâmina foi afastada e ao abrir os olhos, deparei com o olhar cor de avelã ensandecido. Styx arfou vitorioso quando levou a faca para o lado do meu peito. Desta vez, mantive os olhos abertos à medida que ele completava o sinal da cruz em minha pele. Meu sangue escorria pelo peito e meus braços tremiam de agonia enquanto minha carne era rasgada. Meus ombros protestaram com a tensão para segurar meu corpo pesado, mas lutei contra os gritos que ameaçavam escapar da minha garganta.

Eu aceitaria. Aceitaria tudo.

Styx se afastou, o peito brilhando de suor.

Ky veio em seguida, vestindo apenas calça e *cut*. Seus punhos estavam envoltos em grossas correntes. O *VP* afastou o braço e deu golpe após golpe no meu rosto, minhas costelas e barriga. Minha cabeça inclinou para trás durante o ataque, meu corpo girando nas correntes. Mas ele estava longe de terminar.

Eu era um traidor.

Era hora de pagar minha penitência a Hades, sem direito a moedas nos meus olhos.

Quando os golpes cessaram, vi os irmãos se reunindo para se vingar. Fechei os olhos novamente e desta vez jurei que nunca mais os abriria.

Em vez disso, imaginei o rosto de Bella.

Imaginei seus olhos, seus lábios e sorriso. Imaginei seu toque, as palavras sussurradas... sua confissão de amor.

REDENÇÃO SOMBRIA

E mesmo quando o gosto do meu próprio sangue encheu minha boca, eu sorri. Porque pelo menos eu sabia o que realmente era o amor. E mantive esse sentimento no meu coração. Mantive esse calor no meu peito, até que a dor dos ataques dos irmãos quase desapareceu.

Até que a escuridão merecida começou a me envolver.

CAPÍTULO DEZESSETE

BELLA

Acordei sobressaltada quando um trovão ressoou diretamente acima de mim. Pisquei, encarando o quarto escuro e tentando me orientar.

O quarto da sede do clube.

Memórias de antes surgiram em minha mente, me trazendo um sorriso. *Eu amo você*, ele havia dito. *Meu Rider. Meu Rider...*

Estendendo a mão, procurei pelo meu marido. Franzi o cenho quando deparei com lençóis frios. Levantei a cabeça e percorri com o olhar o quarto iluminado pela lua.

Nada.

Levantei na mesma hora. Meu coração, por algum motivo, estava batendo acelerado no meu peito.

— Rider? — chamei suavemente. Nenhuma resposta veio. Pulando da cama, corri para o banheiro... mas estava tudo quieto.

Acendi a luz e me abaixei em busca de suas roupas. Sua calça já não estava mais lá. As botas e camiseta ainda se encontravam no lugar onde as deixei.

Não compreendi, mas um sentimento de pavor surgiu no meu peito.

Coloquei o vestido preto comprido e calcei as sandálias. Disparei pela porta, procurando-o no corredor. O clube estava em silêncio. Passei pelo bar; não havia ninguém à vista.

— Onde você está? — sussurrei em voz alta.

Agindo por instinto, saí pela porta e fui para o pátio. A chuva caiu sobre a minha cabeça, mas não me importei. Eu tinha que encontrar Rider. Algo não estava certo, eu podia sentir.

Corri pela floresta, em direção à casa de Mae, minhas sandálias escorregando no chão molhado. Eu corri e corri, forçando as pernas a irem o mais rápido possível. Quando vislumbrei sua casa, já estava lutando para respirar. Mas eu precisava buscar ajuda. Eu só sabia que precisava de ajuda.

Quando cheguei, estava encharcada. Bati na porta.

— Mae! — gritei alto o bastante para ser ouvida por cima da tempestade. — MAE!

A porta se abriu e ela apareceu à minha frente, em uma camisola vermelha.

— Bella? — perguntou, olhando para o meu estado.

— O seu noivo está aqui? — perguntei.

Mae franziu o cenho.

— Não, ele disse que tinha uns negócios para cuidar.

Meu coração bateu mais rápido e, sem dizer nada, me afastei da porta. Lilah. Eu tinha que tentar falar com ela. Pulei da varanda e subi correndo a colina até sua casa.

— Bella! Espere! — Ouvi minha irmã chamar, mas não consegui parar.

A porta se abriu antes que eu pudesse bater. Ela deslizou para a varanda e a fechou.

— Bella? — Olhou para trás. — Grace está dormindo. Pude ouvir sua voz lá da casa de Mae.

— Ky está aqui? — perguntei às pressas.

Ela negou em um aceno.

— Ele tinha que cuidar de uns negócios hoje à noite.

Balancei a cabeça e meu peito começou a arder com a chegada das lágrimas.

— Não... — sussurrei, vendo Mae, Irmã Ruth e Irmão Stephen correndo pelo caminho até a casa de Lilah.

— Bella! — Mae disse ao chegar ao meu lado.

Eu me virei para minha irmã.

— Rider... Não consigo encontrá-lo. — Virei-me para Lilah. — Styx e Ky também não estão aqui. — Coloquei as mãos na cabeça. — Estávamos dormindo e ele saiu. Por que ele sairia? Ele só vestiu a calça. Nem ao menos se vestiu para ir para onde quer que tenha ido.

Meu coração afundou quando olhei para a floresta densa. Do alto da casa de Lilah, pude ver o centro do pequeno vale.

— Não — sussurrei ao avistar as luzes fracas à distância. — O celeiro — eu disse, baixinho. — Não! — E comecei a correr.

— Bella! — Ouvi Mae me chamar. — Ruth, Stephen, fiquem aqui com Grace. Lilah, venha comigo. Precisamos chamar a Maddie.

Ouvi minhas irmãs conversando atrás de mim, mas só conseguia me concentrar no meu destino. Meus olhos estavam fixos no celeiro à medida que eu corria através da lama e da chuva. Ramos se chocaram ao meu rosto, e galhos caídos feriram meus pés. Mas não me importei. Eles estavam com o Rider... estavam com o meu Rider. Eu sabia disso.

— Rider... — sussurrei enquanto acelerava minha corrida desesperada. — O que você fez?

Eu respirava com dificuldade, já sem fôlego algum, mas ignorei a sensação desconfortável que surgiu em meu peito. Finalmente cheguei ao antigo celeiro à direita. A luz fraca do lado de dentro escapava pelas fendas nas paredes de madeira. Eu podia ver o movimento lá dentro. Havia pessoas ali.

Rider.

Obrigando meus músculos fatigados a seguir adiante, corri para a porta. Senti como se o tempo estivesse quase parando. Segurei o ferrolho e pareceu levar uma eternidade até que conseguisse abri-la. A imagem à minha frente arrancou toda a felicidade recém-descoberta do meu coração.

— Não — sussurrei, enquanto meus olhos se fixavam no final do celeiro.

Rider... Rider; machucado, retalhado e espancado, pendurado em correntes. A cabeça dele estava inclinada sobre o peito ensanguentado, o cabelo castanho e úmido cobrindo seu rosto.

— PAREM! — gritei e corri naquela direção.

Levantei as mãos e comecei a empurrar os homens altos, animados e sedentos de sangue para fora do meu caminho. Perdi o fôlego quando seus corpos grandes colidiram com o meu. Mas ninguém me impediria. Meus ouvidos se encheram com o som do meu sangue zunindo enquanto eu avançava para alcançá-lo. Passei pelo último que estava à minha frente e parei diante de Rider.

— Rider — chorei quando o vi de perto.

Seu corpo pendia em um ângulo estranho. Uma cruz gigante havia sido esculpida em seu peito, e seu rosto estava ensanguentado e inchado.

— Rider — chorei angustiada. Seus olhos tentaram se abrir ao som da minha voz. Quando ouvi os homens se acalmarem atrás de mim, minha intensa tristeza se transformou em uma onda de raiva. Um sentimento tão incontrolável que não pude conter minha ira.

Eu me virei e encarei os homens que haviam ferido tão perversa e cruelmente, aquele a quem eu amava. Eles ofegavam por conta do esforço, a adrenalina correndo solta pela tortura doentia. Recuei e me levantei até

REDENÇÃO SOMBRIA

me postar diante de Rider. Estendi os braços para os lados.

Eles não o tocariam de novo.

O amado de Mae, Styx, deu um passo à frente, o peito nu respingado com o sangue de Rider, e com uma faca suja na mão. Seus olhos cor de mel estavam iluminados por um fogo vingativo, e se estreitaram em mim.

O marido de Lilah apareceu ao lado dele. Seus punhos estavam envoltos por correntes manchadas pelo sangue do meu marido. Entrecerrei os dentes, rosnei:

— Afastem-se! Não se atrevam a chegar mais perto!

Todos os irmãos se aproximaram. Eu sabia que deveria estar assustada. O que eles não sabiam, no entanto, era que estavam longe de ser a pior coisa que já havia enfrentado na vida. E, então, a única coisa que me aterrorizou foi o pensamento de que poderiam tirar o amor da minha vida.

— Bella, vá embora, porra — Ky ordenou com a voz áspera e ameaçadora. Ele respirava com dificuldade, o cabelo loiro úmido de suor.

Balancei a cabeça e me afastei mais. As pernas de Rider roçaram em mim e meu coração se despedaçou quando o simples toque do meu corpo ao dele, arrancou-lhe um gemido sofrido.

— Bella — Ky rosnou outra vez. — SAI DA FRENTE!

— NÃO! — gritei de volta e estiquei os braços ainda mais, protegendo Rider deles. — Se quiserem ele, terão que passar por mim primeiro.

— A gente pode dar um jeito nisso, boneca. — Um homem ruivo gigante olhava para mim. — Seu garoto aqui está pagando o preço por ser um traidor. O filho da puta tem que pagar. Ele fez esse acordo conosco quando entrou no clube, cinco anos atrás. Ele sabe o que precisa ser feito.

— Não — retruquei. — Vocês não o machucarão mais.

O ruivo riu ironicamente.

— Sim, nós vamos. Você não pesa mais do que cinquenta quilos, docinho. Você não vai nos impedir. Seu homem vai morrer. Esse é o preço que ele está disposto a pagar. Esta noite, ele vai para o Hades.

Senti meu sangue esvair do rosto, mas me mantive firme. Obriguei-me a continuar firme quando dois dos homens avançaram na minha direção. Então um suspiro alto soou do fundo da sala. Olhei para a porta e vi Mae, Lilah e Maddie correndo para o celeiro. Elas ficaram boquiabertas ante a cena que se desenrolava diante de seus olhos.

Mae avançou primeiro, caminhando por entre os homens. Seus olhos azuis percorreram o corpo abatido de Rider, enchendo-se de lágrimas.

— Bella... — murmurou, aflita. — Meu Deus, o que eles fizeram?

Styx a segurou pelo pulso e a puxou para o seu lado. Os maridos de Lilah e Maddie seguiram o exemplo, puxando suas esposas para seus braços e para longe de mim.

— Bella — Maddie sussurrou, balançando a cabeça ao ver Rider pendurado nas correntes.

Ky rompeu o silêncio.

— Chega! — gritou, me encarando em seguida. — Bella, estou pouco me fodendo pra quem você é, e, Lilah — ele se virou para encarar a esposa, depois Mae e Maddie —, vocês sabem que não devem se meter nos negócios do clube, caralho.

Styx sinalizou alguma coisa para minha irmã. Ela abaixou a cabeça, apreensiva. Ky cruzou os braços sobre o peito musculoso.

— Vocês precisam ir embora. — Ele inclinou a cabeça para Rider. — Ele fodeu com a gente. Agora tem que pagar com vida dele, porra. Não espero que entendam isso, mas é assim que as coisas são. Cadelas ou não, vocês não têm o que dizer sobre isso. Esta noite, ele morre. E bem devagar.

Balancei a cabeça em total descrença perante a crueldade de suas palavras, e liberei minha fúria.

— NÃO! — berrei em seu rosto. — É *você* quem não entende!

Ky arqueou uma sobrancelha, mas não me importei com sua condescendência. Era a minha vez de falar. Eu estava cansada de ser silenciada por homens. Agora eu falaria e eles iriam ouvir!

— Você sabe o que ele precisou enfrentar? Ao menos se importa em como a vida dele tem sido? Já perguntou por que ele fez o que fez? Ou por que fora criado do jeito que foi? *Não*! Nenhum de vocês parou para pensar nisso. Se tivessem refletido, não fariam isso com ele!

— Foda-se a criação dele, caralho — exclamou um dos irmãos, o homem com a cabeça raspada, Tank.

Encontrei os olhares entristecidos de minhas irmãs, todas protegidas pelos seus homens. E eu ri, mas a risada não continha absolutamente nenhum pingo de graça. Olhei para Rider, e minha alma se afligiu. Eles não se importavam. *Como eram capazes de não se importar?*

— Como são capazes de não se importar? — perguntei em voz alta.

— Como podem dizer que não se importam com a vida dele, quando suas mulheres sofreram um destino semelhante? — Encarei Styx. — Mae foi criada da mesma maneira. Desde o nascimento, para agir de um certo modo, acreditar em certas coisas. — Olhei para Ky. — Lilah foi separada de sua família, e eles nunca se importaram com o fato de ela ter sido arrancada de seus braços, porque acreditavam que ela fora criada pelo diabo. — Apontei para seu rosto. — Minha irmã feriu a si mesma por causa do que aconteceu com ela na comuna! Por causa do que fomos ensinadas a crer!

Ky tremeu de raiva e apontou para Rider.

— Pela mão dele! Ele deixou ela ser estuprada, cadela! Ou você perdeu a cabeça?

— Ele não fez isso! — rebati. — O *irmão* dele fez. Você pode colocar a culpa nele pelo que aconteceu, mas ele não autorizou tais atos. Ele não ordenou esses crimes. Até sua esposa acredita nisso, apesar de estar aterrorizada demais para dizer isso na sua cara!

Ky sacudiu a cabeça para encarar Lilah. Ela manteve a cabeça baixa.

— E Maddie — eu disse, com a voz mais suave. — Ela recebeu o pior entre todas nós... — Flame, seu marido, mostrou os dentes em resposta e a abraçou mais apertado. — Judah, irmão de Rider, sem dúvida colocaria crianças para sofrerem o mesmo abuso sofrido por ela. Mas ele não teve essa chance por causa de Rider. E ele foi jogado na prisão após *matar* um homem que estuprava uma criança! Ele sofreu espancamentos diários, porque tentou lutar pelo que era certo. Ele salvou a vida de uma mulher que mal conhecia, porque não podia ver mais um inocente atormentado sob o disfarce de nossa crença. Ele me trouxe de volta para minhas irmãs, porque tudo que queria era que eu fosse feliz. E ele, voluntariamente, atravessou os portões do inferno, sabendo que iria morrer!

Meus lábios tremeram e eu enfrentei minhas irmãs. Cada uma delas.

— Se soubesse que meu retorno significaria sacrificar sua alma atormentada, por seus homens implacáveis, nunca teria permitido que viéssemos pra cá. — Os olhos de Mae se arregalaram. — Queríamos liberdade e benevolência. Mas tudo o que vi, desde que cheguei aqui, é crueldade e sede vingativa de sangue.

Dei um passo à frente e minhas pernas ameaçaram ceder. No entanto, obriguei-me a permanecer firme. Eles não me veriam desabar. Suspirando, eu me dirigi a Styx:

— Nenhum de vocês culpou minhas irmãs por estarem condicionadas aos costumes da Ordem. Vocês tiveram pena delas. Deram-lhes segurança e orientação sobre o mundo exterior. Mas porque Rider é homem, vocês não lhe mostram piedade. — Lágrimas quentes deslizaram pelo meu rosto, e abafei um soluço. — Ele foi tirado dos seus pais, criado em isolamento. Ficou sozinho a vida inteira, apenas com seu irmão gêmeo manipulador ao lado. Nunca teve ninguém que se importasse com ele... Que o amasse da maneira que merecia ser amado. — Respirei profundamente. — Nós, as Irmãs Amaldiçoadas, pelo menos tivemos umas às outras. Ele tinha apenas o irmão... o mesmo que ele acabou de matar para nos salvar... para salvar todos vocês!

Voltei para Rider, quase me despedaçando quando vi uma lágrima cair do único olho que foi capaz de abrir. Coloquei uma mão em sua cintura.

— Eu amo você — sussurrei.

Depois me virei, e toda a minha energia se foi.

— Ele matou a única pessoa que tinha na vida, porque sabia que o mundo seria um lugar melhor sem ele. — Encarei Ky. — Você seria capaz de matar Styx com as próprias mãos? Se fosse preciso? — Balancei a cabeça. — Você não poderia, assim como nunca poderia matar Mae, Lilah ou Maddie. Mas Rider matou. E, agora, percebo que ele o fez, sabendo que se entregaria a vocês... para ser torturado, punido e morto.

Sequei minhas lágrimas.

— Mas se vocês o tirarem de mim, também tirarão meu coração. — Encontrei os olhares das minhas irmãs. — Vocês vão tirar minha razão de viver. Contra todas as probabilidades, nós nos encontramos no inferno. Não deixarei que vocês o tirem de mim quando finalmente chegamos ao fim da traiçoeira jornada para os portões do céu. E se o matarem... então podem me matar também.

Abaixei a cabeça e me senti derrotada. Mas quis dizer tudo aquilo. Eu não havia chegado tão longe para viver sem ele.

— Ele merece viver — sussurrei. — Um homem que arriscaria tudo para expiar seus pecados de tal maneira... um homem que se sacrificaria para que outros pudessem viver, merece ser salvo. Como... — quase sufoquei — Como não conseguem ver isso? Como podem ser tão frios?

Recuei até encostar-me às pernas de Rider. E me mantive firme. Eu não me moveria a menos que eles o libertassem... ou me matassem primeiro.

Todos os irmãos me encararam, depois se entreolharam. Ky finalmente avançou, seu olhar transmitia uma dureza implacável. E meu coração se partiu. Eu pude ver sua resposta.

Rider morreria.

Então, eu também morreria.

— Bella — Ky disse, severamente. — Sai da...

Suas palavras foram interrompidas quando Lilah se afastou de sua proteção, e se postou ao meu lado.

Olhei para minha irmã com espanto. Ela sorriu timidamente e segurou a minha mão.

Então sua atenção se concentrou no marido, que a encarava, boquiaberto.

— Li! — Ele se aproximou dela, mas minha irmã estendeu a mão e balançou a cabeça. — Depois do que esse filho da puta permitiu que fizessem com você? — perguntou. — Depois de toda a merda que passamos desde que você voltou daquele inferno?

— Ele tentou salvar Phebe. Ela confiava nele. Acreditava nele. E salvou Grace para que nossas vidas pudessem ser abençoadas com um filho nosso.

Agarrando um punhado de cabelo, ele gritou:

— E ele deixou que você sofresse um estupro coletivo! Deixou que fosse queimada, chicoteada e estuprada!

Eu me encolhi quando ele gritou essas palavras. Mas Lilah se manteve calma.

— Isso aconteceu *comigo* — ela disse, suavemente, e meu peito inchou com orgulho. Lilah encontrou o olhar torturado do marido. — *Tudo* isso aconteceu comigo. E *eu* escolhi perdoá-lo. Escolho ver sua vida poupada. Não verei mais sangue sendo derramado em meu nome. — Fungou, baixinho. — A comuna não existe mais por causa dele. Ele matou para que pudéssemos ter uma vida. Salvou Grace de Judah, para que pudéssemos tê-la como nossa.

Ky virou a cabeça. E vi um lampejo de movimento à minha esquerda. Fiquei a postos, esperando que alguém tentasse chegar até ele em meio à distração. Em vez disso, vi Maddie saindo dos braços do marido. Flame avançou para puxar a esposa de volta, no entanto, ela se virou para ele, e com uma energia que eu desconhecia, gritou:

— Não!

Flame cambaleou em choque enquanto a observava caminhar na minha direção. Ela assentiu com a cabeça para mim e segurou a mão de Lilah.

Uma parede. Criamos uma parede de proteção em volta do meu marido.

Maddie endireitou os ombros.

— Maddie... — Flame sussurrou com uma voz triste e gutural.

Ela encontrou os olhos do marido.

— Eu amo você, Flame, mas não vou perder minha irmã. Não deixarei que Rider seja morto. Estou cansada de toda mágoa e sofrimento.

— Ele machucou você. Ele tirou você de mim — Flame rosnou.

Maddie sacudiu a cabeça.

— Não. Ele me deixou ir. Foi o irmão dele quem me levou de você. O irmão, a quem ele matou para nos salvar. — Ela colocou a mão sobre o peito. — Flame... Ao machucar Rider, você vai me machucar. No fundo do meu coração.

Os olhos negros e sombrios brilharam.

— Não — ele disse. — Eu não quero que você se machuque. Isso não vai acontecer.

— Eu sei que você não vai me machucar — ela disse e sorriu, com nada além de amor em seus olhos.

Flame olhou para seus irmãos, depois jogou as facas no chão. Ele se virou para o homem ruivo ao seu lado e arrancou a barra de ferro de sua mão. O homem de cabelo escuro do outro lado balançou a cabeça, mas também largou a faca ensanguentada. Flame encarou os homens e gritou:

— Joguem as porras das armas no chão, ou eu mato todos vocês bem onde estão! Nenhum de vocês vai tocar na Maddie. Ninguém!

Um lampejo de esperança surgiu dentro de mim quando os irmãos começaram a se entreolhar indecisos. Então meu coração quase explodiu quando Mae saiu de trás de Styx. Ele não se moveu enquanto observava sua noiva caminhar em minha direção.

— Mae... — eu disse, suavemente.

Ela parou na minha frente e olhou para Rider pendurado nas correntes.

— Um homem que sacrifica tudo pela mulher que ama, merece ser salvo. Eu concordo plenamente. Porém, mais do que isso — sorriu para mim e beijou minha bochecha —, ele merece alguém corajoso para lutar por ele, para mostrar que ele é bom, mesmo quando acredita que não é. Ele merece você... tanto quanto você o merece. — Virando-se para Styx, ela declarou: — Para chegar ao Rider, vocês precisam passar pela Bella. — Respirou fundo e depois disse com firmeza: — E para chegar até ela, terão que passar por todas nós.

Mae segurou a minha mão. Como uma barricada, enfrentamos os chamados homens do diabo. As Irmãs Amaldiçoadas de Eva, protegendo o falso profeta deposto da Ordem... e eu nunca me senti tão livre.

— *Prez?* — alguém finalmente falou. — Você vai ficar aí e deixar essa porra acontecer? Essas cadelas não têm lugar aqui. Elas não têm que se meter nesses assuntos.

Mas Styx não respondeu. Ele estava focado em Mae, os braços cruzados sobre o peito e a mandíbula tão tensa quanto o resto do corpo.

Rider soltou um gemido baixo, atraindo minha atenção.

— Ajudem-me — pedi às minhas irmãs com urgência.

Corri até ele, tentando alcançar as correntes. Mae foi para a parede e a vi puxar uma alavanca. As correntes rangeram alto quando começaram a abaixá-lo. Estendi a mão e segurei seu corpo machucado em meus braços.

— As chaves — Lilah disse a Mae, que as pegou de um gancho na parede e as levou aos pulsos de Rider.

Minhas irmãs abriram as algemas enquanto eu me inclinava sobre o rosto inchado e machucado de meu marido. Seu único olho aberto me seguiu delirantemente. Ele gemeu quando um de seus braços pendeu livre da corrente. Esfreguei os músculos com a mão, tentando fazer o sangue fluir de volta para seus membros.

— Bella — Rider disse com a voz rouca. — Você deveria... me deixar... morrer...

— Nunca, baby... *Nunca* — respondi balançando a cabeça.

Uma lágrima escorreu do seu olho, e eu a limpei com o polegar.

— Ajude-me a movê-lo — pedi a Maddie.

Ela foi para o outro lado de Rider e tentamos levantá-lo do chão. Rider gritou de dor.

REDENÇÃO SOMBRIA

— Ele é muito pesado — Maddie lamentou.

Lilah e Mae olhavam, incapazes de ajudar mais. Uma se recuperava de uma cirurgia, enquanto a outra estava grávida. Eu não deixaria que se machucassem.

— Está tudo bem — declarei. Acariciei o longo cabelo de Rider, afastando os fios da ferida em seu peito. — Vou ficar aqui com ele. Tragam água e curativos. — Segurei a mão flácida. — Ficarei aqui com ele até que possa andar novamente... até que ele possa ir embora deste lugar infernal.

— Bella... — Mae suspirou e pude ouvir a tristeza em sua voz.

Eu amava minhas irmãs, mas ela sabia que eu não ficaria aqui sem Rider. Eu não viveria em um lugar dominado pelo ódio.

Nunca mais.

Olhei para cima, prestes a implorar que minhas irmãs fizessem o que pedi, quando alguém começou a caminhar por entre o grupo de homens. Murmúrios baixos vieram dos irmãos. Um homem de cabelo comprido se aproximou de nós. Inclinei meu corpo sobre o de Rider, para protegê-lo do que quer que este homem estivesse prestes a fazer. Ele, porém, ergueu as mãos.

— Smiler? — Mae indagou. Levantei a cabeça e deparei com o melhor amigo de Rider.

Ele avançou.

— Posso? — perguntou.

Lilah sorriu para mim e assentiu com a cabeça. Eu confiava nela completamente.

Ainda segurando a mão de Rider, me inclinei para trás e deixei que ele se aproximasse. Ele se agachou e passou os braços ao redor das costas de seu amigo, puxando-o para cima. Postei-me ao lado para ajudá-lo a sustentar o peso. Olhei para Smiler e meu coração se apertou. Suas roupas estavam limpas. Ele não possuía arma alguma consigo. Além de não ter manchas sangrentas em seu peito.

Aquele homem não havia participado da punição.

— Precisamos levá-lo para o meu quarto — Smiler declarou, apoiando a maior parte do peso de Rider enquanto o carregávamos adiante.

Senti minhas irmãs seguindo em nosso encalço, e a sensação que tomou conta de mim quase me fez cair de joelhos. Embora estivesse me sentindo mais do que perdida neste mundo exterior, tão distante quanto me sentia das mulheres que eram agora, isso afastou todas essas preocupações.

Saímos do celeiro e Smiler indicou com a cabeça um veículo ali próximo.

— Vamos colocá-lo na caminhonete; vou levá-lo até a sede do clube. Os pés de Rider se arrastaram pelo chão lamacento enquanto tínhamos dificuldade para suportar seu peso. Mas nós o colocamos na caminhonete, e ao me sentar, coloquei sua cabeça em meu colo. Quando Smiler se afastou, olhei para meu marido e acariciei o cabelo emplastrado. Seu único olho aberto estava mais uma vez focado em mim. Nenhuma parte branca era visível, o olho agora totalmente injetado de sangue. Mesmo em seu olhar devastado, era visível seu amor irradiando por mim... mas, para minha tristeza, também pude ver arrependimento.

Ele queria morrer.

Ele *ainda* queria morrer.

Inclinei-me e beijei sua testa.

— Eu não vou deixar isso acontecer — eu disse, apenas para que ele ouvisse. — Não o deixarei sozinho nunca mais.

Rider cerrou a pálpebra e caiu em um sono profundo. Pouco depois, o colocamos no quarto de Smiler, na sede do clube. Ele o depositou na cama, enquanto o amigo – aparentemente um aprendiz de médico – fechava suas feridas.

Minhas irmãs e eu, em silêncio, limpamos as feridas do meu marido, e à medida que o sangue era lavado de seu corpo, rezei para que a água purificadora trouxesse um renascimento.

Eu não tinha certeza de quanto sofrimento Rider acreditava que deveria suportar para finalmente se redimir. Mas eu sabia – todos sabíamos – que ele havia sofrido o suficiente. Eu só precisava que ele também acreditasse nisso.

Porque eu o amava.

E eu ficaria feliz em ser a *sua* redenção, desde que ele finalmente se perdoasse primeiro.

REDENÇÃO SOMBRIA

CAPÍTULO DEZOITO

STYX

— Mas. Que. Porra! — Viking grunhiu quando ouvimos a caminhonete de Smiler se afastar do celeiro.

Eu não havia saído do lugar. Não dei nem uma porra de passo. Meus músculos do peito estavam prestes a explodir pela tensão. Ky passou a mão pelo rosto.

— Que porra foi essa? O bastardo não pagou por ter nos traído.

Olhei para as poças de sangue no chão, logo abaixo das correntes. Mas minha visão turvou até que tudo o que podia enxergar era Mae, segurando a mão de Bella, com o olhar fixo ao meu. Nunca a vi tão determinada sobre qualquer coisa como naquele momento. Apesar de ter ficado irritado pra caralho naquele momento, meu coração sombrio também inchou com orgulho.

Ela apoiara Bella. Todas as quatro irmãs ficaram de pé, protegendo a vida daquele pedaço de merda. Como lindas guerreiras.

Virei-me para encarar meus irmãos que me observavam com atenção. Tank inclinou a cabeça.

— Não podemos deixar ele viver, *Prez*.

Cerrei a mandíbula.

Mae. Puta merda, Mae. Eu tinha certeza de que ela nunca se rebelaria contra mim. Mas não sabia que faria isso pelas irmãs. Agora eu sabia.

AK passou a mão na nuca.

— Smiler, aquele maldito. Que merda ele estava fazendo? O filho da puta acabou de olhar nos nossos olhos com zero de vergonha enquanto carregava o imbecil para fora daqui.

Lembrei daquilo, mas mais do que isso, lembrei de como Mae seguiu atrás deles, segurando as mãos de suas irmãs... sem nem ao menos olhar para mim.

— Ajudando o irmão dele — Cowboy respondeu de onde estava encostado contra a parede do celeiro. O descontraído cajun mantinha os braços cruzados sobre o peito musculoso e o pé apoiado na madeira. Ele parecia incrivelmente entediado, ao contrário do restante dos irmãos. Cowboy apontou para Hush ao lado dele. — Vocês nunca me veriam cortando esse cara por vingança. — Balançou a cabeça. — Nem mesmo se ele detonasse uma cidade inteira, eu não faria isso. — Inclinou a cabeça na direção da porta. — Smiler não deu um único soco no Rider. Acho que ele ainda o vê como sua família. Acho que também o perdoou.

Viking riu.

— Acho que já está na hora de você colocar um absorvente, Cowboy. Essa sua TPM está deixando você realmente emotivo.

Cowboy deu um sorriso frio para Viking.

— Diga o que quiser, irmão, mas você não aproximaria uma faca da cabeça do Flame ou AK tão cedo. Você morreria por eles primeiro.

Vike mostrou o dedo do meio para Cowboy, que inclinou a ponta do seu Stetson em resposta. O cajun estava absolutamente certo.

Olhei para Bull e sinalizei:

— *Diga para os recrutas limparem este lugar.*

Fui em direção à porta, mas antes de chegar lá, Viking disse:

— Então, *Prez*? Vamos apenas deixar o cara se safar depois de toda a merda que ele fez?

Minhas costas retesaram quando ouvi o tom irritado em sua voz, mas não respondi. Continuei caminhando, até que ele falou outra vez:

— Você é a porra do *prez* dos Hangmen! Não pode deixar a sua cadela impedir essa matança! Esta noite foi uma piada do caralho. Você deveria ter agarrado as cadelas pelos cabelos e as jogado para fora daqui! Bocetas não interferem nos negócios dos Hangmen. Você ficou lá como um idiota e deixou que elas o levassem!

Acho que tive um apagão ou algo assim, porque a próxima coisa que vi foi o enorme corpo pálido contra a parede, a garganta envolta pela minha mão. Eu podia ouvir os gritos dos irmãos atrás de mim, mas não me importei. Toda a minha atenção estava focada nesse merda. Seus olhos se fixaram aos meus e seu rosto ficou vermelho. A raiva queimando através de mim, expulsou as palavras que saíram da minha boca defeituosa:

— V-você quer ser a p-porra do *p-prez*? V-você quer ti-tirar essa m-merda das m-m-minhas m-mãos? — Bati a mão livre sobre o distintivo de "*Prez*" no meu *cut*. — V-você q-quer isso? Porque e-estou cansado de to-toda essa m-m-merda! — Meus dedos pressionaram ainda mais sua garganta. Inclinando para perto, eu disse: — V-v-você me-menciona a M-Mae de novo e e-eu m-m-mato v-você!

Os olhos de Viking se arregalaram. Abaixei o braço e o filho da puta desabou no chão.

Virei para encarar meus irmãos, com os braços abertos. Todos me encaravam em um silêncio chocado.

— M-mais a-a-alguém tem a-algo a di-dizer? — rugi, meus lábios se curvando de pura raiva.

Nenhum filho da puta disse nada.

Abaixando os braços, saí do celeiro e deixei que a água da chuva limpasse o sangue da minha pele. Ouvi o som de passos me perseguindo, e não me surpreendi quando Ky parou ao meu lado. Eu me virei para a densa floresta e segui em direção à minha cabana.

— Porra, Styx! — comentou, abismado. — Você acabou de falar, porra! Os irmãos estão lá, parados como zumbis, completamente chocados!

Continuei andando, sentindo a pulsação latejar no meu pescoço.

— MERDA! — gritou e fechou as mãos em punhos. — Nossos pais devem estar se revirando nos túmulos pelo que acabou de acontecer! Não podemos deixar nossas cadelas fazerem isso de novo; os irmãos estão certos. Porra, nossos pais teriam dado um tapa na bunda das mulheres deles por fazerem algo assim. Isso não pode acontecer. Elas precisam manter a boca fechada.

Não respondi e acelerei meus passos.

— Styx — Ky chamou enquanto me seguia pela trilha encharcada. — STYX!

Eu me virei e gritei:

— Q-q-que po-porra v-v-você e-espera que eu f-f-f-faça?

A chuva caiu no meu rosto e passei a mão pelo cabelo. Sabendo que não conseguiria falar, sinalizei:

— *Você vai dar uma prensa na Lilah por causa desse showzinho de merda? Acha que Flame vai trancar Madds e espancá-la por ficar contra ele?* — Cerrei a mandíbula com força. — *Não, o filho da puta mataria qualquer irmão que achasse que ele faria isso. E não pense nem por um segundo que eu não mataria qualquer idiota neste clube que quisesse punir Mae em meu lugar.* — Um rosnado retumbou no meu peito. — *Eu mataria a todos, Ky. Se qualquer filho da puta tentar falar com ela sobre essa maldita interrupção, eu vou arrancar suas línguas.*

Apontei para Ky.

TILLIE COLE

— *E nós dois sabemos que você não vai fazer merda nenhuma com a Li. Então me diga você, irmão. Que porra vamos fazer agora? Porque Bella não vai nos deixar chegar perto daquele desgraçado. E Mae, Madds e Li também não vão nos deixar tirar Bella da porra do caminho para chegar até ele.*

Ky suspirou e se recostou contra uma árvore.

— São as regras, Styx. Ele precisa morrer. Nenhum traidor dos Hangmen foi poupado desde que o clube foi fundado. Seremos os primeiros a deixar essa merda acontecer? — bufou e deu uma risada de escárnio. — Vão rir da gente.

— *Porra, eu sei!* — sinalizei, conseguindo me acalmar. — *Os caras querem sangue. Nossas cadelas querem que ele fique vivo.*

Ky balançou a cabeça.

— Não podemos. A dívida precisa ser paga.

Fui para a árvore em frente a ele e pairei sobre meu amigo. Tudo em que eu conseguia pensar era no que Bella falou sobre perdoarmos Mae, Li e Madds. Sobre como se tudo se resumisse a isso; se eu mataria Ky, ou se ele me mataria.

— *Você faria isso?* — Ky observou minhas mãos. — *Se você tivesse que me matar, seria capaz de fazer isso?*

Ky desviou o olhar para a floresta. Não achei que o irmão responderia.

— Não. Não mesmo. — Balançou a cabeça.

Fechei os olhos e lembrei da cena em que Rider enforcava o irmão no chão da comuna. A porra do olhar em seu rosto enquanto observava Judah se debater debaixo dele... As centenas de corpos ao seu redor enquanto tirava a vida de seu próprio sangue.

Puta merda.

— Essas cadelas nos têm em coleiras, você sabe disso, não sabe? — Ky declarou, e abri meus olhos. Ele sorria enquanto olhava por cima do meu ombro. Meu peito ficou mais leve quando sorri de volta. — Éramos mais fortes antes — disse, e desta vez seu sorriso diminuiu. — Antes das mulheres. Você e eu éramos inquebráveis. Uma unidade implacável. Agora... — Encolheu os ombros.

— *Você está me dizendo que gostaria de nunca ter conhecido a Li?* — sinalizei.

Seus olhos se voltaram na direção de sua cabana e aquele sorriso de merda ressurgiu.

— Não. Porra, eu *deveria*. Depois dessa merda que elas fizeram esta noite, eu deveria... mas não consigo. Aquela cadela é a minha criptonita — bufou. — E ela também sabe disso. E agora tenho a Grace. — O irmão balançou a cabeça. — Porra, Styx. Acabei de ganhar o que pensei que nunca teríamos. Não vou foder com tudo agora. Você viu a mudança em Li tanto quanto eu. Ela está feliz, *Prez*. Ela está *feliz* pra caralho.

Pensei em Mae naquela maldita sala de ultrassom algumas semanas atrás, e entendi o que ele queria dizer. Porque, *porra*, ela também estava feliz.

— *Vou entrar* — sinalizei e me afastei da árvore.

— Sim — Ky disse e se virou para sua cabana.

Quando estava prestes a desaparecer do meu campo de visão, eu disse:

— Ky!

Ele se voltou e inclinou a cabeça.

— Eu e-estou r-r-realmente feliz por v-vocês, irmão. G-Grace. V-vocês m-m-merecem ela.

Os lábios de Ky se curvaram em um sorriso e ele assentiu com a cabeça.

— Você não vai ficar todo emocional, né, cara? Tipo, você não está esperando que eu abrace você ou algo do tipo, não é?

Balancei a cabeça e mostrei o dedo do meio.

Ky riu e caminhou para sua cabana.

Quando passei pela porta da frente, o lugar estava silencioso. Foi preciso respirar fundo para me impedir de ir até o clube e afastar Mae de Rider. Se eu chegasse perto dele, o mataria.

Peguei uma garrafa de cerveja na geladeira e tirei as botas. Desabei no sofá e tomei um gole da minha bebida. A casa estava muito silenciosa. Estava acostumado a ouvir Mae rir, ou cantar em sua voz suave alguma música de Dylan.

Peguei o controle remoto e liguei a TV, congelando no lugar. A primeira coisa que apareceu foi uma imagem aérea da porra da comuna. Policiais estavam por toda a propriedade, os cadáveres ainda espalhados. AK mandou a informação para a polícia através de uma ligação anônima. Parecia que os filhos da puta finalmente encontraram Nova Sião.

A manchete na tarja inferior do canal de notícias dizia "*Suicídio em massa em seita religiosa em Austin*". Mesmo dos ângulos distantes da câmera, eu podia ver o filho da puta em sua túnica branca na frente de todos os corpos.

Judah. O filho da puta, o irmão que Rider matou com a porra de suas próprias mãos.

Porra!

Inclinei a cabeça para trás, fechando os olhos. Ouvi um suspiro do fundo da sala. Abri os olhos e vi Mae em pé na porta, assistindo as cenas na TV. Ela se aproximou, absorvendo a visão da massa de corpos. Um close de Judah apareceu na tela, deixando-a paralisada.

— Oh, Deus... — ela sussurrou ao ver as cenas que refletiam sua antiga vida. Seus malditos olhos cristalinos brilhavam com lágrimas.

Merda. Ela parecia exausta. O cabelo comprido estava molhado por conta da tempestade. Mae piscou.

— Poderia ter sido nós. *Teria* sido, se não tivéssemos saído.

Ela pareceu sair de seu transe, e em seguida, olhou para mim. Seu rosto empalideceu, mas ela se recompôs e endireitou as costas. Aquela atitude desafiadora quase me fez sorrir. Assim como ela tinha feito naquele maldito celeiro.

Segurei a garrafa com mais força em minha mão. Eu não tinha ideia do que dizer a ela. Não sabia se devia estar chateado ou orgulhoso. Mas uma coisa era certa, ela tinha acabado de trazer uma tonelada de problemas à minha porta.

Os irmãos poderiam comer meu fígado por essa merda.

Mae se moveu em minha direção. Fiquei tenso, me perguntando o que diabos estava prestes a acontecer, quando ela me chocou, sentando-se montada em minhas coxas.

Resmunguei quando se inclinou e recostou a testa à minha. Fechei os olhos e coloquei garrafa na mesinha ao lado do sofá para que pudesse colocar minhas mãos em sua cintura.

Mae beijou minha bochecha e meu pescoço. Eu a abracei mais apertado quando meu pau começou a endurecer. Suas mãos correram pelo meu peito nu, e levantei a mão até o seu cabelo, entrelaçando os dedos nos fios com força para que pudesse esmagar sua boca à minha.

Mae gemeu quando aprofundei o beijo e arrastei sua boceta ao longo do meu pau duro, preso dentro da calça de couro. Ela se afastou, tentando respirar. Eu não a soltei. Ela ficaria exatamente aqui, no meu colo.

— Styx — Mae sussurrou sem fôlego, depois se afastou um pouco mais, ainda no meu colo. Seus olhos de lobo encontraram os meus, indicando o apelo em seu rosto. — Você não pode matá-lo. Por favor. Por mim. Você não pode.

Inclinei a cabeça para trás, tentando não colocá-la de bruços para transar com ela até o próximo ano. Sua boca voltou para o meu pescoço. Eu olhei para o teto.

— V-você f-fez m-m-merda.

Mae se afastou do meu pescoço e se endireitou, olhando nos meus olhos.

— Eu sei — ela disse, suavemente. — Mas... mas não me arrependo. Eu amo minha irmã, Styx. Ela merece ser tão feliz quanto Lilah e Maddie. — Mae passou o dedo pelo meu rosto. Seu olhar se encheu com aquela porra de expressão que sempre me destruía. — Ela merece ser tão feliz quanto sou com você.

Ela pegou minha mão em sua cintura e a colocou sobre sua barriga.

— Vi como ela ficou perdida quando viu Maddie, Lilah e eu, felizes em nossa liberdade. Então vi como ficou com Rider... e como ele ficou com ela.

Minha cabeça ferveu ao vê-la mencionar o filho da puta.

— Eu sei que ele fez errado. Mas também concordo com a Bella. Rider não fez nada além de tentar reparar o seu papel nessa bagunça, desde que percebeu que tudo era mentira. *Mais* do que o seu papel, o do irmão e do tio também. Precisamos deixá-lo em paz. Não vou ver Bella machucada pela mão do meu marido. Eu... — Lágrimas surgiram em seus olhos. — Não conseguiria suportar a ideia de que o motivo de sua mágoa é você. Ela já sofreu o suficiente. Rider já sofreu o suficiente. Só... Pare.

— M-Mae... — gemi e balancei a cabeça. — Eu n-não p-p-posso.

— Você pode — ela disse. — É muito simples, na verdade. Você só tem que perdoá-lo e seguir em frente.

Levantei a sobrancelha e quase me perdi quando ela riu do meu silêncio. Ela era tão linda, a cadela mais impressionante que já existiu. Como se tivesse lido minha mente, beijou meus lábios e disse:

— Eu também amo você. — Ela ficou séria. — Styx? — Assenti com a cabeça e Mae suspirou. — Estou cansada de todo o sangue e sofrimento. Um milagre foi concedido a nós quando Bella voltou aos nossos braços. A comuna não existe mais. Não há mais mágoa. Então perdoe Rider. Ele é o marido de Bella. Ela o ama... só... esqueça essa vingança. Permita que eles vivam a felicidade que encontraram.

Quando eu não disse nada em resposta, Mae perguntou:

— Você vai considerar? Por mim, por favor?

Para responder sua pergunta, fiz com que rolasse até apoiar suas costas contra o sofá. Mae gritou, sobressaltada, mas então seus olhos de lobo ficaram pesados e as mãos se enfiaram em seu cabelo. Abaixando sobre seu corpo, puxei meu pau da calça e arrastei seu vestido até em cima.

Não queria pensar em Rider. Queria esquecer esta noite e ponto final. Agora eu só queria afundar meu pau naquela boceta molhada e fazer minha cadela gritar.

E foi isso que fiz. Várias e várias vezes.

Dois dias depois...

Entrei na *church* por último, me sentando à cabeceira da mesa. Eu não via meus irmãos há dois dias. Eu tive muito no que pensar.

Cada um dos meus irmãos estava me encarando. Meu olhar pousou no rosto inexpressivo de Vike.

Pela primeira vez, meu coração disparou. Pela primeira vez na vida, senti um medo real pelo que estava prestes a dizer. Mas, porra, era o que ia acontecer. Eu aceitaria as consequências, qualquer que fossem.

Levantei as mãos.

— *Rider não vai morrer.* — Enquanto Ky dizia as palavras em voz alta, senti a tensão aumentar na sala. — *Vocês podem pensar a merda que quiserem de mim, e estou pouco me fodendo, mas ele está com Bella agora, e essa cadela é da família. Não vou foder com a minha família.* — Respirei fundo. — *Eu tenho umas condições que o vira-casaca precisa concordar, ou vou mandá-lo embora. Mas ele não vai morrer hoje.* — Inclinando sobre a cadeira, tirei meu *cut* e o bati na mesa. Observei o rosto de cada um dos meus irmãos e sinalizei: — *Se quiserem que eu abra mão da minha posição como prez, é só dizer. Este é o meu clube, a porra da minha vida. Mas não vou seguir adiante com essa decisão. Apenas digam e passarei o martelo para o Ky.* — Tirei a faca do bolso e a segurei sobre o distintivo de *"Prez"*.

Vi Ky balançando a cabeça, mas esta decisão não era dele. Se os irmãos haviam perdido a fé em mim, eles precisavam abrir a boca e dizer isso.

— Porra, não... — alguém disse, de repente. Flame estava sentado à frente, encarando minha faca. — Eu também não vou matar ele. Não vou magoar Maddie. Você é o maldito *prez*. Você continua como o merda do *prez*.

Assenti para Flame. AK se recostou à cadeira.

— Você não vai a lugar algum, Styx. O traidor que se dane. Eu nem vou mais pensar nele. Haverá muito mais filhos da puta como ele vindo em nossa direção. Vou guardar minha raiva para eles.

Mais cabeças concordaram.

— Você é o maldito *prez*, Styx — Tank disse. — Não vou perder você por causa desse merda. Aquele filho da puta não vale a pena. Você nos liderou até aqui, e essa atitude não vai prejudicar o clube. Estou com você.

Bull e Tanner assentiram concordando.

— Eu nem conheço o idiota — Cowboy disse. — Não me importo com isso. Mas sim, você mantém esse distintivo no seu *cut*. Nós só deixamos de ser nômades por sua causa. Você não vai desistir agora por causa de um profeta psicopata.

Hush assentiu para mim, também de acordo.

Smiler, mais mudo que eu, estava sentado mais atrás. Ele inclinou a cabeça em minha direção. Ele nunca discordaria da minha decisão.

Olhei para Viking.

— Aquele filho da puta precisa morrer. Mas ninguém quer perder você como *prez*. — O ruivo deu de ombros. — Desde que eu não precise ver rosto dele de novo, faça do jeito que quiser. Mas você e esse martelo não vão a lugar algum. — Ele sorriu. — E eu gosto de irritar você demais para vê-lo renunciar.

— E você sabe que eu apoio sua decisão — Ky acrescentou. Deixei a faca cair. Meu *VP* se virou para os irmãos. — Todos estão de acordo que o filho da puta deve ser deixado em paz?

Um coro de *"sim"* veio na minha direção. Viking bateu as mãos na mesa.

— Agora pegue esse *cut* de volta, Styx, e pare de ser tão dramático. Merda! Entre vocês, suas cadelas e o Cowboy, sempre abertos com esses sentimentos hippies, vou acabar criando uma vagina! E isso seria uma pena, porque meu pau é uma maravilha moderna. A anaconda é preciosa demais para desaparecer.

AK revirou os olhos.

Cowboy mostrou o dedo do meio para Vike.

E assim, meus irmãos estavam de volta ao meu lado.

Guardei minha lâmina, vesti meu *cut* e bati o martelo na mesa.

A *Church* estava encerrada.

Saí da sala e atravessei o corredor. Abri a porta do quarto de Smiler e um arquejo chocado me deu as boas-vindas. Bella e Rider estavam deitados na cama – o desgraçado com uma péssima aparência. Bella não tinha saído do lado dele desde que vieram do celeiro. Mae disse que ela nunca se afastava, caso aproveitássemos a oportunidade para acabar com seu homem. Mesmo agora, ela pulou da cama e se preparou para lutar. Eu não sabia o que diabos ela estava pensando, agindo como se pudesse me bater. Mas ela me impressionou. Bella era uma cadela cheia de surpresas.

Eu podia ver por que Mae gostava tanto dela.

— O que você quer? — Bella perguntou friamente.

Eu a ignorei e fui até a cama.

O rosto de Rider estava terrivelmente machucado. Ele tinha curativos em todos os cantos e um de seus olhos ainda estava fechado. O outro não estava muito melhor, mas ele podia me ver. Pude ver sua apreensão à medida que me aproximava.

Levantei as mãos e sinalizei:

— *Preciso falar com ele.*

Bella franziu o cenho.

— Eu não o entendo.

Minhas narinas se abriram de frustração. Rider abriu os lábios inchados e rachados e conseguiu falar:

— Ele... ele precisa... falar comigo.

TILLIE COLE

— Então fale — ela disse, cruzando os braços.

— *Sozinho* — sinalizei, perdendo rapidamente a paciência com a atitude dela.

Rider transmitiu o que falei.

— Não — ela rebateu.

O pânico em sua expressão era visível. Cerrei os dentes com força.

— Bella? — A voz de Mae veio da porta, atraindo a atenção da garota para a minha cadela. — Ele não vai machucá-lo. Você tem a minha palavra. — Ela me encarou, como se tentasse ler meu rosto. Eu a encarei de volta. — Bella, por favor. Deixe-os sozinhos — Mae implorou.

Seus ombros cederam, e em seguida ela se aproximou de Rider e lhe deu um beijo na testa. Quando caminhou em direção à porta, manteve o olhar focado em mim o tempo inteiro. Decidi então que, se ela fosse um cara, eu a teria recrutado para o meu clube na mesma hora.

Quando a porta se fechou atrás dela, fui até a cadeira ao lado da cama e me sentei. Rider me observou o tempo todo. Minha atenção pousou na cicatriz em forma de cruz em seu peito. Senti algo parecido com remorso, merda.

— *Então, é isso que vai acontecer.* — Observou o movimento das minhas mãos como um falcão. — *Já que você é casado com a irmã de Mae, e mataria minha cadela se eu o matasse, você não vai morrer.* — Vi seu peito subir e descer à medida que ele respirava com dificuldade. Eu me inclinei para frente. — *Mas é aí que a porra da caridade acaba. Mae só ficará feliz se Bella estiver por perto, mas se ela ficar por perto, significa que você também estará.* — Dei de ombros. — *Então, de novo, isso significa que podemos ficar de olho em todos os seus movimentos. E é o que vamos fazer. Aonde quer que vá, você será monitorado. Você não vai conseguir ir ao banheiro sem que um de nós saiba. E se tentar fazer algo para foder com o clube, não haverá mais segundas chances.*

Ele parecia querer falar alguma coisa, mas eu não queria ouvir suas desculpas. Balancei a cabeça, em advertência.

— *Você vai morar no lado mais distante da propriedade, bem longe das nossas vistas, mas perto o suficiente para que possamos observá-lo. Mas não quero ver seu rosto perto do interior deste clube. Não quero ver você tentar voltar. Na verdade, nunca mais quero te ver de novo, ponto final. Então é isso que vai acontecer. Assim que for capaz de se mexer daí, fique fora do meu caminho e do meu clube.*

Eu me levantei e estava prestes a tocar a maçaneta da porta quando o filho da puta disse com voz rouca:

— Se eu pudesse voltar no tempo... Eu não faria isso... Eu não teria traído vocês... Vou me arrepender disso todos os dias pelo resto da minha vida.

Minhas costas retesaram ao ouvir o som da voz do traidor, suas palavras. Mas não respondi nada. Saí para o corredor onde Mae e a irmã estavam esperando. Bella passou por mim e entrou no quarto.

A porta se fechou.

Passei a mão pelo meu rosto.

Que. Cadela. Louca.

Quando levantei o olhar, Mae estava na minha frente com um sorriso enorme no rosto.

— Você escolheu o caminho do perdão?

Assenti com a cabeça, frustrado. Foi só por causa dela. Sempre por causa dela. Ky estava certo; ela tinha colocado uma coleira em mim.

Uma chave de boceta bem dada.

Mae ficou na ponta dos pés e pressionou a boca contra a minha. Gemendo em sua boca, eu a imprensei contra a parede e tomei seus lábios carnudos com os meus. Mae gemeu, depois se afastou. Minhas mãos desceram para sua cintura, e percebi que ela me encarava com intensidade.

Mae respirou fundo.

— River? — Meu coração batia forte contra o meu peito sempre que ela me chamava assim. Inclinei a cabeça para indicar que estava ouvindo. — Acho que está na hora.

Franzi o cenho. *Hora do quê?*

Mae segurou meu rosto com as mãos e respondeu minha pergunta silenciosa.

— De ser completamente sua... De eu, finalmente, me tornar a sra. River Nash.

Congelei. Porra, fiquei paralisado, estreitando o olhar.

— Q-quando? — rosnei, querendo que fosse para ontem.

— Assim que pudermos — declarou e colocou minha mão em sua barriga. — Antes que nosso filho nasça. Quando as coisas por aqui se acalmarem novamente.

Eu queria sair, sequestrar o primeiro pastor que encontrasse e arrastar sua bunda sagrada para o clube para que ele nos casasse.

Mas, em vez disso, decidi levar minha futura esposa de volta para nossa cabana e transar com ela até fazê-la gritar.

Então fiz exatamente isso.

CAPÍTULO DEZENOVE

RIDER

Dez dias depois...
— Você precisa de mais alguma coisa? — Bella perguntou enquanto me ajudava a voltar para a cama após o banho.
— Não — respondi e segurei sua mão. Ela sorriu para mim. Eu olhei para sua mão na minha... o anel de casamento em seu dedo anelar.
Ela engatinhou na cama e se deitou ao meu lado. Estremeci quando me virei para encará-la. Bella olhou para o simples anel de ouro.
— A coisa mais sagrada que possuo — ela disse sorrindo. — Foi a melhor coisa que já fiz.
Meu coração pulou uma batida. Pude ver em seus olhos que ela falava sério. Inferno, os últimos dias me mostraram o quanto ela realmente me amava. Isso era engraçado pra caramba para mim. Bella me dizia que eu havia salvado sua vida, quando na verdade fora ela quem me salvou, de todas as maneiras possíveis.
Ela me deu vida quando conversou comigo através daquela parede de pedra.
Ela me deu esperança quando me quis, apesar de eu ser quem era.
E ela lutou por mim contra os Hangmen, quando eu deveria ter morrido.
Nos últimos dez dias, não saiu do meu lado. Ela havia me banhado com o amor que senti tanta falta enquanto crescia. Ela disse, mais de uma vez, que compensaria todos os beijos que eu deveria ter recebido quando criança, os abraços pelos quais estivera tão faminto em minha juventude.

E ela quis realmente dizer isso. Bella não soltou a minha mão em momento algum. Ela manteve minha mão entrelaçada à sua desde aqueles dias em nossas celas. E aqui estava ela, ainda segurando minha mão, na cama.

Uma batida soou na porta e Smiler entrou, como fazia todos os dias. Bella se sentou, na mesma hora que uma menininha loira passou pelas pernas de Smiler, aproveitando a porta aberta.

— Grace! — ouvi Lilah chamar. — Sinto muito! — desculpou-se quando apareceu na porta. — A monstrinha gosta de fugir. — Sorri ao detectar a felicidade em sua voz.

Senti um par de olhos observando meu rosto. Grace estava de pé ao lado da minha cama, me encarando. Seus olhinhos estavam entrecerrados, em confusão. Voltei minha atenção para Bella, que observava a tudo com um ar divertido.

— Olá, Grace — cumprimentei.

Grace se virou para Lilah com o rostinho franzido.

— Mamãe? — ela disse. — Pensei que você tivesse dito que o profeta estava no céu... — Meu estômago revirou quando ela apontou para mim. — Mas ele está aqui. Eu o encontrei de novo!

Os olhos de Lilah se arregalaram em choque e vergonha, e ela entrou no quarto para se agachar ao lado da pequena.

— Não, Grace. Você não se lembra do Rider? Lembra que eu disse que ele era irmão do profeta?

Grace assentiu hesitante.

— Mas ele se parece com o profeta.

— Eu sei. Isso é porque ele é seu gêmeo. Lembra que expliquei o que era um gêmeo?

A criança assentiu com a cabeça.

— Pessoas que compartilham o mesmo rosto.

— Isso mesmo. — Lilah se levantou. — Me desculpe, Rider. Ela ainda fica confusa algumas vezes. A transição da vida antiga para a nova é difícil. Complicada.

— Está tudo bem — assegurei. Mas por dentro, estava morrendo. Nem sequer me olhei no espelho desde que fiquei deitado nesta cama como um maldito aleijado. Não era por causa dos meus ferimentos. Era porque não queria ver o homem olhando de volta. Eu o via toda vez que fechava os olhos. Arfando em busca de oxigênio. Suplicando para que o deixasse viver.

— Tia Bella! Vamos lá fora, quero lhe mostrar uma coisa — Grace disse, me tirando dos meus pensamentos.

Minha esposa hesitou. Pude ver que ela queria ir, mas não queria me deixar.

— Vá — incentivei comum sorriso forçado. — Por favor... — Eu precisava de um tempo sozinho.

Bella assentiu e deixou Grace segurar sua mão para sair do quarto. Fechei os olhos. Foquei em respirar, mas a porra da dor constante no meu peito aumentou, dificultando o processo.

— Você está bem?

Abri os olhos e vi Smiler estendendo alguns analgésicos. Assenti com a cabeça e aceitei os comprimidos e também o copo de água.

Coloquei o copo na mesinha de cabeceira, estremecendo pra caralho quando a dor em minhas costelas quebradas me atormentou.

— Porra! — gemi, deitando-me outra vez.

Smiler se ocupou com os curativos que trouxera. O irmão vinha aqui todos os dias, apesar de alguns Hangmen implicarem com ele. Eu não sabia o porquê. Inferno, eu não tinha ideia do porquê ele me ajudou a sair do celeiro em primeiro lugar.

— Eu quero ir para aquela cabana, cara, e sair da sede do clube — confessei.

— Você vai. Mais alguns dias.

— Eu posso ir agora — argumentei.

Smiler apenas deu de ombros. Raiva correu pelas minhas veias.

— Não quero mais estar neste clube. Os irmãos me querem morto. E Bella nunca sai da porra desse quarto. Ela nunca ousa me deixar, caso um deles vá contra a ordem do *prez* de não me matar.

Smiler assentiu.

— Você conseguiu uma boa cadela — comentou e fechou a maleta médica... a mesma que costumava ser minha. Smiler me disse que ele assumiu o cargo de médico quando eu saí.

Outra coisa que ferrei para ele.

Voltei a me deitar na cama.

— Ela teria ficado melhor sem mim. — Balancei a cabeça. — Que porra de vida ela terá comigo? Aqui? Styx não me deixa sair da propriedade por medo de que eu vá ferrar com vocês de novo. Bella precisa estar com as irmãs, mas nós viveremos a quilômetros de distância, porque ele também não quer me ver perto do clube. — Respirei fundo para me acalmar. — Ela teria ficado melhor se eu morresse. Porra, cara, eu *queria* morrer naquele celeiro. Ser poupado significa apenas que tenho mais tempo para viver com toda a merda que aconteceu, que *eu* causei. — Esfreguei os olhos. — Não quero mais dormir por causa dos sonhos. E não suporto vê-la sofrendo como uma pária por minha causa quando estou acordado. — Suspirei. — Ela deveria ter me deixado morrer.

Um silêncio pesado pairou sobre nós, até Smiler se mover em direção à porta e dizer:

— Você nem sabe o que tem.

REDENÇÃO SOMBRIA

Apoiei meu corpo nos cotovelos para vê-lo melhor. O irmão parecia puto pra caralho.

— O quê? — perguntei.

Smiler balançou a cabeça.

— Você. Bella. Você não tem ideia da sorte que tem. Foda-se o clube. Foda-se seu irmão psicopata e os pesadelos. Foda-se o fato de Grace achar que você era o profeta. Que diabos importa quando você tem sua vida e uma cadela que, literalmente, morreria por você? Uma cadela gostosa que adora o maldito chão que você pisa. Por que diabos você se importa com todo o resto quando você tem isso?

Estremeci com o veneno em sua voz.

— Porra, Smiler — eu disse e engoli minha surpresa.

Ele fechou os olhos e respirou fundo. Quando voltou a abri-los, disse, calmamente:

— Eu daria tudo para ter isso de volta. Para ter de volta essa cadela que olhava para mim do jeito que Bella olha para você. Que desistiria de tudo apenas para estar comigo. Acho que você não sabe o tipo de bênção que recebeu. Sim, você teve uma vida fodida. Mas o carma está devolvendo para você, dando dez vezes mais com a Bella.

Eu o encarei, sem saber o que diabos dizer.

Ele virou as costas para mim.

— Eu tive isso uma vez, Rider. Não dei valor, como você está fazendo agora com Bella — ele disse. — E como o filho da puta idiota que sou, eu não tinha ideia do que ela significava para mim até que estava morrendo nos meus braços, seus olhos nublados me implorando para que eu a salvasse. Mas eu não pude... e ela morreu. Agora daria qualquer coisa apenas para que ela me olhasse de novo. Como Bella olha para você. Só por mais a porra de um dia.

— Smiler — eu disse —, eu não sabia, eu...

— Bem, agora você sabe. Então não estrague tudo... porque então você definitivamente rezará para que tivesse morrido naquele celeiro. A vida é uma verdadeira merda quando você está sozinho. Uma merda de verdade. — Saiu do quarto e fechou a porta.

Eu não sabia quanto tempo fiquei apenas olhando para o nada depois disso. Deitei e pensei em tudo o que ele dissera. Pensei nos últimos meses. Pensei em como evitava me olhar no espelho.

Eu era um covarde. A merda de um covarde. Porque não suportava ver Judah no reflexo do espelho.

Eu não sabia como diabos seguir em frente quando literalmente tudo em mim me lembrava da pessoa que eu mais queria esquecer.

O burburinho dos irmãos e suas esposas ou putas veio do bar. Era dia da família nos Hangmen. O som de risadas e aplausos encheu cada centímetro de espaço. Enquanto eu me mantinha trancado no quarto, para garantir que nenhum filho da puta me tocasse.

Cerrei as pálpebras, apenas tentando respirar, quando ouvi a porta abrir e fechar. Irritado com a invasão indesejada, abri os olhos, pronto para pedir para quem quer que fosse sair. Então congelei.

Mae.

O silêncio se estendeu entre nós quando ela começou a caminhar em direção à minha cama. Eu a observei o caminho todo, sem saber o que diabos dizer. O que havia para dizer? A culpa e a vergonha tomaram conta de mim quando pensei no que havia feito com ela. No que a fiz passar... a maldita doida obsessão que costumava sentir por ela.

Mae sentou-se na cadeira ao lado da cama e olhou diretamente nos meus olhos.

— Mae... — comecei, mas de repente ela levantou a mão, me interrompendo.

— Não. Por favor, deixe-me falar — pediu, suavemente. Assenti com a cabeça, vendo-a olhar para suas mãos em seu colo. — Apenas me diga que você a ama. — Fiquei tenso quando essas palavras deixaram sua boca. Quando não respondi imediatamente, Mae levantou o olhar. — Eu preciso saber que você a quer, de coração e alma. Preciso saber que a ama completamente. Para sempre. Preciso saber que ela é o seu tudo e sempre será.

Meu coração acelerado bombeava o sangue pelo meu corpo a uma velocidade vertiginosa.

— Sim. — Minha voz saiu rouca e grossa. Pigarreei, sentindo o calor inundar minhas bochechas. — Eu a amo mais do que tudo, Mae. Você não tem ideia do quanto. — Procurei na minha cabeça as palavras certas: — Esperei minha vida inteira para me sentir completo. Pensei que viria com a minha ascensão. Em vez disso, veio com a Bella. Desde o minuto em que ouvi a voz dela... Eu mudei. — Levantei a mão e coloquei sobre meu coração. — Eu morreria por ela. Faria qualquer coisa por ela. Você tem minha palavra.

Seus olhos azuis brilharam e um pequeno sorriso apareceu em seus lábios. Incapaz de me manter quieto, murmurei:

— Mae... — Balancei a cabeça envergonhado. — O que fiz contigo, a forma como a tratei...

— Isso não importa agora — ela me interrompeu.

— Sim, importa — argumentei, depois respirei fundo. — Eu... por muito tempo, pensei que amava você. — Mae baixou o olhar. — Mas sei agora que não era verdade. Agora tenho Bella, e entendo o que é o amor verdadeiro. E não é o que senti por você. — Culpa e humilhação correram amargas em minhas veias. — Você era minha amiga, e joguei isso fora por um motivo estúpido. Eu estou... Estou tão envergonhado pela forma como agi. Se pudesse mudar tudo, se pudesse voltar no tempo, não seria assim. Eu não...

Mae estendeu a mão para cobrir a minha sobre a cama, me interrompendo. Inspirei profundamente, tentando me acalmar.

— Rider. Está tudo bem. Eu posso ver que você mudou. Mas mais do que isso, eu vejo como você olha para Bella. Você nunca me olhou assim, e isso é bom. É assim que tudo deve ser. Eu vejo isso agora. — O peso em meus ombros começou a aliviar um pouco. Mae disse: — Apenas me prometa que cuidará dela como ninguém fez. — Sua mão agarrou a minha com força. — Ela lutou tanto, por tanto tempo, Rider. Desde pequena, cuidou de todas nós. Ela era nossa protetora mais feroz. Mas isso a deixou cansada. Tão cansada, no entanto, ela nunca deixou de estar lá para nós, de nos amar, de ser a mãe que nunca tivemos.

Meu peito doía. Pensei em Bella quando criança, exibindo a mesma tenacidade que teve quando me protegeu dos Hangmen. O pensamento quase me fez chorar. Uma risada rouca saiu pelos lábios de Mae.

— Ela nos contava sobre a vida que um dia teríamos; livres e com homens que nos amassem por *nós* mesmas, nossas almas, não pela nossa aparência. — Mae enxugou uma lágrima perdida. — E ela acreditou nisso com tanto ardor, Rider. Então ela morreu, ou pelo menos pensamos que havia morrido. No escuro da noite, aqui no complexo, eu lamentava a vida que ela sonhava para nós, porque todas nós conseguimos e ela não. Mal sabia que Bella estava viva e ainda lutando... Lutando para sobreviver, depois retornando a Nova Sião para lutar por aqueles que não podiam fazer isso por si mesmos. — Fez uma pausa e inclinou a cabeça na minha direção. — E ela lutou por você, pela sua vida... Lutou com tanta bravura pelo homem que roubou seu coração. — Engoli o nó na garganta. — Mas agora está na hora de tudo isso terminar. — Mae respirou fundo. — É hora de ela baixar o escudo e finalmente ser feliz... é hora de Bella ter paz.

Desviei o olhar, piscando para afastar as lágrimas. Mae se levantou.

— Bella é, e sempre será, a própria batida no meu coração. Ela é o maior tesouro que alguém poderia encontrar — afirmou. — E estou feliz que foi você quem mostrou o valor dela. Porque ela não tem preço, Rider. Ela é verdadeiramente inestimável.

Mae foi até a porta. Assim que tocou na maçaneta, eu disse:

— Sinto muito, Mae. Se vale de alguma coisa, eu sinto muito por tudo.

Ela olhou para mim por cima do ombro.

— Isso está no passado, Rider. Agora nós dois temos os futuros que foram feitos para nós. É hora de seguir em frente, sem olhar para trás.

Inclinei a cabeça, concordando.

— Você está arriscando muito ao vir me ver. Styx não ficará feliz se te pegar aqui.

Mae encolheu os ombros.

— Eu precisava ter certeza de que você a ama de verdade. — Sorriu, um sorriso puro e alegre. — E ter Bella de volta me ensinou a ser mais corajosa e firme. Ela me ensinou a ser mais forte. Bella é a verdadeira quebradora de regras, mas agora vejo que algumas regras precisam ser quebradas.

— Ela é assim — eu disse, imaginando o lindo rosto de Bella na minha mente. Senti o calor correr pelo meu corpo ao pensar em seus olhos e em sua boca perfeita... na maneira com que olhava para mim.

Apenas para mim.

Com amor incondicional.

— Sabe, Rider... — Mae disse. — Nós fomos bons amigos uma vez. Sinto que talvez um dia possamos ser novamente.

Um familiar sorriso platônico surgiu em sua boca e eu respondi:

— Sim... ser seu amigo parece bom, Mae. Amigos. Tudo o que deveríamos ter sido.

Mae saiu do quarto, me deixando sozinho em um pesado silêncio. Encarei o teto, repetindo o que tinha acabado de acontecer. *É hora de seguir em frente, sem olhar para trás.* Mae estava certa, eu sabia que estava. Não havia como voltar atrás para nenhum de nós agora.

Quando meus olhos se fecharam, tentei me convencer de seguir o conselho dela. Era mais fácil dizer do que fazer quando o seu passado era um fardo pesado nas costas. No entanto, eu precisava tentar.

Por Bella, eu tinha ao menos que... tentar.

Algum tempo depois, abri os olhos. Eu me mexi na cama enquanto meus músculos acordavam gradualmente, ouvindo as famílias e os amigos dos Hangmen ainda se divertindo lá fora.

Gemi quando percebi que precisava mijar. Cambaleei para o banheiro, segurando as costelas quebradas. Quando terminei, me virei para sair e vi meu reflexo no espelho acima da pia. E congelei. Meu coração disparou quando, naquele segundo, vi o rosto de Judah olhando de volta para mim.

Por um breve momento, eu tinha esquecido tudo.

Meu pulso martelou no meu pescoço e lutei para recuperar o fôlego quando todas as imagens indesejadas vieram à tona na minha mente. Exausto, com o corpo fraco, recostei-me à pia e fechei os olhos. Meus braços tremiam com a raiva que se instalava dentro de mim. Judah. Maldito Judah. Mesmo na morte, ele ainda me mantinha sob seu feitiço. Ainda poluindo minha mente... ainda arruinando a porra da minha vida.

Abri os olhos e encarei meu reflexo. Meu queixo tensionou enquanto eu me olhava. Soquei o armário perto da parede. O conteúdo se esparramou no chão quando a porta se rompeu das dobradiças. Enquanto me concentrava em respirar através da dor em minhas costelas quebradas, vi algo na pia.

Peguei a máquina preta de cortar cabelo e olhei para o espelho. Judah e eu sempre tivemos cabelos compridos. Sempre tivemos barbas, assim como Jesus e os discípulos.

Mas eu não queria me parecer em nada com Jesus.

E, absolutamente, não queria me parecer com Judah.

Sem pensar, apertei o botão e levei a máquina para o meu couro cabeludo. Ignorando a dor excruciante em minhas costelas, passei as lâminas zumbindo pelo meu longo cabelo castanho. Com uma mecha de cabelo que caiu no chão, um choro estrangulado escapou da minha boca.

Com cada mecha recém-cortada, eu cerrava os dentes e expulsava Judah da minha mente. Seus sorrisos, sua risada, sua mão nas minhas costas. Sua empolgação, felicidade... a porra da loucura dele. Os rostos de suas vítimas enquanto choravam de dor, seus malditos olhos... as unhas na minha pele enquanto arranhavam para que eu parasse... seus olhos vidrados quando morreu...

Lágrimas escorreram pelo meu rosto e vi a última mecha cair na pia. Segui para a barba e também a raspei. A lâmina não era a apropriada, então não raspou tudo. Mas quando larguei a máquina, olhei para o meu novo reflexo... e senti tudo desabar.

Judah se fora. Ele se fora da porra da minha cara.

Minhas pernas cederam e desabei no chão. Apoiei as mãos na cabeça, expelindo todo o meu sofrimento aos gritos quando toquei o cabelo agora mais curto. Queria que Judah se fosse... mas não sabia a profundidade da dor do caralho que sentiria quando ele finalmente me deixasse.

Balancei o corpo para frente e para trás, me embalando para tentar conter a angústia insuportável no meu peito.

— Rider! — ouvi Bella chamar, desesperada. Ela veio correndo e se ajoelhou ao meu lado.

Alguém mais estava na porta. Olhei para cima, deparando com a Irmã

TILLIE COLE

Ruth me vendo desmoronar.

— Rider... — Bella sussurrou. — O que você fez? — Ela pegou mechas do meu cabelo no chão.

— Eu não podia mais ser como ele — eu disse. — Não conseguia olhar no espelho e vê-lo. Eu... Eu não conseguia ver todo mundo lá fora naquele bar e... me enxergando como se fosse ele... Grace, Lilah... — Olhei para minha esposa. — Você.

Bella balançou a cabeça.

— Não, Rider. Você não é seu irmão. Ninguém pensa isso.

As palavras agonizantes de Judah passaram pela minha mente...

"O mal gera o mal, Cain. Qualquer que seja o pecado que escurece minha alma, também vive em você. Nós somos o mesmo. Feitos do mesmo... Nascidos do mesmo..."

— Nós somos o mesmo — murmurei. Tracei as veias do meu pulso com os dedos. — Nós compartilhamos o mesmo sangue. — Balancei a cabeça. — Nunca conhecemos nossos pais, mas veja o nosso tio. Veja Judah... Eu sou feito do mesmo mal que eles eram. Não posso escapar do meu destino.

Eu odiava a expressão indefesa no rosto de Bella. Não queria machucá-la ainda mais do que já havia feito. Mas... mas...

— Você acha que sou má?

Virei a cabeça para Ruth, apreensiva à porta.

— O quê? — perguntei com o cenho franzido.

Ruth se abaixou no chão e sentou-se à minha frente. Bella se acomodou ao meu lado, segurando minha mão. Encontrei forças no seu toque. Ela era a porra da minha força.

— Você acha que sou má? — Ruth repetiu.

Bella parecia confusa.

— Não — eu disse, olhando para a mulher sobre quem não sabia quase nada. Ela parecia diferente agora, vestida com uma saia longa e uma camisa. Seu longo cabelo castanho estava solto e os olhos escuros me observavam atentamente... muito de perto.

Ruth engoliu em seco e baixou o olhar.

— Então você é como eu.

Eu não tinha ideia do que ela estava falando.

— Eu não entendo.

Ruth manteve os olhos baixos, as mãos entrelaçadas no colo.

— Eu tinha treze anos quando fui levada pelo meu irmão adotivo mais velho. Meus pais nunca estavam por perto, ocupados demais em busca de suas próximas bebidas para se importar. Então ele me levou. Ele veio me procurar e disse que havia encontrado Deus, e que recebera uma santa tarefa que precisava cumprir.

Congelei completamente enquanto ela continuava:

— Ele me levou para o Texas. Eu não podia acreditar em sua nova casa quando a vi. Não podia acreditar que todas aquelas pessoas o amavam, o adoravam... mas meu amor pelo seu lar não durou. — Bella apertou minha mão com tanta força que pensei que cortaria a circulação. — Porque ele veio me buscar uma noite. Não entendi o que queria de mim, sua irmã. Mas logo descobri. — Ela estremeceu. — Ele me levou para a cama dele... e... e... — Ruth fechou os olhos com força.

Quando levantou a cabeça, lágrimas deslizavam pelo seu rosto.

— Eu não sabia que estava grávida de gêmeos. Lance, meu irmão, escondeu isso de mim quando os médicos entregaram os exames. Fui mantida em reclusão até que desse à luz. — Soltou um soluço. — Eu só tive permissão de segurá-los em meus braços por alguns minutos depois que nasceram. Eu nunca quis aquelas crianças; eles foram forçados a mim por *ele*. Mas quando vi seus olhinhos arregalados me encarando, instantaneamente me apaixonei. Eu os queria tanto que mal consigo explicar. Eles eram meus... minha alma, meu coração... até que os levou embora.

— Não... — Bella sussurrou, a mão tremendo violentamente na minha. Tentei respirar, mas não consegui. Não conseguia levar ar aos meus pulmões.

— Chorei e chorei por horas. Gritei para que meus filhos fossem trazidos de volta para mim. Mas meu irmão mais velho, o profeta, me disse que meus meninos, *seus filhos*, seriam criados como herdeiros. Que Deus lhe deu instruções sobre como criá-los... longe das pessoas. Porque eles eram especiais.

— Ruth... — Bella disse e estendeu a mão. O rosto aflito da mulher se contorceu quando minha esposa lhe deu o conforto necessário. Mas não consegui me mexer. O choque me deixou sem palavras.

— Nunca superei a perda dos meus filhos. O profeta disse que eu havia me tornado uma praga na comuna devido à minha depressão e falta de fé, então me mandou embora. Ele me enviou para longe dos meus filhos, para que eu não interferisse nos planos de Deus.

— Porto Rico — Bella sussurrou.

Ruth assentiu.

— Fiquei lá até que fomos trazidos de volta aos Estados Unidos para nos juntarmos à Nova Sião. — Ruth olhou para mim nervosamente, depois se inclinou para frente. Ela pegou uma mecha do meu cabelo do chão. Percebi então que o cabelo dela e o meu eram exatamente da mesma cor. Seus olhos tinham a mesma cor e formato dos meus.

Ela era... ela era...

— Acho que Judah era como seu pai, e — engoliu em seco — você é como sua mãe... — Ela encontrou meu olhar. — Como *eu*.

Olhei para esta mulher, tentando absorver tudo o que estava me dizendo. Tio David não era meu tio, era meu pai. E ele estuprou a irmã adotiva... minha mãe...

— Não sei como ser um filho. — Eu não tinha certeza do porquê essa foi a primeira coisa que saiu dos meus lábios.

Ruth suspirou e me lançou um sorriso tímido.

— E eu não sei como ser uma mãe.

Abaixei a cabeça, sem saber como diabos lidar com aquilo. De repente, uma mão cobriu a minha; quente e macia e...

— Mãe... — sussurrei, lutando para empurrar minhas palavras para fora da minha garganta apertada. — Eu tenho uma mãe.

— Sim — Ruth chorou, sua mão trêmula sobre a minha. — E se me permitir... Eu... Eu gostaria de conhecer você. Eu... Eu amo você, meu filho. Eu sempre amei...

Bella se inclinou para Ruth e a beijou na têmpora. Minha esposa me abraçou, sempre me mantendo perto, me impedindo de desmoronar.

Sentei-me no chão do banheiro, as mãos e coração preenchidos pela minha esposa e minha mãe. As duas eram boas mulheres. As duas eram almas puras...

... Todos nós éramos sobreviventes.

As palavras de Smiler se repetiram em minha mente, e sabia que o irmão estava certo. Eu precisava tentar viver. Fui abençoado por presentes puros em minha vida que, antes, havia sido infernal e impura.

Apertando a mão da minha mãe e a da minha deslumbrante e corajosa esposa, fechei os olhos. E desta vez, quando a escuridão se instalou, nenhuma imagem horrível veio à minha mente. Em vez disso, uma leveza se espalhou pelo meu peito e um calor iluminou meu coração.

E apesar de tudo, eu sorri.

Sorri e mantive minha família perto...

... porque eu fora abençoado.

Verdadeiramente abençoado.

CAPÍTULO VINTE

BELLA

Três dias depois...

Passei uma camisa preta pelos braços de Rider e a puxei sobre seu peito ainda ferido. Ele podia se vestir agora, mas eu me preocupava que isso atrapalhasse seu progresso. Quando levantei meu olhar, seus olhos já estavam nos meus. Nos últimos dias, tinha sido assim. Como se algo tivesse mudado dentro dele, algo que o fez me amar ainda mais, me adorar... aceitar que eu nunca sairia do seu lado.

Era a verdade. Eu não iria a lugar algum.

— Você está bem? — perguntei. Perdi a capacidade de respirar quando ele se inclinou para a frente, capturando minha boca com a dele. Fechei os olhos enquanto passava as mãos pelo seu cabelo recentemente cortado.

Ele se afastou e eu sorri quando sussurrou:

— Sim. Eu estou bem.

— Que bom. — Dei um beijo em sua cabeça.

Eu me mexi para reunir as poucas coisas que ele precisava do quarto. Este era o dia da nossa partida da sede do clube dos Hangmen, e consequente ida para a nossa nova casa. Quando Rider me contou a respeito da decisão de Styx, eu chorei. Naquele momento, todas as minhas emoções reprimidas fugiram do meu controle. Toda a força que me obriguei a ter, desapareceu.

Ele iria viver.

Eu poderia viver minha vida com quem amava.

Isso era tudo o que importava.

Houve uma batida suave na porta. Sorri quando vi Irmã Ruth entrar. Seus olhos tímidos imediatamente pousaram em Rider.

No filho dela.

Mesmo agora, enquanto a observava se aproximar de Rider, seu corpo tremendo com nervosismo, eu mal podia acreditar. Rider encontrou seu olhar e um sorriso apreensivo se espalhou em seus lábios.

Ambos estavam tão destruídos pelo passado, mas desesperadamente tentando lutar por um futuro. Mãe e filho finalmente se reuniram.

— Como você está se sentindo? — ela perguntou, levantando a mão para tocar um hematoma já desvanecendo. Ela hesitou por um momento, mas observei com orgulho enquanto continuava a acariciar suavemente a pele de Rider.

Rider engoliu em seco com o toque gentil e carinhoso.

— Estou me sentindo melhor. Feliz por deixar este lugar.

Ruth assentiu, demonstrando que entendia. Stephen apareceu na porta com Solomon e Samson logo atrás. Eu o envolvi em um abraço. As duas últimas semanas foram boas para Stephen e minhas irmãs. Tínhamos conversado diariamente, e nos aproximamos mais.

Eu já conhecia seu coração e espírito amáveis pelo tempo que passei em Porto Rico. Mas saber que ele era meu pai – meu sangue – tornou minha conexão com ele ainda mais profunda. Eu podia ver que o mesmo também acontecia com Mae e Maddie. Mae, como fez com a maioria das pessoas, o recebeu em seu coração. E quanto a Maddie, todos os dias ela ficava mais à vontade com ele. Todos os dias, suas barreiras caíam pouco a pouco.

Eu estava tão orgulhosa delas.

Stephen e Ruth foram morar em um apartamento que Tank possuía do lado de fora do complexo. Eu costumava me perguntar em Porto Rico se eles eram mais do que amigos, mas tinha certeza de que não. Era possível que, de certa forma, Ruth via Stephen como o irmão mais velho que ela deveria ter tido. Stephen cuidou dela e deu o amor que ela tanto precisava em Porto Rico. Eles eram melhores amigos.

Eram nossa família.

Solomon e Samson tinham ficado com um apartamento acima da garagem. Eles visitavam o clube frequentemente, e não apenas para ver Rider e eu. Tive a nítida impressão de que os irmãos gostavam dos Hangmen. Pelo menos, gostavam de como eles viviam. Solomon me confidenciou que achava que a vida dos Hangmen não seria uma grande mudança da vida deles como guardas. Os Hangmen também pareciam gostar muito dos irmãos.

Eu podia ver aquilo. Solomon e Samson sempre foram homens fortes e decentes. Nunca me disseram o que havia acontecido com eles para serem enviados à comuna dos desertores, mas entendi que era algo ruim. Eu podia ver nos olhos deles toda vez que falavam sobre nosso antigo lar.

Como eu, eles estavam simplesmente tentando se adaptar a esse mundo novo e estranho da maneira que pudessem. Porém, ao contrário deles, eu ainda precisava sentir que éramos verdadeiramente livres. Ainda tinha que sair dessas portas do clube.

— Você está pronto? — Solomon perguntou a Rider.

— Sim — meu marido respondeu.

Solomon e Samson o ajudaram a sair da cama e ir em direção à porta. Meu coração apertou quando vi quanto peso ele tinha perdido. A calça jeans pendia frouxa nas pernas e a camiseta que costumava ficar justa, agora parecia grande demais.

Embora continuasse estranhando o cabelo e a barba mais curtos, era inegável admirar o quanto ele ainda era de tirar o fôlego. Cabelo comprido ou curto, com barba ou não, ele era incrivelmente bonito. Rider caminhou lentamente até a porta. Eu segui atrás com Ruth e Stephen.

Enquanto caminhávamos pelo corredor, eu podia ouvir vozes vindo do bar. Aquilo me deixou nervosa.

Não era segredo que os homens odiavam Rider. Apenas Smiler já o visitara. Isso não seria fácil.

Quando Rider entrou no bar, todos ficaram em silêncio. Ruth estendeu a mão e agarrou a minha. Endireitei os ombros enquanto seguíamos atrás... e meu coração se partiu. Cada um dos irmãos estava olhando para Rider. Palavras não eram necessárias; podíamos ler suas expressões silenciosas — nenhum deles queria que Rider estivesse vivo.

Minha respiração falhou quando os homens se levantaram de suas cadeiras, cruzando os braços sobre o peito, com expressões desdenhosas. Meu coração se despedaçou de orgulho quando Rider escondeu a devastação que sabia que ele estava sentindo e forçou as pernas a seguirem em frente.

Ele afastou os braços das mãos de Solomon e Samson, que o auxiliavam, e se virou para encará-los. Eu tinha razão.

Essa reação de seu antigo clube o estava matando por dentro. A dor em seus olhos era óbvia.

— Eu posso andar sozinho. — Tive que virar o rosto quando meu marido cambaleou para frente sob os olhares odiosos dos homens no bar. Eu não podia suportar vê-lo tentar se agarrar ao orgulho que eles tinham tão selvagemente arrancado.

Ouvi Ruth soltar um suspiro angustiado. Rider parou no centro do bar para respirar através da dor. Eu queria ir até ele, ajudá-lo, mas Ruth balançou a cabeça.

— Deixe-o fazer isso — ela sussurrou quase silenciosamente. — Ele precisa fazer isso sozinho.

Aquilo ia contra todos os meus instintos, mas eu sabia que ela estava certa. Meu marido levantou a cabeça e começou a caminhar até a saída. Ele manteve o rosto erguido, nunca olhando para trás.

Porque não podíamos. Se quiséssemos sobreviver, teríamos que olhar apenas para o futuro. Ele estava fazendo exatamente isso, me fazendo amá-lo ainda mais.

Rider chegou na porta e saiu. Solomon e Samson foram logo atrás dele. Mas eu não pude. Em vez disso, olhei decepcionada para todos os homens que foram tão cruéis e intimidadores. Mas eles não se importaram. Eu podia ver isso em suas expressões vazias.

Eu não tinha certeza se Rider alguma vez voltaria a ser recepcionado por eles. Havia muito rancor entre eles. Eu não me importava mais. Estava começando a sentir que esses homens não eram dignos da consideração do meu marido. Eu não entendia como eram capazes de ficar de pé e ignorar tudo o que ele tinha feito para expiar seus pecados.

Ele valia mais do que aqueles homens estavam lhe dando. E, no entanto, ele aceitou tudo. Eu amava aquele homem. Eu o amava com tanta intensidade que me deixava sem fôlego.

Ruth puxou meu braço para que a seguisse. Quando estava prestes a dar um passo, avistei minhas irmãs em pé no fundo do bar. Seus belos rostos estavam em conflito, cheios de incerteza. Mas eu não as culpava. Agora sabia dos sacrifícios que deviam ser feitos pelo homem amado.

Inclinei a cabeça para elas. Maddie quase me fez chorar quando levantou a mão e me deu um aceno delicado.

Eu também as amava. Eu as amava tanto que as deixaria ir. Elas não eram mais crianças que precisavam da minha proteção. Eu também tinha que seguir em frente.

— Bella? — Ruth chamou. Eu assenti com a cabeça e a segui para fora, onde dois veículos já nos aguardavam.

Ruth se uniu a Solomon e Samson. Stephen se sentou no banco da frente do outro veículo. Fiquei surpresa ao descobrir que ele sabia dirigir, tendo aprendido antes de entrar na comuna. Sentei-me no banco de trás do meu pai.

A cabeça de Rider estava apoiada no encosto, mas seus olhos tristes estavam focados em mim. Uma repentina emoção fez meus olhos arderem com lágrimas. Segurei a sua mão.

— Estou tão orgulhosa de você, baby. Tão, mas tão orgulhosa.

Rider cerrou as pálpebras, sem dizer mais nada. E eu não pressionei.

REDENÇÃO SOMBRIA

Eu não acabaria com a força de vontade à qual ele estava se apegando. Eu me arrastei ao lado dele e deitei a cabeça em seu ombro.

Abracei firmemente meu marido enquanto passávamos por vários campos vazios. Stephen parou a caminhonete em frente a uma pequena cabana de madeira. Não era tão grande ou luxuosa quanto a de Mae ou Lilah. Nem parecia tão bem conservada quanto a de Maddie e Flame.

No entanto, fiquei emocionada... Este seria o nosso lar.

— Eu sinto muito — Rider disse, de repente.

— Por quê? — perguntei, minhas sobrancelhas arqueadas.

— Por isso — ele disse, apontando para a cabana. — Está horrível. Deteriorada... É menos do que você merece.

Olhei em seus olhos e balancei a cabeça.

— Não. É nosso. Vai se tornar nosso lar. A aparência não importa, lembra?

Rider, hesitante, estudou meu rosto, então um sorriso surgiu em seus lábios.

Entramos na cabana. Era pequena e precisava de limpeza. Mas havia uma cama grande e um sofá. Para mim, era um palácio.

Ruth colocou a roupa de cama, e Rider se moveu lentamente até lá. Ele se sentou ao lado da cama, enquanto eu me agachava e desamarrava suas botas, sendo observada o tempo todo por ele.

Eu amo você, eu li em seu semblante.

Eu também amo você, retribuí com meu olhar.

Alguém pigarreou atrás de nós.

— Vamos deixá-los em paz para que possam se instalar — Stephen disse, decepcionado enquanto varria o olhar pelo quarto decadente.

— Obrigada — agradeci.

Solomon, Samson e Stephen saíram da cabana. Ruth veio desajeitadamente para o lado da cama quando Rider se deitou. Ele estava cansado; eu podia ver suas pálpebras ficando pesadas.

— Você precisa que eu fique e a ajude com a limpeza? — ela perguntou.

Balancei a cabeça.

— Não, eu dou conta. Este lugar não é tão grande.

Ruth assentiu, e, nervosamente, se aproximou do filho. Saí do caminho, ocupando-me com o material de limpeza que ela nos trouxera. Mas não pude deixar de observar a nova tentativa de relacionamento entre mãe e filho com um nó na garganta. Rider observou sua mãe enquanto ela contornava a cama para ficar ao lado dele.

Ruth passou a mão pela beirada da cama.

— Você ficará bem, aqui neste lugar?

— Sim — Rider disse com a voz baixa e rouca.

Ruth assentiu.

— Talvez eu possa vir para vê-lo na maioria dos dias? Se... se isso for algo que você gostaria. Tudo bem se você não quiser, mas...

— Sim — Rider a interrompeu. — Eu... — pigarreou. — Eu adoraria isso... ver você.

O sorriso ofuscante que floresceu no rosto de Ruth poderia iluminar o céu mais escuro.

— Tudo bem — ela suspirou —, então vou aguardar ansiosamente pela próxima vez em que nos veremos.

Um pouco sem graça, ela se inclinou com cuidado e deu um beijo na testa de Rider. Os olhos dele se fecharam com o toque.

Meu coração inchou.

Ruth se despediu e saiu da cabana, sorrindo para mim no percurso. Eu olhei para a cama, vendo o olhar do meu marido focado ao meu. Atravessei a sala e entrelacei a mão à dele. Sentei-me na beirada da cama e me inclinei para beijar seus lábios macios, passando a mão em seu cabelo.

— Durma, baby — sussurrei. — Durma.

Os olhos escuros se fecharam e, em minutos, sua respiração se acalmou.

Enquanto ele dormia, limpei a cabana, terminando assim que o anoitecer começou a trazer sua cortina precoce de escuridão. Precisando tomar um pouco de ar fresco, saí para a noite úmida.

Sentei-me em um tronco que estava no meio da grama selvagem... e eu respirei. Eu respirei e respirei, e me permiti, pela primeira vez, deixar nossa nova realidade tomar conta de mim.

Nós éramos livres. Estávamos fora da comuna, longe dos Hangmen... e éramos livres.

Senti lágrimas escorrerem pelo meu rosto. E me permiti chorar. Chorei por todas as vidas perdidas, pelos fardos e pela dor. Chorei tudo o que mantive trancafiado por anos, enviando tudo para o céu escurecido. Muitos minutos se passaram até que todas as minhas lágrimas foram derramadas. Em seu lugar havia uma dormência bem-vinda.

A esperança de um novo começo.

Olhei para a velha cabana de madeira. A esperança brotou no meu peito com mais força. Era nossa. Nós tínhamos a nossa própria casa. Respirei profundamente enquanto pensava sobre o nosso futuro. Eu não tinha ideia do que nos traria. Pela primeira vez desde que chegamos aqui, me perguntei como viveria neste mundo exterior.

O Irmão Stephen me explicou tanto em Porto Rico que me peguei sentindo uma estranha mistura de identificação e incerteza quando me deparei com novos prédios, pessoas e coisas. Aparelhos e máquinas que foram evitados pelo nosso povo. Até as roupas que algumas pessoas usavam me confundiam.

Mas não permitiria que aquilo me assustasse. Se eu sobrevivera até aqui, estava determinada a assumir o modo de vida deste novo mundo com os olhos bem abertos. Eu não seria mais contida.

Inclinei a cabeça para trás e sorri quando vi as estrelas cintilando. De repente, ouvi o som de um veículo se aproximando. As luzes iluminaram lentamente a cabana.

Fiquei tensa no mesmo instante, imaginando quem poderia ser. O veículo parou e minhas irmãs saíram.

As três.

Lil' Ash estava sentado no banco do motorista. Ele me deu um sutil e tímido aceno. Eu acenei de volta. Cansada demais para me levantar do tronco, sorri quando elas vieram em minha direção, com pratos em mãos. Lilah foi a primeira a falar:

— Trouxemos comida para vocês. Para o seu novo lar.

— Obrigada — agradeci e me levantei. Peguei o prato da mão de Lilah e o coloquei perto da porta. — Rider está dormindo — expliquei.

— Vamos nos sentar? — Mae perguntou, apontando para o tronco de madeira.

Assenti e me sentei novamente, com Lilah agora ao meu lado. Maddie e Mae, se acomodaram no chão à nossa frente. Observei enquanto minha tímida irmã mais nova olhava ao redor, seus olhos externando a tristeza que sentia.

— Não fique triste — eu disse a ela.

Maddie olhou para mim com os olhos marejados.

— Não gosto de você longe de nós. — Secou uma lágrima. — Não gosto que tenha que morar aqui sozinha, que não possa se reunir conosco. Que não possa participar das nossas celebrações. Frequentar nossas casas.

Meu estômago deu um nó perante sua nítida aflição. Estendendo a mão, segurei a dela.

— Maddie... tem que ser assim. E estou bem com isso. Ele está vivo. Isso é tudo o que importa para mim. Não esta casa ou a distância. Mas que meu coração não tenha se despedaçado com outra perda devastadora. E tudo isso graças a vocês. — Recostei-me, liberando sua mão. — Não tive a chance de agradecer todas vocês corretamente. Mas... mas vocês nunca saberão o que significou para mim quando vieram ao meu apoio naquele celeiro. — Sufoquei um soluço. — Quando o vi amarrado, tão machucado, tive medo de nunca mais poder respirar novamente. — Pisquei por entre as lágrimas que embaçavam minha visão. — Mas então, cada uma de vocês ficou ao meu lado. Em solidariedade a mim.

Mae se mexeu e colocou a mão sobre a minha.

— Sempre — ela sussurrou. — Sempre seremos assim.

Lilah colocou a mão no meu ombro e assentiu com a cabeça. Maddie se aproximou e pousou a mão sobre a de Mae. Senti o toque das minhas irmãs e tive que fechar os olhos para saborear este momento. Este momento que parecia tão impossível antes. Agora tão real e tão verdadeiro.

Tão bem-vindo.

Abri meus olhos.

— Sempre fomos assim, não é? Nós contra o mundo? — Dei uma pequena risada. — Apesar de tudo, tivemos um amor que nunca poderia ser abalado. Um vínculo que ninguém poderia romper.

— Nem agora — Mae disse e sorriu. — Nem mesmo naquele celeiro. Nós nunca a teríamos deixado sozinha. Você é nossa irmã. Nunca a deixaremos ir de novo.

— E eles nunca vão entender — Lilah completou, suavemente. Eu me virei para minha irmã. — Os homens aqui... incluindo nossos maridos... nunca entenderão realmente porque você o salvou. Mas nós entendemos. — Congelei. Lilah olhou para a porta fechada da cabana. — Pensei muito no que você disse no celeiro. E é verdade. Nós sempre tivemos umas às outras. Ele não teve ninguém. — Os olhos dela brilharam. — Imagine ficar sozinho a vida inteira, com apenas um irmão como Judah ao seu lado. Rider nem mesmo teria como saber que Judah estava corrompido; ele nunca teve ninguém com quem compará-lo.

Mae suspirou tristemente.

— Bella, acho que eles nunca o deixarão voltar.

— Eu sei — respondi. — E está tudo bem. Porque ele tem a mim. Ele tem Ruth, Stephen, Samson e Solomon.

— E nós — Maddie disse com um rubor nas bochechas. — Ele também tem a nós. Todas nós entendemos como era aquela vida. E não colocamos a culpa nele.

Assenti com a cabeça, emocionada e agradecida demais para poder responder. Quando me recompus, sussurrei:

— Eu amo vocês. Amo muito todas vocês.

— Nós também te amamos — Mae disse.

Senti o cansaço das últimas semanas começar a me dominar. Lilah acariciou meu rosto com a mão.

— Você está exausta.

— Sim — suspirei. — Estou tão cansada.

Ficamos de pé e os braços de Maddie me enlaçaram no mesmo instante, seu rosto recostado ao meu peito.

— Você não precisa mais lutar — ela sussurrou, a voz suave soando como um bálsamo para os meus nervos. — Estamos seguras. Rider também. Você não precisa mais lutar. — Ela levantou a cabeça e seu olhar esverdeado focou no meu. — Você pode viver agora, Bella. Todas estamos felizes. Você também. Não há mais batalha alguma para você lutar.

Meu rosto se contorceu enquanto eu chorava, meus ombros aliviados com o impacto de suas palavras. Os braços de Lilah e Mae também me envolveram – desta vez eram elas me confortando, me salvando... me protegendo.

— Isso é tudo o que sempre quis — consegui dizer. — Este momento, agora... todas nós livres. É tudo o que sempre sonhei para nós por tanto tempo.

— E você conseguiu. Para todas nós — Mae disse.

Minhas irmãs me seguraram em seus abraços apertados por um longo tempo. Quando as lágrimas se foram e a noite ficou silenciosa, levantei a cabeça. Uma a uma, elas beijaram minhas bochechas e se afastaram. Mas antes de Lilah fazer o mesmo, ela disse:

— Seja feliz, irmã. Esse é o presente que todas recebemos.

— Eu serei... — afirmei. — Eu já sou.

Lilah sorriu. E foi lindo.

Enquanto se afastavam, perguntei:

— Vocês virão me visitar outro dia?

Mae olhou por cima do ombro.

— Estaremos aqui todos os dias, Bella. Todo santo dia.

Cobri meu coração com as mãos em agradecimento. Fiquei surpresa por não sentir o inchaço por baixo da palma da mão.

Voltei para a cabana, pegando a comida que elas haviam trazido. A pequena lâmpada no canto era a única luz da casa. Olhei para os três ambientes pequenos... e sorri. Estava limpo. Era nosso... Estávamos em casa.

Coloquei a louça no balcão e fui para a cama. Rider agora estava vestido apenas com uma cueca. Sua pele brilhava de suor. Ele deve ter tirado a roupa quando começou a sentir calor.

Tirei meu vestido e me deitei na cama. Ainda era estranho sentir um colchão macio sob mim, mas era um luxo com o qual estava me acostumando. Especialmente com Rider dormindo ao meu lado.

Quando rolei para encarar meu marido, seus olhos sonolentos se abriram. Seu lábio superior se curvou em um sorriso.

— Eu amo você, baby — ele sussurrou e, com uma mão na minha cintura, me puxou para mais perto de seu peito.

Eu me inclinei para a frente, sentindo uma nova leveza em meu coração, e uma liberdade em minha alma.

— Eu também amo você, Rider... Eu também amo você.

Adormecemos nos braços um do outro.

Finalmente em paz, sem mais batalhas a serem vencidas.

Felizmente apaixonados.

Um amor tão libertador.

EPÍLOGO

RIDER

Duas semanas depois...

O som de rodas derrapando lá fora me fez pular do sofá. Minhas costelas ainda doíam, mas estavam melhorando a cada dia. Bella se levantou do meu lado.

— Quem é? — ela perguntou, assustada.

Fui até a porta e espiei pelo buraco da fechadura. Slash, o primo mais novo de Smiler e recruta dos Hangmen, caminhava nervosamente na varanda. Abri a porta.

— Rider — ele disse às pressas. — Precisamos da sua ajuda. É o Smiler, cara. Ele está ferido.

Entrei em ação, calçando os sapatos o mais rápido que pude. Bella estava atrás de mim fazendo o mesmo. Ela nunca me deixava fora de vista.

No segundo em que estávamos na caminhonete, Slash praticamente saiu voando pela estrada de chão até o clube.

— O que diabos aconteceu? — perguntei.

— O idiota caiu da moto, do lado de fora do complexo.

— O quê? — perguntei, incrédulo. Smiler era um dos melhores pilotos que eu conhecia.

— Eu sei! Porra, sabe-se lá o que aconteceu com ele — Slash resmungou.

Eu podia ouvir a preocupação em sua voz. Smiler era o único irmão que eu ainda via. Ele me surpreendeu quando apareceu na semana passada com um engradado de seis cervejas. Ficamos sentados do lado de fora a noite toda. Nós não conversamos sobre assuntos profundos, mas, porra, era bom ter alguém com quem conversar... alguém que não havia desistido de mim como todo mundo.

Eu devia a ele mais do que ele recebera de mim.

— Não tenho suprimentos médicos — informei a Slash.

— Smiler os guarda no quarto dele. De qualquer maneira, ele disse que eram seus.

— O que ele quer dizer? — Bella perguntou.

Abaixei a cabeça.

— Eu costumava ser um curador, eu acho. Quando estava no rancho, aprendi sobre medicina. Quando morava com os Hangmen, atuava como uma espécie de médico para eles. Não oficialmente, mas podia lidar com coisas não tão graves. Coisas que acontecem muito nesta vida; na vida *deles* — eu me corrigi.

Os olhos azuis de Bella brilhavam com um novo tipo de orgulho.

— Você é um curador? Por que nunca me contou?

Dei de ombros com vergonha.

— Isso é algo do meu passado, baby. Apenas nunca mais pensei nisso como minha vida.

As mãos de Bella seguraram as minhas. Ela sempre me apoiava.

Slash parou a caminhonete na sede do clube. Eu congelei.

— Não posso entrar aí, Slash. — O garoto engoliu em seco. — Os irmãos sabem que fui chamado? O *prez* sabe? Ele vai ficar louco se me vir aqui. As ordens dele foram claras; eu tenho que ficar longe.

— Ele me disse para buscar você — Slash disse.

— Rider... — Bella disse em dúvida.

Pude ver a preocupação em seu rosto, em sua voz suave. Ela não queria que eu entrasse.

Bull apareceu na porta da caminhonete e a abriu.

— Precisam de você — ele disse, friamente. — Saia da caminhonete. Mantenha a cabeça baixa e não faça nada que não lhe seja pedido.

Respirei fundo e o segui. O samoano gigantesco parecia pronto para perder a cabeça.

Andei apressado pelo bar. Senti os olhares severos dos irmãos que estavam lá, mas mantive os olhos para a frente. Meu coração bateu forte no meu peito enquanto eu praticamente corria pelo caminho que levava ao quarto de Smiler.

Passei pela porta e o vi na cama. Alguém tinha tirado sua calça de couro, deixando à mostra o lado direito todo fodido.

— Merda — murmurei quando cheguei mais perto, encontrando seu olhar. — O que diabos aconteceu?

Ele sibilou de dor.

— Aquaplanou.

Franzi o cenho para Smiler, porque ele era o melhor motociclista que eu conhecia e sabia que ele era não teria aquaplanado.

— Você precisa dar um jeito nele. Você precisa fazer os curativos, e rápido, para que dê o fora daqui — Bull disse.

Bella estava na porta, sempre por perto.

Bull se aproximou de mim. Eu sabia que ele me apressaria se eu não agisse na mesma hora. Corri para pegar minha maleta médica, que ainda estava sobre a cômoda de Smiler. Comecei a trabalhar, confiando na porra do piloto automático, anos de experiência assumindo o controle. Enquanto costurava os cortes abertos na pele de Smiler, algo dentro de mim começou a fazer sentido.

Eu adorava fazer essa merda. E era bom nisso.

Senti, pela primeira vez, como se *fosse* eu.

Alguém entrou no quarto. Olhei para cima e vi Styx bloqueando o caminho. Eu não o via há duas semanas. Parei quando ele me encarou.

Ele tinha o mesmo olhar assassino em seu rosto quando olhava para mim.

— *Você está aqui porque não havia mais ninguém* — sinalizou. Seus dentes rangeram e os músculos do pescoço se contraíram. Minha presença ali no clube estava acabando com ele.

Eu entendi aquilo.

— *Isso não significa nada. Depois de hoje, as mesmas regras voltam a valer. Você volta pra sua cabana e não chega perto daqui. Você só vai sobreviver por dois minutos neste clube, se pensar em entrar aqui. Entendeu? Você conserta ele e depois se manda.*

Assenti com a cabeça e voltei a trabalhar em Smiler. Styx desapareceu alguns minutos depois. Bella estava do lado de fora da porta, mas ainda por perto.

Trinta minutos depois, terminei de cuidar dos ferimentos o melhor que pude. Todo mundo estava no bar.

— Pronto — eu disse, colocando a maleta médica de volta na cômoda. — Isso deve funcionar por enquanto.

— Obrigado — Smiler respondeu.

— Acho que será melhor se alguém cuidar dos curativos para você amanhã.

Smiler balançou a cabeça.

— Não, você pode voltar e cuidar disso você mesmo.

— Smiler... Isso não vai acontecer. Não pressione — avisei, mas ele fechou os olhos.

— Preciso dormir. Estou exausto e todo ferrado por causa dessa queda.

Entrecerrei os olhos, ainda me perguntando como diabos alguém com a sua habilidade tinha aquaplanado. Assim que me virei para sair pela porta, olhei para trás e vi Smiler me observando. Ele sorriu e piscou.

Então entendi... O filho da puta tinha feito de propósito. Balancei a cabeça, sem conseguir acreditar naquilo – que ele faria algo tão idiota assim apenas para me trazer de novo para o clube. Mas quando o sorrisinho de Smiler se transformou em um sorriso aberto, vi a confirmação em seu rosto.

Ele havia feito aquilo.

Pigarreei enquanto tentava lidar com sua revelação, no entanto, os analgésicos que dei a ele pareciam estar entrando em ação. O irmão começou a roncar em segundos.

Caminhei até o bar em transe, com uma Bella nervosa ao meu lado. Minha esposa acenou para suas irmãs, que estavam no canto. Alguns dos irmãos se levantaram de suas cadeiras, como se quisessem vir até mim. Bella ficou tensa.

Eu me virei para sair, mas alguém bloqueou meu caminho. Meu pulso disparou de pavor quando percebi que era Ky. Dentre todos, ele era o que mais me odiava, e isso era uma façanha por si só. Eu podia ver isso em seu rosto quando me aproximava, inferno, toda vez que ele olhava para mim.

— Bella, vá conversar com suas irmãs — ele ordenou em um tom que não admitia negativa.

Ela me abraçou mais apertado. Os olhos de Ky brilharam de raiva. Virando-me para ela, eu disse:

— Vá, baby. Ficarei bem.

Bella hesitou, mas lhe dei um aceno e ela fez o que pedi.

Ky me observou como se estivesse a um passo de arrancar minha garganta, depois, olhando ao redor do bar para se certificar de que ninguém estava ouvindo, disse:

— Os imbecis da Klan com quem você trabalhou na Seita Maluca. Preciso de informações sobre os negócios que foram feitos. Você vai me dizer o que eles venderam.

Não respondi imediatamente. Ky se aproximou ainda mais, seu rosto me desafiando a dizer não.

— Tudo bem — eu disse.

Ele enfiou a mão no *cut* e pegou um bloco de notas e uma caneta, empurrando com força contra o meu peito.

— Você vai precisar dessa merda.

Debrucei-me sobre a mesa ao lado e tentei me lembrar de tudo o que havia sido negociado, de todos os acordos que havíamos feito e dos nomes dos responsáveis. Ky não se afastou, pairando ameaçadoramente sobre mim.

Senti os outros se aproximarem. Quando ergui os olhos, Viking, Flame e AK estavam ao lado. Eles pareciam querer me matar tanto quanto o *VP*.

— Que porra esse cuzão quer? — Viking rosnou.

— Ele está me dando algumas informações. E então vai sair da minha frente antes que eu o mate.

— Informação sobre o quê? — AK perguntou, friamente.

Ky suspirou.

— Ainda não conversei com Styx, sabe, com ele se casando e toda essa merda. Mas vou resgatar Phebe. Isso tem que ser feito. Depois de tudo o que a cadela fez por nós, não vou deixá-la nas mãos daqueles *skinheads* filhos da puta.

— Alguém mencionou *skinheads*? — Cowboy e Hush se juntaram ao grupo.

Escrevi ainda mais rápido. Eu só queria ir para casa antes que um deles decidisse ir contra Styx. Estar neste clube era como estar com o próprio diabo. Agora que eu tinha Bella, nunca mais me colocaria em risco de morte.

— Li não vai descansar até a irmã voltar. Então, vou trazer a cadela de volta, e isso deve ser feito antes que Styx se case em alguns meses. Entrada e saída rápidas. Então todas as famílias serão felizes daqui em diante.

— Quem vai? — Cowboy perguntou.

— Eu — Ky disse e deu de ombros.

— Você acabou de se tornar pai — Hush disse.

Ky encolheu os ombros novamente. AK deu um passo para frente.

— Não. Você vai ficar aqui com sua cadela e sua filha pequena. Eu irei.

Ambos se encararam.

— Por que caralhos você quer fazer isso?

AK deu de ombros.

— Eu vou. É tudo o que você precisa saber.

— Bom — Viking chegou mais perto de seu amigo. — Se meu irmão AK for, então eu também vou. *Adoro* foder com a Klan. Sempre é um momento prazeroso para mim.

— Então eu também vou — Flame rosnou e o *psycho* trio se postou como uma unidade impenetrável.

Cowboy bateu com a garrafa de uísque na mesa que eu usava e se virou para Hush.

— Você quer um pouco de ação com o poder branco, cara? Deve ser o seu direito de primogênito ou alguma merda do tipo, poder acabar com esses filhos da puta.

Hush sorriu e seus olhos azuis brilharam de animação.

— Estou sempre pronto para poluir as linhagens branquelas.

Cowboy assobiou de animação.

— Então o contingente da Louisiana está dentro.

— Vou irritar o Governador Ayers e Landry. Mas eles merecem essa merda de qualquer maneira. Eles foderam com a gente muitas vezes para que possam continuar vivendo suas vidinhas de merda — AK disse.

Todos os irmãos concordaram com a cabeça.

— Vocês têm certeza de que querem ir? — O *VP* perguntou. Todos assentiram novamente. Ky se voltou para mim. — Com a informação que temos, quanto mais cedo melhor.

Anotei o resto do que sabia e entreguei a ele.

— Isso não significa nada — disparou. — Agora volte para a sua cabana e saia da minha frente. Minha habilidade de me controlar antes de enfiar uma faca no seu crânio está começando a desaparecer...

A atitude de Ky começou lentamente a me irritar. Era nítido que eles estavam borbulhando de raiva, mas eu também tinha um limite. Uma mão pressionou meu braço.

— Rider? — Bella disse, suavemente, olhando preocupada para os outros homens. — Eu quero ir para casa.

Peguei a mão dela sem dizer nada. Senti os irmãos me observando quando saí. Pela primeira vez, não me importei. Não com Bella ao meu lado. Ela me acalmava.

Saímos pela porta e passamos pela pintura de Hades na parede do clube, à qual vi pela primeira vez há muito tempo, e suspirei profundamente. Tanta coisa aconteceu nos últimos cinco anos. Algumas boas, a maioria ruim. Mas eu estava aqui agora. Eu costumava encarar os olhos desalmados de Hades e sentir nada além de escuridão e pecado. Agora, quando olhei para seu rosto maligno, tudo o que vi foi libertação.

Liberdade.

Sobrevivência.

Amor.

Bella apertou minha mão, olhando para mim com aqueles lindos olhos azuis. Um sorriso curvou seus lábios e segurei seu rosto entre as mãos.

— Vamos para casa.

TILLIE COLE

Horas depois, deitei-me com a cabeça de Bella repousada em meu peito enquanto tentava recuperar o fôlego. Nossos corpos estavam escorregadios de suor quando nos deitamos no chão – nem tínhamos chegado à cama. As tábuas eram desconfortáveis sob minhas costas.

Não me importei muito com isso.

Acariciei o cabelo de Bella, que suspirou e se apoiou no cotovelo. Ela sorriu enquanto passava a mão no meu cabelo curto.

— Você vai me dar uma maldita erupção cutânea, se não parar de fazer isso — brinquei.

Sorrindo maliciosamente, ela moveu os dedos para fazer o mesmo sobre a minha barba curta.

— Eu gosto da sensação — ela disse sem fôlego. Então me beijou, afastando-se apenas para deixar seu corpo se recostar em meu peito.

— Deveríamos nos levantar para ir para cama — ela disse, mas pude ouvir o sorriso relutante em sua voz.

— Logo — murmurei. — Logo.

Bella inclinou a cabeça para o lado e seu rosto se iluminou com amor.

— Bella?

— Sim?

— Você está feliz? Tudo pelo o que passou, pelo que ainda estamos passando, vale a pena para você? — Suspirei. — Eu não suportaria saber se estivesse roubando de você uma vida melhor.

Sua expressão ficou séria quando segurou minha mão. A mão esquerda, com a aliança ainda firmemente enfiada em meu dedo; eu nunca a tirei.

Bella levou o anel à boca e beijou a faixa de ouro. Ela sorriu enquanto passava o polegar sobre a joia. Bella roubou a porra do meu coração.

— Sra. Bella Carter — ela disse, e congelei. Nossos olhares se encontraram quando ela disse esse sobrenome. Eu queria odiar, tudo o que ele representava... mas o orgulho em seu rosto tornou isso impossível.

Sra. Bella Carter.

Engoli em seco.

— Você sabe que nosso casamento não foi legal, Bella. Nós éramos casados na Ordem. Nem é real.

Bella apertou minha mão com mais força.

— É real — ela argumentou. — Nosso casamento é real. Eu acredito, nós vivemos isso. — Olhou para o anel novamente. — E se isso não for suficiente para você, saiba que é meu eterno direito amar você. E lutarei por isso até que o sol se ponha pela última vez na minha vida.

— Bella... — murmurei.

— É verdade, Rider. Sou feliz, e sou sua. Esse é o meu sonho.

Ela ofegou quando a recompensei com um sorriso. Porque era verdade.

REDENÇÃO SOMBRIA

Ela era minha.

Ela era a porra da minha esposa.

Guiei Bella para repousar a cabeça em meu peito e fechei os olhos. E apreciei este momento. Desfrutei de cada segundo enquanto respirava. Eu sobrevivi quando muitos morreram. E eu tinha um amor que nunca pensei que teria.

Eu não tinha ideia de como seriam os próximos dias. Não fazia ideia de como seriam as coisas com o clube. Mas naquele momento, naquele exato momento, só me permiti sentir a bela mulher em meus braços. A mulher que conquistou meu coração através de uma parede de pedra. Aquela que lutou por mim com uma intensidade incomparável... e uma pela qual eu morreria para proteger.

Eu me concentrei apenas no momento, deixando o passado se afastar. Porque apenas isso era importante. Sem religião, sem dever, sem clube... só nós. Somente ela.

A mulher nos meus braços.

Meu coração.

Minha alma...

... minha mais profunda e sombria redenção.

PLAYLIST

The Sound of Silence – Disturbed
Same Old Same Old – The Civil Wars
Murder Song (5,4,3,2,1) – Aurora
I Got You – The White Buffalo
First Light of Winter – Miranda Lee Richards
Save Yourself – Claire De Lune
Darkness – Bobby Bazini
Rise Up – Andra Day
Up We Go – Lights
Dearly Departed (feat. Esme Patterson) – Shakey Graves
Burden – Foy Vance
House of Mercy – Sarah Jarosz
River – Leon Bridges
One More Chance – Ira
Wolf Heaven's Gate – Dawn Landes
Devil May Care – Half Moon Run
The Warpath – Conner Woungblood
Salt in the Wound – Delta Spirit
Gethsemane – Dry the River
Devil We Know – Lily & Madeleine
My Love Took Me Down to the River to Silence Me – Little Green Cars
I Followed Fires – Matthew and the Atlas
The Longer I Run – Peter Bradley Adams

Come on Home – Pharis & Jason Romero
Demon Host – Timber Timbre
Hades Pleads – Parker Millsap
Bless Your Soul – The Bones of J.R. Jones
Raise Hell – Dorothy
At Night – The Eagle Rock Gospel Singers
Hammers & Nails – The bones of J.R. Jones
Barton Hallow – The Civil Wars
Lost in the Light – Bahamas
Whole Wide World – Bahamas
If I Needed You – Matthew Barber & Jill Barber
From Me To You – Ane Brun
From This Valley – The Civil Wars
The Squeeze – Fears
Contrast Crow – Fears
Try, Tried, Trying – Bahamas
Ain't No Cure for Love – Ane Brun
Just Like a Dream – Lykke Li
Broken Glass – Sia
Unsteady – X Ambassadors

AGRADECIMENTOS

Mãe e pai, obrigada por sempre me apoiarem. Obrigada ao meu marido, Stephen, por me manter sã. Samantha, Marc, Taylor, Isaac, Archie, e Elias, eu amo todos vocês. Thessa, obrigada por ser a melhor assistente do mundo. Liz, obrigada por ser uma superagente e amiga.

À minha fabulosa editora, Kia. Eu não conseguiria ter feito isso sem você. Aos meus fiéis leitores beta, vocês conseguiram de novo. Obrigada!

Ao meu Hangmen Harem, eu não poderia pedir por melhores amigos leitores, obrigada por tudo o que vocês fazem por mim. BBFT Bishes e autores, não tenho palavras. Vocês são demais! Às minhas Flame Whores, vocês fazem meus dias mais especiais. Obrigada.

Jenny e Gitte, vocês sabem como me sinto sobre vocês, garotas. Amo vocês! Obrigada a todos os bloggers INCRÍVEIS que têm apoiado a minha carreira desde o começo. Obrigada aos meus incríveis amigos autores. Seria um mundo assustador sem vocês para me apoiarem. E, por último, obrigada aos leitores. Sem vocês nada disso seria possível.

Viva livre. Corra livre. Morra livre!

A The Gift Box é uma editora brasileira, com publicações de autores nacionais e estrangeiros, que surgiu no mercado em janeiro de 2018. Nossos livros estão sempre entre os mais vendidos da Amazon e já receberam diversos destaques em blogs literários e na própria Amazon.

Somos uma empresa jovem, cheia de energia e paixão pela literatura de romance e queremos incentivar cada vez mais a leitura e o crescimento de nossos autores e parceiros.

Acompanhe a The Gift Box nas redes sociais para ficar por dentro de todas as novidades.

 www.thegiftboxbr.com

 /thegiftboxbr.com

 @thegiftboxbr

 @thegiftboxbr

Impressão e acabamento